品味无限不循环的人生

大周惊天局

五行奇局

李旭东 著

①

重庆出版集团 重庆出版社

图书在版编目（CIP）数据

大周惊天局.1,五行奇局/李旭东著. —重庆：
重庆出版社,2022.3
ISBN 978-7-229-15936-8

Ⅰ.①大… Ⅱ.①李… Ⅲ.①长篇小说—中国—当代 Ⅳ.①I247.5

中国版本图书馆CIP数据核字（2021）第132906号

大周惊天局1：五行奇局

李旭东 著

出　品　人：华章同人
出版监制：徐宪江　连　果
策划编辑：张铁成
责任编辑：王昌凤
责任印制：梁善池
营销编辑：刘晓艳
封面设计：晨星书装

重庆出版集团
重庆出版社 出版
（重庆市南岸区南滨路162号1幢）
天津淘质印艺科技发展有限公司　印刷
重庆出版集团图书发行有限公司　发行
邮购电话：010-85869375
全国新华书店经销

开本：880mm×1230mm　1/32　印张：18.125　字数：370千
2022年4月第1版　2025年5月第3次印刷
定价：59.80元

如有印装质量问题，请致电023-61520678

版权所有，侵权必究

目 录

楔子

水篇：惊变

第 一 章　影落千岩走魑魅 / 002

第 二 章　江山对弈风云变 / 020

第 三 章　人去月斜疑梦寐 / 033

第 四 章　横横直直迷人路 / 046

第 五 章　寒鸦惊飞入尘风 / 059

第 六 章　夜下云卷月惊魂 / 076

土篇：杀机

第 七 章　棋逢对手觅迷踪 / 100

第 八 章　蝶恋依依情所依 / 115

第 九 章　浮云冉冉送春华 / 129

第 十 章　骨冷魂清一梦醒 / 140

第 十一 章　梦里薔腾说梦华 / 154

火篇：乱局

第 十二 章　晓来落尽一城花 / 174

第 十三 章　风紧云轻欲变秋 / 193

第 十四 章　惊残好梦无寻处 / 216

第 十五 章　迅雷才震清飙起 / 230

第 十六 章　念此飘零隔生死 / 247

第 十七 章　自恨寻芳到已迟 / 264

第 十八 章　如棋世事局初残 / 296

木篇：风起

第 十九 章　残灯未杀影迷离 / 314

第 二十 章　谁怜冷落暗尘局 / 335

第二十一章　仁气潜随杀机伏 / 346

第二十二章　奇变见犹神鬼惊 / 354

第二十三章　持索捕风几时得 / 366

金篇：暗战

第二十四章　寒锁武库梦魂惊 / 386

第二十五章　相看白刃命悬丝 / 397

第二十六章　远近高下俱迷踪 / 410

第二十七章　石间真隐何时出 / 430

尾篇：落定

第二十八章　花开花谢任东风 / 462

第二十九章　孤枝清瘦耐风埃 / 473

第 三 十 章　云雾苍茫各一天 / 484

第三十一章　近泪何处话凄凉 / 502

第三十二章　云烟过眼总成空 / 517

第三十三章　心碎浮梦美人冢 / 537

第三十四章　也须高著局心筹 / 551

楔子

公元534年，曾经称雄北方的北魏帝国早已处于风雨飘摇之中，北魏孝武皇帝元修因不甘继续沦为权臣高欢手中的政治傀儡，从都城洛阳仓皇出逃，投奔割据关中的枭雄宇文泰，但随着两人矛盾不断升级，元修最终被宇文泰毒杀。

宇文泰拥立元宝炬为新皇帝，而占据中原的权臣高欢则册立年仅十一岁的元善见为帝。立国长达一个半世纪的北魏帝国也正式分裂为东魏与西魏，但帝国的实际掌权者却早已不再是大魏皇室，而是换成了野心勃勃的高欢和宇文泰。东魏、西魏与割据江南的梁帝国鼎足而立，形成了我国古代历史上又一个"三国时代"。

公元550年6月10日（武定八年五月初十），高欢之子高洋迫使元善见将皇位禅让给自己，一个新的帝国北齐应运而生。公元557年2月15日（正月初一），在宇文护的拥戴之下，宇文泰之子宇文觉受禅成为北周天王。草创的北周，与北齐和梁帝国对峙而立，但北周内部一场惨烈的权力暗战却已悄然拉开了帷幕……

水篇：惊变

"天下莫柔弱于水，而攻坚强者莫之能胜，以其无以易之。弱之胜强，柔之胜刚，天下莫不知，莫能行。"

——《道德经》第七十八章

离奇而又血腥的凶案现场居然留有一摊莫名的水迹，这与凶案之间究竟有着怎样的关联？勘验之人凌利中死于床榻之上，但尸状却呈现出种种溺水的特征，更为诡异的是在他体内竟然有只产于洞庭湖的幽门罗兰藻，洞庭湖距长安有着千里之遥，这中间又藏着什么不为人知的秘密？

第一章
影落千岩走魑魅

死 囚

北周明帝元年（公元557年）九月二十五日夜，狂风咆哮不停，雨水倾泻不止，一道道闪电划破了漆黑的夜幕，一声声惊雷震颤着混沌的长空。

小刑部上士赵志平从梦中惊醒，大口地喘着粗气，此时他还不知道这个夜晚将会改变无数人的命运，关系着北周帝国的兴衰，甚至是存亡！

这一切还要从两天前讲起。那一天，虽已是正午时分，但太阳却依旧被厚厚的乌云所遮蔽，只有几缕微弱的光冲破重重阻隔投向阴森可怖的雍州狱。

一扇厚重的牢门缓缓打开，发出一阵沉闷又有些瘆人的"嘎吱"声，就连门口的那两尊狴犴似乎也更为狰狞了。

在两名狱吏不停的呵斥之下，一个戴着项械、手械和足械的囚犯挪着脚步艰难地向前走着，笨重的足械与地面摩擦发出一声声刺耳的声响。

脚踝早已被磨得血肉模糊，疼得他不得不停下脚步，望着眼前高达十几丈的狱亭，上面有负责望风的狱吏来回走动，警觉地注视着周围的一切。

"龟孙儿，赶紧给老子快点儿走！"一个满脸横肉的狱吏狠狠地踹了他一脚。猝不及防的他险些被踹倒，转身狠狠地瞪了那个狱吏一眼，然后又不得不向前走去。

一条狭窄的南北甬道在他的脚下延伸，两侧是低矮的牢房，这里是外监，关的是轻刑犯，通常只有五六个人，多则十几个人挤在一间狭小的牢房。他则被领进了一座小四合院，人行走在这里如同被困在井底的蛙。小院西侧有一条黑黢黢的通道，通向幽暗潮湿的地下。那里是逼仄阴冷暗无天日的内监，关押着帝国的重刑犯们。

内监共有二十五间牢房，分别冠以"仁""义""礼""智""信"字号，每个字号有五间牢房。两个狱吏押着他来到"礼"字三号牢房，然后分别从腰间掏出一串钥匙，打开了木门上的两把大铜锁。

"吱扭"一声木门被推开，灰尘纷乱飞舞，浑浊的空气呛得他险些咳出声来。

胖狱吏粗鲁地取下犯人项械，然后硬生生地把他推进了牢房里，木门随即被重重地关上。

一股酸腐的气味扑面而来，他仿佛闻到了死亡的气息。过道上悬挂的几盏油灯透过木门栅栏勉强为阴暗的牢房送进了些许光亮，但不知从何处吹来的阵阵阴风使得原本就跳跃不止的火苗变得更明暗不定。

借助飘忽的灯光，他迅速环视了一下这间狭小的牢房，发现里面已然关押着一人。如杂草般疯狂滋长的头发和胡须遮蔽了那人的大半张脸。

他向那人笑了笑，但那人对他的到来似乎怀有深深的敌意，不时地向他投来警惕的目光。

他并未在意，一屁股坐在铺在地上的草席之上，开口说："兄弟，以后咱们就在一起做伴了，还望多多关照！"

那人没有理会他，依旧默默地坐在黑暗之中。

他的脸上勉强挤出几丝尴尬的微笑，说："在下厉无畏，曾是李太师麾下的殄难将军、积弩司马，不过如今却沦为阶下囚。敢问兄弟如何称呼，犯什么事进来的？"

那人仍旧默不作声。厉无畏顿觉无趣，索性也不再说话了，低头看着自己的脚踝，鲜血顺着足械不停地往下淌，染红了脚下的那片草席。

很快，两个狱吏便奉命前来提审厉无畏。厉无畏强忍着疼痛，小声骂道："他妈的，真是虎落平阳被犬欺，还让不让人活了！"

简单的讯问过后，厉无畏又迈着蹒跚的步伐走向牢房，走着走着突然大叫了一声，随即便摔倒在地。

一个尖嘴猴腮的狱吏忙俯下身，不耐烦地问道："怎么了？你他妈的别跟老子耍花样!"

摔倒在地的厉无畏痛苦地挣扎着,有气无力地说:"我的脚好像摔断了……"

尖嘴猴腮的狱吏对身边另外一个年轻的狱吏说:"真他妈的晦气!还愣着干什么,快去叫狱医啊!"

狱医侯成闻讯后急匆匆地赶来,经过一番查验,说道:"应该并无大碍,用冰块连续冷敷上几天便会痊愈!"

尖嘴猴腮的狱吏骂道:"这还没有入冬,上哪儿给这小子弄冰去啊?"

侯成小心翼翼地说:"秋官府地窖之中或许还藏有一些!难道上司没跟你交代过吗?这个嫌犯非同小可!"

勘 验

那夜,小刑部上士赵志平辗转反侧,许久才睡去,可刚睡着便被一阵急促的敲门声惊醒。

老仆赵忠唤道:"郎君,秋官府的公人有要事求见!"

听闻,赵志平顿时睡意全无,匆忙穿好衣服出去接见。

那公人拱手道:"赵上士,多有叨扰。今夜内监之中发生一起凶案,鉴于案情重大,大司寇命赵上士即刻前去勘验!"

赵志平暗道,到底是何等凶案,竟然连大司寇达奚武都惊动了?

武将出身的达奚武战功卓著,威震沙场,位列十二大将军,后又进位柱国。

权臣宇文泰对西魏军制进行大胆改革，创建府兵制，设立了八大柱国、十二大将军和二十四开府。地位崇高的八大柱国分别是：宇文泰、元欣、李虎、李弼、赵贵、于谨、独孤信和侯莫陈崇。宇文泰总领诸军，地位超然，而元欣身为西魏皇族，仅仅是挂名而已，实际掌兵的只有六大柱国，正合周礼治六军之意。六大柱国各统领两名大将军，而每名大将军统领两名开府，从而分掌二十四军。

随着被授予戎号的将领越来越多，柱国、大将军和开府也渐渐沦为仅仅代表品级，却没有实际职掌的官阶，并不实际统领兵马。

今年二月，达奚武才刚刚出任大司寇。宇文泰仿照周制，设立"六官制"，即天官府、地官府、春官府、夏官府、秋官府、冬官府，分别由大冢宰、大司徒、大宗伯、大司马、大司寇、大司空等"六卿"统领，每府皆设一名上大夫协助"六卿"处理府内事务。

但达奚武仍时不时地领兵出外征战，对帝国刑狱并不关注，因此秋官府内的事务一直由小司寇上大夫李耀负责，达奚武很少过问，如今亲自前来，看来此案关系甚大！

"烦劳上差在前面带路，下官即刻前往！只是如今城门已然关闭……"

长安城夜间实行宵禁，不允许随意行走，况且深更半夜，城门早已关闭，出城自然也就成为一大难题。

"赵上士无须多虑，在下随身携带有秋官府颁发的出城文牒。"

"如此甚好，请上差稍等片刻！"

在赵忠的服侍下，赵志平披上蓑衣，戴上斗笠，骑上坐骑，在雨夜中疾驰而去，奔向一片漆黑的前方。

雍州狱位于长安城西二十里的黄沙岗。赵志平对那里并不陌生，但不知为何，今晚却忽然对夜幕笼罩下的雍州狱生出几分恐惧感。

掌囚下士齐鸣早已在雍州狱牢门前等候，见到满身雨水的赵志平忙拱手道："在下恭迎赵上士多时！"

赵志平随即跳下马，将坐骑交给齐鸣身后的小牢子，道："不必多礼，速速带我去凶案现场进行勘验。"

齐鸣向前微微躬身，做出一个请的姿势道："有劳赵上士，这边请！"

齐鸣将赵志平领进"礼"字三号牢房。此时赵志平的师父小刑部下士凌利中已经到了，正在和大司寇达奚武、小司寇上大夫李耀说着什么。

达奚武见到赵志平，冷冰冰地喝道："此案关系重大，命你等即刻查明真相，不得有误！"说完之后，达奚武和李耀便急匆匆离开了。

"师父，谁死了？"一头雾水的赵志平不解地问。

凌利中凝视着这间狭小的牢房，脸上浮现出一丝异样的神情，有气无力地说："两个犯人！"

"两个犯人？他们到底是何来头，如此兴师动众？"

凌利中目不转睛地盯着牢房地面上所铺的那张草席，上面洇染着两摊殷红的血迹，漫不经心道："关押在内监之中的人哪个会是无名之辈？"

"那是自然，不过这桩血案居然令大司寇亲临案发现场，着实不简单啊！不知师父可有什么发现？"

凌利中既像是在回答他的问话，又像是喃喃自语道："这间牢房的屋顶、地面和侧壁全都完好无缺，找不到一丝人为损坏的痕迹。凶手是如何进入这里，然后又悄然离开的呢？"

赵志平随口道："凶手或许是从牢门进出的！"

"不可能！这是什么地方！雍州狱的内监，防守如此严密，外人要想走进这间牢房需要经过三道门，而且这里每间牢房的门上都挂有两把铜锁，两个值守的狱卒必须同时在场方能打开牢门。李大夫刚刚讯问过今夜在此宿直的刘五和贾三，他们都说钥匙从未离身。据刘五供述，事发时他原本在附近巡视，听到尖厉的惨叫声后便急忙跑了过来，顺着木门栅栏向牢房内观望，见到了这血淋淋的一幕。就在他惊魂未定之际，贾三和另外一名狱卒崔哲也相继赶来。从听到惨叫声到众人赶到这里，也就是一弹指的工夫。在如此短的时间内，凶手居然能在防守严密的牢内连杀两人，然后又不留痕迹地逃走，实在令人难以置信！"

"或许凶手就藏在这大牢之中，也或许是刘五为了推脱罪责在说谎！"

"我认识刘五好些年了。他一直都是个老实本分之人,近日也没觉察到他有什么反常。即便真的有不为人知的杀人动机,仅凭他自己身上的那把钥匙也根本打不开牢门!"

"若是刘五与贾三合谋行凶呢?"

"李大夫起初也曾有过类似怀疑,可案发时,两人并未在一起。据关押在附近牢房中的一个犯人供述,他听到那声惨叫后就扒着牢门栅栏向外张望,恰巧看到刘五正向出事的那间牢房急匆匆跑去,之后他才看到贾三也跑了过去。贾三说,事发前恰巧碰到了崔哲,刚要开口说话便听到了惨叫声。崔哲也证实了贾三的话,还说他亲眼看着贾三和刘五用颤抖的双手打开牢门,不过此时两名人犯皆已倒在一片血泊之中,而凶手却消失得无影无踪。"

"难道是三人提前串通好蓄意做伪证?"

"且不论他们这么做的动机何在,即便是三人合谋行凶,若想悄无声息地做到这一切也绝非易事。据说这两名死者皆为行伍出身,身手不凡,性命堪忧之际,两人必然会拼死反抗;即使无力反抗,也会大声呼救,势必会惊动值夜的狱吏和附近牢房的犯人;可除了那声惨叫,狱吏们和犯人们却再也没听到任何异样的声响。牢房之内也没有发现任何打斗的痕迹。"

赵志平彻底沉默了,越发觉得这起案子甚是蹊跷。他忽然发现脚下的草席似乎有些不对劲,急忙蹲下用手摸了摸,草席居然湿漉漉的!

难道是水?奇怪!他找遍了整间牢房也没有找到任何盛水的器

皿。既然如此，这水又是从何而来呢？

蹊跷的事情还不止这一处，在一个很容易被遗忘的角落里，赵志平掀开带着扑鼻恶臭的草席，居然发现了火镰！随即环视这间狭小的牢房，并没有发现有被烧灼过的痕迹。关键是牢房内怎么会出现点火用具呢？

火镰与那摊离奇的水迹之间到底有着怎样的关联，又能否揭开这起凶案的真相呢？

赵志平默不作声，他还从来没有像今夜这样焦虑而又困惑过。

凌利中语气低沉地说："与其在这里冥思苦想，不如看看那两具尸身究竟能够告诉我们什么！"

"师父说得对，走，我们去殓房看看！"

早在两人到来之前，几个小仵作就已经开始忙碌起来了，对两具尸体进行了简单处理。他们点燃苍术和皂角，驱散尸体上的异味，然后用酒醋将尸体清洗干净，并将死者的头发全部剃掉。

赵志平刚入门时，凌利中曾经语重心长地告诫他，男尸一定要重点勘验囟门和粪门，女尸要重点勘验一阴一门、两乳一房，既不能怕脏偷懒，也不能怕羞回避，因为很多致命伤往往会隐藏其间。

"师父，为了尽快查明真相，我们还是各自勘验一具吧！"赵志平建议道。

"这样也好，你就验那具男尸吧！这具暂且归我了！"凌利中命那两个小仵作将厉无畏的尸身抬到旁边的一间小房之中，因为他有个很怪的癖好，就是勘验时从不允许外人在场！

按照惯例，验尸官勘验时身边往往会配上一个小仵作。验尸官一边检验一边要随口说出尸体特征，比如，"尸首仰卧，顶心囟门全，额全，两额角全……翻转尸，脑后乘枕全……"小仵作要及时记录下来形成验状，随后呈送有司。

但凌利中行事古怪，喜欢独来独往，每次勘验时总是连验带记一人包揽。

赵志平穿戴整齐，腰间的蹀躞带上挂着诸如小锯、银针、镊子、钳子、剪刀等勘验之物。随后，将那名神秘男子尸身的每个可疑之处都小心地用水淋湿，然后命小仵作将事先准备好的葱白在砂盆内捣碎，涂在尸身上的可疑之处，再用藤连纸蘸上醋覆盖在其上。如果换做竹纸，遇到盐醋就很容易溃烂。

一个时辰之后，将那些纸除去，用清水冲洗后，那些原本并不明显的伤痕便会显现出来。然而，赵志平此前怀疑的那几处却均非伤痕，这让他感到从未有过的迷茫和困惑。既然如此，尸体上的伤痕就只有一处，便是在颈部！

赵志平凝视着死者颈部的伤口，那是一道楔形创口，初看似乎是被利刃所伤，但细看之下很多特征又与锐器伤颇不相符。一般而言，锐器如刀枪等，造成的创伤往往是边缘整齐，四壁平滑，可是这具尸身上的伤口边缘却有表皮剥脱的迹象，而且四壁粗糙，两壁间居然还存在着粘连，这种粘连一般只会在钝器伤中才会出现。锐器的创角较为尖锐，一般不会造成伤口撕裂，可这具男尸伤口处却有明显的撕裂痕迹，而且创底凹凸不平。

凶手到底使用的是何种凶器呢？这个疑问始终萦绕在赵志平的心头。

尸体勘验持续了将近两个时辰，直到天边微微泛起了白。赵志平这才走近进门处熊熊燃烧的炭盆，小仵作心领神会地将一盆醋泼在红彤彤的炭火之上，引出一阵撕心裂肺的"刺啦"声。赵志平在炭盆边站了一会儿，祛除身上的秽臭之气，随即来到殓房北侧的水饮间，一个小仵作恭恭敬敬地递给他一杯新安茶，可他却闻不到一丝茶的清香，仍旧在静静地回想着勘验过程中每一个微小的细节。

本想通过勘验解开心底的重重疑问，进而为查明真相理清头绪，可旧的疑问还没有解开，新的疑问又接二连三地产生了。

为何明明是锐器伤，却会呈现出一些钝器伤的特征？凶手到底使用的是怎样特殊的凶器呢？这个神秘莫测的凶手为何能连杀两人，却又没有留下一丝痕迹？

或许死亡的真相并没有隐藏在这具男尸体内，而是？

想到此处，赵志平突然感到一阵强烈的不安。

就在这时，凌利中也拖着疲惫的身躯来到了水饮间，有些精神恍惚地说："太匪夷所思了！太匪夷所思了！"

"师父，什么事让您如此惊恐？"

凌利中并未回答，而是反问道："你相信这世上有鬼吗？"

"师父，您这是怎么了？您一向不信鬼神之说的！"

凌利中神情紧张道："在防卫如此严密的牢房之中，凶手居然能够悄无声息地来，又不留痕迹地走。无论是值守的狱吏，还是关押在附近的犯人，谁都不曾捕捉到他的踪迹。对了，你还记得草席上的那摊神秘水迹吗？莫非……"

"莫非什么？"

"莫非是水鬼杀人？！"此时，一道闪电突然划破长空，巨大的雷声打破了黑夜短暂的沉寂，继而硕大的雨点敲击着窗棂。

屋内的灯火突然熄灭，每一个黑暗的角落里似乎都隐藏着恐怖的种子。

小仵作第一时间重新燃起屋内的灯盏。赵志平那颗惶恐的心这才稍稍安定下来，却发觉凌利中的举止有些反常，不停地嘀咕着，但又听不清他到底在说些什么。

另一个小仵作慌慌张张地跑过来，大声喊道："大事不好了！厉无畏的尸身不见了！"

赵志平大惊失色，尸身怎会凭空消失？！

凌利中却依旧嘀咕着："该来的总会来！该来的总会来！"

赵志平只得抛下凌利中，快步跑到旁边的那间小屋，原本蒙在尸身上的白色麻布已经掉落在地上，停尸床上居然空空如也！

"这到底是怎么回事？"赵志平惴惴不安地问。

"凌下士勘验完尸身后命小的来这里收拾，可当小的撩开单子的时候却发现尸身居然不见了，还发现了这个……"小仵作已然惊恐得说不出话来。

赵志平从小仵作的手中接过一块白布，上面写着八个殷红的字:"重归之日,山河变色!"

凌利中不知何时也跟了过来,惊恐地喊道:"有鬼啊!有鬼啊!"凄厉的喊声在屋内久久回荡着。

溺 亡

一连串诡异之事令本就毫无头绪的赵志平更加一筹莫展,而此时凌利中仍在不停地念叨着:"水鬼!水鬼!"看到凌利中的反常神态,赵志平以为师父是受到刺激了,无奈只得先行将凌利中送回住处。随后急匆匆地赶到秋官府,待处理完手头的紧要公文,已经临近晌午了。

拖着疲惫不堪的身躯回到自己家中,赵志平匆匆喝了几口脍鱼莼羹便上床歇息了,一觉便睡到了夜色阑珊,华灯初上。

揉揉惺忪的睡眼,看着窗外的夜色。不知为什么,一股不祥之感又萦绕在他的心头,久久难以散去。

果不其然,此时又有公人奉命前来,给他带来了一个犹如晴天霹雳的噩耗。

凌利中死了,而且死得更为蹊跷!

赵志平急急火火地赶往凌利中的住处,一路上很多尘封已久的记忆如同决堤的洪水般向着他猛地袭来。

赵志平刚入勘验之门时,还没有秋官府,而是在刑部任职,那时的他对勘验之法一窍不通。为了能够尽快学到勘验之法,他曾悉心向一位刑部中大夫求教。中大夫对自己年少时所创的溺亡勘验之法很是自信，其法是取来死者髑髅加以净洗，将干净的瓷瓶斟满水，从脑门穴缓缓地注入，如若死者的鼻窍之中没有细泥沙屑流出，便可以断定此人是被人杀害后再抛入河中的。

凌利中听说此法后却愤愤不平地说，此乃误人之法！如若河水清澈见底，并无泥沙，即便真的是溺亡，鼻窍之中又岂会有细泥沙屑流出？如果死者被杀后抛入遍布泥沙的河流之中，泥沙也可能会被湍急的水流倒灌入死者的鼻腔之内。确认死者是否溺亡最紧要之处便是查验死者的内脏之中是否有这片水域寄生的藻类！

从此，赵志平对平日里沉默寡言的凌利中佩服得五体投地，毅然决然地拜他为师。

借助父亲赵贵的显赫声望，赵志平在仕途上一路扶摇直上，曾一度位至刑部中大夫。

秋官府设立后，下设刑部、司宪、布宪、蕃部、宾部等五司，中大夫为诸司之长官，下大夫为其副手，上士、下士等皆为其僚属。

毫无政治背景的凌利中一直在小刑部下士的位置上停滞不前，尽管如此，赵志平仍旧对他恭敬有加。

赵志平颇为敬佩凌利中的学识和为人。凌利中做事高调，为了找寻案件真相甚至不惜违拗上司旨意，据理力争；但为人却很低调，从不张扬，不争功。

多年之后，父亲赵贵谋逆被杀，赵志平受到牵连被贬为小刑部上士。

想不到今日他竟然要用师父教授的心法来勘验师父的尸体，心头不免掠过无尽的悲伤。

赵志平赶来之前，小仵作孙秃子已经对凌利中的尸体进行了初验，正在惊恐地等待着他前来复验。

怀着极为复杂的心情赵志平走进这间熟悉的院落，院子不大，只摆着一口大水缸和一把胡床，可水缸底下居然有一大片水渍。今晨虽是风雨交加，电闪雷鸣，但雨下得其实并不久，太阳出来之后，院中已经很难再寻到雨水光顾过的痕迹了，唯独水缸底下还残留着一大片水渍！

心急如焚的赵志平并未多想，脚步匆匆地走向屋内，凌利中的尸身仍旧被放在书房的榻上。

"凌下士是因何而毙命？"

"小的以为是溺水而亡……"小仵作回答时声音微微发颤，两排牙齿不停地碰撞着，身子也时不时不由自主地抽搐几下。

"凌下士的尸体是在何处被发现的？"

"就在此处！他端坐在书几前的榻上，手中还握着此书！"小仵作忙递给赵志平一卷崭新的《魏书》。

"既然师父的尸身并非浸于水中，又怎会是溺亡呢？难道师父是被歹人谋害后又被移尸到这书房之中？"赵志平一边自言自语一边接过书卷，翻看一下，见是北齐魏收主持编纂的《魏书》。

赵志平暗道："奇怪！这部《魏书》成书于三年前，但刚刚成书便引起轩然大波。很多人都对这部史书颇有微词，甚至称之为

'秽史'，就连伪齐皇帝都勒令魏收对书中内容进行修改，并对存世之书予以抄没。师父又是如何得到这部存世量颇为稀少的《魏书》的呢？师父平日里只喜医书，从未见他读过什么史书。他为何偏偏对这部《魏书》情有独钟呢？

"这部《魏书》看上去还很新，只有一卷留有被翻阅过的痕迹，而这一卷恰恰是贺拔岳、贺拔胜兄弟的传记。难道这其中会藏着师父死亡的真相？"

孙秃子脸色煞白，眼睛充血，目光狂乱，心有余悸地说："太可怕了！凌下士的衣襟分明是干的，只是身子微微有些发潮，况且他的家中既无沟渠流过，也无池塘环绕，他究竟是在哪里溺水身亡的呢？如果是在别处溺亡，尸身为何又会离奇地出现在这书房之中？无论哪种猜测恐怕都难以自圆其说，或许这世上真的有……"孙秃子的身子抖动得更加剧烈了，不敢说出那个令他不寒而栗的字。

"你大可不必如此惊恐，定是歹人为了掩盖罪行而刻意营造出这诡异一幕！"赵志平看似自信而又坚定的话语中却夹杂着一丝心虚，因为近来发生的这一系列匪夷所思之事让他也有些应接不暇。

赵志平随即对凌利中的尸身进行了一番勘验。那具尸身肚腹鼓胀，轻轻拍击，微微发响，口鼻内有水沫，还有浅浅的血污，这些都是溺亡的典型特征，如果是死后被人刻意抛入水中，口鼻中并不会有水沫，腹内也不会有水，更不会胀。但尸身上并未找到任何伤痕，也没有一丝中毒的症状。

凌利中临终时两手紧握，眼睛紧闭，腹内急胀，种种迹象表明是投水而非落水。如果是落水，往往会双手微开，眼睛微睁，肚皮微胀。这些都是师父多年来勘验尸身总结出的经验之谈，但这些凝结着凌利中心血的经验之谈不仅没能为赵志平拨云见日，反而使他如坠云雾中，眼前灰茫茫一片，辨不清方向，也寻不到出路。

难道是自戕？断然不会！今日分别时师父的确有些精神恍惚，可他目睹的血腥场景数不胜数，即便真想不开欲轻生，那么他的尸身也应在河池之中，怎会端坐在书房之内，而且衣襟居然还是干的！

如果是被人谋害，为何又会呈现出投水而非落水的诸多特征呢？难道师父自知难逃此劫，索性一死了之，既不呼救，也不挣扎？

更离奇的是，他在凌利中体内找到了一种特殊的藻类，就是只产于洞庭湖的幽门罗兰藻！

他曾经听母亲说过，这种藻只产于洞庭湖。长安与洞庭湖相距近两千里，往返一次即使快马加鞭也需要七八天的时间，况且洞庭湖位于南梁境内，过境还需要通关文牒。今日卯时一刻[1]，他亲自将师父送回住处，如今二人分别不过才七八个时辰。凶手怎么可能将师父推入洞庭湖中溺亡，然后又将他的尸体运回长安呢？

莫非真的是洞庭水鬼前来索命？他不敢再想下去了！

想到这里，赵志平急匆匆赶往秋官府，求见大司寇达奚武，将

1.早晨五点十五分。

连日来发生的诡异之事一一向他禀明。

听完他的叙述，达奚武阴沉着脸道："你如何能断定在凌利中体内找到的就是什么幽门罗兰藻？又如何断定幽门罗兰藻只产于洞庭湖？"

赵志平说："家母乃是巴陵郡人，自幼在洞庭湖边长大，对幽门罗兰藻颇为熟悉。僚属曾随家母去过几次洞庭湖，对这种藻印象颇深，貌似兰花，形如藤萝。家母曾说，幽门罗兰藻只能在洞庭湖中方能寻见。"

达奚武仍不以为然道："妇人之言又如何能信？"

见他居然对故去的母亲出言不逊，赵志平心中满是愤懑。父亲在世的时候，达奚武见到自己总是客客气气的，如今父亲不在了，他在自己面前居然换成这副颐指气使的嘴脸，还公然对自己的母亲无礼，是可忍孰不可忍！

不过他也深知自己当前的处境，只得将所有的愤恨都深深地埋藏在心底。

赵志平强压住心头熊熊燃烧的怒火，解释道："或许洞庭湖之外的其他水域之中也生长着此种幽门罗兰藻，但也应该是在南方某地，幽门罗兰藻喜温润潮湿，厌干燥寒冷，绝无可能长在北方，更无可能长在长安周边！"

达奚武的脸因愤怒而变得愈加扭曲，高声斥责道："够了！本大司寇纵横沙场几十年，什么血腥场面没见过，我倒要看看他们究竟是哪一路鬼神！"

第二章
江山对弈风云变

弈 者

未央宫映菡殿,一缕缕白烟从博山炉炉盖的镂空孔洞之中缓缓而出,整个大殿烟雾缭绕,犹如蓬莱仙岛、佛国秘境,让人飘飘欲仙。

此时,北周帝国新任天王宇文毓正与嫡妻独孤夏若对弈。

宇文毓头戴金缕织成的合欢帽,身着黑色翻领披袍,足穿笏头履。合欢帽左右两片圆形帽盖合于帽子中央,后沿披于肩上,之所以如此盛行,正在于它寄托着人们在乱世之中祈求合欢团圆的美好心愿。

宇文毓脸庞清秀,双手白皙,自幼便如和田美玉般细腻温婉,幼时玩伴儿们都打趣称他"和田毓"。成年之后,宇文毓卷不释手,饱读诗书,更为他平添了些许书卷之气。而今,宇文毓儒雅中带着果决,风度翩翩又不失刚毅。

独孤夏若上身着金紫色对襟宽袖长衫，胸前正中的金质纽扣熠熠生辉，内穿素色圆领衫，腰系蓝色围裳，围裳伸出长长的粉红色飘带，华美飘逸。下身着青紫条纹相间的长裙，下摆处荷叶镶边，整个人犹如一朵国色天香的牡丹。

夏若举重若轻地放下一枚黑子，棋枰上的局势立马就发生了惊天逆转。

面对严峻的局势，宇文毓将棋子紧紧地捏在手中，不停地搓动着，苦思而不得其解。

夏若笑笑说："孟子曾言，四十不动心。一个人定力再强，只要到了棋盘之上就难以断绝这得失胜负之心了！"

宇文毓点点头，其实他从岐州[1]回到长安何尝不是受到这名利之心的蛊惑呢？

想到这里，他将手中的那枚棋子稳稳地放在棋枰之上，无论那枚棋子放定之后将会搅动怎样的局面，他都将勇敢地去面对！

随后，宇文毓如释重负道："尘世如局人若棋！"

虽说如今棋子貌似都操控在自己的手中，可自己又何尝不是被命运所操控的棋子呢？

夏若步步紧逼道："人虽未必能挣脱这形形色色的局，却可以取舍，也可以进退！"

望着黑白相间的棋盘，宇文毓陷入沉思。其实他从出生的那一

1.治所雍城镇（今陕西凤翔县），辖岐山郡、武都郡二郡。

刻起就身不由己进入一个错综复杂的局中！

身为太师和大冢宰的宇文泰虽说运筹帷幄，权倾朝野，但终究难以抗拒岁月的侵蚀。随着宇文泰日渐迟暮，围绕空悬的世子之位的争斗也变得愈演愈烈。

世人都在猜想他究竟是册立长子宁都郡公宇文毓，还是册立正妻所生的嫡子略阳公宇文觉。

虽然当时宇文泰内心的天平已有所偏向，不过一时间却难下决心，既担忧嫡子宇文觉太过稚嫩，又担心长子宇文毓的岳父独孤信会出面反对。宇文毓是宇文泰的长子，但不是正妻北魏冯翊公主所生的嫡子。宇文毓成年后，迎娶了西魏德高望重的大将独孤信的长女独孤夏若。

西魏恭帝三年（公元556年）三月，宇文泰越发强烈地感受到自己的身体每况愈下，决定确立世子人选。

一次朝会之时，宇文泰忽然毫无征兆地对朝臣说："孤欲立嫡子，恐大司马对此有异议。"矛头直指时任大司马的独孤信。

宇文泰如此赤裸裸地向独孤信发难，毫不掩饰又咄咄逼人，群臣一时间都不知所措，纷纷噤若寒蝉。

这时大将李远挺身而出，打破了沉寂，高声说："立嫡不立长乃是天经地义之事。立略阳公为世子，太师还有何疑虑的呢？如若太师忌惮大司马会因此对您心生不满，在下恳请即刻将其斩杀。"话音未落，李远居然拔出了明晃晃的佩刀，气氛陡然紧张起来。

见李远几乎与独孤信刀剑相向，宇文泰急忙摆摆手，阻止道："休得无礼！怎会到了拔刀相向的地步呢？"

独孤信自然明白这是宇文泰故意演给他看的，只得说："册立略阳公为世子，信并无异议，况且此乃太师的家事，外人自然不便插言！"

册立世子之事就此尘埃落定，正是独孤信的无奈低头使得女婿宇文毓在这场惨烈的博弈中彻底出局。比宇文毓小八岁的宇文觉就这样成为世子，但后来事态的发展却出乎了所有人的意料。

宇文觉看似胜者，却是祸之所伏；宇文毓看似输者，却是福之所倚。是福，是祸，不到最后一刻难以预料！

眼见世子已定，宇文泰在初夏的淡淡暑热中，踏上了北巡的征程，而他这一去便再也没有回来。在抵达牵屯山[1]时宇文泰一病不起，他知道上天留给自己的时间已经不多了。

他最放心不下的就是年仅十五岁的世子宇文觉。他担心儿子难以驾驭波谲云诡的政治局面，不仅自身难保，或许还会白白葬送他呕心沥血开创的这份基业。

弥留之际，宇文泰派人火速征召侄儿中山公宇文护。宇文护是宇文泰大哥宇文颢的第三子，从十九岁时便追随宇文泰南征北战，或许只有他才能保宇文氏周全。

1.今宁夏固原县西。

宇文泰深知自己的儿子们都还太过年轻，因此一直对侄子宇文导、宇文护以及外甥贺兰祥、尉迟纲、尉迟迥等人悉心培养，委以重任。

其实宇文护并不算突出，在府兵制建立之初，他的亲哥哥宇文导和表弟贺兰祥位列十二大将军，而他只是开府仪同三司。然而，被宇文泰寄予厚望的侄子宇文导不幸早逝，贺兰祥毕竟是个外姓人，宇文护就这样被幸运地选为辅政人。那一年宇文护已经四十四岁了，自然要比涉世未深的宇文觉沉稳老练。

宇文泰拉着宇文护的手说："诸子年幼，外寇方强，天下之事，便托付于侄儿你了。你定要勤勉以成就叔父平生之志！"

九月初四，一代旷世英才宇文泰在云阳[1]带着无限的遗憾永远地闭上了双眼。可让他始料未及的是，自己颇为信赖的亲侄子一旦大权在握，居然会向他的儿子们痛下杀手。

面对突如其来的权力，宇文护最初也曾感到有些惶恐和不安，但在老臣于谨尽心竭力的辅佐下，他很快就在帝国权力的最中央站稳了脚跟，将权力牢牢地掌控在自己的手中。

公元557年2月15日（正月初一），大权在握的宇文护迫使傀儡皇帝西魏恭帝元廓将天子之位禅让于宇文觉。

在百官的簇拥之下，宇文觉成为草创的北周帝国的第一位天

1.今陕西泾阳西北。

子，帝国的奠基人宇文泰被追谥为文王，尊为北周太祖。

宇文觉头戴冕冠，身穿玄衣纁裳，但稳重大气的黑色却难掩他脸上的稚气。他透过垂旒，不时用余光扫向身旁的宇文护，就像一个手足无措的孩子。

宇文觉用他微微有些颤抖的手点燃篝火，祷告上苍，祈求九泉之下的父亲宇文泰能够庇佑年幼的自己和这个崭新的帝国。但上天往往并不会垂怜弱者！

此时独孤信的府上却被浓浓的喜庆气氛笼罩着。新春的喜悦、嫁女的喜悦和升迁的喜悦交织在了一起。

独孤信年满十四岁的第七女独孤伽罗，嫁给了大将军杨忠的嫡长子，刚刚年满十七岁的杨坚。两人此后历经坎坷，携手走过了无数风风雨雨。

独孤信升任太保、大宗伯。在官阶上，他成为仅次于太师、大司徒李弼和太傅、大冢宰赵贵的第三号人物。但宇文护却从独孤信手中抢走了大司马之位，进而全面掌控了兵权。

府兵制建立之初，柱国、大将军、开府仪同三司和仪同三司对军府事务都拥有很大的话语权。宇文护却强行取消了各军府调动军队的权力，所有军政事务均要听候他一人处置，如若没有宇文护签发的文书，谁都无法调动军队，这无疑加剧了宇文护与那些功勋老将的矛盾。

喜庆的气氛刚刚散去，独孤家便遭遇了一场灭顶之灾。赵贵与独孤信密谋除掉飞扬跋扈的宇文护，可箭在弦上之时，独孤信却突然拦下了赵贵。

独孤信为何这样做？他不知道这样的后果会把自己和家人推入极度危险的境地吗？独孤夏若至今都对此困惑不已，但她坚信父亲这么做一定有着什么不为人知的苦衷。

虽然赵贵与独孤信停手了，但事情很快败露，赵贵被杀，独孤信被免。独孤夏若闻讯后不顾夫君宇文毓的阻拦，火速从岐州赶回长安，想要与父亲再见上一面，因为她预感到那或将是父女之间的最后一面，可独孤府外却站满了盔明甲亮的禁军士卒，不允许任何人进出。

独孤夏若唯一能做的便是默默地注视着眼前这座熟悉又陌生的府邸。不知此时此刻被囚于府中的父亲是否还安好，更不知道父亲的命运将会怎样。

这次无缘得见父亲成为她永远无法弥补的遗憾。她回到岐州的第二天，宇文护与幽禁在府中的独孤信见了一面，两人究竟谈了些什么，外人不得而知。

很快，独孤信自尽而亡，以这样一种惨烈的方式走完了人生。

独孤夏若一直将痛默默地埋藏在心底，从不轻易示人。看不见的伤痕才是最疼的，因为只能在心底藏；流不出的泪水才是最涩的，因为只能在心里淌！

随着赵贵和独孤信两位功勋老将的离去，八大柱国时代悄然远去，宇文护一人专权时代骤然到来。

若论统兵作战，宇文护自然要逊一筹，可他却不失为一个深谙政治权术的强人。他的强势让刚刚十六岁的天王宇文觉既不满，又不安。宇文觉不甘心于只做一个政治傀儡，他想成为真正的主角，可涉世未深的他怎会是阴险老练的宇文护的对手，最终被宇文护彻底逐出了政治舞台。

宇文觉被废为略阳公，悲怆地走下了天王位，此时距离他登上天王位只有九个月的时间。

同年九月二十三日，宇文毓从岐州回到久别的长安。次日，宇文毓即天王位，大赦天下。

自从赵贵死后，宇文护便顺理成章地接任天官府大冢宰，位居六官之首，而他依旧凭借都督中外诸军事这个职位继续掌控着帝国军务。

但奇怪的是，宇文毓的登基大典，实际执掌帝国大权的宇文护却以在蜀地平叛为由不曾参加。其实蜀地的叛乱并不足为虑，宇文护在此时缺席是大有深意的！

除了早亡的宇文震和被废的宇文觉，宇文泰诸子之中尚有十一人有权继承天王之位。宇文毓之所以能够被宇文护选择承继大统，是因为宇文护知道自己这么做顺应人心。

早在宇文泰册立世子时便有朝臣主张册立长子宇文毓，宇文泰其他儿子尚且年幼，无论立谁为世子都难免会给人留下通过废长立幼来独掌朝纲的不良印象。在宇文护眼中，钟爱诗文的宇文毓不过是个文弱书生，选择他既可以免除操弄皇权的嫌疑，又比较好控制。

虽然宇文毓是宇文护亲手选定的，但他借故缺席大典，既是在向国人宣示自己不惜劳苦，不避艰险，忙于政事，同时也是在暗示这个新天王并非他宇文护拥立的。他刚刚亲手废掉了宇文觉，百官虽迫于他的淫威而三缄其口，可难免会有微词。这招以退为进，无疑给他日后留下了充足的回旋余地。

对于重返长安，宇文毓的喜悦之情溢于言表，认为原本就应属于自己的天王之位，奇迹般地失而复得实乃天意！

独孤夏若却是强装笑颜，因为她从心底里并不愿意再回长安，这里是她的伤心地。不过她别无选择，只得跟随夫君踏上了这条前途未卜的不归路。

角　力

"启禀天王，大冢宰求见！"小宦官的启奏声打断了独孤夏若的回忆，将她又重新带回冰冷的现实之中。

"快请！"宇文毓的声音有些微微颤抖，迅速整理了一下原本已经很齐整的衣襟。

宇文护虽然还未到知天命之年，但因这一年来太过劳心费神，脸上长满了雀斑和褶皱。一向自尊的他不想在人前显露老态，于是命人从妓馆姑娘口中学得面脂制作之法，用传世美酒渌酃酒浸泡丁香和藿香后再加入牛髓制成面脂，将其涂抹到脸上，用来遮盖那些令他生厌的雀斑和褶皱。自此，宇文护的脸上总是透着异样的白，愈加使人看不透、读不懂。

"参见天王、夫人!"宇文护故意摆出一副想要跪拜的样子,但动作却格外迟缓。

宇文毓见状忙识趣地说:"护兄,这里并非朝堂之上,不必被那些繁文缛节所扰。退朝后,我们还是以兄弟相称为好,免得彼此间显得生分!"

宇文护的脸上露出了一丝笑容,说:"岂敢!岂敢!愚兄怕有僭越之嫌。"

独孤夏若笑着说:"护兄何出此言?如今身逢乱世,你们兄弟二人理应勠力同心,共赴国难,再造河山。"

宇文护道:"夫人出身名门,果然谈吐不俗,见识不凡啊!"

见宇文护提到她的出身,独孤夏若的神情陡然间黯淡下来,她想到了尸骨未寒的父亲,想起了流放异地的亲眷。她更知道宇文护名为褒扬,实则在打压,只得识趣地闭上了嘴。

见气氛微微有些尴尬,宇文毓缓和道:"不知蜀地平叛之事进展如何?"

"叛乱已无大碍。愚兄本想在蜀地多留些日子,谁知朝中却出了这等怪事!"宇文护痛心疾首道,"这场叛乱的教训不可谓不深刻啊!唉——兄弟阋墙,外人得利!"

宇文毓知道宇文护表面上是在说年少轻狂的宇文觉,实际上却是在借机敲打自己。他也不甘示弱,随即还击道:"殷道尊尊,周道亲亲,尊而不应忘亲,亲而不应忘尊。既然兄不兄,弟不弟,自然君不君，臣不臣！"

一向文弱无力的宇文毓突然说出这样的话，叫宇文护大吃一惊。心事重重的宇文护无力，更无心再继续试探，而是直接转入正题："想必天王已然知晓。就在愚兄即将返回长安之际，重犯沈明跃却离奇身死，他虽只是个微不足道的小人物，但愚兄担心这中间或许隐藏着什么大阴谋！"

宇文毓却并不急于表态，而是小心翼翼地试探道："护兄所言极是，不知护兄打算如何处置此事？"

"为今之计便是彻查此案，缉拿真凶！"说罢，宇文护鹰隼般的目光从独孤夏若的脸上迅速掠过，企图捕捉什么，但独孤夏若始终平静如水，令宇文护大失所望。

"不知何人可当此重任？"

"愚兄举荐四人，还请天王定夺！第一人为辅城郡公宇文邕，辅城郡公骁勇果毅，有出人之才略，识见宏远，有过人之谋划。第二人为小刑部上士赵志平，此人精通仵作之道，擅长刑狱之事。第三人为右宫伯中大夫张光洛，此人掌侍卫之禁，更直于内，恪尽职守，刚正不阿，忠贞不贰。第四人为夫人的四妹独孤芷兰，独孤姑娘断案之风范，可谓巾帼不让须眉！"

夏若的心猛地一沉，不知老谋深算的宇文护此时举荐四妹芷兰究竟意欲何为。

犹豫再三，最终还是开口道："国家大事原本不容妾身多言，只是事涉妾身之妹，妾身只得斗胆进言。芷兰正值懵懂之年，涉世未深，并不懂得查案之道，况且又是关乎社稷安定的大案！妾身担心她恐会贻误国事！"

宇文护却不以为然："夫人此言差矣！夫人不识令妹真面目，只因她未能得到崭露头角的机会！愚兄可是刚刚听说她在蜀地巧断疑案之事。愚兄看人一向很准，令妹断然不会让你我失望的！"

独孤芷兰并不像姐姐独孤夏若和妹妹独孤伽罗那样是独孤信的正妻所生，她的母亲是个身份卑微的婢女，而且在她很小的时候就过世了。独孤信常年忙于战事，对芷兰疏于照护，芷兰自幼随擅长勘验之术的外公长大。独孤信犯谋逆重罪后，尚未出阁的她与兄弟们被发配到蜀地罚做苦役。

抵达蜀地后，芷兰因粗通些医术，奉命给人看病疗伤。

一日，两个劳作之人为了点儿小事打斗起来，高个儿仗着人高马大占了便宜，矮个儿明显处于劣势。众人强行将两人分开，可高个儿事后却去告官，说矮个儿将其打成重伤，无法劳作。

高个儿脱去身上的衣物，露出满身青黑色的伤痕。矮个儿顿时就蒙了，自己只是被动地还击，高个儿身上怎会有如此之多的伤痕呢？矮个儿连呼冤枉，不知究竟该如何辩解。

芷兰愤愤不平地站出来，指着高个儿说："你身上的伤是假伤！"

高个儿高声咒骂道："你个丫头片子懂什么，居然敢在官爷面前胡说八道！"

"请大人仔细验看他身上的伤,痕内烂损淤黑,四围青紫,聚作一片,却未有虚肿。大人可命人用手按压伤处,所谓伤痕想必也不会坚硬。这些伤其实是用榉树皮敷在身上故意伪造出来的假伤!"

见芷兰一语道出了自己的小伎俩,高个儿也只得如实招认了。他本想讹一笔钱,然后以养伤为名逃避苦役,没想到最终却招致一顿杖责。

夏若万万没想到此事居然这么快便传到了宇文护耳中,是他在蜀地平叛时偶然听闻此事,还是芷兰身边原本就有宇文护耳目?想到此处,夏若竟不寒而栗!

夏若本想再争辩几句,宇文毓却抢先说:"此事听凭护兄决断!"

宇文护那张煞白的脸上并无喜色,反而浮现出几丝忧虑,阴恻恻道:"愚兄一直有种不祥的预感,或许这只是一个开始!"

第三章
人去月斜疑梦寐

解　谜

九月二十八日，天官府二堂外突然出现了许多手持兵刃的卫兵，卫队亲自披挂上阵，肃然站立一旁。要知道，天官府卫队虽名为队，可规模却相当于军。

西侧启事厅里，书吏们貌似都在处理文案，却不住地交头接耳，还不时地将目光投向东侧的议事厅。那里本是大冢宰宇文护与僚属们议事之所，如今俨然成了审讯之处！

赵志平将刚刚发生的那起谜案原原本本地讲述了一遍，但未提及两人的真实身份。

看到众人噤声，一直面沉似水的宇文护终于打破了沉默，道："诸位对这个案子有何高见啊？"

大家不约而同地将目光投向了宇文泰第四子，年方十五岁的辅城郡公宇文邕。只见年少英俊的宇文邕身材挺秀高颀，头发乌黑如炭，浓密的剑眉稍稍上扬，一双漆黑的眸子如同朝露般清澈，又似江水般深不见底。眉上一颗"跪拜痣"，赤如朱紫、丰圆隆起，俊美飘逸中透着一股王者之气。

宇文邕沉吟片刻，道："承蒙天王与大冢宰器重，任用我等四人专司此案。我等定当殚精竭虑，不负朝廷重托。若想早日破案，还需全面了解整个案子的来龙去脉，可赵上士却对两名在押嫌犯的身份讳莫如深，这让我等从何查起啊？"

宇文护笑笑说："两名死者之中，一人名叫沈明跃，曾任荡寇将军、武骑常侍之职。另一人名叫厉无畏，曾任殄难将军、积弩司马之职。"

宇文邕也笑了，说："厉无畏、沈明跃皆不过是二、三命[1]的小校。他的死为何会让大冢宰如此劳心费神呢？其中恐怕另有隐情吧？"

宇文护满是赞赏地说："辅城郡公果然沉毅有远见，佩服，佩服！老夫之所以如此重视此案，皆因厉无畏和沈明跃知晓一个惊天秘密！"

七个多月前，开府仪同三司、盐州[2]刺史宇文盛告发赵贵与独孤信密谋诛杀宇文护。据宇文盛所述，赵贵的家仆张二嘎在门外偶尔

1.北周按照周礼设置六官，官员位阶的高低也由品级改为官命，最高的正九命相当于正一品，最低的一命相当于从九品。二、三命的官员也就是七、八品的小官。

2.治所五原镇城（今陕西定边），仅辖一郡五原郡，该郡仅辖一县——大兴县。

偷听到赵贵等人的密谋，参与此次密谋之人应为三人，但因其中一人始终沉默不语，张二嘎未能听出那人究竟是谁。张二嘎担心自己在窗外逗留时间久了会暴露，于是急匆匆离开了。

宇文护一直对那漏网的第三人心存忌惮，却又迟迟寻不到他的踪迹。而独孤信至死都不肯说出那人姓名，可见那人必定是与赵贵、独孤信地位相当的朝廷重臣。正因如此，宇文护在没有确凿的证据之前不敢轻举妄动，免得再生祸端，但此人的存在却让宇文护如鲠在喉！

就在一筹莫展之际，事态却突然出现转机。曾在赵贵麾下效力的沈明跃因贪墨军饷被判斩立决，为求苟活，沈明跃居然说自己知晓神秘第三人是谁，但因此人身份显赫，沈明跃担心会遭暗算，只肯当面禀告宇文护。

沈明跃入狱不久，厉无畏也因触犯军法而被逮捕。他并不像沈明跃那般畏首畏尾，而是直接跟主审官说出了那人的真实身份，此人便是太师、大司徒李弼。李弼毕竟是国之重臣，况且厉无畏的话到底是否可信也未可知，他这么做是蓄意诬陷还是直言相告，都要进一步核实，尤其要与沈明跃的供词相互印证才能确定。

但就在宇文护回京的路上，两人却同时离奇身亡，漏网之人究竟是不是李弼也就变得更加扑朔迷离了！

宇文护语音低沉道："其实本大冢宰并无意隐瞒，只因牵涉到赵上士和独孤姑娘的父辈，难免会有些顾忌！况且李太师又是我大周的功勋老臣，本大冢宰也担心万一此事泄露出去，会在将领中引发不必要的骚动！"

宇文邕若有所思道："请大冢宰放心，我等定会保守此秘密。如此看来，沈明跃和厉无畏或许是被那个漏网之人所害，顺着这条线索查下去必然会有所斩获！"

宇文护赞赏地点点头，随即对其他人说："诸位也不必拘谨，尽可畅所欲言！不知独孤姑娘有何高见啊？"

独孤芷兰说："辅城郡公所言极是！不过民女仍旧觉得有一点甚是可疑，厉无畏的尸身为何会不翼而飞呢？"

宇文邕的眉毛不由自主地轻轻皱了一下，不过旋即舒展开来。

他细细端详着芷兰，身着淡蓝色杂裾深衣的芷兰，宛如一株清新脱俗的兰花。年轻女子大多喜艳色服饰，像芷兰这样对素色深衣情有独钟之人可谓凤毛麟角。况且时下人多放荡不羁，不愿被传统礼法束缚，但酷爱儒学的宇文邕对身着深衣的女子却有着一种天然的好感。

宇文邕笑笑说："芷兰所言颇为在理，凶手或许在行凶时不慎在厉无畏的尸体上留下了痕迹，于是费尽心机将尸体盗走，以免暴露自己！"

独孤芷兰随即附和道："我也觉得那具尸身是被凶手盗走的，否则怎会莫名消失呢？可在防守严密的雍州狱，盗走一具尸身又谈何容易？"

此时，一直沉默不语的张光洛用低沉的语气说道："是啊！在众目睽睽之下盗走一具尸身绝非易事！凶手不仅凶残异常，而且心思缜密，他这么做定然藏着什么不可告人的秘密！"张光洛年过不惑，面容消瘦，双眼又细又长，眼尾上吊，眼珠微微发黄，给人一种时刻窥视之感。

芷兰只看了张光洛一眼便想到狼的眼睛。张光洛走路的时候也像行狼一样，时刻狼顾左右。

"不合常理之事是因我们不解深藏其中的理，只要寻到其中暗藏的理，或许也就变得合理了。"独孤芷兰突然灵机一动，说，"凌利中是最后见过那具尸身的人，岂不是最为可疑？"

宇文邕的眉毛再度不由自主地皱了一下，却旋即舒展开来，说："或许凌利中的死真的与此有关？不过如今却已然是死无对证了。"

张光洛却顺着芷兰的话说："即便他死了，只要用心去查，总能找到些蛛丝马迹！我查阅过凌利中的甲历，他是大统十五年（公元549年）来关中的，孑然一身，从未娶妻，也从未生子，素来没有什么往来的亲戚。他对之前的经历始终讳莫如深，而厉无畏的尸身恰恰是经他勘验之后离奇失踪的，此人难道不值得我们好好去查一查吗？"

赵志平忽地站起身，愤愤不平道："凌下士不愿提及过往并非真的想要隐瞒什么，而是他不忍再提起那些不堪的旧事。他曾在侯景麾下效力，老贼高欢死后，其子高澄掌权，而侯景素来轻视资历尚浅的高澄，于是趁着老贼尸骨未寒之际起兵讨伐。高澄派遣大将慕容绍宗前去迎战，慕容绍宗连战连捷，势如破竹。侯景最终仅率八百残兵，南渡淮河，投奔南梁。在兵败如山倒之际，凌下士之所以能活下来全赖其妻舍命相救，他为悼念亡妻发誓永不再娶。此事对凌下士的打击可想而知。他虽有些孤僻和刻板，却素来心地善良，屡破疑案，秋官府的人对此皆心知肚明。如今他被歹人所害，却仍旧被你们所疑，这是何道理？"

赵志平虽比宇文邕年长几岁，却远没有宇文邕那般成熟和稳重。

芷兰笑着说："赵上士大可不必为此不悦！疑点乃是反常之处，有疑点未必真有嫌疑，有嫌疑也未必就是真凶！几乎每个人的身上都存在着这样那样的疑点。你的身上也同样有疑点。"

"我能有什么疑点？"

"你出身将门却并未征战沙场，而是进了一向不被世人看重的仵作之行，难道这不可疑吗？"独孤芷兰嫣然一笑，她的笑容让赵志平忽然想起了曾经笑靥如花的独孤夏若，同样是那么动人！

昔　时

芷兰不经意间的一席话语猛地打开了赵志平记忆的闸门。

赵志平出身名门，父亲是赫赫有名的八大柱国之一赵贵。在外人眼中，生活在父亲耀眼光环之下的赵志平无疑是幸运的，但只有他自己知晓其中的苦辣酸甜。

赵志平曾在玉璧从军，不过母亲的突然离世却改变了他的人生道路。他觉得母亲绝非病故那么简单，于是改行成为一名仵作。虽然这和他的抱负大相径庭，但如果能够为母亲洗冤，一切都是值得的。

多年后，学成归来的赵志平决定亲自勘验母亲的尸骨，以查清母亲的死因。赵志平用手背擦干眼中的泪水，拿起身边的一只大铜壶，缓缓地倒下一股清流，轻轻地冲洗着母亲尸骨上的泥垢和黑斑。随后用麻绳将母亲的骸骨依序串了起来，然后用一块草席包裹好。

此时他雇的两个力夫已开掘出一个长五尺、宽三尺、深二尺的地窖，地窖底部铺上一层厚厚的木炭。炭火点燃之后，地窖被烧得红彤彤的。

见火候差不多了，赵志平忙命人扑灭炭火，将二升好酒和五升酸醋泼在地窖的地面之上。见地窖之中腾起滚滚热气，他与那两个力夫又一起小心翼翼地将用草席紧紧包裹着的尸骨放入地窖之中蒸骨。

两个时辰后，赵志平估摸着地面已经彻底冷了，便让两人将母亲的尸骨从地窖抬到平坦明亮的地方，然后支上一把红油伞。在红色光晕之下，骨质表面原本不易发现的小损伤便会显露出来。

他对母亲的每一块尸骨都进行了细致的勘验，发现胸骨上有损折之处，而且呈现出殷红的血荫之色。他急忙将那块骸骨拿到日光之下进行验看。若骨上只有损折，而无血荫，便很可能是死后造成的，出现血荫，则应是生前所留。

赵志平跪在母亲的尸骨面前号啕大哭，发誓要为含恨死去的母亲讨还公道。他将勘验结果告诉了父亲赵贵，可父亲却出奇地平静，脸上居然没有一丝震惊，或许他早就知道母亲绝非病故！

赵贵只是淡淡地说了一声："真相并非你想的那样，过去的就让它过去吧！"

"对于母亲的无辜惨死,父亲能过得去,孩儿却过不去!"

赵贵的脸上掠过一丝愠色,高声责问道:"你想要怎样?"

"为母亲讨还公道!"赵志平此前一直都很敬畏和忌惮赵贵,那日不知从何处来的巨大勇气,居然在父亲面前无所畏惧。

"除此之外,孩儿还能怎样?"赵志平冷笑着,但笑声中却透着无奈,带着悲凉。

"够了!从来就没有人要谋害你的母亲,她是自戕而亡!"赵贵先是高声喝止,但很快就改用低沉的语气关切地问道,"此事暂且到此为止吧!如今你已到婚配的年龄,也该成个家了。你不是一直都钟情于独孤信的长女吗?为父明日就托人去独孤信的府上为你求亲。"

要在平日里听到父亲如此说,赵志平定然会满心欢喜,那日却不依不饶道:"父亲是在与孩儿做交易吗?"

"你怎会变得如此不通情理呢?"赵贵拂袖而去。他的确有事瞒着儿子,却不能将真相和盘托出,因为他也有难以言说的苦衷!

赵贵托人请来宇文泰第五女宇文玉秀[1],恳请她为儿子去独孤信的府上提亲。宇文玉秀伶牙俐齿,能言善辩,之前撮合成了好多门亲事。赵贵允诺事成之后定然以重金酬谢,可宇文玉秀却叹了口气,满是遗憾地说:"这的确是一桩门当户对的美事,可您却说

1.宇文玉秀嫁给窦毅,被册封为襄阳公主,因女儿窦氏嫁给唐朝开国皇帝李渊,后被追谥为唐朝太穆皇后。

晚了，独孤夏若刚刚被许配给我的弟弟宇文毓。您还是另寻别家的姑娘吧！"

赵贵一时间不知该如何面对自己的儿子，却不得不硬着头皮道："为父已然尽力了，如若日后你相中了哪家的姑娘，为父一定竭尽所能地设法成全！为父还是那句话，过去的就让它过去吧！人不能仅仅活在往昔，而应活在当下！"

此时赵志平如同瑟瑟秋风中一片飘零的落叶，感受不到人间丝毫的温暖，有的只是沁入骨髓的凄凉！

最爱他的母亲离他而去，而他此生最爱的女人也已名花有主。命运为何待他如此不公？如今孑然一身的他已经了无牵挂。

万念俱灰的赵志平在长安南城边上租了一间简朴的小院子，彻底离开了让他失望透顶的父亲，离开了那个原本就没有多少亲情可言的家。

赵志平曾深深地恨过父亲，可等到父亲真的走了，他才真切地体会到世态炎凉。这些年来，他在仕途上顺风顺水完全得益于父亲的庇佑，如今父亲失势身死，上司们曾经的关怀、同僚们曾经的笑脸，全都消失得无影无踪，每个人都在刻意疏远他，甚至排挤他。

赵志平与父亲的公然决裂虽然令他避免了被流放的命运，却从刑部中大夫直接降为小刑部上士，官阶也从正五命直接降为正三命。

对　策

"赵上士！赵上士！你怎么了？"独孤芷兰轻声的呼唤打断了赵志平烦乱的思绪。

"没什么！这段时间在下实在太过疲乏了！"从痛苦的回忆中挣脱出来的赵志平刻意掩饰道。

宇文邕道："赵上士与凌下士师徒情深，为之辩白也是人之常情，但查案却万万不可感情用事！凌下士是否清白，只有查明他身故的真相，才会还他一个公道，也可以告慰其他人的在天之灵。我想这才是张宫伯与芷兰姑娘的真实用意，绝无丝毫冒犯凌下士之意！"

赵志平略带歉意地说："恕在下修为不够，如有冒犯之处，还望诸位多多见谅！"

宇文邕急忙说："哪里！哪里！只有诸位各抒己见，知无不言，言无不尽，才能早日拨云见日。大冢宰，本公有一言，不知当讲不当讲？"

宇文护忙放低身段道："辅城郡公过谦了！愚兄愿闻其详。"

"在下以为彻查此案还需双管齐下，本公与芷兰姑娘追查杀害厉无畏和沈明跃的真凶，而张宫伯与赵上士前去破解凌利中离奇死亡的谜团。这两起案子之间定然有着千丝万缕的关联，只有两下使力，才能借力打力。"

宇文护微微点点头道："辅城郡公果然思虑缜密，胸藏锦绣。如此一来，本大冢宰就可高枕无忧了！"

四人异口同声地说："我等定当勠力同心，早日缉拿真凶，还我大周朗朗乾坤！"

离开大冢宰府，宇文邕辞别众人后，快步追上芷兰，低声耳语道："嫂嫂晚上想要见你！"

芷兰却好像没有听到似的继续向前走去，将满脸错愕的宇文邕甩在了身后。

劝　阻

瑟瑟的寒风吹打着宫门，映菡殿内的灯火忽明忽暗，仿佛预示着夏若未来起伏不定的人生。

"芷兰参见姐姐！"一缕暖暖的烛光映在芷兰俊俏的脸上，却无法温暖她那颗冰冷的心。

"四妹，快快免礼平身！"夏若忙搀扶起芷兰，拉着她的手关切地问，"这段日子，让妹妹受苦了！"

芷兰叹了口气说："这是妹妹的命，怨不得别人！"

"妹妹不要如此悲观，一切皆会慢慢好起来的！"

"但愿吧！"

"听说宇文护让你回来查案？"

"他曾经允诺，如若勘破此案，便会赦免我们全家！"

"妹妹难道不知宇文护是何许人吗？怎么连他的话也信？听姐姐一句劝，不要再蹚这摊浑水了！他是在利用你！"

天性倔强的芷兰却不以为然地说:"不到最后一刻,还不知道谁在利用谁呢!"

"你太过天真了!连昔日天王皆被其罢黜,难道四妹能斗得过老奸巨猾的宇文护吗?"

"姐姐想要让芷兰重回蜀地,继续过流放的生活吗?如今姐姐和七妹都已嫁为人妇,自然可以笑对云卷云舒,可芷兰却还未曾出阁,仍旧是我独孤家的人,自然要与哥哥弟弟们休戚与共,祸福相连。姐姐可曾知道我们在蜀地过的是怎样不堪的生活?"

望着泪眼蒙眬的妹妹,夏若一时间心如刀绞。对于娘家人的悲惨遭遇,她何尝不是感同身受,但当下她又能怎样呢?

在外人眼中夏若风光无限,荣耀无比,但她却看得很清楚,贵为北周天王的夫君不过是宇文护手中一枚用于政治博弈的棋子罢了。自己也因是独孤信的女儿,宇文护一直都欲除之而后快。此前宇文毓已多次向宇文护暗示过想要立她为后,但宇文护却都横加阻拦。因此,她何时能登上天后之位还是一个大大的未知数!

夏若忙将妹妹揽入怀中,动情地说:"自从父亲离开后,姐姐一直都在强装欢颜,可每每到了夜深人静之际,姐姐常常是以泪洗面。哥哥们,弟弟们,还有妹妹们受的罪、遭的苦,姐姐怎会不知?姐姐一直在找机会,也一定会找到机会接你们回来,不过却需要些时日!"

芷兰高声说:"难道当下不是最好的机会吗?"

夏若却摇着头说:"姐姐说了这么多,无非是想让你不要再受宇文护的蛊惑，远离那些是是非非！难道你就不能体谅姐姐的良苦用心吗？"

芷兰仍旧执拗地说："芷兰过够了逆来顺受的日子，过去听父亲，听母亲的，听哥哥的，听姐姐的，却唯独没有听从过自己内心的声音！这次芷兰想自己做一回主！"

夏若苦笑了两声，无奈地说："既然如此，还望妹妹好自为之吧！"

芷兰决意要在自己选择的这条路上坚定地走下去，查明真相，缉捕元凶，为国立功，解救家人，殊不知这个错综复杂的案子却如同怪兽张开的血盆大口，即将吞噬无数人的性命。

第四章
横横直直迷人路

探 监

在通往雍州狱的官道之上,宇文邕与独孤芷兰策马扬鞭,卷起漫天烟尘。

宇文邕一袭白色襕衫,白如雪,轻如风,长相俊秀,身形挺拔,身手矫健。

独孤芷兰一身男装,清秀中透着一丝坚韧,阴柔中显出几丝阳刚。

掌囚中士孙显和掌囚下士齐鸣早已在雍州狱牢门口等候多时,见两人姗姗来迟,忙迎了上来。

孙显拱手施礼道:"辅城郡公,独孤小姐,卑职有失远迎,还望恕罪!"

宇文邕忙还礼道:"哪里,哪里!本公与独孤小姐奉命查案,多有叨扰了!"

孙显恭维道："辅城郡公与独孤小姐乃是在为国分忧，为民除害，我等甘愿效犬马之劳！"

芷兰说："真若如此，民女和辅城郡公可就要先行谢过诸位大人了！"

孙显和齐鸣将两人恭恭敬敬地迎入通道南端的禁房之内。一直默不作声的齐鸣刻意躲在孙显身后，脸上偶尔露出几丝僵硬的笑容。宾主落座后，孙显向齐鸣使了个眼色，原本无意离开的齐鸣只得识趣地说："在下还有重要公务在身，失陪了！"

齐鸣走后，孙显脸上的神情立即舒展开来，对两人说："辅城郡公、独孤小姐，有何要问卑职的尽管问，卑职定不敢有一丝一毫的隐瞒！"

宇文邕说："既然如此，我等便开门见山了！发生凶案的那间牢房的钥匙一共有几把？"

孙显说："那间牢房乃是关押朝廷重犯的内监，门上设有两把锁，宿直狱吏各执一把，只有两人同时在场才能将犯人提出来。卑职与齐下士各执一把，权当备用，一直锁在柜中。出事后，卑职与齐下士还特地查看过，钥匙仍在原处，并没有人为翻动过的痕迹。即便凶手手中真的有钥匙，要想从狱门进入内监也需要经过三道门，这三道门均有狱吏值守，外人进入需要出示符契或文书，如若勘验不符或者存疑定然不会放其进来！"

芷兰不以为然地说："如此看来，此间防守可谓固若金汤，那为何还会发生如此凶案呢？"

孙显苦着脸道:"事情怪就怪在这里!辅城郡公和独孤小姐可以到凶案现场去查验。当夜值守的刘五、贾三、崔哲皆说,他们赶到案发的那间牢房时门分明是锁着的,但牢房内的两名疑犯却已倒在血泊之中。卑职绞尽脑汁也想不出真凶到底是如何进来的,又是如何脱身的。"

宇文邕沉思了一会儿,说:"难道孙中士就没有想过三人合谋作案的可能吗?"

"恕卑职直言,三人的关系并不密切,共事的时间也不长,事发前也没有什么异常。当时进出监牢的路上皆有狱吏把守,况且还惊动了附近的虎头军,监牢外围密布着手执兵刃的军卒。即使刘五、贾三、崔哲三个小狱吏果真合谋,在众目睽睽之下也难以在如此之短的时间内连杀两人,更盗不走厉无畏的尸身!"

芷兰却说:"孙中士难道忘了狱神庙左下方墙根处的那个死囚洞吗?"因为犯人如果在狱中暴毙,是不能从大门抬出去的,必须从死囚洞中拖出去。

"那个洞一直是关着的,两把钥匙也分别由卑职与齐下士保管,事发后,下官也曾命人专门查验过,两把钥匙皆还在,况且近期也未有犯人暴毙狱中,洞门并未开启过!"

芷兰原本还想继续问下去,不过却被宇文邕打断了:"既然如此,今日就暂且先到这里,多有叨扰了!"

"难道辅城郡公和独孤小姐不去凶案现场查验一番吗?"孙显再度问道。

宇文邕却摆摆手，说："恐怕不必了！来之前，我们已经详细查阅过勘验笔录和验尸格，就不多叨扰了！"

如释重负的孙显说："既然如此，卑职也就不便挽留了！"

打　探

宇文邕与独孤芷兰离开后，在距离雍州狱不远处找到一家小酒馆。

"你为何不让我继续问下去？"芷兰的话语中带着隐隐的责备。

宇文邕并没有不悦，反倒觉得随性的芷兰有些可爱，说："你继续问下去也是白白耽误工夫！孙显品级虽低，却是个深谙世事的官油子，一直都在避实就虚，避重就轻，你能从他的嘴中问出什么有用的东西？"

芷兰的嘴微微噘起来，仍旧有些不服气地说："你未免也太过武断了吧？"

宇文邕戏谑道："好，好，是在下太过武断了。千不该，万不该，不该如此粗鲁地打断了独孤大小姐的问话。"

芷兰却依旧板着脸说："人家跟你说正事呢，你怎会这般嬉皮笑脸？"

宇文邕随即收起了笑容，一本正经地说："我感觉齐鸣似乎有话要对我们说，不过却慑于孙显的淫威而欲言又止，或许我们能从他的口中探听到一些有用的消息。"

芷兰赞赏道:"辅城郡公果然眼光不凡!我也觉得孙显刻意将齐鸣支走或许有着什么不可告人的目的。"

小酒保的手脚很麻利,左手端着一个黑漆托盘,上面酒壶、酒盏、汤匙与箸儿一应俱全,右臂自肘至肩叠着五个菜碗。刹那间,小酒保就将酒菜整齐地摆放在桌上。

宇文邕拿出一陌钱递给他,说:"这是给你的赏钱!"

小酒保可能很少见过如此大方的客人,脸上顿时堆满了谄媚的笑容,说:"小的谢过客官了!"

"区区一陌钱,不足挂齿!我向你打问点儿事情!"

"客官请讲,只要小的知道的,定会直言相告,无所隐瞒!"

"这便好!你可认识齐鸣?"

"当然认识!掌囚下士,雍州狱的二头儿,在这狱里地位仅次于孙显。我们这家小店之所以能勉强维持下去全仰仗着那些在狱中当差的官爷!"

"你可知他住在何处?"

"往东走约莫二里地,有个榆耳巷,小巷子从南面数第三家就是齐下士的家!小的听说他昨夜在狱中宿直,按照惯例,他未正[1]时分便可归家,你们尽可以去寻他!"

小酒保突然放低了声音,神秘兮兮地说:"小的还知道一个大

1.下午两点。

大的秘闻，不过客官莫要跟别人说是小的告诉您的，否则小的可吃罪不起！"

宇文邕道："小二哥尽管放心，我等自会守口如瓶！"

在宇文邕那陌铜钱的刺激之下，小酒保说起话来自然也就无所顾忌，凑到宇文邕耳边低声说："齐下士跟孙中士新纳的小妾私通！那个小妾长得如花似玉，别提多漂亮了，是孙中士花费重金从怡红院买出来的！孙中士一向吝啬，谁知他却舍得在这个女人身上大把地扔钱！既然人家替你赎了身，你就理应守本分，谁知她居然还偷男人！不过后来小的听说，这也怪不得别人，谁让孙中士他自己不行呢，人家也是寂寞难耐嘛！"说话间小酒保的脸上露出几丝淫笑。

芷兰听到这里，脸上泛起一片绯红。宇文邕见状忙又拿出一陌钱递给小酒保，说："你可以下去了！不要跟任何人提及此事！"

"小的明白，遇到您这么大方的客官，可是小的几辈子修来的福分！"说完就美滋滋地转身离去，招呼其他客人去了。

"这个齐鸣与上司孙显的关系既复杂又微妙啊。看来，这一趟我们非去不可了！"芷兰若有所思地说。

夕阳下的榆耳巷显得格外宁静，宇文邕和独孤芷兰轻轻地叩打院门。

"谁呀？"门里传来一个中年男子的声音，听声音宇文邕和芷兰便知此人是齐鸣。虽然白天会面颇为短暂，齐鸣说话不多，但他声音的辨识度却很高,微微有些沙哑。齐鸣缓缓地打开门,见来人竟是宇文邕和独孤芷兰,不禁吃了一惊,一边连声说着恕罪一边慌忙行礼。

宇文邕笑笑说:"齐下士莫要多礼,可否让我们到房中一叙?"

齐鸣忙将两人让了进去,还特意煮了一壶上好的蜀茶。蜀茶离开蜀地芳香不减滋味不变,很受长安士人的喜爱。

齐鸣说:"陆纳、桓温提倡以茶养廉,以茶示俭,卑职可就以茶相待了!"

在蜀地生活的那段时间,芷兰早已吃惯了蜀茶。而齐鸣煎茶的手艺也十分了得,加了盐巴和奶酥,香而不稠,浓而不腻。她一边品着茶一边说:"果然是好茶!甘苦互依,咸涩共存,像极了这百味人生。"

宇文邕开门见山道:"我们为何而来,想必齐下士应该很清楚,还请直言相告!"

齐鸣踌躇许久才开口道:"卑职本无意隐瞒,只是担心……担心会遭人误解,招致不必要的麻烦!"

宇文邕知道他仍旧顾虑重重,于是劝慰道:"齐下士大可不必为此而担忧。我等之所以现在才来寻你,便是不想惊动旁人。"

齐鸣沉默了一会儿说:"既然如此,在下便直言相告了!沈明跃上个月因贪墨军饷事发而被判斩立决,照例转入内监。后来不知为何,一向并不太过问府内事务的大司寇居然亲往内监去见沈明跃。这可是大司寇上任之后的头一遭,此前连雍州狱都未曾来过,更别提去阴暗潮湿的内监探视嫌犯了！沈明跃不过是个三命小官，大司寇居然亲自去见他，而且两人谈话时还不许旁人在场。当时卑职便觉得这个沈明跃来头不小。大司寇临走前还曾严令卑职与孙中士务将沈明跃单独关押，严加看管，不得有丝毫闪失！"

宇文邕心想："你当然不会知晓其中的奥妙！沈明跃原本微不足道，如今却成为左右政局的关键棋子！老辣的达奚武自然懂得其中的厉害！"

齐鸣继续道："出事前三天的那个晚上，卑职去冯记酒馆喝酒，无意间撞见孙中士与朱令史从一个单间出来。孙中士见到卑职后竟然显得有些不自在，还不由自主地将手中所拿的小布包悄悄放到了身后。朱向却依旧谈笑风生，还跟卑职寒暄了几句，卑职当时也并未多想。如今想来，其中可是大有玄机啊！"

芷兰突然打断他问："这个朱令史又是何许人也？"

齐鸣答道："朱令史名为朱向，乃是小司寇上大夫李耀大人手下的令史。时常跟人夸耀，曾跟随李太师擒窦泰、攻沙苑、战河桥、败韩轨，不过他凭借战功仅仅获取了一个武职出身。后来觉得自己年岁日渐大了，不想再在沙场上拼命，于是转投李太师的长子李大夫门下做令史！别看他是个没有命级的小吏，却颇得李大夫赏识，像我等这样的小官还不得不主动去巴结人家！"

芷兰点头道："原来如此！请齐下士继续讲。"

齐鸣清清嗓子，继续道："次日，另一嫌犯厉无畏也被押解至雍州狱，但孙中士居然将他与沈明跃关押到同一间牢房之中。当时

053

卑职就曾提出异议，大司寇曾当面严令，沈明跃务必单独关押，如今他却公然违抗上司训令。不想孙中士还信口雌黄，说这是上司的旨意！卑职自然也就不便再说些什么，随后监牢内便发生了那起离奇凶案。匆匆赶来的大司寇当着我们的面咆哮道，为何不将沈明跃单独关押，孙中士居然说，内监监舍已满，厉无畏无处安置才与沈明跃关押在一起，可实际上卑职却清楚地记得，内监尚有一间监舍是空着的，案发后才临时将一个疑犯转押到那里！"

一直默不作声的芷兰听到此处，若有所思地道："这么多看似偶然之事凑在一起恐怕便绝非偶然了！"

齐鸣沉思了一会儿补充道："对了，卑职在酒馆偶遇朱令史与孙中士的那天晚上，朱令史居然骑了一匹颇为惹眼的白马，凛凛英气中透着婉约优雅，让卑职实在是艳羡之极！朱令史此前一向颇为低调，不知为何突然变得如此张扬。卑职这样的小官在京城之中尚且艰难度日，人家居然能够买得起如此名驹，真是羡煞我等！"

线　索

宇文邕和独孤芷兰从齐鸣家离开后又回到那个小酒馆，此时天已经彻底黑了下来。恰巧那个小酒保还在，远远地望见宇文邕和独孤芷兰，忙迎了过去，将他们请进了一个僻静的单间，热络地问道："二位可曾寻见齐下士？"

宇文邕说："本公子也只是替故友打探，其实并不认得齐下士，也并未打算去寻他！"

小酒保笑着点点头，但芷兰却能隐隐感到他其实并不信宇文邕刚才那番托词，但认不认识、寻没寻得到齐下士对小酒保来说本就无关紧要，即使他不信也万万不能表现出来，更不能说破。

"这个月二十六日的晚上，孙中士可曾到你这家酒馆来喝酒？"宇文邕问道。

"容小的想想！别看我们这个酒馆小，可一天进进出出的客人也不算少，况且孙中士又是我们这里的常客，实在记不起那晚他究竟来没来过！"

"你再想想，他是和另外一个人一起来的，那个人骑着一匹白马！"

小酒保恍然大悟："小的想起来了！想起来了！您要是不提那匹白马，小的兴许还想不起来呢。和孙中士一起来的那个人一看便非富即贵，单单那匹马没有几千贯恐怕买不下来的！他们离开时，小的还特地在暗中观瞧，那匹白马四蹄翻腾，长鬃飞扬，骑在上面好不快活！还有，孙中士虽说是雍州狱的头儿，可平时来我们这儿算计得很，那日却反常要了个单间，而且所点酒菜皆是我们儿的招牌菜。想来那个人身份高贵得很！"

宇文邕又甩给他一陌钱，道："今后留意一下这个人！"

小酒保接过钱，笑嘻嘻地说："小的明白！看来前些日子财神没有白拜，这么快就灵验了！"

宇文邕点了几个菜，看似不经意，却很走心，特地给独孤芷兰点了她最爱吃的炙鸭。芷兰没有想到宇文邕居然如此了解自己的嗜好，心下不禁感动。

小酒保走后，宇文邕信心满满地说："这个案子之所以看起来很离奇，就是因为我们看到的皆是歹人故意让我们看到的假象！如果当晚涉事的狱吏是凶手，或是帮凶，那么这一切看似不合理的地方也就变得合理了！"

芷兰皱着眉说："可是谁又有那么大的能量能够说动或者买通当晚所有涉事的狱吏呢？"

"李耀！"宇文邕的声音虽不大，却振聋发聩。

芷兰点点头，暗道："如果当初与父亲和赵叔父密谋诛杀宇文护的人果真是太师李弼，那么这一切似乎就解释得通了！"

李弼的长子李耀现任小司寇上大夫，协助大司寇达奚武掌管秋官府内事务，乃是掌囚中士孙显的顶头上司。或许是慑于李弼、李耀父子的权势，或许是经受不住他们的利诱，孙显才沦为任人摆布的棋子。既然孙显都尚且如此，当晚宿直的刘五、贾三、崔哲等一干狱吏自然也就成为任人摆布的玩偶了！

难道这就是他们苦苦寻觅的真相？芷兰沉默了一会儿，突然开口道："如若真是李耀与孙显等一干狱吏合谋作案，还有什么必要冒着触怒达奚武的风险将厉无畏与沈明跃关押在一起呢？"

"这个不难解释！他们刻意将厉无畏与沈明跃关押在一起，可以将两人同时除掉，以免节外生枝！"

芷兰虽然也觉得宇文邕的这个解释似乎有些道理，但未免有些太过牵强。如若厉无畏与沈明跃并非身陷囹圄，元凶自然会刻意选择两人在一起时动手，以免杀了其中一人会走漏风声，致使另外一人望风而逃。可如今两人都已失去了人身自由，将他们关在一起同时动手与分别关押先后动手又能有多大差别呢？况且分别关押也可以同时动手呀！

孙显将厉无畏与沈明跃关在一起无疑是在公然违背达奚武的指令，这很可能会给他带来无妄之灾。芷兰此前虽与达奚武仅仅见过一面，却从他人口中对达奚武多少有些了解。行伍出身的达奚武为人暴躁，行事粗鲁，很多部将都惧怕他，但他却并非大老粗，反而是个极精明之人，怎会看不穿孙显原本并不高明的卑劣伎俩？蹊跷的是脾气一向火爆的达奚武居然对此事并未深究，还不了了之了！

达奚武担任大司寇才半年多的时间，而据齐鸣所述，孙显与达奚武在雍州狱应该只见过两面，目前没有证据证实两人是旧识，地位如此悬殊的两人私底下也应该不会有什么交集。既然如此，达奚武为何会姑息纵容敢于对他阳奉阴违的孙显呢？难道仅仅是担心家丑外扬吗？

其实她心中最大的疑问依然是厉无畏那具不翼而飞的尸体，凶手为何要如此处心积虑地盗走厉无畏的尸身呢？

如若真如宇文邕猜测的那样，凶手在行凶时不慎在那具尸体上留下了什么不该留下的痕迹，完全可以将那些痕迹销毁，即便时间紧迫也可以纵火焚尸，何必非要费时费力地在防守如此严密的雍州狱中将那具尸身盗走呢？

这起离奇凶杀案的元凶聪明至极,自然不会做愚蠢之事,他这么做必然有着什么不为人知的目的!

如若这个疑问解不开,恐怕他们寻到的所谓真相便未必真的是真相!

第五章
寒鸦惊飞入尘风

索 问

望着凌利中那座简朴熟悉的院落,赵志平一时百感交集,斯人已去,却言犹在耳。

一向沉默寡言的张光洛无奈地摇摇头,不禁感慨道:"这个案子还真够邪性的!坐在书房之内却是溺亡!"

正在这时,宇文邕和独孤芷兰急急火火地赶来。宇文邕见到赵志平后迫不及待地问:"赵上士,我等来寻你证实一件事,最先发现凌下士遇害之人是谁?"

"一个名为孙秃子的小仵作。"赵志平一脸疑惑地望着宇文邕,不解地问,"难道辅城郡公有什么重大发现?"

宇文邕并未回答,接着问道:"是何人遣孙秃子前来的?"

"朱向!他说李大夫有要事寻凌下士。"

宇文邕语气肯定地说:"如今全对上了!朱向恐怕就是我们一

直苦苦寻觅的元凶!"

"你是说朱向杀了我师父?可他与我师父素来无冤无仇,怎会下此毒手呢?"赵志平的话语中透着惊讶,带着质疑。

"朱向不过是充当别人的工具罢了!内中详情容日后再慢慢向你道来,本公需即刻前去面见大司寇和雍州牧,尽快将朱向缉拿归案!"

芷兰却拦阻道:"辅城郡公且慢!虽说朱向如今嫌疑重大,但此时下结论恐怕还为时尚早吧!"

芷兰公然拦阻宇文邕还有着更深层次的考量。朱向的背后是李耀,而李耀的背后则是太师李弼,虽说如今很多条线索都同时指向朱向,却依旧缺少强有力的证据。即便宇文邕贵为王族公子,可若是贸然与元勋老臣李弼为敌,也势必会给他带来诸多不利影响。

宇文邕并不理会,高声道:"如今当务之急便是速速缉拿朱向,否则一旦让其逃脱,或者被人灭口,那么线索可就彻底断了!"

话音未落,宇文邕便急匆匆走向大门口,飞身上马扬鞭而去,将有些错愕的三个人远远地抛在了身后。

可就在这个关键时刻,朱向却莫名失踪了!

宇文邕带着十几个捕役气势汹汹地来到朱向家。朱向的妻子侯氏原本就没有见过什么大世面,面对这般阵势居然惊恐得连说话都有些颤抖。

"难道郎君闯下了什么大祸?"

"如若是小事,还需本公亲自带捕役前来吗?"

"我家郎君一向谨小慎微,胆小怕事,怎么可能干下作奸犯科之事?"

"休要再替他遮掩,还不快快如实交代他的去向!"

"妾身实在不知啊!昨日,郎君像往常一样去秋官府听差,妾身等了一夜也未能等到他回来。今早妾身还曾派人到秋官府前去打探郎君的消息,不知他是否被上司派去出公差?"

"本公刚刚从秋官府来,昨日他根本就未曾去秋官府应卯!"

侯氏惊讶地望着宇文邕,旋即自言自语道:"这怎么可能?那郎君又会去了哪里呢?"

宇文邕高声说:"这正是本公要问你的!尔等胆敢有丝毫隐瞒,定然治你个包庇之罪!"

"妾身不敢!妾身不敢!"侯氏连忙低下头,不敢再直视宇文邕。

宇文邕大步流星地走向院门,却突然转过身对侯氏说:"朱向离去时可是骑着那匹白马?"

"正是!莫非这一切祸端皆因那匹白马而起?此前郎君一直骑驴子,而且还是从崔三鞍马店租的,前几日却突然牵来了这匹很是惹眼的白马。妾身追问他哪里来的那么多钱,他只是说得了一笔外财。妾身继续问,郎君就死活不肯再说了!如今他抛下我们孤儿寡母……"

宇文邕将唠唠叨叨的侯氏远远地抛在了身后。盼咐那十几个捕役分头到长安城各个城门前去探查朱向的行踪,自己则去找芷兰。

可长安城内有几十万人口之多,每天进出之人如过江之鲫,朱向出城时定然会乔装打扮一番,守门的士卒会记得他吗?

约莫过了半个时辰,一个捕役兴冲冲地回来,说:"辅城郡公,小的探寻到朱向的行踪了,他向西逃去了!"

"你是如何打探到的?"

"小的拿着朱向的画像去便门找守城的士卒询问是否见过此人,起初他们都说不认得。幸亏辅城郡公嘱咐小的务必提及他所骑的那匹白马,守城的士卒这才想起昨日巳时,有个骑白马之人急匆匆出城,却不慎撞倒了一个急着进城的小贩。小贩非要他赔一陌钱,但那人却不肯,于是小贩便拦住了他的去路。两人为此争执起来,一度影响了城门的通行,在守城士卒的呵斥之下,那个自认倒霉的小贩才挑着担子悻悻地进城去。"

"这么说来,朱向定然是向西逃去了!"

芷兰走过来,苦着脸说:"西面不是险峻的高山,就是茫茫的戈壁,如若朱向藏匿起来,我们要想再找到他,定是比登天还难!说不定他早已逃出我大周疆土,逃到吐谷浑,抑或是突厥了!"

望着忧心忡忡的芷兰,宇文邕安慰道:"大冢宰已然令沿途州郡严加盘查过往行人,那些刺史郡守们定然不敢怠慢,或许很快就会有好消息传来!"

芷兰越发觉得那个神秘莫测的朱向身上有着太多太多的蹊跷之处,无论是去见孙显,还是仓皇逃走,都应是极隐秘之事,既然如此,朱向又为何还要骑着那匹惹人注目的白马呢?他完全可以借或者租一匹不起眼的马或者驴子啊!

还有,他在出城时撞倒了一个小贩,人家不就是要一陌钱吗?给他便是了!为何还要跟人家起争执呢?这样不仅会暴露自己的行踪,还会耽误逃亡的行程。

朱向这一系列反常举动的背后到底有着怎样不为人知的隐情呢?

禅 寺

太白山中,鸟语声声,*溪流潺潺*。

在扶风郡[1]司马贾耀的引领之下,宇文邕、芷兰以及朱向之妻侯氏疾步行走在狭窄的山道之中,不过他们却无暇欣赏美景,只顾着匆匆赶路。

在一片翠色掩映之下,一座幽静的山寺终于映入他们的眼帘。这座寺院修建于大统年间,故名大统寺。夕阳已经西下,原本笼罩在橘红色光晕之中的古寺此刻被金色的阳光镀上了一层圣洁的轻纱,透着浓重的禅意。

大统寺方丈维摩禅师早已在山门等候。

贾耀介绍道:"这位便是大统寺方丈维摩禅师!"

维摩禅师双手合十道:"阿弥陀佛!佛门本是清静之地,孰料

1.隶属于雍州,治所文学城(今陕西兴平)。

却招致血光之灾，真是罪孽，罪孽啊！"

宇文邕拱手道："看来佛门也并非清净之地，我等前来恐怕打扰禅师修行了！"

芷兰和侯氏都没有说话，只是向维摩禅师微微行过揖礼。

维摩禅师走在最前面，四人穿行于寺中的竹间小径，向着幽深的后院走去。

虽已到了深秋季节，但寺后的青山仍旧保有几丝生机。

走到一汪清潭近旁，芷兰见到水中的倒影，似乎心头一下子就变得湛然空明，心中的尘世杂念顿时就被涤除殆尽，可谁能料到原本是出家之人静修居住和讲经诵佛之所居然会发生如此凶案，或许这一切皆因尘缘未了吧！

一座禅房隐在草木深处，草已枯黄，但门口那株百年老树还残留着一抹翠绿，树上的几只乌鸦猛地惊起，发出恼人的聒噪声。

一个小和尚早已候在那里，虽然强装镇定，但眼神之中却流露出一丝惶恐。见维摩禅师来了，他轻轻推开眼前那扇有些陈旧的木门，发出一阵沉闷的"嘎吱"声，震颤着每一个在场之人的心！

那是一间颇为简陋的禅房，一张小床占去了屋内大部分空间，小床上赫然放置着一具男尸，但头颅却不见了！

床旁的漆曲凭几上摆着一卷鸠摩罗什译的《维摩诘经》，不过上面却密布着暗红色血迹。

见到如此血腥的场面，维摩禅师急忙双手合十，微闭着眼说："罪孽！罪孽！愿佛祖宽宥！"

贾耀介绍道："郡守大人接到天官府的公文后随即命我等在全郡境内探查疑犯朱向的落脚之处。恰在此时，维摩禅师派小沙弥前来奏报，有人被谋害于寺中。卑职即刻带人前来勘验。这具男尸所穿服饰与海捕文书上所述丝毫不差，青色核桃纹锦大袖宽衫，黑色乌金靴子，还有这块双鱼玉佩，只可惜头颅始终都未寻见，此人身份尚需进一步查明！"

宇文邕从贾耀手中拿过那块双鱼玉佩，顺手递给了身旁的侯氏。

侯氏端详了片刻，泪水不禁夺眶而出，哽咽道："这块玉佩乃是我家郎君祖传之物，据说能祛难消灾，逢凶化吉，故而从未离身！"

宇文邕厉声喝道："此乃人命关天的大事，你且到近前察看仔细！"

侯氏一边擦拭着泪水一边说："妾身自然知晓其中利害，断然不敢妄言！"

侯氏用颤抖的双手脱去被杀之人所穿的靴子，然后又褪去其脚上所穿的双层素绢夹袜，轻轻地抚摸着那双早已冰冷的脚，失声痛哭道："此人正是妾身的郎君！"

"你如何能够断定？"宇文邕半信半疑地问。

"郎君的左脚异于常人，有六个脚趾。辅城郡公且看，这具男尸的左脚上也恰有六个脚趾！"

众人目光齐刷刷投向了那具男尸的左脚，小拇趾旁边果然多出了一个脚趾。

侯氏情绪彻底失控了，扑倒在那具尸身上痛哭着，呼号着，既是对郎君逝去的哀悼，又是对老天不公的控诉。

维摩禅师双手合十，连声说着"阿弥陀佛"，随即命两个小和尚将悲痛欲绝的侯氏搀扶到临近的禅房之中休憩，以免她继续留在这里触景生情。

"朱向是何时来贵寺的呢？"宇文邕问道。

"昨日午时来到敝寺，岂料当天夜里便发生了此等凶案。"维摩禅师痛心疾首地说。

"大师此前可曾与他相识？"

"老衲与这位施主素无往来！昨日，他突然来到敝寺，捐了一大笔香火钱。老衲问他可是遇到什么劫难了，他点点头，不过却并未多说，只是提及要在寺中住些时日。谁知他最终还是未能逃过此劫！"

宇文邕面色凝重，沉默不语，随手拿起凭几上的那卷《维摩诘经》，草草翻了几页，游移的目光忽然停在了芷兰身上。

芷兰一直默默站在一旁，如同一株静静开放的兰花，盈盈欲滴，娇羞不语，朴素却又不失清雅，端庄却又不失俏丽，虽不惹眼，却风韵迷人，散发着醉人的清香。

母亲原本只是个身份卑微的小妾，一直低调为人，从不与人争宠，不知受了多少气，遭了多少屈，却总能一笑而过。

芷兰自幼就听从母亲告诫，女孩子要端静，故而从不张扬，从不任性，如同高雅清秀的幽兰一般端庄娴静，可巨大的变故彻底打乱了她的生活，也彻底改变了她的心性！

也就从那一刻起，她不再一味静静地听凭命运的摆布，那颗尘封许久的心开始萌动,她想要通过抗争来改变自己的命运。直到此时,她才发觉自己柔弱内敛的外表之下其实藏着一颗坚韧好胜的心!

见宇文邕低头不语翻看《维摩诘经》,维摩禅师低声说:"此经所明,统万行则以权智为主,树德本则以六度为根,济蒙惑则以慈悲为首,语宗极则以不二为门!菩萨行于非道,是为通达佛道!"

芷兰不禁感慨道:"若想通达佛道,示有资生,而恒观无常,实无所贪;示有妻妾采女,而常远离五欲污泥!古今又能有几人做得到?"

维摩禅师赞叹道:"想不到这位姑娘年纪轻轻居然会有如此之深的领悟,实属难得!实属难得!"

宇文邕放下手中的《维摩诘经》,目光落在芷兰俊俏的脸上,心头那丝莫名的情愫不禁再次升腾起来。

此时夕阳已经摇摇欲坠,宇文邕对贾耀说:"贾司马定然公务缠身,你就不必在此陪我们了,赶在天黑之前下山去吧!"

"卑职遵命!不过为了安全起见,卑职还是留下四个郡兵供您差遣!"

"如此甚好!"

"那卑职便先行告辞了!"贾耀说完起身离开,下山而去。

天渐渐黑了下来,维摩禅师将宇文邕和芷兰分别安置到两间上等禅房之中休息,还特地命人准备了一些斋饭。

天地间突然刮起一阵狂风,舍利塔上的铜铃随风乱舞,慑人铃声响彻云霄,仿佛离尘脱世的梵音。

芷兰将窗子微微打开一个缝隙,向外张望,疾风吹散了滚滚乌云,一丝皎洁的月光从天顶刺破黑沉沉的夜幕,投向默默矗立的舍利塔,却终究驱不散笼罩在塔身上的阴森暗影!

芷兰感到一阵莫名的恐惧,于是敲开了宇文邕的房门。

宇文邕见她来了,笑笑说:"这么快就吃过斋饭了?"

芷兰用略带嘲讽的语气说:"如今线索又断了,辅城郡公居然还有心思在此慢慢品味这索然无味的斋饭!"

宇文邕的脸上依旧挂着一丝浅浅的微笑,说:"越是心急如焚,越要面如止水。既来之则安之!吃完再说,别看这佛家斋饭寡淡无味,却可以滋养色身,长养慧命。"

芷兰接过宇文邕递过来的筷子,似是询问宇文邕,又似是自言自语道:"你说凶手为何要费力地割下朱向的头颅呢?"

宇文邕咽下口中的饭菜,打趣道:"跟你在一起恐怕连一顿舒心的饭都吃不了,你满脑子都是凶案,难道就不能暂时先放一放?"

芷兰却说:"如今兄长和弟弟们都在蜀地受苦,芷兰每时每刻都在想着如何尽快破了这个案子,好让他们重获自由!"

宇文邕的心像是被针扎了一下,心头不禁泛起阵阵酸楚。

像芷兰一样的同龄人大都在闺阁之中过着波澜不惊的生活,唯一能够在她们心中微微掀起波澜的恐怕只有对未来郎君的猜想,然而无情的命运却让芷兰这个柔弱的女子承担着太多太多原本不该由她来承受的东西。

其实，宇文邕起初并不希望芷兰搅进这个巨大的是非旋涡之中，还曾请她的姐姐夏若出面劝阻，可执拗的芷兰却一意孤行。

随着近来两人接触越来越多，芷兰似乎成了他生活中的一部分，如果哪天芷兰突然消失了，他会感到不适。

他不知从何时起对芷兰渐渐萌生了一种蒙眬而又奇妙的情愫，每每到了夜深人静之际，这种情愫便会悄悄地撩拨他的心弦，让他心神不宁，左右为难。虽然他在竭力克制着，但这种情愫还是在他的心中慢慢地生根发芽，甚至开始疯长起来。

宇文邕很是不安，虽然芷兰还未完婚，但她毕竟与李昞有婚约在先。当然这还不是最主要的，他的不安更多源于他的心中藏有一个芷兰尚未知晓，也万万不能让芷兰知晓的惊天秘密！

内心颇为纠结的宇文邕沉默不语，心事重重的芷兰也是一言不发。

芷兰觉得气氛有些尴尬，于是说："不知为何总是感觉那个维摩禅师怪怪的，我隐隐从他的眼神中读出了不安分！"

宇文邕故作轻松道："芷兰目光好犀利啊！"

她却并不回答，而是夹起一根荠菜，放入口中，却感觉索然无味。她一边咀嚼一边嘀咕着："头颅！尸体！头颅！尸体！"突然将嘴中还没有嚼烂的荠菜硬生生地咽下，高声喊道："我明白厉无畏的尸体为何会不翼而飞，朱向又为何会被割去头颅了！"

宇文邕的心猛地一颤，不解地问："这两者之间难道也会有着什么关联？"

获 罪

独孤芷兰和宇文邕刚刚返回长安城便听到一系列令他们不安的消息。曾为厉无畏诊治过脚伤的狱医侯成消失不见,生死不明。掌囚中士孙显离奇死亡,凶手居然是他的下属齐鸣,起因竟是为了争风吃醋!

芷兰怀疑这个案子中定藏着古怪,于是急急火火前往京兆狱去见齐鸣。京兆狱位于京兆郡公廨最后面,比雍州狱规模要小许多。

曾经执掌狱政的齐鸣如今却锒铛入狱,真是造化弄人!

前几日还风度翩翩的齐鸣如今蓬头垢面。他见到芷兰就如同抓住了救命稻草,拼命地呼叫:"独孤姑娘,救我,我没有杀人!我真的没有杀人!"

一个满脸横肉的狱吏抡起手中的鞭子向他狠狠地抽了过去,边抽边骂:"叫什么叫?叫丧呢?"

"住手!"芷兰喝阻道,转而对齐鸣说,"你究竟遭遇了何事?快快讲来!"

齐鸣长叹一声道:"小的沦落到如今这般田地皆因那段孽缘!"

原来齐鸣始终未将家眷接到长安来,终因寂寞难耐时常去怡红院消遣,尤其对一个名叫婧英的女子钟爱有加,怎奈囊中羞涩,不能与婧英日夜相守。

孙显的俸禄并不比齐鸣的多多少,却能拿出大笔银子为婧英赎身并娶回家中做了小妾。齐鸣从此再也无法与一见倾心的心仪女子共度春宵了，每到夜深人静之际，心头总是掠过阵阵莫名的感伤。

正当齐鸣渐渐放下这段情感时，却突然收到婧英的一封亲笔信，信中倾诉了对他的思念之情，还提出想与他再见上一面。

齐鸣思虑良久，最终欣然赴约，不承想他这一去竟招惹来一场牢狱之灾。

珠帘在微风吹拂之下轻轻晃动，站在婧英门口，齐鸣竟然感到阵阵眩晕。呆立在原地的齐鸣忽然有些胆怯，可珠帘内却飘来缕缕幽香，让他欲罢不能。壮了壮胆子，齐鸣撩开水晶帘子，轻轻推开虚掩着的门，向里面走去，但水晶帘的响动让他感到莫名的心惊。

齐鸣轻轻唤着婧英的名字，但里面没有任何回应。

他借着依稀的月光看着屋内的陈设，迎面是栽着各式花草的瓷盆，虽然枝叶仍旧翠绿，但花皆已开败了。

循着香气向里屋走去，妆镜台前摆满了各式梳妆之物，檀木柜透着古香古色。精雅富丽的雕花床上，茜纱帐已经放了下来，里面隐约躺着个人，看那身形似乎就是婧英。

他轻声唤了声"婧英"，但婧英却仿佛并未听见，依旧静静地躺在床榻之上。

难道……

想到此处，惶恐不安的齐鸣旋即用颤抖的手掀开帘子，跟着便惊呼了一声。

只见婧英仰面躺在床上，直挺挺地一动不动，曾经白皙红润的面庞如今却变得一片煞白，胸前还插着一把闪着寒光的匕首，一大片鲜血浸红了衣襟，也浸红了被褥，甚至流到了地面之上。

他急于逃离，可就在转身的一刹那，腿下却突然一软，险些摔倒在地，站起来没跑几步，脚下一滑，硬生生滑倒在地，低头一看居然是一大摊血！

原来地上还躺着另外一具男尸，居然是孙显！

孙显面无血色，四肢僵硬，暗红的血如同滴入水中的墨汁迅速浸染开来。

这血腥一幕令他不寒而栗！

他慌慌张张地从血泊之中站起身，踉踉跄跄地向外跑去，刚刚出了院门，却迎面碰上了京兆郡的捕快，虽然他一再声嘶力竭地辩解自己误入他人圈套，却也百口莫辩。

郡守早已被堆积如山的政事搞得焦头烂额，并无多少耐心，索性草草定案，将其打入死牢，听候秋官府裁决。

听完齐鸣的陈述，虽然芷兰也隐隐觉得其中怕是有什么冤情，但一时又无法为其脱罪，只得起身离开，穿行在京兆郡公廨的游廊之中。

此时，迎面走来一个二十岁出头的年轻人，那人居然停下了脚步，道："请问姑娘可是独孤芷兰？"

"正是！"芷兰望着眼前这个素未谋面之人，问道，"敢问足下姓名？"

"鄙人乃秋官府乡法中士王轨。赵上士既是在下入门的师父，又是在下的上司!独孤姑娘来这里可是为了齐鸣一案?"

芷兰点点头,却不知此人主动提及齐鸣一案究竟是何用意。北周设立乡法、遂法、县法、畿法四司,分掌刑狱之事,纠戒令,听讼狱,察民冤。乡法司专管长安城内之事,但王轨这个乡法中士却要受乡法上士的节制,一般案件的初审往往由京兆郡或者雍州刺史府负责,审结后再交由乡法司复核。

"若想深入探查此案,姑娘可否移步殓房之中呢?死人可是会说话的!"

虽说芷兰此前也见过几具尸身,但从未去过阴森可怖的殓房。这个王轨初次见面就主动提议让她去那里,真不知他是何居心。

京兆郡公廨共有十余间退室,专供上官复核案件之用。王轨见独孤芷兰面露难色,便不再提去殓房一事,而是将她让到就近的一间退室中。

王轨轻轻关上门,将婧英和孙显的验状详细叙述了一遍,道:"虽然现场一片凌乱,但经在下细致勘察,却发觉那些倒地的家具和散乱的陈设似乎并非因为打斗,更像是被人刻意推倒或者摔碎的……"

芷兰渐渐明白了他为何一见面就主动请自己去殓房。京兆郡守已将此案呈送雍州刺史,雍州刺史阅示后又照例报秋官府复核,王轨此次来京兆郡公廨正是专程复核此案。

他发觉此案疑点甚多,嫌犯齐鸣又一直抵死不招,担心其中会有冤情,面对上司的压力,他又不便硬生生地将此案驳回重审。芷兰虽是罪臣之女，如今却是天王和大冢宰钦定的查案钦差，于是便将为齐鸣平反昭雪的希望全都寄托在她的身上。

芷兰并非官场中人，自然没有那么多禁忌，况且她此前又与齐鸣有过一面之缘，自然不希望一个活生生的人就这样冤死在断头台上。

径直来到宇文护府邸，芷兰将那面"敕宜速"金牌递给阍者。

别人见到这面金牌定然不敢怠慢，可那个阍者却只是轻轻哼了一声，然后迈着四方步进府去通禀。

足足等了半个时辰，芷兰才见到权势熏天的大冢宰宇文护。

"独孤姑娘面见老夫可是有什么重大发现？"宇文护煞白的脸庞和犀利的目光不知为何总是让芷兰感到有种莫名的不适！

芷兰却并未像王轨那样长篇大论地阐述此案中存在的一个又一个疑点，只是不紧不慢地说："雍州狱掌囚下士齐鸣如今被有司判处斩候决，但民女却觉得他可能与沈明跃之死有牵连！"

宇文护那双犀利如鹘鹰的眼睛上下打量着芷兰，但芷兰始终镇定自若。

宇文护缓缓开口道："既然如此，那就暂且先留他一命！"

芷兰因迟迟无法找到突破口，只得暂时作罢，不过她却始终忘不掉一个极为反常的细节。

孙显左耳后有一处烫伤，王轨凭经验断定那并非陈旧伤，而是近几日留下的。芷兰也颇为认同他的这个判断，因为前些天芷兰与孙显初次见面时，并未发现他耳后有这么一处烫伤。如若是孙显生前所烫,很难只烫到耳后,而又不波及其他部位;如若是凶手留下的,凶手又为何如此做呢?是泄私愤,还是留记号,抑或有着其他什么不为人知的目的?

或许破解了这个谜团,案情便会出现转机!

第六章
夜下云卷月惊魂

南 下

"世事犹如万花筒,看似光怪陆离,实则万变不离其宗。越是看似离奇,越要以平常之理去寻,离奇之事之所以离奇是因为它被人刻意罩上了一件光怪陆离的外衣,只需扯下这件外衣,真相自然就会呈现在世人面前。"

赵志平一直牢牢记着宇文邕的这句话。虽然宇文邕只有十五岁,却有着同龄人所不具备的沉稳老练和明敏透彻。赵志平自叹不如,自己虚长几岁,可无论是眼界还是阅历,反而不及年纪尚轻的宇文邕。

凌利中的案子似乎走进了一个死胡同,正是宇文邕的那席话让赵志平又看到了一丝曙光。

他们之所以屡屡碰壁皆是因为一直都在走寻常路,或许从最不合常理的地方入手才能彻底摆脱当下的困境。

赵志平坚定地说:"既然这个案子迟迟未有进展,不如我们就从最匪夷所思的幽门罗兰藻开始查起!"

"如何查?难道你真的想去洞庭湖?"张光洛瞪大眼睛反问道。

"对,此事我已思虑多日了!"

"且不说长安与洞庭湖相距千里之遥,关键是洞庭湖位于南朝。我听闻南朝当下局势动荡,陈王陈霸先意欲废掉梁帝自立。此时我等前去恐怕会遭遇不测!"

"不入虎穴焉得虎子,如若张宫伯心存顾虑,志平愿一人前往。志平这便去找大冢宰索要通关文牒。"

见赵志平的态度竟如此坚决,张光洛只得无奈地摇摇头,说:"罢!罢!即便是龙潭虎穴,我也会跟赵上士一起去闯。"

虽然张光洛极不情愿,却依旧硬着头皮跟随赵志平前往凶险莫测的洞庭,因为他一直背负着一项秘密使命,那就是暗中监视宇文邕、赵志平和独孤芷兰等人的一举一动。

张光洛和赵志平各带了一名随从,一个是陪伴赵志平多年的老仆赵忠,另一个就是张光洛的亲随齐全,四人悄然启程南下洞庭。

赵志平一手甩鞭,一手挽缰,向南疾驰而去,卷起一阵烟尘。而张光洛却突然回头深情地望着身后渐渐远去的长安城,不知为何竟然生出一种诀别之感。

四人抵达北周边陲重镇荆州[1]时已是夕阳西下，落日的余晖将这座饱经战乱侵袭的老城染成了一片金黄。

四人在城中找了一家小客栈住下，收拾停当之后便到前院去吃饭，刚刚坐定便见一衣衫褴褛、皮肤黝黑男子大步流星地走进来，高声喊道："赶紧给小爷上好酒好菜！"

店中小酒保向来人投来异样的眼光，只因小酒保的动作稍稍迟缓了些，那个男子便大为不悦道："怎么的？狗眼看人低是不是？看看小爷手中拿的是何物？"

在场所有人的目光皆投向他手中高高举起的瓷罐，那人得意扬扬道："里面装的尽是红锦鱼，如今李刺史高价采买红锦鱼，只要小爷一转手，便会得几百贯的钱财，难道还差你酒钱不成？"

赵志平目不转睛地盯着那人手中的罐子，不知里面盛的究竟是什么鱼，竟然会如此值钱！

那人的目光与赵志平撞在了一起，冲赵志平笑笑，颇为得意地说："此红锦鱼产于江水湍急之处，极难捕捉，运气不好一个月也难捕到一条，活该小爷近来走运，居然一连捉到了十几条。这种红锦鱼不仅难捕，更为难养，离开江水一两日便会死去。起初小爷将江水盛放于罐中，然后再将红锦鱼养于其间，但红锦鱼依旧难以成活，后来听一位老前辈说，如若加入幽门罗兰藻，红锦鱼便可活得

1.南北朝时期曾经存在着两个荆州，北周荆州的治所位于穰县（今河南邓州市），南朝荆州的治所位于江陵县（今湖北荆州市），也就是东汉后期荆州的治所。

长久，幽门罗兰藻也不会干枯变质，小爷一试，果然颇为奏效，看来是天佑小爷！"

赵志平心中不免一惊，"幽门罗兰藻"五个字强烈刺激着他敏感的神经，更让他感到震惊的是荆州刺史李辉居然也牵涉其中。

李辉是当朝太师李弼的次子，人品和能力都极为出众，宇文泰能将自己的女儿义安长公主许配给他，就足以说明宇文泰对他的器重。李辉曾与宇文泰的另外两个女婿李远之子李基、于谨之子于翼同任武卫将军，分掌禁军。北周建立之后，大权独揽的宇文护却将三人统统外放，令其表弟尉迟纲独掌禁军。

赵志平问道："李刺史为何要高价收购红锦鱼呢？"

"上头要什么，小爷便捕什么，管那么多作甚！"

小酒保急忙向那人赔罪道："都怪小的有眼无珠，刚才惹爷生气了！哎，说来也怪，不知这李刺史为何偏偏对这红锦鱼情有独钟。小小红锦鱼一时间身价陡增，连南朝很多渔人都纷纷搜捕红锦鱼，甚至只身赴险前往暗流险滩，真是重赏之下必有勇夫，要是小的水性好也定然去江上一试身手！"

赵志平再也没有了食欲，看了看一直低头沉思的张光洛，两人不约而同地起身回房，两个随从一边嚼着嘴里的饭菜一边快步跟在两人身后。

回到房中，赵志平关好门窗，若有所思道："在下长在洞庭边，从未听说红锦鱼会如此值钱，可李辉偏偏出高价采买，难道是另有所图？"

张光洛答道："厉无畏曾说当初与赵贵、独孤信密谋诛杀大冢宰之人就是当朝太师李弼，可惜他莫名死于狱中，李弼长子小司寇上大夫李耀恰恰掌管刑狱之事，你师父凌利中的尸身内又离奇地发现了只产于洞庭湖的幽门罗兰藻，如今李弼次子李辉又与幽门罗兰藻有牵连！这一切恐怕绝非巧合吧！"

赵志平沉默了一会儿说："如若在下没有记错的话，李辉也曾在禁军效力。张宫伯能否以叙旧之名前去探一探李辉的口风？"

张光洛却面露难色："我的确曾与他有过几面之缘，不过那时我受李基将军节制，与李辉其实并无多少往来。"

"既然你曾与他同在禁军，多少也算有些情面，况且事关重大，张宫伯就莫要再推辞了！"

见赵志平如此说，张光洛硬着头皮答应了。

赶到刺史府的时候，天已经彻底黑了。张光洛将自己的名帖递给门吏，很快门吏回来便领着他去见李辉。

张光洛与李辉见面后简单寒暄几句，李辉便问道："张宫伯执掌禁军，关系重大，难得天王准许你离京，不知张宫伯因何事来到我荆州地界？"

张光洛轻描淡写道："在下奉命去南朝办些公事，恰巧路过荆州，特地来拜会李刺史。自从上次一别，已有半年的光景了。"

李辉微微点点头，但他的目光中却充满了疑虑。他隐隐觉得极少出京的张光洛突然现身荆州定然藏着什么不可告人的目的。

张光洛赔着小心问道："小弟来荆州后在坊间听闻一桩奇事，

不知是真是假?"

"哦,不妨说来听听。"

"坊间传闻李刺史高价收购红锦鱼,很多人竟为了高额赏金而不惜以身犯险……"

李辉脸色微变,却竭力掩饰道:"纯属无稽之谈,不足为信!"

见李辉如此赤裸裸地否认,张光洛自觉继续问下去也无益,反而徒增人家的猜忌,便以天色已晚为由起身告辞了。他明显感到李辉不似他刚来时那般热情了,脸上居然挂着某种异样的神情。回到客栈,张光洛向赵志平讲述了此次探访的情形,赵志平也满腹疑惑,认定李辉定然是在掩饰什么。李辉为何要隐瞒,又在隐瞒什么呢?二人百思不得其解。

噩 梦

夜里,张光洛再一次从梦中惊醒,急促地喘着气,脸上淌着冷汗。他急忙从床边几案上摸出火折子,点燃了油灯,火苗在黑暗中不停地跳跃着,犹如他摇摆不定的人生。

张光洛初入禁军之时,西魏皇帝元宝炬与权臣宇文泰之间相处得还算融洽,那段时光可谓张光洛一生之中最为惬意的日子,不仅娶了妻,还纳了妾。

可是随着元宝炬的去世,承继大统的新皇帝元钦与宇文泰的关系却变得愈加微妙紧张。

那是一个月冷星稀的夜晚，张光洛在殿外值宿。

他怀着忐忑的心情悄悄靠近光华殿，竖起耳朵静静地偷听着殿内之人的谈话。

就听到元钦愤愤不平地说："宇文泰欺人太甚，胆敢对尚书元烈痛下杀手，还有何事是他做不出来的？是可忍孰不可忍，朕必先杀之而后快！"

广平王元赞泣声道："陛下万万不可！宇文泰耳目众多，势力盘根错节，陛下万万不可轻举妄动，还需从长计议为好！"

元钦冷笑道："从长计议？还要等多久，还要忍多久？与其这样窝窝囊囊地活，不如轰轰烈烈地死！"

张光洛不禁大惊失色，急匆匆地离开，迅速消失在黑夜之中。

惊魂未定的张光洛在黑黢黢的宫殿之中徘徊了许久，陷入纠结之中，最终还是决意将此事告诉一向待己不薄的上司武卫将军李基。李基听完之后顿感事态严峻，连夜离开长安前往同州面见岳父宇文泰。宇文泰闻听勃然大怒，天刚刚破晓，便令麾下军队向着长安进发。当日并非朝觐之日，宇文泰的突然回京吓得元钦惶恐不安却也无可奈何。宇文泰的外甥尉迟纲总领禁军事务，而他的三个女婿李基、李辉、于翼分掌各支禁军部队。

此时，元钦在光华殿心不在焉地批阅着奏章，只见尉迟纲仗剑大摇大摆地走进殿内。尉迟纲生得豹头环眼，勇猛精悍，声若巨雷，势如奔马，但唯一令他苦恼的是只有燕颔，却无虎须，而他的哥哥尉迟迥又偏偏是人人称道的"美髯公"。尉迟纲一气之下索性将自己稀疏的胡须全部剃掉，但因常在宫中值宿，颌下却没有胡须，时常被宦官们嘲笑为"露啄君"。

张光洛紧紧地跟在尉迟纲身后，但他却因心存愧疚而不敢看元钦的双眸，微微低着头。

尉迟纲声色俱厉地说："奉大丞相之命，请陛下移居别殿！"

元钦手中的御笔惊落在奏章上，渲染成一片红晕。虽然他的心中满是惊恐，却强装镇定，厉声喝道："谁给他的这个权力？这个天下到底是我们元氏的，还是他宇文氏的？"

尉迟纲却说："天下者，非君之天下，乃天下人之天下。天下之大，有德者居之！"

元钦顿时没有了刚才的气势，低声哀求说："朕要见大丞相，他为何要如此对朕？"

尉迟纲却冷冷道："这恐怕要问陛下您自己了！来人，请陛下移驾！"

张光洛和另外一名禁军将领架着元钦前往冷霜殿。那里原本是被打入冷宫的嫔妃们所居之所，如今却成为元钦最后的归宿。

元钦从人们的视线中彻底消失了，很快他的四弟齐王元廓被拥立为新皇帝。元廓一直谨言慎行，如履薄冰，但最终也没能逃脱被废的命运。

张光洛眼睁睁地看着一脸落寞的元廓走下皇位，西魏王朝至此走到了历史的尽头，另一个崭新的王朝北周随即拉开了序幕。

就在张光洛以为自己今后的日子将会在波澜不惊中度过时，李远之子李植的到来再度打破了他平静的生活。

或许是因果轮回，一代枭雄宇文泰生前把持朝政，挟持天子，等到他的儿子宇文觉即位成为天王，同样受人挟持，唯一的不同就是挟持宇文觉的并非外姓人，而是他的堂哥宇文护！

宇文觉只有十六岁，本就处于容易冲动的年纪，自然对大权独揽的堂哥宇文护不满，可禁军军权掌控在将军尉迟纲之手。虽然尉迟纲是宇文觉的表兄，却与年纪相仿的宇文护走得更近。宇文觉迫切需要得到禁军将领的支持，就这样，张光洛也被裹挟进来。起初，张光洛觉得军司马孙恒、宫伯乙弗凤和贺拔提皆是被能言善辩的李植鼓动来的，因为他们都曾是李植的叔叔李穆以及李植的弟弟李基担任武卫将军时的旧部，可让他始料未及的是，真正的主谋并非李植，而是始终沉默寡言的乙弗凤！

乙弗凤看似简单，实则不然。他的心中一直盘算着一个天大的阴谋，一个足以让初创的北周帝国轰然倒塌的大阴谋。

对此，张光洛不知道，稚嫩的天王宇文觉更不知道！

望着手握禁军军权的乙弗凤、贺拔提和张光洛，宇文觉一时间信心陡增，决意尽快除掉专权的宇文护。

本不想卷入这场政治旋涡的张光洛，每到夜深人静之际，便辗转反侧，久久难以入睡，不知道自己到底该何去何从。

经过一番激烈的内心挣扎，张光洛决意再次充当告密者，但这次他的内心却更为煎熬，毕竟宇文觉是当今天子，是昔日主公宇文泰之子，而李植又是老上司李基之兄。

尽管如此，张光洛觉得自己别无选择，否则很可能会性命不保。他看得很清楚，稚气未脱的宇文觉根本就不是老谋深算的宇文护的对手！

其实张光洛这次并非想邀功，只是为求自保。他并未将宇文觉的计划和盘托出，而是点到为止。

此时宇文护的地位才刚刚稳固，诛杀赵贵、逼死独孤信触怒了不少老臣，因此宇文护原本想着要息事宁人，不愿再掀起什么腥风血雨，仅仅是将李植和孙恒从宇文觉的身边调走。

宇文护来到宇文觉的寝殿，跪在地上哭着劝谏道："天下至亲，莫过于兄弟，如若连兄弟之间皆相互猜疑，那么谁人又可以信任呢？叔父将后事托付于臣，臣对陛下既有兄弟之情，又有君臣之义。臣早已将个人之生死置之度外，所担忧的是臣一旦去位，那些奸贼小人将会趁机得志，非但对陛下不利，甚至还会倾覆社稷。臣还有何面目见太祖于九泉之下？臣既为天子之兄，又位至大冢宰，夫复何求？愿陛下勿信谗臣之言，离间骨肉兄弟！"

望着如泣如诉的宇文护，宇文觉的心顿时软了下来。

乙弗凤却不希望自己的谋划半途而废，其实他从迈出第一步起便没有了回头路。他对贺拔提说："念及兄弟之情，宇文护或许会对宇文觉网开一面，却断然不会饶恕我们！"

贺拔提坚定地说："乙弗兄所言极是！与其坐以待毙，不如反戈一击！走，你我二人即刻前去觐见天王。别忘了叫上张宫伯！"

乙弗凤、贺拔提拉着张光洛一同去见宇文觉，而张光洛无疑是最为轻松的，只因他早已叛变了。

宇文觉正在御花园中赏菊花，听说三人进宫，只得悻悻地前往体仁殿。

乙弗凤跪在地上痛心疾首地说："陛下，如今箭在弦上不得不发！切莫中了宇文护的缓兵之计！"

贺拔提忙附和道："宇文护常以周公自诩，臣听闻周公摄政达七年之久，天王安能度过这漫长的七年时光呢？古今成大事者必然不会被情感所累！"

宇文觉沉默良久，将一直紧握的拳头重重地捶在面前的几案之上，咬着牙说："下月初四，借群臣入宫饮宴之机将此逆贼一举诛杀！"

面无表情的张光洛始终沉默不语地站在一旁，仿佛在看一出与己无关的闹剧。唯一感到惋惜的便是年纪尚轻的宇文觉已然时日不多了，这位稚嫩的天子即将被乙弗凤和贺拔提拖入万劫不复的深渊。

不过张光洛的心头也涌起阵阵愧疚，但转念一想却释然了，即使自己不告密，年轻气盛的宇文觉也终究会输，唯一的不同或许就是自己不用为他陪葬。

张光洛乘着夜色秘密前往宇文护府邸，将宇文觉等人的计策和盘托出。

宇文护听后面色沉重，一言不发，没有想到自己此前的一番劝谏竟是徒劳，宇文觉已经在歧路之上走得太远太远了。可废立天子毕竟事关重大，如若处理失当，后果不堪设想。

宇文护随即命亲信去请柱国、大司马贺兰祥和领军将军尉迟纲前来商议，其实也是为了试探一下两人的真实态度。

二人很快就应召前来，宇文护命张光洛将宇文觉等人的计策添油加醋地说给众人听。

贺兰祥听后愤愤不平地说："既然宇文觉不仁，就休怪我等不义！如此不知亲疏、昏庸透顶之人怎配继续为天子？"

尉迟纲见贺兰祥竟然意欲罢黜天子，忙拦阻道："虽说当今天子受奸臣蛊惑疏弃骨肉，让人心寒，但看在舅父的分上，我等还是应该恪守臣节，万勿僭越。"

贺兰祥怒吼道："我看你是妇人之仁！上次护兄苦口婆心的劝解可曾奏效？如若不是张宫伯基于天下大义如实相告，几日后，我等恐怕皆已身首异处了！养虎必然遗患啊！"

尉迟纲原本还想再争辩几句，宇文护见机铿锵有力地说："我们兄弟三人自幼便没了父亲，寄养在叔父家中。叔父的恩情怎能忘却？叔父殚精竭虑二十余年才打下如今这份基业。为兄个人的生死倒在其次，实在不忍看到这份基业被宇文觉那个无知小儿白白葬送。如若真是那样，为兄还有何面目在九泉之下与叔父相见！"

听着宇文护情真意切的话语，看着宇文护眼角淌出的晶莹泪花，尉迟纲也不便再坚持己见，说："一切听凭兄长决断！"

宇文护与贺兰祥和尉迟纲密谈时并未回避张光洛，这让他颇为受用。张光洛没有想到自己有朝一日能够与当今最有权势的人比肩而坐，如入梦境一般！

也就从那一刻起，他那颗狂野的心挣脱了所有道德羁绊，要在自己选择的道路上坚定地走下去，因为只有大权在握的宇文护才能给予他想要的荣耀和富贵！

次日，张光洛与乙弗凤、贺拔提一同前去领军将军府，但刚刚跨进领军将军府的大门，乙弗凤和贺拔提便感觉到了异常，不过为时已晚。

几百名手执刀戟的虎贲武士早已将他们团团围住。尉迟纲手执长戟厉声喝道："来人呐，速速擒拿此等反贼！"

困兽犹斗的乙弗凤和贺拔提迅速拔出腰刀，疯狂地砍向冲过来的那些虎贲武士，他们用尽全力挥舞着手中的腰刀，鲜血染红了刀刃，却难以招架如潮水般涌过来的士卒，相继被砍倒在地。

尉迟纲大声喝道："速速将两名反贼交由大冢宰处置。"

当天，宇文觉惊奇地发觉宫中值宿的禁军尽是些陌生面孔，而乙弗凤、贺拔提、张光洛居然全都不见了踪影。他嗅到了浓烈的危险气息，但此时的他已然无计可施。

宇文觉独自躲在内殿之中，令宫人们手执兵器站在殿外保护自己，其实他也知道这一切都无济于事。

尉迟纲带兵气势汹汹地闯进了内殿，那些宫人哪里敢阻拦。

宇文觉知道自己一直担忧的事情终究还是发生了。此时他反而不像之前那般恐惧了，高声质问道："表兄，难道你甘愿沦为逆臣宇文护的帮凶吗？难道你忘却了太祖对你的养育之恩和栽培之情吗？"

尉迟纲手执长戟的手微微颤抖了一下，但旋即高声道："舅父的恩情自然没齿难忘，但今日我来是为了国事，不谈私情！"

宇文觉猛然发现张光洛站在尉迟纲身后，情绪顿时失控，高声吼叫道："张光洛，你这个千刀万剐的叛臣！你胆敢出卖朕，罪该万死，罪该万死！"

平日里，无论宇文觉怎样对他，张光洛都只能逆来顺受，但此时的宇文觉已然虎落平阳，于是高声还击道："臣如此做乃是为了天下大义！"

"一派胡言！"忍无可忍的宇文觉拔出腰间佩剑向着张光洛刺去。

尉迟纲举起手中长戟，剑戟碰撞在一起发出惨烈的"叮当"声。他随即喝阻道："天王，请自持！我等今日奉命前来绝无他意，只是想请陛下暂且迁居他处，万万不敢伤害于您，还望您不要让我等为难！"

宇文觉冷笑道："父亲，如若您地下有知，请睁开眼看看吧！这就是您悉心栽培的外甥，还有那个被您寄予厚望的侄儿，看看他们是如何对待您亲生儿子的！"

尉迟纲不想再继续僵持下去，挥挥手，几个全副武装的禁军将领冲到宇文觉近前，夺下了他手中宝剑，强行将他向外拖去。

宇文觉却用力挣脱开，呵斥道："滚开！岂容你等玷污了朕！"说罢无奈地向殿外走去，不管前面等待他的是什么，都只能黯然接受！

宇文觉被幽禁在过去做略阳公时的旧邸之中，眼前的一切是那样的熟悉，又是那样的陌生。一切又回到了原点，但上天却不会再给他重来的机会。

宇文觉被废，满朝公卿迫于宇文护的淫威要么噤若寒蝉，要么干脆为之摇旗呐喊，就在这一刻，宇文护心底深处那颗不安分的种子也开始生根发芽，疯狂滋长。他可以呼风唤雨，甚至可以决定天子的废立和生死！

他不单单要成为辅佐成王的周公，而是要成为曹操，甚至是王莽，但他很快就被这个大胆而又冒险的想法吓了一跳，暗暗告诫自己现在还不是时候。

宫门外，乙弗凤、贺拔提等人在众目睽睽之下被斩首示众。殷红的鲜血喷溅到城墙之上，旋即被青色的墙砖所吞噬。

随着乙弗凤的离去，他心中盘算的那个天大的阴谋还未及实施便戛然而止，不过随后却有人继承了他的衣钵，再度掀起了轩然大波！

终日提心吊胆的宇文觉从此过上了暗无天日的幽闭生活，不知这种日子还将持续多久，更不知道当这种日子结束的时候，他到底是生，还是死！

就在宇文觉以为自己真的被渐渐遗忘时，他最为厌恶和憎恨的张光洛却突然来了。张光洛的身后跟着十几个盔明甲亮的将士。其中一人还端着一个红漆托盘，其上放着一只玉壶春瓶。宇文觉当然猜得出瓶中装的是什么！

张光洛冷冷道："略阳公可还好？"

"你为了一人苟且，却害得如此之多的人丧命，寡人即便是化作厉鬼也绝不会放过你！"宇文觉发出的阵阵犀利的冷笑声震颤着张光洛那颗色厉内荏的心。

张光洛恼羞成怒地喊道："快送略阳公上路！"

他身后的那些士卒纷纷拥上前，按住拼命挣扎的宇文觉，将那壶毒酒硬生生灌进了宇文觉的嘴中。

挣扎声、叫骂声渐渐停息了，但宇文觉瘆人的冷笑声却时常在张光洛的耳畔响起！

宇文觉死讯被严密封锁起来，只有宇文护、张光洛等寥寥数人知晓内情。然而，张光洛的内心却再也无法获得安宁，时常从噩梦中惊醒。他请过和尚超度亡灵，也请过道士驱魔降怪，但始终无法挣脱噩梦的纠缠。

此前一向健壮的张光洛居然害了一场大病，后来病虽渐渐痊愈了，但他心中的创伤却难以弥合。张光洛的性情也因此大变，时常慨叹命运的无常和岁月的无情。

他曾亲眼见证了元钦、元廓和宇文觉三位天子惨遭废弃，就连贵为九五之尊的天子都尚且如此，何况他这个身份卑微之人。张光洛忽然觉得其实人如草芥，枯荣在天，而不在己！那些不堪的往事犹如凝结在他心头的片片阴云，始终挥之不去。

逃 脱

借助油灯昏暗的灯光,张光洛竭力将那些不堪的往事驱散,脑海中不禁再度闪现出自己与李辉见面时的情景。

李辉显然已对他此次来荆州的真实目的有所怀疑了,特别是当他提及红锦鱼时,李辉的脸上所浮现出异样的神情,扭曲而可怕,令人心神不宁。原本就犹如惊弓之鸟的张光洛突然间觉得此地杀机四伏,忙穿戴好衣服,火速走出屋,急促地敲击着赵志平的房门。

赵志平缓缓地打开房门,揉着惺忪的睡眼,打着哈欠,埋怨道:"张伯宫大半夜来敲门究竟所为何事?"

一脸惊恐的张光洛高声喊道:"此地凶险,赶紧收拾东西,速离此处!"

赵志平闻听此言顿时睡意全无,本想叫醒睡在隔壁的老仆赵忠,却被张光洛拦下了。张光洛低声说:"来不及了!他们的目标是我们,应该不会为难他们!"

赵志平只得无奈地紧跟在张光洛身后,来到后院马厩之中,分别牵出自己的坐骑,向着城门方向疾驰而去。

此时荆州城门已经关闭,张光洛忙掏出随身携带的金牌,高声喝道:"军国重事,尔等速速打开城门!"

只见张光洛手中的金牌在火把的映照下金光闪闪,而且还刻有龙纹,正面刻有三个大字"敕宜速"。每逢国有重事,天子才会以金牌亲授使者,使者所至之处如天子亲临,无敢违抗者。守城士卒自然不敢有丝毫怠慢，城门缓缓打开。

张光洛和赵志平一路向西疾驰而去，但他们很快便发觉身后传来阵阵急促的马蹄声，在寂静的原野之上显得格外清脆。

"不好，他们追上来了？"赵志平惊呼道。

张光洛从身后的马蹄声中依稀分辨出追兵似乎只有四五骑，索性左手执缰绳，右手拔出腰刀，咬着牙道："既然来了，就不妨前去会一会他们！"

就在张光洛勒马准备与身后追兵决一死战之际，前面居然也闪出十骑，马上之人均身着黑衣，面罩黑纱，手执长槊，呈弧形队形向着他们掩杀过来。

张光洛见势不妙，急忙拨转马头，驱马向西面的林子里奔去。十骑黑衣人也随即驱马奔向林中，紧追不舍。

张光洛和赵志平在漆黑的林中疯狂地左冲右突，却始终甩不掉身后的追兵，而且林中居然也藏有黑衣人，手中的长槊在月光下闪着慑人的寒光。在林子里，他们的马根本跑不快，身后的十骑与林子中所藏的八骑一旦对他们完成合围，定然会将他们斩杀殆尽。

张光洛看了一眼身旁的赵志平，赵志平握刀的手微微有些颤抖。张光洛大声喊道："眼下只有拼死一搏，或许才会有一线生机。"

身后十骑与林中八骑合围前尚有一个小空当，张光洛和赵志平便向着空当的方向驱马冲了过去，却已有三骑向着他们杀将过来。

东侧那骑离他们最近，挥槊便向张光洛刺来，张光洛急忙挥刀用力挡开，那人手腕一转，向着他胯下马撩了过去。张光洛情急之下忙向左扯了一下缰绳,马机敏地一侧身,总算是避开那一槊。

此时,西侧那骑也挥槊杀了过来,惊魂未定的张光洛忙举刀去挡,孰料那人的力气却大得惊人,震得张光洛虎口发麻,手中刀险些崩落出去,一股血涌上咽喉,几乎吐出来。他咬紧牙关,挥刀向那人砍去。

那人虽力气大,但身手却并不敏捷。他见张光洛挥刀向自己面门砍来,忙侧身躲闪,哪料张光洛却手腕一转,直刺向他的胸前,顿时红光崩现。

又出现了一个空当,张光洛拍马向西冲去。他回头看了一眼身后的赵志平已被另外三骑团团围住,难以脱身。

赵志平虽有过从军经历,但并未亲身经历过什么大阵仗,见到这般阵势先已胆怯了三分,硬着头皮跟那伙黑衣人缠斗。

就因这稍一耽搁,已有两骑疾驰而来,硬生生拦住了张光洛的去路。

张光洛见无路可逃,索性挥刀向他们砍去,西边那人猝不及防,慌忙躲开他的刀锋,东侧那人却格外凶悍,手中长槊,上下翻飞,招招致命。张光洛手中的短刀对阵黑衣人的长槊有着明显的劣势,如若此时他所持的是那口惯用的长柄大环刀,或许还能杀出一条血路,但现在要想杀伤敌人,只得靠近一些,一旦靠近又难以脱身。

一柄锋利的长槊向着赵志平刺来,将他的耳垂刺破,殷红的鲜血不停地往下淌。由于只顾着躲闪,赵志平一时重心不稳,居然跌落马下，而另一柄长槊乘势抵住了他的喉咙，他只得乖乖地放弃了抵抗，闭上了眼！

其他黑衣人纷纷向着张光洛围拢过来，形单影只的张光洛知道自己这次是在劫难逃了！

此时的张光洛如同一头被激怒的猛兽，与那帮黑衣人拼命地厮杀着。虽然他砍翻了几个黑衣人，但二十多柄长槊却同时向着他刺过来，他渐渐感到力不能支。

就在他疲于应对之际，忽然感到左腿一阵剧烈的疼痛，稍微迟疑的那一刹那，手上、腿上、肩上又多出了很多道伤口，紧接着一个黑衣人飞起一槊将他重重地打翻在地，一口殷红的鲜血从口中喷涌而出。

一个头领模样的人俯下身，对着倒在地上的张光洛冷笑道："真没想到，你还挺能打！居然伤了老子好几个兄弟。弟兄们，好好教训教训这个不知天高地厚的家伙！"

此人虽然蒙着面，但眉间的一颗黑痣在皎洁的月光下却若隐若现。赵志平隐隐觉得，那颗痣似乎在哪里见过，却又一时想不起。

几个身材魁梧的黑衣人走上前对张光洛一阵拳打脚踢，张光洛不一会儿便被打得面目全非，整张脸都肿胀起来，鼻血肆意流淌着。他虽已无力还击，却不甘示弱，不停地高声咒骂着。

那人从腰间取出一根银针，狠狠地刺向张光洛的喉咙。张光洛痛苦地张着嘴，再也发不出一丝声响。

赵志平不忍直视，心想："难道这片荒山野岭便是我们的葬身之处吗？"

可那群黑衣人并没有立即结束他们的性命，而是将他们的眼睛蒙上带走了。当眼罩被揭下时，赵志平发觉自己被关进了一间黑暗而又狭小的地下室中。他看了一眼躺在地上奄奄一息的张光洛，关切地问："张宫伯，你如何了？"

张光洛想要说些什么，却只能发出一些"依依呀呀"的声响。

赵志平的眼睛不禁一阵酸涩，泪水不争气地流了出来。

也不知过了多久，赵志平隐隐听到外面似乎传来打斗之声。

他屏住呼吸，仔细倾听，莫不是那伙黑衣人发生了内讧？如若真是那样，岂不是可以趁机逃走？想到这里，他悄悄起身，蹑足潜踪地来到楼梯旁，小心翼翼地向上走去。

来到门口，赵志平轻轻地拉动那扇门，但门却纹丝未动。心中刚刚升腾起的希望之火瞬间又熄灭了。

外面的打斗声渐渐停歇，一切又恢复了平静。

有些失落的赵志平只得从楼梯上走下来，重新坐回到地上。他看了看蜷曲在黑暗深处的张光洛，张光洛始终半闭着眼睛，不知是睡还是醒。

就在赵志平濒于绝望之际，外面突然传来一阵急促的脚步声，地下室的门竟然开了，门口站着一个熟悉的身影，是赵忠！

赵志平忽然生出一种恍如隔世之感，顺着楼梯急速跑到门口，与赵忠相拥而泣。

"你怎么知道我们在此处?"

"老奴睡觉一向很轻,小公子与张宫伯离开时,老奴也醒了,并且一直悄悄跟在你们身后。老奴看见小公子与张宫伯跟那伙黑衣人缠斗在一起,当时老奴真想冲上去跟他们拼个鱼死网破,可又转念一想,白白送死又有何用?老奴便一路尾随着他们来到这里,随后火速赶往临近的淅州[1]向薛司马求救。薛司马曾是老相公的部属。老奴这才领着救兵前来解救小公子。老奴让小公子受苦了,真是愧对老相公的在天之灵!"

"要不是你胆大心细,恐怕我和张宫伯早就成了那伙歹人的刀下之鬼了。那伙人到底是什么人?"

"可惜老奴没能抓到活口!不过通过此番交手,老奴觉得这伙人训练有素,进退自如,绝非乌合之众!"

赵志平暗想,如此看来,那伙人定然是李辉麾下士卒。李辉或许已经猜到了他们此行的真正目的,唯恐真相败露是以不惜对他们痛下杀手!

赵忠将伤痕累累的张光洛搀扶起来,愤愤不平道:"那伙歹人居然将张宫伯害成这般模样,真该千刀万剐!"

张光洛用沙哑的嗓音问:"齐全去何处了?"

赵忠道:"我当时走得匆忙,没来得及叫他。或许他还留在客栈之中,不过也有可能遭遇不测了!小公子,此处绝非久留之地,

1.治所淅阳郡中乡县(今河南南阳西峡县),仅辖淅阳郡一郡。

我们还是速速离开吧！"

赵志平点头道："好，这一路上你就专心服侍张宫伯吧！"

经历了此番劫难，张光洛似乎变成另外一个人，神情寂落，沉默寡言，或许这次的经历在他心中留下的阴影永远都无法抹去！

土篇：杀机

"日月往来寒又暑。乾坤开合晴还雨。白骨茫茫销作土。嗟今古。何人踏着无生路。"

——〔元〕梵琦《渔家傲·听说娑婆无量苦》

太师李弼遇害时手中紧紧攥着一枚碎瓷片。这块瓷片薄如纸，明如镜，声如磬，虽是由黑黢黢的黏土烧制而成，却透着高贵，可终究难逃归于尘土的命运。就好似声名显赫的李弼纵有千年铁门槛，终须一个土馒头，只是不知他在濒死之际那个奇怪的举动究竟是何用意？他的意外身死又预示着怎样的大变局？

第七章
棋逢对手觅迷踪

凶 讯

每每与独孤夏若对弈之时，北周天王宇文毓都会有一种心旷神怡的超脱，一种启迪心智的满足。

夏若手持白子轻轻落下一子，完成了对黑子的合围。望着愈加窘迫的局势，宇文毓不禁眉头微蹙，手中的棋子不知放至何处，似乎放到哪里都无济于事。

夏若笑笑说："棋之最高境界在于顺势而为，无为，而又无不为，不率性而为，也不刻意而为，行乎当行，止乎当止！"

宇文毓说："棋者分为九等[1]，夫人的棋艺恐怕已然到了入神！"

1.曹魏时，邯郸淳所作《艺经》说："一曰入神，二曰坐照，三曰具体，四曰通幽，五曰用智，六曰小巧，七曰斗力，八曰若愚，九曰守拙。"

夏若道："天王过奖了！"

宇文毓开始弃子了，纵然抉择的过程颇为艰难，却可以通过舍弃而有所得。就在夏若因获得先手而得意之际，他却在外围从容地谋篇布局，渐渐扭转了颓势。

夏若赞叹道："利而诱之，壮士断腕，弃子而夺势。实而备之，强而避之，趁乱而有所得！"

宇文毓道："其实这些心得皆是从你身上偷艺而来！"

两人随即都会心地笑了。

就在这时，一个小宦官低声说："辅城郡公求见！"

宇文毓忙放下手中棋子高声喝道："快宣！"

北周太祖宇文泰在世时曾说，宇文毓与宇文邕，一文一武，一张一弛。宇文毓喜好文学，却毫无文弱之气，阳刚中透着坚韧；宇文邕酷爱习武，却满是书卷之气，儒雅中带着睿智。

虽然宇文邕年纪尚轻，但他那张冷峻的脸上却一向荣辱不惊，可今日不知为何竟然挂着一丝惶恐和不安。

宇文邕甚至顾不得礼仪，未及行礼便直接开口道："天王，夫人，大事不好了！太师薨了！"

宇文毓和独孤夏若的脸上同时露出了极度惊讶的神情。宇文毓忙问道："太师前日还曾上朝，身子骨又一向很硬朗，怎会突然薨了呢？难道是因为近来那些纷纷扰扰的传闻？"

"具体情形臣弟还不甚清楚！最近长安一直不太平，如今身为国之重臣的太师又溘然长逝，着实令人心忧。臣弟隐隐觉得恐怕是别有用心之人正在策划什么大阴谋,还望天王与夫人早做准备,以防不测!"

夏若似有所指道:"既然风已满楼,恐怕山雨将至了!"

正在此时宇文护前来觐见,他象征性地拜了拜,宇文毓忙说了声:"护兄免礼!"

宇文护扫视了一圈在场之人,目光停留在宇文邕身上,旋即又迅速离开,用低沉的语音说:"正巧辅城郡公也在,想必天王已然知晓太师薨了。"

宇文毓刻意轻描淡写道:"寡人也是刚刚知晓,但诸多详情目前尚不得而知,还请护兄相告!"

宇文护说:"太师薨于昨夜。据说是自缢而亡,愚兄已命赵上士前去勘验。"

宇文毓皱皱眉说:"太师一向好端端的,为何会突然自缢?寡人听闻,护兄昨日还与太师会面,不知护兄可曾发觉太师有何异常?"

宇文护的脸上露出一丝不悦,说:"太师的两个儿子李耀和李辉如今皆牵涉进凶案之中,愚兄与他会面不过是想借机探探他的口风而已,岂料太师就这么急匆匆走了!"

夏若急忙说:"护兄也不要为此太过在意,或许太师自缢另有缘由!"

宇文护却愤愤不平地说:"难得夫人如此善解人意。如今很多人都在谣传老臣为了独掌权柄而蓄意铲除那些功勋旧臣。这让微臣甚为不安啊!"

宇文毓见状忙安慰道:"那不过是无事生非之人的虚妄之言!如今社稷草创,万事皆赖护兄,护兄切莫为了那些流言蜚语而劳心费神!"

"天王如此信赖微臣,真乃微臣之幸,社稷之幸!"宇文护看了看一直沉默不语的宇文邕,说,"如今正值多事之秋,还望辅城郡公与赵上士等人通力合作,早日查出真相,揪出幕后主使!"说到此处时,宇文护竟然下意识地看了一眼夏若。

"请天王、大冢宰放心,臣弟定当尽心竭力,为国分忧!"宇文邕说完之后便起身告辞出宫,策马急速赶往太师府。

诡　变

此前威严肃穆的太师府如今却因李弼的突然离世而乱作一团。

望着李弼的尸身,赵志平一时间五味杂陈。他曾对李弼恨之入骨,认定李弼就是制造这一系列血案的罪魁祸首。他的儿子李辉为了掩盖这一切还不惜对他们痛下杀手,可当他真正面对李弼尸身的时候,心中浓浓的恨意却不知为何渐渐消散了,甚至一个奇怪的念头不知何时升腾而起:其中会不会另有隐情?

赵志平竭力克制着情感,不让杂绪来影响自己的判断,勘验尸身容不得一丝的分心和稍许的大意。

正在这时,李弼的第三子李衍走了过来。李弼的长子李耀、次子李辉如今皆因牵涉凶案而被秋官府羁押，只得由李衍出面料理父亲的丧事。

李衍原本任始州[1]刺史，这几日恰巧进京述职，刚刚准备启程回始州，家中便突遭如此变故。按照礼制，他要为父丁忧，丁忧期间所有职任也将会被免去。如此一来恐怕……他简直不敢再想去了。

"太师暴毙着实令人心痛，不过还请节哀顺变！"

李衍愤愤不平地说："想我李家满门忠烈，为了大周浴血征战，哪承想大哥、二哥刚刚被无故羁押，父亲又莫名离世，怎不叫人意难平！"

赵志平安慰道："一切终会云开雾散的！不知令尊近来可有什么反常之举？"

李衍思索了一会儿，说："父亲近来并无反常，只是听闻大哥、二哥无辜身陷囹圄，向来温和的父亲也不禁勃然大怒，盛怒之下去找大冢宰理论。因此，我觉得父亲的死或许与那次会面有关！"

望着欲言又止的李衍，一直默不作声的芷兰心中忽然有了一个可怕的念头，整个事件的真相会不会是……

想到此处，她不禁打了一个冷战，如果真是那样，那可就太可怕了！

赵志平发觉芷兰的眼中闪过一丝异样，急忙关切地问："芷

---

[1] 治所在今四川省剑阁县，领四郡六县。

兰，你可曾想到了什么？"

芷兰忙掩饰道："没有，只是连日来奔波有些疲乏了！"

赵志平自然知道那不过是芷兰的托词而已，她一定有什么心事故意瞒着自己，于是不再追问，但心中烦乱却犹如雨后春笋疯狂地滋长起来。

恰在此时，宇文邕赶到，与众人简短寒暄几句便询问勘验进展。

赵志平道："在下初步判定太师死于昨夜子时。"

宇文邕于是问："昨日夜间，李刺史可曾听到过什么声响？"

李衍当即否认道："没有！"急匆匆的否认之后却是短暂的沉默。他思索了一会儿才说："在下本想今日动身回始州，昨夜很早便睡下了，一觉睡到了天亮。唯恐自己睡得太沉，还特地询问过府中仆人，他们也未发觉昨夜有什么异常。"

"既然如此，又是谁发觉太师薨了呢？"

"是父亲的贴身亲随金安！"

"可否让我等见一见金安？"

李衍却面露难色道："金安出身卑微，只怕是会冲撞了辅城郡公。"

宇文邕摆摆手说："无妨，李刺史多虑了。"

"既然如此，在下可就恭敬不如从命了。来人呐，快去叫金安来！"李衍对手下人厉声喝道。

不一会儿，一个四十上下，头戴软帽，上身着麻布对开短衣，下身穿褐色长裤的仆人来了，看似镇定的脸上隐隐浮现出挥之不去的惊恐。

李衍板着脸厉声喝道:"辅城郡公有话要问你,不得有半点儿隐瞒!"

宇文邕却摆出一副平易近人的姿态:"你不要有什么顾虑,只须从实道来即可。你是如何发现太师薨了的?"

金安心有余悸道:"或许是长年征战的缘故,太师起床一向很准时,每日五更天[1],小的都会赶来服侍太师洗漱,可小的今日来的时候发现房门反锁着。小的以为太师还未醒来,便站在门外候着,可等了约莫半个时辰,仍不见太师醒来。小的始觉有些不妙,于是一边叩打房门一边轻声呼唤,屋内却始终没有任何动静。小的当即便慌了,赶忙前去禀告三公子。三公子情急之下让我等撞开房门,当冲进去的时候,我们便见到了那可怕一幕!每次想起当时的场景,小的汗毛根都会竖起来。太师被吊在革带之上,眼珠外凸,舌头外伸,嘴中还叼着一个白布条,上面还写着几个殷红的大字,简直太吓人了!"

芷兰嘀咕道:"密室杀人!又是密室杀人!"

金安惊恐地说:"还有更可怕的事……"

李衍却狠狠地瞪了他一眼,金安随即识趣地闭上了嘴。李衍转头掩饰道:"让二位见笑了,下人没见过什么世面,口无遮拦。这就是系挂父亲尸身的革带!"

---

[1].相当于凌晨四点四十八分左右。

赵志平接过革带，仔细端详着，发觉并非近年之物，无论是样式还是新旧程度，看起来都有些年头了。

李衍又将一个白布条递给芷兰，上书："恩怨未了，贺拔索命。"

芷兰的眉毛顿时拧在一起，自言自语道："这究竟是何意？"

她不停地嘀咕着："贺拔！贺拔！"芷兰心头猛地一颤，难道说的是二十三年前那场宿怨？可这又与太师李弼有何瓜葛呢？

勘验完毕，宇文邕对李衍说："多有叨扰，我等告辞了。府中事务繁多，让金安代为相送即可。"

金安听闻仍呆呆地站在原地，暗中瞥了瞥李衍，李衍的目光却有意避开了。

芷兰悄悄拉了一下金安的衣襟，他这才有些不情愿地在前面带路。

金安脚步匆匆地走在幽静的回廊之上，恨不得赶紧将这伙不速之客送出府。突然之间他的手中被塞进了一个硬邦邦的东西，竟是一块亮闪闪的金锭！

他满脸疑惑地望着身后的宇文邕，芷兰和赵志平不知何时已经被甩开一段距离。手中那块金锭，掂量着有三两之多，不过他却没有一丝喜悦，仿佛手中的金子是一块烫手的山芋！

宇文邕笑笑说："本公想听听实情，出你的嘴，入我的耳，并无旁人知晓！"

"不知辅城郡公所问究竟是何事？"

"你刚刚提及的更可怕之事。"

金安犹豫了一会儿，跟宇文邕耳语道："太师是被革带勒死的，而那根革带看样式似乎是永熙年间的旧物。小的一直觉得这根革带颇为眼熟。老相公的几案上一直摆放着贺拔公的铜像。当时小的不经意间看了一眼那尊铜像，铜像上的革带居然离奇消失了！"

宇文邕也被惊到了，难道李弼真的是被显灵的贺拔岳所杀？

茶 肆

太师府附近的柳儿巷有一家清幽的茶肆，此时北方饮茶尚未成风，但难得三人都是爱茶之人，借喝茶之机歇一歇腿脚，理一理思路。

"你最近可曾去看过张宫伯？"宇文邕饶有兴趣地问道，但他没等赵志平回答就继续说，"听说他近来一直在府中休养，闭门谢客，颇有一种不再过问世事的意味。我还听说他性情大变，连结发之妻都休了！"

"此次荆州之行可谓险象环生，他不仅被打得体无完肤，喉咙还被那伙歹人刺坏了，虽然聘请名医诊治，但至今说起话来都很沙哑。前些日子，在下曾专程去府上看他，但他对于我的到来却表现得很是冷淡，所以与他简单地寒暄几句便起身告辞了！感觉他似乎变了一个人，或许上次的打击对他实在是太大了！"

芷兰感慨道："真没想到张宫伯被那伙歹人害成如今这般模样！可悲，可叹！"

赵志平无奈地摇摇头。人生犹如浮萍,他们这样微不足道的小人物如此,位高权重并且威震朝野的李弼又何尝不是呢?赵志平将茶盏久久地握在手中,浓郁的茶香却驱不散他心头的疑云。

宇文邕话题一转道:"你们相信太师是被幽冥所杀吗?"

芷兰却不以为然道:"自然不信!太师是被人勒死之后再用革带悬挂于房梁之上的,凶手不过是在刻意伪造太师自缢的假象,还假托什么幽冥之说!"

"独孤姑娘,何以见得?"

芷兰颇为自信地说:"太师脖颈之处的勒痕貌似只有一道,其实有两道,虽然两道勒痕大致重合,但边缘还是有不重合之处。我仔细勘验过这两道勒痕,其中一道勒痕虽然深入皮肉,却只见白痕,不见紫赤。这显然是太师死后留下的,他被悬挂在房梁之上时便已经死去,气血不行,即使再受力也无法形成血荫!"

赵志平随即补充道:"独孤姑娘所言极是,太师确系被人勒死后再挂于房梁之上!"

芷兰与赵志平最大的区别在于总是善于抓住关键点,借此管中窥豹,而赵志平却更为审慎,对尸身进行全面系统的勘验并排除其他合理猜测之后才会做出最后的判断。

宇文邕随即叹息道:"凶案频发,真不知谁会成为下一个!"

三人都不约而同地沉默了。前面的案子迟迟未有突破,更为棘手的太师被杀案又接踵而至,不知今后还会发生什么意想不到之事!

如今太师突然薨了，芷兰无暇分心，暂时顾不上齐鸣的案子，好在齐鸣并无性命之忧。

厉无畏死了，沈明跃死了，凌利中死了，朱向死了，孙显也死了，齐鸣被捕了，侯成又失踪了，与此案有牵连的人似乎都遭遇了厄运，所有的线索如今都被幕后之人硬生生地掐断了！

其实他们已然身陷进无可进、退无可退的绝境之中！

宇文邕见气氛有些冷，于是说："一干涉案人等要么已死，要么失踪，我隐隐觉得其中或许藏着什么不为人知的微妙关联，只是一时还说不清究竟是怎样一种关联。"

赵志平赞同："在下也有同感！我等正是因上述几人才开始怀疑太师也牵涉其中，恰在此时太师又离奇薨了。或许只需查明太师之死的真相，这一切便都水落石出了。不过我的心头却始终萦绕着两个难以解开的疑问。第一个便是，太师死于密闭的房间之内，凶手是如何进去的，又是如何离开的呢？

"据金安所述，太师遇害时，门是关着的，而他们则是破门而入。在下仔细查验过屋门，仍残留着因受外力而破损的痕迹，他们所说应该不假。在下还仔细查验过窗户、四壁和屋顶，均未有破损的痕迹。这个凶手与杀害沈明跃、厉无畏的凶手一样来无踪，去无影，难道凶手真会遁地术或者穿墙术之类的邪术？"

芷兰抿了一口茶，眉头一蹙，觉得这盏茶中藏着大乾坤，火与水相煎，茶与壶相融，汲取日月之精华，沐浴春秋之更迭，甘苦共存，咸涩互依，细细品味，犹如彩云出岫，又好似嫩荷出水，清香中透着淡雅。

她将口中的茶慢慢咽下，说："凶手进去或许并不难，如果是熟人作案，自然可以轻易叫开门，关键是凶手如何逃离的。逃离时自然是越快越好，他为何不直接打开门逃走呢？"

宇文邕道："这个疑点或许便是突破整个案件的关键。天下之事，纷繁复杂，光怪陆离，但究其原因，或出于欲，或出于理。凶手行凶必然是出于某种欲，比如贪欲、仇欲或者情欲，等等。虽然一时还猜不透，但只要我们寻到其中的某个关键所在，便可顺藤摸瓜找出其中之理！"

芷兰和赵志平不约而同地向宇文邕投去钦佩的目光，想不到宇文邕年纪轻轻看问题居然会如此透彻。

赵志平继续说："在下再说第二个疑点。太师的左手留有一道带血的划痕，这道划痕不足以致命，也不足以制服太师。既然如此，这道伤口又是如何形成的呢？凶手这么做的用意又何在呢？"

芷兰脱口而出道："莫非太师仓促间抓起身边的什么物件与凶手厮打？凶手用凶器划破他的左手使其不能反抗？"

"对呀！"赵志平的眼中掠过一阵惊喜，但那份惊喜却犹如夜空之中的烟花，刹那间便消失得无影无踪，沉思了一会儿又否定道，"我仔细勘验过太师左手的伤口，伤口极不规则，绝非被刀剑一类的利刃所伤！试想凶手刺杀太师时怎么可能连利刃都不带呢？"

芷兰道："凶手会不会是临时起意并未随身携带利刃呢？"

赵志平却摇摇头说："在下勘验案发现场时感觉并非如此！凶

手将太师活生生勒死,然后又悬挂于房梁之上,而且还在太师的嘴中放进了一块写有'恩怨未了,贺拔索命'的白布条。这一切皆说明凶手绝非临时起意,而是蓄谋已久!况且太师府虽说不上固若金汤,却也是防守严密,凶手却能做到来去无踪,事先定然进行了缜密的谋划。"

芷兰沉思了一会儿说:"会不会是这样?太师匆忙间想要抓起什么进行反抗,那个物件虽算不上什么利刃,却也较为锋利,太师不小心伤到了自己。"

赵志平想了想说:"这一点在下倒是还未想到,听起来似乎有些道理,但如若真是如此,太师手中紧紧攥着的那个用于防身的器物又在何处呢?不知你们是否注意到了太师被杀时小拇指内翻,而其余四指却向外翻,凶手似乎是从他的手中硬生生夺去了什么东西!"

芷兰灵机一动说:"如若真是这样,太师手中所攥之物必然是极为紧要的物件,既是凶手想竭力得到的,又是太师想竭力保护的。如若我们能知晓究竟是何物,或许便能顺藤摸瓜找寻到凶手的踪迹。"

宇文邕一边倾听,一边把玩着手中茶盏,并没有芷兰那样乐观,说:"如若真是那样,太师必然会藏得极为隐秘,我等岂会轻易查找到?"

芷兰望着愁眉不展的宇文邕,心中微微一动,不知从何时起,自己对宇文邕的喜怒哀乐竟然如此放在心上。

宇文邕似乎也觉察到了什么,故意转换话题道:"独孤姑娘,这些天来,我一直有一事想问你。那日在大统寺,独孤姑娘似乎察觉到了什么,今日得暇不妨也说来听听。"

芷兰叹了口气,道:"厉无畏的尸身离奇失踪,而那具被朱向妻子认定是朱向的尸身又偏偏被割去了头颅,我隐隐觉得凶手处心积虑地盗走厉无畏的尸体或许是……或许是为了掩盖朱向未死的真相!"

芷兰的这句话显然惊到了宇文邕。他随即反问道:"可那具尸身经朱向之妻辨认过!那名死者的穿戴与朱向一模一样,腰间的那枚玉佩又是朱向平日里所佩戴之物,关键是朱向的左脚异于常人,有六个脚趾,而那名死者也恰恰如此。如果不是朱向又会是何人呢?"

芷兰并未急于回答,而是望着宇文邕,眼神中透着一种特殊的情愫。

自从接手这个案子以来,面对纷繁复杂的案情,宇文邕一直都不急不躁,不骄不馁,任凭风吹雨打,总是闲庭信步,但李弼的死却彻底打碎了宇文邕一贯的沉稳,他的脸上时不时就会露出几丝焦虑。

芷兰笑笑说:"我们不是一直都有一个不解的疑问吗,凶手为何要费尽心机地盗走厉无畏的尸身?于是我便猜想厉无畏的左脚或许也有六个脚趾。这样朱向便可借此金蝉脱壳。"

赵志平惊呼道:"独孤姑娘果然聪颖过人,居然能够想到这一层!"

芷兰却颇为泄气地说:"可惜事后却证明本姑娘的那一番猜测纯属无稽之谈!我特地查访过厉无畏的亲友,厉无畏的左脚和右脚均为五个脚趾,并未有任何异常之处。他最明显的特征就是眉心处有一颗黑痣……"

"黑痣!黑痣!"赵志平若有所思地喃喃自语道。他忽然想到了什么,但旋即又否定了。这不可能,绝不可能!

"赵上士,你可是想到了什么?"芷兰关切地问。

"没……没事!"赵志平支吾敷衍道。

宇文邕知道赵志平心中定然藏着不愿言说的心事,但当下又不便追问,见状急忙道:"我看近来诸位都太过辛劳了,还是暂且各自回府休息吧!虽说目前仍旧乌云满天,但我坚信曙光往往会藏于风雨之后!"

第八章
蝶恋依依情所依

瓷　片

　　宇文邕陪同芷兰再次来到李弼被杀的那间卧房之中进行探查。对于他们的到来，李衍却显得有些不耐烦，但碍于宇文邕的身份也不好过度表露出来。

　　宇文邕一进屋便将目光投向床边的几案上，上面摆放着两尊铜像。一尊头戴冰铁盔，身披明光铠，胸部和背部均有左、右两片椭圆形的护镜，打磨得极光滑，好似铜镜一般，在阳光之下会发出耀眼的明光，腰间束带，下着宽口缚袴，手持宝剑，威严肃穆，英气逼人；而另一尊头戴兜鍪，身着筒袖铠，小块鱼鳞纹甲片穿缀成圆筒状的身甲，肩部有鱼鳞纹甲片制成的护肩，手执长长的马槊，威风凛凛，杀气腾腾，腰间居然真的没有革带，想必这尊就是贺拔岳的铜像。

　　宇文邕试探道："这尊铜像真是稀奇，腰间居然没有革带？"

李衍勉强挤出几丝微笑，忙搪塞道："辅城郡公果然慧眼不凡。这么微小的纰漏居然都未能逃过您的火眼，真是佩服之极啊！或许是工匠制作模具时一时疏忽吧。"

　　"疏忽？堂堂一国之太师怎会将一尊残次品摆放在屋中呢？莫非这尊铜像原本是有革带的？太师恰恰被一根革带悬挂于房梁之上，难道真的是贺拔公前来索命？"

　　宇文邕和李衍同时笑了，但宇文邕的笑声中透着一丝得意，而李衍的笑声中却带着一丝尴尬。

　　芷兰一直在细心观察着李衍的一言一行、一举一动。事到如今，李衍仍旧在试图遮掩，可他到底想要隐瞒什么呢？

　　宇文邕继续问下去恐怕也是徒劳，芷兰忙转换话题道："李刺史，您看看这屋中可有什么物件被挪动过或者消失不见了？"

　　李衍不知她为何突然提出这个没头没脑的问题，匆匆环视了一下屋内陈设，觉得似乎少了些什么，又不太确定，索性摇了摇头。

　　其实芷兰对他并没抱什么希望，于是说："能否让金安来一下？既然他是太师亲随，自然对此间更为熟悉些！"

　　李衍虽有些不情愿，却也不好明着阻拦，随即命手下人去唤金安。自从出事之后，这里便成了金安心头挥之不去的噩梦，可为了配合查案，却又不得不三番五次来到这个唯恐避之不及的地方。

　　"金安，你看看屋中可曾少了什么物件？此事事关重大，你可要查看仔细！"李衍高声喝道，言语中隐隐透着一丝威胁。

　　"小的明白！小的明白！"金安忙回应道。相比昨日，金安显得畏首畏尾。

芷兰和宇文邕都听出了李衍话语之中隐含着威胁,见金安有些不自在,宇文邕忙宽慰道:"你不必紧张,只须如实相告即可!"

金安盯着屋内看了一会儿,咕哝道:"没少什么呀,对了,那只花瓶哪儿去了?"

"什么花瓶?"芷兰急切地问。

金安意识到自己刚刚有些失言了,看了一眼李衍才慢吞吞道:"小的也说不好,也许是太师送人了,或放到别处了。"

"你能否细细说一说那究竟是怎样一只花瓶?"芷兰穷追不舍地问道。

金安吞吞吐吐地说:"似乎是从今年端午前后,太师不知从何处得到那只花瓶,自此便时常把玩。小的平日所见花瓶皆是单色,唯独那只花瓶上阴刻着一幅山水画,还配有一首诗,真是让小的开了眼!太师一直对那个花瓶爱不释手,于是便将那只花瓶放在床边的几案之上,如今那只花瓶却不见了踪影!"

宇文邕命令道:"烦劳李刺史叫几个家仆来,在屋内仔细找一找那只消失不见的花瓶。"

李衍极为不悦地答应了。

不一会儿,七八个仆人就赶了过来,可经过一番查找,始终寻不见半点儿踪影。

李衍不耐烦地说:"这么多人去找一只虚无缥缈的花瓶,是不是太过兴师动众了!我不明白那只花瓶与家父的死究竟会有何关联!"

宇文邕见李衍如此说也开始打退堂鼓了，可芷兰却坚定地回击道："那只花瓶非同小可，或许能解开太师死亡真相！不过那只花瓶或许早在案发时便被打碎了，请诸位仔细搜索一下屋内各个角落，看看能否找到破碎的瓷片。"

李衍阴阳怪气道："好！好！我倒要看看你们如何凭借花瓶来破案！"

芷兰对金安道："去床下找找。"

金安有些不情愿地爬到床底下，芷兰也顾不上自己是女儿家，径直爬到宽大的眠床之下，借着微弱的烛光，仔细地找寻着。

不一会儿，芷兰从床下爬了出来，激动地高呼道："找到了！终于找到了！"她的手中攥着一枚小小的瓷片，上面似乎是一个阴刻的"一"字。

兴奋不已的芷兰也顾不上什么礼仪，用手背擦拭着额头上不停滚落的汗珠。

宇文邕忙递给她一方蜀绣手帕，芷兰接过手帕，与他相顾一笑，笑容中掺杂着些许奇妙的情愫。

芷兰兴奋地说："太师左手的奇怪划痕想必便是被碎瓷片划伤后所留。瓷片的边缘极不齐整，太师手心的伤口也很不规则。勘验太师尸身时，赵上士发觉太师左手小拇指内弯，而其余四指却向外翻，甚至连指骨都被凶手残忍地折断了。或许太师遇难前攥着的瓷片也正是凶手想要得到的！"

李衍不仅没有一丝喜悦，反而阴沉着脸说："这又能说明得了什么呢？难道那枚小小的瓷片能助我们找到真凶吗？"

李衍的追问就像一记重锤重重地击在芷兰的心头，喜悦之情刹那间便消失得无影无踪。一个疑问解开了，另一个疑问却又接踵而至。

李弼生前为何会死死地攥着一枚碎瓷片呢？凶手又为何非要从他的指尖将那枚瓷片硬生生夺走呢？瓷片背后到底隐藏着什么鲜为人知的东西呢？

见芷兰沉默不语，宇文邕义正辞严道："能！但是你必须告诉我们，这只花瓶究竟是何人所送？花瓶上到底刻有何种图案？刻有怎样的诗句？"

李衍的脸色随之一变，说："是何人所赠，父亲并未提过，我也没有问过。具体刻有什么图案，我只记得似乎是一个渔翁在垂钓，至于那首诗在下便实在记不清了！"

芷兰愈加明显地感到李衍似乎并不希望他们沿着花瓶这条线索继续追查下去，几度想让他们就此收手，这恰恰说明她选择的这条路或许是对的，其中定然隐藏着什么不为人知的隐秘之事！

欲言又止的金安似乎知晓些什么，不过却慑于李衍的淫威而不敢吐露实情。

芷兰原本还想继续追问下去，却被宇文邕硬生生打断道："既然如此，我等今日就暂且查到此处。如若你们又记起了什么，再告诉我们也不迟。"

见宇文邕有些粗暴地打乱了她的问话，心有不甘的芷兰心头升腾起一丝不悦。

119

离开太师府后,芷兰便一直噘着嘴,宇文邕却笑笑说:"你生气的样子更可爱!"

见他如此说,芷兰不知为何心中的不悦居然瞬间消失了一大半。

宇文邕目视着远方道:"我不仅不会将那丝难得的希望之火掐灭,反而会让它烧得更旺,不过我们需要换一种方式!"

隐　情

自从李弼死后,金安便一直生活在惶恐不安之中,感觉危险就在近前,因为他知道的实在太多了。

在收到小瑛派人送来的信之后,他权衡再三,最终决定冒险前去赴约。

小瑛是长安城南罗记印染店的使女。那日,金安随李弼去郊游,无意中见到了清纯美丽的小瑛。这次邂逅在他的心中定格为永不褪色的美好瞬间,从那之后,小瑛俏丽的脸庞便时常出现在他的梦中。

虽说他终日追随在太师身旁,自己可以自由支配的时间少之又少,但他一有时间便去城南借机接近小瑛。他自认为一向伶牙俐齿,面对小瑛时却常常语塞,不过小瑛并未因此而嫌弃他,反而觉得他憨憨的样子倒有些可爱。

渐渐熟识以后,他总是借机送一些吃食给她,起初小瑛还有几分羞赧并不肯收,但他放下便走。随着两人关系越走越近,他便开始送一些贵重的首饰。每每收到他送的东西,小瑛脸上总会绽放出如花的笑靥，让他如痴如醉。

为了见到小瑛，他怀着极其复杂的心情走出了太师府，在近旁的谢二鞍马店租了一头驴子，向城南而去。

其实从他跨出李府大门的那一刻起便有一双眼睛在暗中紧紧地盯着他。

在夕阳的映照之下，长安的郊外显得格外宁静。金安狠狠地抽了一下胯下的驴，恨不得早日见到朝思暮想的意中人，可他的心却莫名地狂跳着，难道危险真的来临了？

就在此时，他忽然听到身后响起了急促的马蹄声，还没有来得及回头观瞧便感到眼前一黑，继而跌落在地上。

头上被人套上了一个黑色头套，金安不由自主地剧烈挣扎着，忽然感觉颈部一阵冰凉，随即便停止了无谓的反抗。

当头套被摘下时，他身子不禁一颤，发现站在自己面前的居然是宇文邕，随即惊叫道："辅城郡公，你们到底想要干什么？"

宇文邕拍拍他的肩膀安慰道："切莫惊慌，我们请你来是想跟你打探一些事。"

金安警觉地望着宇文邕，试探道："何事？"

"你在刻意隐瞒什么，我们便想打探什么。"

金安闻听此言索性闭上眼，说："你们不要瞎费工夫了，小的什么都不知道，什么也不会说！"

"难道你就不怕死吗？"宇文邕刻意提高声调威胁道。

金安却摆出一副死猪不怕开水烫的架势，答道："说了也是死，不说也是死，横竖都是个死！"

"难道你就忍心抛下小瑛姑娘吗？"宇文邕说完之后拍了拍手。芷兰领着小瑛从里间走了出来。

小瑛还是那般清纯如水，惹人爱怜，但她俊俏的脸上却挂着一丝惊恐，也带着几丝羞愧。

见到小瑛，金安坚硬的心顿时变得柔软。

"小瑛姑娘，好生劝劝他吧！"宇文邕喝令道。

小瑛用娇滴滴的声音道："你知道些什么便都说出来吧！"

金安陷入痛苦的纠结之中，一边是素来待自己不薄的主子，一边是自己深爱的女子，金安一时间不知该何去何从。

芷兰见状急忙说："你不用担心，只要你能吐露实情，辅城郡公便会给你一笔一生享用不尽的钱财，还会帮你们远走高飞，从此之后，你便可以与心爱之人长久地厮守在一起了。何去何从你自己决断吧。"

金安艰难地张开嘴说："你们到底想让我说什么？"

"太师临死之际为何会死死地攥着一枚碎瓷片？"

金安的脸上露出为难之色，不知是假意为之，还是确有难处，苦着脸说："这个小的确实不知啊！"

宇文邕厉声说："那你知道些什么？"

金安踌躇半晌才道："小的只知道那个花瓶是谁送给太师的。"

"是谁？"

"王丽华！"

孽　缘

望着无尽的夜色，王丽华内心的孤寂感犹如荒草迅速地滋长着。她的人生充满了太多的跌宕起伏。她出身卑微，相貌平平，原本可以在平淡中走完自己的一生。

她本是宇文泰府上一名普通得不能再普通的侍女，整日干些端茶倒水的粗活儿，做梦都不敢想会与府上的男主人共度春宵。

那夜，宇文泰喝得酩酊大醉，而常日里服侍宇文泰的贴身侍女偏偏又病了，她只得临时顶替那个侍女前来服侍宇文泰。

醉眼蒙眬的宇文泰突然抓住她的手，她的心急速跳动着，不知接下来将会发生什么。自己从不敢妄想的真实到来，宇文泰很快就呼呼睡去了，而她却一夜未眠。

次日清晨，宇文泰终于醒了，不过对她视若无睹，穿戴整齐后便大摇大摆地走了，居然没有跟她说一句话。

她的心彻底碎了，那一夜的激情，宇文泰纯属为了宣泄，而并非对她真的动了心。

府内的人总是在她背后指指点点，说她为了邀宠不择手段，说她也不撒泡尿照照自己的模样。

面对别人的无端指责，她虽故作坚强，但每到夜深人静的时候却常常以泪洗面。

对生活渐渐绝望之际，她发觉自己居然怀孕了，十月怀胎生了个儿子。既然她为宇文家延续了香火，宇文泰便不能再对她视而不见了,于是纳她为妾,还给她所生的儿子取名宇文招。

在外人眼中,她这只土鸡奇迹般地飞上枝头变成了金凤凰,可只有她自己才知道其中的酸甜苦辣。

她没有倾国倾城的容貌,也没有技惊四座的舞姿,更没有狐媚惑主的手段,因此宇文泰始终对她不冷不热,不远不近,只是偶尔来看看孩子。除此之外,她难得见上宇文泰一面。

她慨叹过命运的不公,不过她也庆幸自己至少还有一个聪明伶俐的儿子。

本是死水一般的生活,却因为一次邂逅她的心中再次泛起阵阵涟漪。

大统十二年(公元546年),经过三年多的休整,东魏权臣高欢再度披挂上阵,决意一举灭西魏,而这也将是他人生之中最后一次率军出征。

东魏、西魏之间此前爆发的四次大战都是以潼关至洛阳的交通线作为主战场,但高欢这次却选择了黄河边的玉璧城。

宇文泰担心玉璧守将韦孝宽孤木难支,于是率领大军前去增援,但他刚刚离开长安,长安就发生了大规模叛乱。

王丽华只得抱着刚刚出生的宇文招仓皇逃跑,不幸的是在逃亡路上与一伙穷凶极恶的叛贼不期而遇。

就这样,走投无路的王丽华沦为那伙亡命徒的俘虏,只得听凭命运的摆布。

就在绝望之际，突然听到一阵若隐若现的马蹄声，叛军也立刻变得骚动不安。

循声望去，只见一位身材高大、英气十足的将军头顶闪亮银盔，上面垂下的红色璎珞格外醒目，尤其是他指环上的红宝石在夕阳余晖映照下更是耀眼夺目，这个画面永远定格在了王丽华的心里，历经岁月的冲刷都未曾褪色。

王丽华高声呼救道："将军，快些救我！"

一个叛军士卒随即将她按倒在地，但她不再肯轻易就范，剧烈挣扎着。那个叛军士卒被她彻底激怒了，抡起手中的刀便向她砍去。

她只得痛苦而又不甘地闭上眼，随着兵刃相撞"哐"的一声响，那个叛军士卒一个趔趄摔倒在地，手中的刀也随即飞了出去。

就这样，惊魂未定的王丽华被李弼抱上马。他一边抵挡着来自四面八方的疯狂进攻，一边用臂弯保护着娇小的王丽华。

王丽华将头紧紧地靠在李弼胸口，忽然生出一种从未有过的安全感和幸福感。

此后王丽华依旧过着索然无味而又波澜不惊的生活，唯一的不同便是会时常记起自己被救的那一幕，不过她还不知道救自己的人是大将李弼，但就因为那一幕，她悲凉的人生一下子就变得温暖了许多。

后来，为了让年幼的孩子们尽快长大成人，宇文泰命所有年满十岁的儿子另辟府邸居住，宇文招也不例外，就此离开了母亲的呵护。

王丽华一时间难以适应没有儿子的日子，但更令她难以接受的是，没过多久，宇文泰也永远地离她而去，此时她只有四十岁。

此前，她的心中还怀有一种虚无缥缈的期待，宇文泰来看宇文招的时候，哪怕是对她一个不经意的眼神都会让她感到满足，可如今那份虚无缥缈的期待也灰飞烟灭了。她的世界仿佛一下子变得漆黑一片。

她忽然想到了那个犹如天神降临般救过自己的神勇将军李弼。每每想到李弼，那颗原本已然死了的心便会慢慢苏醒。

她让自己的贴身侍女琥珀带着自己最钟爱的花瓶去见李弼。那只花瓶貌似中原之物，其实产自萨珊王朝，但那种制瓷的绝世工艺在萨珊也已失传多年。

在洁白的瓷胎表面，制瓷工匠精心雕刻出绚丽的图画，然后再罩上一层玉质感十足的釉色，堪称不可多得的艺术精品。花瓶虽产自异域，却是为中原富商巨贾量身定做的。花瓶最大的价值恰恰就在于瓶身上那幅图画所透露出的意境，还有那首意味深长的诗。

李弼久久地端详着王丽华送来的花瓶，陷入无尽的沉思之中。

他大半辈子都在征战沙场，那时他的眼中只有国事，常常因为忧国事而忘私事，早晨接到出兵的诏令，晚上便已匆匆踏上了征程。那时的他经常领兵在外，无暇享受鱼水之欢。随着战局日渐稳定，特别是随着年岁越来越长，他自感时日无多，也渐渐体会到鱼水之欢的乐趣，直到沉迷其中，欲罢不能。

李弼猛然间心动了，思虑良久后给王丽华写了一封情意绵绵的回信。

那是一个皓月当空的夜晚，王丽华坐上一辆普通的马车，乘着月色悄悄来到距太师府一里的一座不起眼的小寺，金安早已等候在那里。

小寺之中有一口早已干涸的枯井，井口很宽，而且不深。井口边有个筐，王丽华坐进筐中，金安轻轻地摇动着辘轳，王丽华就这样被运到了井底，随后金安也顺着绳子溜了下来。原来井底的侧壁上有一个不易察觉的洞，这个洞连接着一条暗道。

金安取下挂在壁上的灯笼，用火镰点燃，在前面带路。王丽华紧跟在他的身后，穿梭在黑黢黢的地道之中。

约莫走了一盏茶的工夫，金安停了下来，面前是十几级台阶，顺势走上台阶，伸手便可够到地面。他轻轻地叩击头顶的那块小青砖，最初的三声较为急促，接下来的三声较为舒缓，不一会儿，就听到了上面的回应。

李弼卧榻旁摆放着一个几案。移开几案，四个铜环便显露出来，而地面上恰好有四个凹槽，四个铜环正好嵌入凹槽之中，若不是移开几案很难发现铜环。

他将位于西北角和东北角的两个铜环向左转动，触动机关，顺势掀开地面上的那块小青砖，正对着地道口，一缕微弱的灯光照进了漆黑的地道中。

金安对王丽华说："夫人，您上去吧！太师已在上面恭候多时了！"

在摇曳的烛光之下，王丽华与魂牵梦绕的李弼见面了，曾经的少女如今却已变为了中年妇人，曾经孔武有力的将军也已两鬓染霜。

两人时隔多年再度重逢未免有些尴尬，也有些局促，但王丽华不想轻易放弃这个宝贵的机会，十几年冷酷少爱的日子使得她极度渴望得到男人的滋润。

王丽华吹灭了屋内的灯，然后扑到李弼的怀中，李弼起初还有些不适，但他很快便融化在王丽华的温情之中。

自从那夜激情之后，王丽华便犹如重生一般，生活变得五彩斑斓，但来之不易的惬意生活却随着李弼的离去戛然而止。

听完金安的叙述，芷兰已经大致猜出了凶手来无踪去无影的原因。凶手很可能就是府上的人，半夜叫开房门，趁李弼不备将其杀害，然后再从地道逃走。这样一切便可以解释通了！

不对！如果凶手果真从地道逃走，那么几案怎会又回到原位呢？难道他有隔空移物的功夫？

芷兰高声问道："金安，几案可是你移回原位的？"

芷兰的声音又高又尖，金安被吓得一哆嗦，忙答道："的确是小的所为，我怕泄露了太师的秘事！"

芷兰和宇文邕对视了一下，然后同时点了点头，但花瓶上的秘密还不限于此！

第九章
浮云冉冉送春华

打　探

在苍茫的暮色中，长乐宫盈霞殿已被覆上了一层浓重的秋寒，殿内点点微弱的灯光，带来丝丝的暖意。

"启禀娘娘，辅城郡公前来求见！"宦官何泉低声说道。

宇文邕幼时曾养在原州李贤家中，何泉奉宇文泰之命一直陪在尚在襁褓之中的宇文邕身旁。宇文邕回长安后，何泉仍旧服侍他，直到宇文邕开府后，继续留用宦官恐招致非议，于是让他重回宫中，伺候在王丽华身旁。

王丽华连忙收起烦乱的心绪，沉思了一会儿，令道："让他进来吧。"

宇文邕款款走进来，施礼道："邕儿参见太妃。"

"邕儿，快快免礼平身！"

宇文邕原本还想多寒暄几句，王丽华却开门见山地问道："邕儿深夜前来恐怕是有事吧？"

"想必太妃也已知晓太师薨了。"

王丽华竭力克制着脸上掠过的一丝慌乱，故作镇定地说："我也是刚刚知晓，不知邕儿提及此事到底是何用意啊？"

"太师之死没那么简单，或许涉及一个大阴谋！为了不让那些别有用心之人的阴谋得逞，邕儿希望太妃能够从旁协助！"

"邕儿说笑了，太师之死与本宫有何关系，又何谈相助呢？"

"太师临死前死死地攥着一枚碎瓷片。他这么做必然是想告诉我们些什么，可惜我们都没有见过那个花瓶，还请太妃不吝赐教。"

王丽华闻听此言顿时脸色大变，怒斥道："太师家的花瓶本宫怎会知晓？来人呐，天色不早了，送客！"

宇文邕慌忙解释道："太妃，切勿动怒！邕儿绝无恶意，只是希望能够借助太妃一臂之力来缉拿真凶，告慰太师在天之灵！"

王丽华脸上的怒色稍稍消散了些，却依旧冷着脸说："本宫有些累了！"

话音未落，王丽华起身向里走去，将一脸失落的宇文邕远远抛在了身后。

芷兰一直在宫外候着，身上披了一件很厚的红色披风，却依然难以抵御深秋夜晚的阵阵寒意。

其实她已经从宇文邕失落的神情之中猜到了这次会面的结果，忙安慰道："我们总会有办法的，还是从长计议吧！"

宇文邕并没有说话，而是深情地凝视着站立在秋风之中的芷兰。她虽不施香水，也不敷脂粉，却依旧散发着淡淡的芬芳。高高耸立的发髻浓密如云，修长的细眉微微弯曲，肤如凝脂，红唇皓齿，晶亮动人的双眸顾盼生辉，特别是那两只若隐若现的酒窝更是使得她别有一番风韵。

宇文邕感觉自己竟有些醉了，想要将她拥入自己怀中，但最终还是强忍住了。

因为芷兰早已许配给八柱国之一李虎的第三子李昞，况且刚刚建立不久的北周帝国正在经历一场前所未有的危机，在这个紧要时刻，他万万不可因儿女私情而误了国家大事！

玄　机

独孤信死后，太保府也随之被查封。芷兰返回长安后获准住在独孤信生前在河源街购置的一套别院之中。但当宇文邕和芷兰到达别院时，发现芷兰的未婚夫李昞已经在院中等候多时了。

芷兰一直梦想着能够找到一个爱她、宠她的男人，可婚姻大事岂由她自己做主，遵从父亲的意愿，她与李昞定了亲。但在大婚前夕，李昞的母亲却突然病逝。按照礼制，李昞要守孝三年，在此期间自然也就不便娶亲。守孝期满，李昞却又一直在原州戍守，无奈只得将婚事搁置下来。后来再次商议婚期，独孤信却偏偏在此时出事了，先是被免，而后自杀。这桩婚事也不得不再度搁置下来。

由于原州乃是边陲重地，身为司马的李昞不敢有丝毫懈怠，极少回长安。他这次进京是特地来向夏官府述职的,抽时间专程看望未婚妻芷兰。

他早已听闻芷兰正与宇文邕等人在追查几起离奇的案子,一个未出阁的姑娘不仅时常抛头露面,还跑去查办什么案件,真不知她到底是怎么想的,更不知老谋深算的宇文护是怎么想的。

难道天底下的男人都死绝了吗?让一个涉世未深的小姑娘去查案,她又能查出些什么?

李昞本来就带着几分怒火,见到宇文邕送芷兰回来,心里顿时又生出几分醋意和不满。

宇文邕见到李昞后也自觉有些尴尬,心中不免有种酸酸的感觉,笑笑说:"李司马也在啊,那本公就先行告辞了。"

李昞还算客气地说:"辅城郡公慢走,恕末将不远送了!"

宇文邕走后,芷兰感到气氛有些异样。或许是彼此有些太过陌生了吧!

就在半年多之前,她遇到了生平最大的人生变故,父亲离世,家人天各一方,独孤家所有的显赫与荣耀都被无情地践踏了。而自己也绝望地踏上了遥远而陌生的流放之地。在她最渴望得到关怀的时刻,李昞领兵在外并没有在她的身旁。随着时间的流逝,竟也渐渐习惯了没有李昞的日子,如今李昞突然出现在她的身旁,反而让她感到有些不适。

看着有些陌生的芷兰,李昞率先打破了沉默,说:"听说你正在查案?"

"是。这或许是解救家人的唯一机会！"

"事情恐怕没有你想的那么简单，宇文护对独孤叔父恨之入骨，也对天王夫人心存芥蒂，为何偏偏对你另眼相看呢？我看，宇文护是想要利用你，从而达到不可告人的目的！"

芷兰沉默不语。姐姐曾经试图拦阻过自己，可她却有些执拗地要在宇文护给她指的这条路上坚定地走下去。这些日子里，她只顾着赶路，却未曾想过脚下的这条路到底会通往何方。如今未婚夫也来劝阻自己，自己究竟该何去何从呢？

看着沉默不语的芷兰，李昞继续道："军中纷纷传言宇文护为了独掌权柄蓄谋诛杀那些开国老臣。仅仅在一年之内，赵叔父、独孤叔父、李太师，一个又一个久经沙场的老将相继离世，这不正好印证了那些传言吗？"

"难道李太师也是被宇文护谋害的？如若真是这样，他为何又要让我等追查案件的真相呢？"

"掩人耳目！朝中之事原本就比你想象的要复杂得多！"

芷兰心底深处顿时掀起轩然大波。其实这些日子，她也一直在想，能够谋害李弼这样一位朝廷重臣的元凶绝非寻常之辈！

难道这一切都是老谋深算的宇文护故意为世人布下的迷局？如此一来，那就太可怕了！

此前她还在费尽心机地找寻真相，如若真是那样，越是接近真相，岂不越是危险？

殉　情

谁也未曾料到会再起波澜，太妃王丽华竟自缢而亡了。

看着同样面带疑容的宇文邕，芷兰的心中始终泛着阵阵酸楚和愧疚，她从没想到事态居然会发展到如今这般田地。如若宇文邕那夜不去见王丽华，王丽华还会不会毅然决然地踏上这条不归路？她这么做究竟是被他们逼的，还是被她自己逼的？

王丽华的儿子宇文招虽只有十一岁，但母亲的死却使得他瞬间长大了许多。

宇文招跟王丽华有几分相像，皆带有西域特征，高鼻梁、高颧骨、深眼窝，凹凸有致。但中原人却一直以曲线柔和为美，因此宇文招自幼便因样貌时常被兄弟们取笑。

这几日，宇文招清瘦了许多，颧骨显得更加高耸突出。

宇文邕走到他的近前，满怀歉意地说："招弟，真没想到太妃这样走了！"

宇文招却冷冷地说："此时说再多愧疚的话又有何用呢？"

芷兰忙解释道："正平郡公，辅城郡公那夜面见太妃并无他意，只是想探查清楚一些事情。谁知却横生枝节，他每每想到此处无不痛心疾首。兄弟之间本应多亲多近，切不可因此而心生嫌隙！"

此时，宇文护也赶来吊唁。

宇文招快步迎了上去，前来吊唁之人随即也纷纷围拢过去，犹如众星捧月般将宇文护围在中央。

唯独宇文邕和芷兰站在原地不动,像是在观看一场与己无关的闹剧。

宇文护却从人群中挣脱出来,走到两人近前,说:"听说二位近来有所斩获,不知何时才能水落石出啊?"

宇文邕说:"我等一直竭尽全力,定然不辜负大冢宰的期许!"

宇文护赞赏地点点头,将目光投向眼神迷离的芷兰,说:"独孤姑娘近来气色欠佳,想必是连日来查案甚为辛苦,还是多休养几日为好!"

芷兰却说:"多谢大冢宰关爱,民女有一事相求,不知大冢宰能否应允?"

"独孤姑娘切莫用那个'求'字,有事尽管开口便是!"

"民女……民女才疏学浅,实难堪当重任,恳请大冢宰准许民女重回蜀地!"

芷兰的话犹如一道惊雷,惊到了宇文护,也惊到了宇文邕。

宇文邕忙向她使了个眼神,希望她能收回此议,可她却视而不见。

宇文护凝视芷兰许久才缓缓开口道:"你去还是留,老夫本无权干涉,但老夫一直觉得独孤姑娘外表柔弱,内心却极为刚烈,不达目的誓不罢休。莫非老夫真的看错人了?"

宇文邕急忙说:"大冢宰并未看错人!芷兰只是一时意气用事,等她冷静下来,定然不会辜负您的期许!"

起初宇文邕从心底里不希望芷兰来蹚这摊浑水,但如今他却渐渐习惯了他们一起办案的日子，如若她突然从他的生活中彻底离开，他会有所不适。更为重要的是芷兰实有着诸多过人之处，他若想彻底查明李弼的死因，还需借助芷兰一臂之力。

芷兰原本还想再说些什么，但宇文邕却拉了拉她的衣襟，她只得无奈地闭上了嘴。

"去或留，独孤姑娘还是慎重思虑一番再做定夺吧！老夫还有要事在身，不便在此久留！"

"恭送大冢宰！"宇文邕和芷兰异口同声地说。

宇文护走后，前来吊唁之人也相继散去。其实很多人皆是提前得知宇文护要来吊唁才临时决定来的，这里的主角名义上是已经故去的王丽华，实则是来去匆匆的宇文护！

宇文邕和芷兰见继续留在这里已毫无意义，于是起身告辞，但何泉却叫住他们，道："二位，请等一等！"

见是何泉，宇文邕向芷兰简要介绍了一番自己与何泉的过往，何泉随即递给宇文邕一封信，道："这是主子生前留给你的！"

宇文邕忙从信封中取出信笺，上面写道："一翁一渔舟，碧水向东流。自知三更寒，独钓一江秋。"

宇文邕边看边对宇文招说："太妃生前可曾留下什么话？"

"没有！希望你不要再打扰母亲了，她原本已经承受了太多的痛！"宇文招冷冷地说完后便转身离去了。

望着宇文招远去的身影，宇文邕无奈地摇摇头。

何泉忙打圆场道："正平郡公因主子突然过世而悲痛不已，还望二位见谅！"

宇文邕点点头，将信笺递给身旁的芷兰。

芷兰看了看，若有所思道："难道这便是花瓶上所刻的那首诗？可这首诗中到底又有何玄机呢？太师生前死死攥住的究竟是其中的哪块瓷片呢？"

"是啊！太妃走得太过突然了，带走了太多的秘密！"宇文邕叹息道。

芷兰似乎突然悟出了什么，惊叫道："名字！凶手的名字！"

对呀！凶手之所以穷凶极恶地夺走李弼手中死死攥着的那枚瓷片，或许就是因为那枚瓷片可能会泄露凶手的真实身份，而李弼之死极有可能是熟人作案，或许在府中探查一番便能找出凶手。

"其实你并不是真的想要退出，对不对？"宇文邕含情脉脉地问。

芷兰刻意避开宇文邕火辣辣的眼神，说："我是走还是留，还需再考虑些时日，追查凶手之事就有赖辅城郡公和赵上士了。"

无　果

排查凶犯是在暗中进行的，太师府上下所有人，甚至连素来与太师来往密切之人，都一一登记造册，可名字中带"一"的有五个人，带"翁"的有三个人，带"渔"的有三个人……

这首诗虽然只有短短的二十个字，但可能涉及的嫌犯竟然多达上千人，宇文邕坐镇秋官府，赵志平部署几十路人马分别对可能涉案之人进行缜密排查。

随着一路路人马调查归来,两人也经历了一次又一次希望与失望的交替。那个藏在黑暗深处的凶手依旧没有露出半点儿踪迹。

赵志平翻看着手中的官档,低头道:"我们是不是又错了?"

宇文邕沉默不语,心想,如若芷兰这次是真的猜错了,那么太师临死前紧紧攥着一枚瓷片又是何意呢?

"先停止排查吧!"宇文邕说完后站起身,茫然向外走去。

其实他也不知道走向哪里,只是漫无目的地向前走着,走出了秋官府,走过了玄武大街,不知不觉来到了河源街芷兰的住处。

宇文邕轻轻叩打门扉,半晌,才传来芷兰轻轻的脚步声。

大门"吱扭"一声开了,芷兰娇美的面容又映入宇文邕的眼帘。

"怎么是你?"

"路过此处顺便来看看你。方便吗?"

芷兰没有答话,将宇文邕让到屋内,端给他一碗自己刚刚煮好的茗粥。

宇文邕将茗粥端在手中,一阵沁人心脾的清香迎面扑来。

宇文邕极爱茶。茶不像酒那般浓烈,也不似水那般平淡,茶自身所独有的芳香与甘醇却可以让人沉溺其中。茶中不只有浓淡,还有冷暖,更有悲欢!

"真香!"宇文邕并没有说究竟是茶香,还是芷兰的体香。

芷兰却急切地问:"凶手可曾查到了?"

宇文邕摇摇头,说:"正在查!暂时还没有眉目。"

"难道我们这次又错了？"芷兰自言自语道。

芷兰不由自主地拿出一张素地金花盏纸，那首诗便誊抄在其上，时不时便会拿出来读一读。

她的目光突然停留在了"更"字上，惊呼道："太师死死攥着那枚瓷片，或许并不是想要告知我们凶手的名字！"

宇文邕的心头也不禁一惊。对呀！重名之人如此之多，要想从中找到凶手谈何容易？

宇文邕忙反问道："如若太师并非想要借此告诉我们凶手是何人，那他这个奇怪的举动又是何意呢？"

"对于濒死之人来说，最紧要之事莫过于为后人留下破案的线索。他或许……并非想要告诉我们凶手的名字，而是想要告诉我们凶手的……身份！"

宇文邕痴痴地望着芷兰，忽然觉得芷兰好似一缕和煦的阳光，总会在他近乎绝望的时候来温暖他那颗冰冷的心。

第十章
骨冷魂清—梦醒

更 夫

不知为什么,更夫史斌越来越畏惧夜幕的降临。每当天色渐渐暗下来,总会有一种挥之不去的恐惧感在纠缠着他,使得他惶恐不安。

史斌干的是个苦差事,在别人呼呼大睡的时候,他却要整夜守着滴漏,从定更一直打到五更。他拿着手中的锣槌敲击铜锣,一慢两快,发出"咚!——咚!咚!"的声响,三更天[1]到了。

突然数盏灯笼烛光摇曳,光影变幻,映得他那张满是沧桑的脸愈加狰狞。

心里有鬼的史斌顿觉事态不妙,下意识停下脚步,准备转身逃走,却发现自己的后路已经被十几个军士截断了,而领头之人正是

---

1. 晚上十一点。

宇文邕!

史斌随即转过身,决心要与来人拼个鱼死网破,于是迅速抽出腰刀,与宇文邕战在一处。

史斌招招直逼宇文邕要害,而宇文邕挥剑以柔克刚,因势而动,因时而变。

史斌一刀直奔宇文邕面门,宇文邕急忙用剑一拨,紧接着左腿急踢他的下盘。史斌急忙侧身,一拳击向宇文邕胸部,宇文邕欲抓住他的手,于是使出反手锁喉。史斌急忙收左拳,右手执刀砍向宇文邕腰部。宇文邕一闪身绕到他的左侧,以肘部直击其胸部。史斌顿感胸口发热,一股鲜血顺着嘴角流了出来,随即摔倒在地。

军士们七手八脚地将史斌绑上,随即送往秋官府,听候处置。

面对沉默不语的史斌,秋官府的那些官员们也无计可施,只得一再用刑,而且全是大刑。

虽然史斌被打得体无完肤,被烙铁烫得惨不忍睹,可他没有吐露半个字。

宇文邕和芷兰来到牢房之中。起初,史斌向他们投来满是敌意的目光,可他突然发现芷兰手中竟然牵着他的独子!他不知道宇文邕等人是如何找到儿子的外婆家的,此时他眼里只有儿子,没有其他。

面对拒不招供的疑犯,男人习惯用刑,而女人却习惯用情。

芷兰松开手,那个小男孩随即扑到史斌怀中。

史斌紧紧地搂着自己的儿子,生怕别人会将他从怀里夺走。泪水如断线的珍珠般滚落,滴在儿子稚嫩的脸上。

芷兰趁机说:"我们知道你是受人指使!如若能协助我们擒获元凶,便能罪减一等!我等自会在大司寇面前替你求情。或许你还有一线生机,只是不知你能否把握住这最后的机会了。"

史斌自知死罪难逃才拒不认罪,如今他猛地看到一丝生的希望,尽管是那样的虚无缥缈,却依旧奋不顾身地奔了过去,因为他不忍心让心爱的儿子成为孤儿,此时的他比以往任何时候都渴望能够继续活下去。

可史斌却并不相信芷兰的话,质疑道:"你区区一介女流之辈焉能为我求情?"

芷兰笑着指指宇文邕说:"这位就是当今天王之四弟辅城郡公宇文邕。"

"你们真能救我?"

宇文邕厉声道:"如今真正能救你的人恐怕只有你自己了!我们只是给你自救的机会罢了。"

史斌沉默良久,开始用低沉的语调讲述自己那段匪夷所思的经历,正是那段如梦如幻的过往使得他走上了一条不归路!

诡 事

史斌本是太师李弼麾下的一个亲兵,不过一场惨烈的战事彻底终结了他的戎马生涯。

大统九年（公元543年）三月十八日黎明时分，邙山之战打响了。这是东魏、西魏之间的第四次大战。

一时间杀声震天，哀号遍野，尸骸满地。

西魏军统帅宇文泰自感力不能支，下令趁着夜幕速速撤退，东魏军主帅高欢亲率精锐骑兵全力追击。

就在宇文泰在劫难逃之际，东魏军的阵脚却突然乱了，原来是大将独孤信、于谨率领刚刚收拢起来的溃兵向东魏军的后翼发起了猛攻。

此时夜已深，东魏军因遭受突如其来的袭击而惊恐不已，高欢唯恐中了埋伏只得下令鸣金收兵。

此战，宇文泰虽逃过一劫，但他一手创建的西魏军却遭遇前所未有的重创，损失督将四百余人，被俘被斩士卒多达六万余人。

史斌虽然侥幸活了下来，却永远失去了左眼。此前他渴望凭借军功来出人头地，可在血腥的战场之上又有几人能够如愿呢？

就在他不知何去何从之际，李弼收留了他，让他在府上打更，起初他还有些不习惯，但随着时光流逝他那颗曾经躁动的心逐渐变得平静。凭他那点儿微薄的俸禄，是难以在京城安家的，因此老婆孩子一直留在池阳，池阳在长安以北八十余里，那里是他的老家。

去年一个普通冬日，一缕晨光洒在刚刚从熟睡中醒来的池阳县城。一个行色匆匆的身影走在人迹寥寥的大街之上，此人便是史斌。

史斌平常每隔半个月便会回一趟家，但近来府上的另一个更夫病倒了，他已经好几个月都未曾回家探望魂牵梦绕的妻子了。

心头堆积的思念使他忘却了疲惫，一刻不停地向家奔去。

可当他踏进卧房时，令他难以置信的一幕发生了。他的妻子方氏正与一个陌生男子赤裸裸地躺在床榻之上，两个人的鼾声回荡在卧房之中。

"你们这对不知羞耻的狗男女，还不赶快给爷滚起来！"史斌声嘶力竭的喊声将仍旧沉浸在美梦之中的两人惊醒。

见到从天而降的夫君，方氏神色慌张，大声喊道："夫君，休要动怒，且听为妻解释！"

"闭上你的臭嘴，事到如今，难道我还会相信你这个贱人的话吗？"

怒火在史斌心头燃烧。他竭力平复着情绪，但冲动最终还是战胜了理智。他跑向伙房，回来时手中高高举着一把明晃晃的菜刀。

史斌脸上满是杀气，方氏与陌生男子不禁发出阵阵尖叫。尖叫声不但没能使他回复理智，反而激起他心头更大的怒火。史斌挥舞着菜刀向着两人一阵乱砍。两人顿时被砍得血肉模糊，鲜血溅满了整间卧房。

史斌抱头号啕大哭，用手使劲地捶打着墙壁。许久，瘫坐在地上的史斌渐渐恢复了平静，目光迷离地望着血迹斑斑的墙面。

刚才发生的一切犹如梦中，但眼前殷红的血迹时刻在提醒他，这绝非梦境！

他感到前所未有的迷茫与彷徨，一阵比一阵猛烈的恐惧袭上心头。

他试图掩盖刚刚发生的一切，于是将两人的尸体迅速拖进一个大木箱之中，扣上一把大锁，随后拼命擦拭着屋内的斑斑血迹。

一阵紧张的忙碌过后，史斌身子一软，瘫倒在地上。

一直坐到夜幕降临，史斌饥肠辘辘，迈着蹒跚的步伐前往附近的一个小酒馆，要了一壶酒和几个小菜。

酒足饭饱后，他回到家中，掌上灯，习惯性地看了一眼那个盛放尸体的大木箱，却惊奇地发现大木箱上的锁居然诡异地开了。

他随即警觉地环视四周，心急促地跳动着。

"不用再找了，我在这里！"一个可怕的声音从黑暗中传了过来。

史斌循声望去，那个被他砍得面目全非的男子竟然活生生站在他的面前。他想张嘴说话，但颤抖的双唇却说不出一个字来。

男子发出可怖的声音："还我命来！还我命来！"

史斌顿时瘫倒在地上，不停地向后挪动，直至墙角，退无可退。

男子一步步走过来："你还是自行了断吧！否则我还会来找你索命！"

陷入极度惊恐之中的史斌顿觉眼前一黑，随即便不省人事了。

次日，温暖的阳光将昨夜暴风雪带来的凄冷一扫而光。阳光透过窗子照在史斌身上，将他轻轻唤醒。

史斌用力拍打着自己的脑袋，仔细回忆着昨夜发生的那可怕一幕。一切都是那么真切，绝不是在做梦。

惊魂未定的史斌只想赶紧远离这一切。粗粗收拾一番后，出门租了一匹马，翻身上马一路狂奔，不知去往哪里，更来不及去看望一下在外婆家的儿子。

走了一天一夜，史斌疲惫至极，在一个小镇找了间小客栈住了下来。

这里的一切对史斌来说都是那么的陌生，或许只有在陌生的环境之中，他才能获得短暂的安全感。

夜幕悄悄降临，他的心情也逐渐放松下来，终于可以睡个好觉了，但他内心深处还是有一丝担忧。

半夜时分，阵阵敲门声将他从梦中唤醒，史斌披上衣服惴惴不安地前去开门，门外空无一人，原来是虚惊一场！

揉了揉惺忪的睡眼，他发现门上居然贴着一张纸条，上面用红笔赫然写着："无论身在何处，皆难逃一死！"

看到这张纸条，史斌顿时吓得瘫坐在地。此时隔壁的住客推门而出，竟是一个和尚，双手合十道："施主近日怕是遭了无妄之灾吧？"

他的心猛地一颤，反问道："大师是如何得知的？"

"贫僧不仅知道施主遭遇了无妄之灾，还知道破解之术！"

"在下恐怕没有什么能施舍给大师的！"

那个僧人笑笑说："舍就是一种得，而得也是一种舍！这是佛祖菩提，希望你能顿悟其中奥妙，远离尘世的纷纷扰扰和是是非非。"

史斌仔细打量着僧人递过来的菩提，心想难道这个破玩意儿真能使自己远离这场突如其来的血光之灾？

他带着一丝不屑问:"这玩意儿要多少钱?"

"菩提无价,佛法有情,阿弥陀佛!"说完,僧人便转身离开了。

望着僧人远去的背影,史斌悻悻地关上房门,半信半疑地将那串菩提挂在自己床边。

那夜,他难得睡了一个好觉,直至正午,耀眼的阳光才将他从梦中唤醒。

第二天夜里,他正在熟睡,又被一阵异样的声响惊醒了。那个可怕的身影居然再次出现,缓缓向他走来。

史斌感到死神正向着自己一步步逼近,于是缓缓地闭上眼睛,默默地接受即将到来的一切。

时间在一点一滴逝去,可那人始终没能走近他,好似被一股看不见的力量挡住了似的。

"我还会来找你的!"那人留下这句冰冷的话后便消失在黑暗之中。

史斌看了看挂在床头的菩提,竟生出一种死而复生之感,庆幸遇到了帮助自己躲过一劫的贵人。按捺住激动的心情,史斌敲开了隔壁僧人的房门,跪在僧人的跟前,说:"感谢圣僧的救命之恩,小的永生难忘!"

僧人平静地说:"其实你我相遇本就是佛祖的安排,这一切都逃不脱佛祖的慧眼。"

"在下不知如何才能报答圣僧?"

"抛下一切,随贫僧而去,你可愿意?"

"这……"史斌一时间犹豫不决。

"既然你心不诚,你还是走吧!佛祖菩提可以让你远离鬼魂的纠缠,但你能摆脱世俗的纷扰吗?"

"您这是何意?"

"用不了多久,官府便会找到你!"

就这样,史斌稀里糊涂地跟随那僧人走上了一条不归路。

不久前,僧人给史斌下达了刺杀李弼的指令,这让史斌大为不解,但出于对僧人的崇敬,他只有唯命是从。违拗了圣僧只有死路一条,铤而走险或许还会有一线生机!

通过巡夜时的留心观察,史斌发现,太师府的金安夜间出行时总是鬼鬼祟祟的,于是暗中跟踪,竟然发现了那条暗道的秘密。

史斌低声道:"师父说到时自会有人暗中策应我,虽然我未曾见到那人身影,不过我却通过暗道顺利潜入太师房中……"

"有人策应?"芷兰心中猛地一颤,难道金安也有问题?只可惜已经将他送走,此时难以核对了。

史斌继续讲述着那晚的作案经历。日渐迟迈的李弼因沉溺酒色,早已是外强中干,当晚又服用了安神汤,睡得很沉,对突然闯入的史斌毫无察觉。

史斌悄悄走到李弼的床前,用僧人提前给他的那根革带狠狠地勒住了李弼的脖颈。

睡梦之中的李弼被惊醒,但史斌随即将一团破布塞进了他的口中,尽管李弼奋力疾呼,却未能发出什么响动。

史斌的心狂跳着，面对垂死挣扎的主子，他没有一丝怜悯，反而将手中的革带勒得更紧。

李弼带着血丝和怒火的眼睛，令史斌有些不寒而栗。他不得不侧过头，但两只孔武有力的大手却始终未曾松过劲。

就这样，李弼带着悔恨和不舍结束了自己波澜壮阔的一生。

遵照僧人所言，史斌用革带将李弼的尸身悬挂于房梁之上，还将那个写有"恩怨未了，贺拔索命"的布条塞进了李弼的嘴中。

随后将几案上的贺拔岳铜像带走，将随身携带的另一尊铜像放在原处。两尊铜像几乎一模一样，唯一的不同就是一个腰间有革带，另一个腰间则空空如也。

密室内离奇杀人，革带又凭空消失，还有那块写有红字的白布条，不能不令人想到是鬼神前来索命。

"难道这世上真有鬼魂？"芷兰不解地问道，"你砍死的那人会不会并没有死，只是一时昏厥过去了？"

"绝无可能！我是眼睁睁地看着那人被我一刀刀砍死的，绝无生还的可能。况且我还将他的尸身放进一个大木箱之中，特地加上了一把锁。这一切，或许只有……只有鬼魂才能做得到！"

祭　奠

十月初八，太师李弼的亲属正式向朝廷报丧，对外宣称是病故。

与之前的门庭若市相比，此时前来太师府致禭、致奠的亲友和宾客却寥寥无几，这与李弼生前的荣耀和地位极不相称。

李弼的长子李耀和次子李辉如今皆被羁押入狱，李弼亡故，让很多僚属都觉得其中必有隐情，在局势明朗之前谁都不敢轻举妄动。

就在众人摇摆观望之际，天王宇文毓与夫人独孤夏若却令人意外地双双驾临太师府。

这座气势恢弘的府邸如今被一股浓重的哀伤氛围笼罩着，满眼望去一片雪白，大门口用松枝和白花扎起了一座高耸的牌楼，以往写有"太师府"的大红灯笼也已被换做用白色绢布制成的素灯，就连门前那两只虎虎生威的大石狮子的脖颈之上也被系上了白色布条。这里曾经的显赫与喧嚣已不复存在。

夏若的心头掠过一阵莫名的悲伤，一时间五味杂陈，道不清是酸还是涩，是苦还是辣！

她不由自主地想起了同样盛极一时的独孤府，也在不久之前遭遇了一场前所未有的浩劫。

以李衍为首的李弼众亲属纷纷到府门外迎接，行完跪拜礼之后，李衍高声说："臣等惊闻天王与夫人驾临寒舍，感激涕零，若家父在地下有知定会含目九泉！"

宇文毓拉着李衍的手热络道："爱卿，惊闻噩耗，寡人痛心不已，以太师之功绩，足以祔祭于太祖庙庭。"

"承蒙天王夸赞，家父追随太祖征战一生，过世后如能继续陪伴在太祖左右，实乃家父无上之荣耀！"

宇文毓赞道："太师在世时，一心为国，常亲历战阵，荡平寇贼。没有太师就没有今日大周的稳定盛世！"

夏若觉察到了李衍似乎对自己有着一丝隐隐的冷淡，道："太师溘然长逝虽令人悲痛，还请节哀顺变！不知家中事务料理得如何？之前家妹多有叨扰，还望见谅。"

"哪里，哪里。令妹擒获真凶，我李家上下皆对令妹感激不尽，何谈叨扰？"李衍做了一个恭请的手势，道，"天王，夫人，这边请！"

宇文毓和夏若被李衍让进府中，只见堂前西阶用竹竿挑起铭旌，上书"大周太师、赵国公李公讳弼之柩"，时而飘起，时而落下，仿佛李弼跌宕起伏的一生。

宇文毓与夏若携手迈进灵堂，上香祭奠李弼在天之灵，送这位死得不明不白的老臣最后一程。

祭奠仪式之后，李衍低声恳请道："天王与夫人，可否借一步说话？"

李衍幼时曾与宇文毓一同在官学之中读书，也算是儿时的玩伴，彼此之间并不陌生，说话自然也更为随意些。

宇文毓点头应允，随即屏退左右。李衍在前面带路，将宇文毓和夏若请入正厅之内。李衍将门轻轻地关上，"扑通"一声跪在地上。

"拔豆[1]，你这是何意？"宇文毓想要将其搀起，但李衍却执意长跪不起。

李衍道："如今家父蒙冤惨死，长兄与二哥均被无端羁押，还请天王与夫人为我们李家做主！"

宇文毓忙安慰道："四弟现已查明，太师确为歹人所害，凶手如今也已被缉拿归案，现正在彻查幕后主使。"

李衍道："不知天王可曾听世人议论，宇文护为了独掌权柄不惜逐一清除那些曾追随太祖一同打天下的老臣，赵太傅是第一个，独孤太保是第二个，家父便是第三个，不知谁还将会成为下一个！天王万万不可任其行事，王朝栋梁一个接一个倒下，我大周危矣！"

见宇文毓不便表态，夏若道："天王忙于政事，对令兄入狱之事尚不清楚，如若令兄确有冤情，必然会为其平反昭雪。李刺史大可不必为此而太过忧虑，不过天王也确有难言之隐！"

夏若看似无所指，实则有所指，不经意间就将矛头指向了宇文护，却又自始至终未曾说过任何出格的话。

李衍愤愤不平道："仪同三司齐轨曾说，军国之政，当归天子，何得犹在权门！只因这一句话，宇文护便将其残忍杀害，如今我李衍还要如此说，他杀得了一个齐轨，却封不住众人之口。太祖率一干老臣浴血奋战才打下如今的江山，理应归太祖子孙所有，岂容他人觊觎！"

1.《隋书》载李衍，字拔豆。

宇文毓见李衍愈说愈激动，忙劝阻道："拔豆，切不可再意气用事了，祸从口出啊！这些话一旦传扬出去，必将授人以柄！"

李衍忙收敛道："天王所言极是！可我李衍实在是气愤难平。独孤夫人出自名门，又是天王原配，理应立为王后，可大冢宰却横加拦阻，致使王后之位空缺多时！王后一日不立，议论之声便一日不绝，人心也一日不定。"

夏若笑笑说："此乃天王家事，就不劳李刺史费心了。"

夏若渐渐发觉李衍看似行事鲁莽，实则心思缜密。眼见大哥和二哥身陷囹圄，他认定与其坐以待毙，不如铤而走险。他貌似口无遮拦，实则句句有所指。

立后之事乃是宇文毓难以言说的痛处。此前他曾数次试探过宇文护，但宇文护皆流露出反对之意。宇文毓只得暂且将此事搁置下来，如今李衍却公然提及此事，既是为了向夏若示好，也是为了给宇文毓施压，更是为了使宇文护陷于不义境地。

夏若暗道："此人心机如此深厚，既要用，更要防；既不能走得过近，也不能走得太远！"

李衍据理力争道："天后之位迟迟未定，人心浮动，流言四起。立后之事既是家事，更是国事！"

宇文毓却摆摆手道："此事寡人记下了，暂且到此为止吧！寡人已命有司为太师营造坟墓，太师不日即可入土为安！"

虽然李衍说出了夏若想说却不便说的话，但她也深知，李衍的本意却并非为她仗义执言，而是希望宇文毓能够与权臣宇文护一较高下，但如此一来，宇文毓会不会重蹈宇文觉的覆辙呢？

第十一章
梦里蕃腾说梦华

玉 佩

河源街的别院之中有一棵造型奇特的凤凰松,主干扁平翘首,如同凤冠,两股枝干一高一低,状似凤尾,远观好似凤凰展翅。

天将欲晚,空中秋雨淅沥,空庭虫声悲切,让人横生无数闲愁。菊花开,菊花残,花开花谢,相思经年,怎堪将风月闭于帘外?帘闲,人却难静,只因心已乱。

芷兰默默地坐在廊下刺绣,听着沙沙作响的风声,随着掂在指尖上的绣针在绣布上穿来绕去,最初的纯白渐渐变得色彩斑斓。

一朵朵兰花跃然于指尖。她最爱兰花,没有风情万种的仪态,也没有争奇斗艳的颜容,朴素得如同一株普通的草,却散发着一种超凡脱俗的美。看似平凡,实则高贵;看似瘦弱,实则端庄;看似孤傲,实则娴雅。

突然,急促的敲门声打破了这里的宁静。芷兰轻启门扉,一看来人是赵志平，急忙将他让到屋中。

赵志平顾不上寒暄就迫不及待地拿出一块白色布条，上面写着："恩怨未了，贺拔索命。"

芷兰一惊，反问道："这个布条你是从何处找到的？"

"我刚刚又去了师父的住处，真是咄咄怪事，这块布条在如此显眼的位置，前些日子，我带人勘查时居然没有发现！"

芷兰皱着眉说："此事的确很是蹊跷！这个布条与我们在太师府发现的那个布条几乎一模一样。难道杀害你师父的凶犯与谋害太师的是同一伙人？他们为何非要在现场一再留下这个奇怪的布条呢？我曾经就此事问过史斌，但史斌却说只是依照那个和尚所言行事，并不知晓其中用意。"

"我对此也百思不得其解，最令我困惑的是居然在现场还发现了这个！"赵志平递给芷兰一枚玉佩，上面用阴刻线雕琢成两条卷曲盘绕的螭龙，双螭遒劲，大有吞虎噬豹之势。

芷兰端详了一会儿，说："这是玉双螭鸡心佩。龙生九子，一子名螭，相传可以辟邪镇灾，很多北地女子都会佩戴这种带有螭纹的配饰，以求平安。不过这块玉佩白如割脂，色泽纯正，雕工精美，定然是出自大户人家。你看，背面还阴刻着四个字：晋阳王氏。"

赵志平嘀咕道："看来要想解开师父之死的重重谜题，我们要去一趟晋阳！"他突然抬起头，盯着芷兰，问道，"独孤姑娘，可否愿意陪在下一同前往晋阳？"

芷兰面露难色道："这……此事最好还是先找辅城郡公商议

一下再作定夺。"

"辅城郡公此时并未在长安,当下正带人赶往太白山捉拿那妖僧,而此事又万万耽搁不得!我有一种预感,曙光或许就在眼前!"

探　寻

北周与北齐皆设有并州,北齐的并州位于太原郡晋阳县[1],而北周的并州则位于高凉郡玉璧[2]。

次日,赵志平从秋官府借了一辆三头牛拉的计里鼓车[3],和芷兰化装成商客前往位于北齐境内的太原郡晋阳县。计里鼓车,不仅走得平稳,而且速度不比马慢。

赵志平对着坐在车厢里的芷兰喊道:"当年王恺与石崇斗富的时候,王恺有一头名为八百里驳的牛,号称日行八百,据此与石崇对赌千万钱。虽说这三头牛比不上那八百里驳,但也算迅若飞禽了!"

赵志平与芷兰在这些日子里常常聚首,但一直都是公事公办,除了探讨案情外,其他的话并不多。

芷兰有好几次都能感觉到他似乎要对自己说些什么,但最终都硬生生地咽下了。

如今为了缓解芷兰在旅途中的枯燥,赵志平不断变换着各种话

---

1. 今山西太原市。
2. 今山西稷山县。
3. 此车为后汉张衡发明。

题，可是却很少能引起芷兰的共鸣。

芷兰知晓他的良苦用心，似有所指地回应道："要想尽早到达目的地，不仅要跑得快，更要选准方向！"

默默地坐在车里，茫然地望着远方，这是芷兰第一次单独与一个男子远行，而且是前往从未踏足过的北齐，心里有几分不安，也有几分惶恐。

车上装有一个满面笑容的小木人，手中攥着一根鼓槌，每行十里，小木人就会自动击一次鼓，既敲击着鼓，也敲击着芷兰的心扉。

随着一次又一次鼓声响起，车子离两国边界也越来越近了。

渡过黄河，驶过玉壁，渡过汾水，前方就是北齐的疆界了。虽说此时北周与北齐还未设立互市，却屡屡有行商穿行其间。

车子正在向前奔驰之际，忽听得对面传来一阵急促的马蹄声。

赵志平的神色陡然变得紧张起来，见几名身着北齐样式铠甲的士卒拦住了他们的去路，高声喝道："什么人？"

赵志平低声下气地说："小的是贩卖丝绸的商人，还请军爷行个方便。"

其中一个领头的军卒查验他们所持的通关文牒，查验完之后又看了看车中的货物，却并没有放行的意思，而是指着芷兰道："这是何人？"

"此乃小人的五弟，跟着小的走南闯北，一直帮衬着小的。"赵志平怕夜长梦多急忙塞给他三陌钱。

那个领头的把钱放在手心里颠了颠，说："出手还算大方，算你小子识趣,走吧!"

"多谢军爷!"赵志平驾车急速向北行进,在晋州平阳郡[1]休息了一夜,继续向北行驶。

经过多日的奔波,雄伟的晋阳城终于出现在他们的视野之中。高欢、高洋父子曾将霸府设于此,常驻这里遥控着东魏朝政。高洋代魏自立后便移驻都城邺城,但晋阳仍旧保有别都的地位。

晋阳的富庶丝毫不亚于长安,但无论是赵志平还是芷兰,都感觉这里人尚浮华,世纵淫风,事穷雕饰。

经过询问,两人才得知晋阳王氏在当地可是一个名门望族,要想在其中找到这块玉佩的主人谈何容易,况且这块玉佩的主人是否出自晋阳王氏目前还不得而知。

赵志平和芷兰以打制首饰为名遍寻晋阳的手工作坊,最终仍旧一无所获。

饥肠辘辘的两人有些失落地走进一家小酒馆,赵志平高声说:"烫半斤好酒!来一尾鲜鱼,来一盘炙羊,再来三盘上等好菜!"

"好嘞,客官稍等!"小酒保高声应和着。

芷兰笑容满面地说:"赵上士破费了!羊乃陆产之最,鱼乃水族之长。这下芷兰可以一饱口福了!"

一直愁眉不展的赵志平勉强挤出几丝苦笑,说:"食不厌精,脍不厌细。芷兰姑娘首次随在下外出,在下自然不能怠慢!"

---

1. 今山西临汾市。

芷兰没有说话，只是笑了笑，或许这次独处彻底打破了彼此心中的坚冰。

赵志平与芷兰接触起来也不似之前那般生硬和程序化，喜怒哀乐挂在脸上，不似宇文邕那般喜怒不形于色。

酒菜上齐之后，芷兰夹了口鱼，甚是鲜美，而赵志平却自顾自地低头喝着闷酒。

他对此次晋阳之行满怀期待，如今却很可能要铩羽而归了。这让他颇为失望，不知要等到何时，师父死亡的谜团才能得以破解。

"这位客官何故借酒消愁？"酒店掌柜不知何时坐到了他的对面。

"你怎知我心中有愁？"

"小的经营这家小店已二十余年，见过形形色色的客官。你们是悲还是喜，小的一观便知。既然心中有愁，何不说出来听听？"

赵志平将杯中酒一饮而尽，有些不屑地说："说出来又有何用，不过徒增新的烦恼罢了！"

芷兰却从怀中掏出那块玉佩，说："我等此次来晋阳是为了寻这块玉佩的主人。"

掌柜端详着那块做工精致的玉佩，也发现了背面所刻的"晋阳王氏"字样，说："看样子这应是女儿家佩戴的饰物，在下对此实在不在行，不过贱内却对此略知一二，她早年曾在晋阳王氏的一家富户当过婢女。"

赵志平急忙放下手中酒盏，说："既然如此，可否请夫人出来一叙？"

"在下这便去叫贱内与客官们见上一见。"

掌柜夫人从后院缓缓走出来,虽说如今已是徐娘半老,却难掩昔日的俊俏。她深施一礼,说:"不知客官叫妾身前来所为何事?"

"还请夫人看看这块玉佩……"芷兰迫不及待地问。

掌柜夫人见到那块玉佩后顿时花容失色,惊呼道:"不知客官是从何处得到这块玉佩的?"

"难道夫人果真认得这块玉佩?"芷兰急促地问道。

掌柜夫人并未回答,而是反问道:"客官可是取自豆卢光之手?"

"我等并不认识豆卢光,还望夫人如实相告。"

掌柜夫人停顿了片刻,面露悲色,说:"这块玉佩原本是我家小姐随身之物,后来她让我亲手交给了豆卢公子。"

"既然如此,那位豆卢公子如今又身在何处呢?"芷兰追问道。

"他早在八年前便离去了,至今音讯皆无。"

"因何缘故?"芷兰继续问道。

"为情所伤!"掌柜夫人略带伤感地说。

情 伤

天平三年(公元536年)初秋的一天,在一处深宅大院之中,病榻之上躺着一位面容憔悴的女子,虽然隔着纱幔,却依旧掩不住那位小姐的花容月貌。酒店掌柜的夫人那时正是服侍这位小姐的婢女，名唤妙曼。

豆卢光将手指轻轻搭在小姐的玉腕之上，通过脉象得知小姐虽然卧床不起，但病得并不算重，只是痰瘀阻滞所致，体内水湿运行不畅聚为痰，血行不畅变为瘀，随即开了个健脾气、祛痰瘀的方子。

豆卢光的人离开了，但心却留在了那里，因为那双珠圆玉润的手让他久久难以忘怀。

七天后，妙曼奉小姐之命又来请豆卢光。

豆卢光诧异莫名。那位小姐服下自己所开的药之后应该痊愈才是，怎会又差人来请自己前去诊治呢？

在妙曼的指引之下，豆卢光迈着急促的步伐来到那间散发着淡淡幽香的闺房，又见到了那双令他久久难以忘怀的美手。

他将手轻轻搭在她的玉腕之上，脉象平稳，不浮不沉，柔和有力，节律舒缓，何病之有？

就在他刚要开口之际，帷幔之内的小姐轻轻咳嗽了两声。他顿时会意，随即提笔写了几味温补的药。

从此之后，他和她便时常以看病为名见面。虽然仍旧隔着帷幔，却难以阻挡她那浓浓的温情。

他透过帷幔，痴情地望着她曼妙的身姿、俊俏的面容，还有那双如玉般的手……

那日，豆卢光又像往常那样来给小姐诊治，就在号脉时，却发觉她偷偷塞给他一个小纸包。他的心随即狂跳不止，赶忙将那个纸包攥在了手心里，攥得很紧很紧……

他回到家后迫不及待地打开那个小纸包，里面包着一颗红豆，纸上写着："红豆寄相思！翠莲书。"

俊美的笔迹亦如她那醉人的倩影。他第一次知晓了她的名字，也第一次品味到浓烈的相思滋味。就在豆卢光以为幸福唾手可得之际，命运却没有再次垂怜自己。

在此之后很长一段时间里，翠莲似乎突然从他的世界里消失了，他再也没有收到她的邀请。正为此而焦虑不安之际，妙曼来了，垂着泪道："先生再也不用为我家小姐诊治了！我家小姐……"

原来前些日子翠莲带领妙曼去荐福寺上香，偶遇一位身着华服的男子。那男子长相俊美却生性荒淫，在光天化日之下硬生生拦住了她们的去路，还肆意对翠莲动手动脚。

妙曼见状忙挺身而出横在小姐身前，却被几个彪形大汉强行拉到一旁。

男子抚摸着翠莲娇嫩的脸庞，色眯眯地说："今日得幸遇如此娇美之人，本公子岂可辜负了这良辰美景。"

"住手！"妙曼用尽全力企图挣脱他们的控制，却终究无济于事。

翠莲并未反抗，从容地解下此前从不离身的一块玉佩，走到妙曼跟前，低声说："将这块玉佩交给豆卢公子，看来我与他注定有缘无分！"

翠莲乖乖地跟着男子向荐福寺后院走去。她知道接下来将要发生什么，也已经想好自己该如何应对！

男子迫不及待地关上禅房的门，饿虎般扑向翠莲，而翠莲毅然决然地撞向了冰冷的墙壁……

豆卢光轻轻抚摸着那块似乎还残留着翠莲体温的玉佩，不禁又想起了她那双如玉般的手。他的心都要碎了，泪水顿如泉涌。豆卢光目眦欲裂，号叫道："我就是拼上性命也要为翠莲报仇，不枉她对我的一往情深！"

哀莫大于心死，支撑豆卢光活下去的唯一信念便是为翠莲报仇！

但豆卢光万万没想到的是，那个与他不共戴天的仇敌居然是权势显赫的高澄。高澄，高欢的长子，虽然那时他只有十五岁，却已身居高位，加使持节、尚书令、大行台、并州刺史。出身高贵，却生性好色，曾因奸淫高欢的小妾而受到高欢的责打，但那顿毒打并没有使他痛改前非，反而变本加厉。

就在豆卢光暗中实施复仇计划之际，高澄却突然离开晋阳，入辅朝政，加领军左右、京畿大都督。

豆卢光仰天长叹："天不佑我！"

十三年后，也就是武定七年（公元549年）八月初的一个普通午后，天气热得出奇。

此时的妙曼早已嫁为人妇，与夫君一起经营着这家生意还算不错的小酒馆。

当满脸胡楂的豆卢光再次出现在她面前的时候,妙曼几乎认不出他了,曾经英俊的脸上堆满了皱纹,更写满了沧桑。

豆卢光留下一个包裹就急匆匆离开了,里面装的居然是两块金饼。妙曼一下子就猜到了他为什么要来,更猜到了他接下来要干什么。

八月初八的夜晚,东魏都城邺城北城的东柏堂被一片寂静包裹着。豆卢光等十几个人在一名叫阿改的侍卫带领之下秘密潜入。

此时,高澄正召集亲信秘密商议逼迫东魏孝静皇帝元善见禅让一事,名为禅让,实为篡权。为了防止被人打扰,高澄将自己的侍卫都安排在远处,这无疑给了豆卢光他们可乘之机。

正在高澄等人密谋之际,豆卢光等人突然冲了进来。在场之人见到他们一张张狰狞的面孔之后无不大惊失色。

瞬间,阿改挥舞着利刃向高澄砍去。高澄纵身一跳躲过一劫,却没有躲过豆卢光充满仇恨的刀,高澄尚未站稳,就被其斩于刀下,随后豆卢光仰天长啸:"翠莲,我终于为你报仇了!"

剧烈的打斗声惊动了高澄的侍卫们,阿改和豆卢光等人经过一场血战杀出重围,消失在茫茫夜色之中。

此刻,高澄的弟弟太原公高洋正不早不晚、不慌不忙地率领军队赶来。

阿改本想拉着豆卢光一同前去领赏,但豆卢光并未同行。因为他刺杀高澄绝非为了钱财,而是为了逝去的心上人。

豆卢光也再未见过阿改,后来他偶然得知阿改原来就是高洋的贴身侍卫，而这一切的始作俑者居然是高洋！

豆卢光知道得越多便越是恐慌，担心有朝一日会被高洋灭口，只得再次踏上了逃亡之路。

真　面

听到这里，赵志平觉得这个豆卢光或许便是谋害师父凌利中的凶手，否则他手中的玉佩为何会遗落在凶案现场，但经过仔细的思量，又觉得自己的想法似乎有些不对。

豆卢光是八年前逃离北齐的，而凌利中又恰恰是在八年前到北周刑部任职的，这中间定有蹊跷！

赵志平随即问道："豆卢光可是本地人士？"

妙曼回忆了一阵，说："奴家听他提过他是河西人士，永熙三年（公元534年）前后来到晋阳。"

凌利中操着一口河西口音，却从未回过故乡。其实赵志平也发觉他有些古怪，师父几乎没有什么亲戚，甚至连故友都少得可怜。以前觉得这或许是因他性格孤僻不喜和人交往，如今看来他这么做或许是为了刻意隐藏自己。

赵志平从怀中掏出五陌钱，说："有劳夫人如实相告，一点儿小意思还望您笑纳！"

妙曼连连道谢。掌柜更是笑得合不拢嘴，没有想到自己的古道热肠竟换来一笔意外之财。

芷兰忽然问道:"奴家还有一事相求,不知如今谁人还认得那个豆卢光?"

"秦老伯!当年豆卢光来到晋阳后便一直租住着他家的房子,而且一住便是十几年。"

"如此甚好,不知夫人可否为我等引荐一下?"

掌柜见赵志平出手如此阔绰,还没等夫人表态就抢白道:"在下与那秦老伯熟识得很!"

"只怕耽误了店里的生意。"

掌柜摆摆手说:"不妨碍,店里还有伙计们张罗着,我这便带你们前去。"

秦老伯住在晋阳城北的沧源巷。年愈古稀的秦老伯瘦得如同秸秆,脸上一道道皱纹好似刀刻一般。

"秦老伯!这位客官想要向您老询问一下豆卢光的情形,就是前些年一直租住你家房子的那个豆卢光!租住你家房子的那个豆卢光!"掌柜大声喊了好几遍,有些耳背的秦老伯才勉强听懂了他们的来意。

"该说的老朽都跟官府说过了,没什么要说的了。"秦老伯似乎对此心存抵触。

芷兰急忙深施一礼,说:"秦老伯,我等并非官府之人,这次来也只是想探寻一下故友的下落而已,还望老伯能如实相告。"

赵志平随即从怀中取出三陌钱,递给秦老伯。秦老伯见到这三陌钱,内心的抵触情绪稍稍有所缓解,问:"不知这位大官人想要打问些什么?"

赵志平大声喊道:"秦老伯,豆卢光因何来晋阳?又是何时离开的呢?"

秦老伯沉思了一会儿,皱着眉说:"那可都是二十多年前的事情了!让老夫想想,似乎是永熙三年,那一年我刚刚用积攒了大半辈子的钱置下了这处宅子,正愁没有租客,他便来了,而且一租便是十来年。后来不知何故,他遭到官府的通缉,我也受到牵连,真是造孽啊!"

芷兰追问道:"既然豆卢光并非晋阳人氏,那他又是因何来晋阳呢?"

秦老伯面露难色说:"这个老朽真不清楚了!不过偶尔听他提起过几次,说是去找一位官老爷想求个一官半职,那个官老爷好像叫什么,老朽一时想不起来……对了,叫翟嵩!不过他当时似乎遭到了冷遇,还曾破口大骂那个官老爷忘恩负义!他来晋阳或许与这有关吧!"

赵志平一直默不作声地听着。豆卢光、永熙三年、翟嵩、贺拔索命,当这些线索汇集到一起的时候,赵志平猛然间有了一个大胆的论断。

赵志平曾经不止一次地听父亲赵贵提及过永熙三年的旧事,当然父亲跟他着重讲的并非贺拔岳如何被害,而是他如何力排众议迎立宇文泰,这也成为他一生之中最为得意之事!

永熙三年正月，都督雍、华等二十州诸军事，关中大行台贺拔岳率领大军抵达河曲。此时贺拔岳光芒万丈，眼中只有拒不听命于自己的灵州刺史曹泥，然曹泥已不足为惧。不过他不知道的是，昔日盟友都督陇右诸军事、秦州刺史侯莫陈悦被高欢收买，成了他最致命的敌人！

一日，侯莫陈悦以谈论军机要事为名将贺拔岳诱骗到自己的军营。在热情地将贺拔岳迎入大帐之中，寒暄了几句后，侯莫陈悦捂着自己的腹部假装疼痛难忍道："贺拔老弟暂且稍坐片刻，愚兄腹中疼痛难忍，去去便回！"

侯莫陈悦走后，贺拔岳才觉察到帐内气氛似乎有些异常，就在他迟疑之际，侯莫陈悦的女婿元洪景带领上百名全副武装的虎贲武士冲杀过来，而冲在最前面的就是豆卢光。他一边挥舞着手中利刃一边高声喝道："奉旨诛杀贺拔岳！"

猝不及防的贺拔岳被团团围住，随即拔出佩刀，怒吼道："侯莫陈悦，你这个言而无信的逆贼！"

贺拔岳挥刀左突右杀，却被如潮水般涌来的军士团团围住，就在疲于招架之际，豆卢光举起长枪狠狠地刺向他的心口，贺拔岳挣扎了几下便倒在血泊之中，可怜威震一方的贺拔岳就这样死于非命。

而这也成了豆卢光的心结。在贺拔岳刚刚被害的那段日子里，几乎每一个夜晚，他都会在梦中惊醒，梦里总会出现贺拔岳满是悲愤的眼神。

不仅他如此，他的主子侯莫陈悦更是常常神情恍惚，拉着豆卢光的手满是惊恐地说:"我又梦见贺拔岳了,他又在问我,'兄台想到何处去?不如随我来!'几乎每个梦里都会出现贺拔岳的身影,而且梦中的贺拔岳又都说着同样的话。难道他是来找我索命的吗?"

豆卢光用满是悲凉的语气说:"该来的总会来的!"

自那以后,侯莫陈悦日日不得安宁,在战场之上一败再败。手下的大都督李弼等人也纷纷离他而去,归顺宇文泰。

侯莫陈悦一时间众叛亲离。穷途末路之际,他与两个弟弟、儿子以及八九个亲信脱离大部队仓皇逃窜,却又不知逃往何处。追兵越来越近,绝望的侯莫陈悦走到一棵枯树前,用一尺白绫结束了自己的性命。

未到而立之年的豆卢光不想就这样匆匆了结自己的一生。在强烈的求生欲驱使之下,他趁乱躲进树丛之中,侥幸逃过了这场大追捕,随后一路向西逃去,最终在北齐晋阳城停下了脚步。那里是贺拔岳的死对头高欢的老巢。

当年侯莫陈悦之所以对盟友贺拔岳痛下杀手,就因听信了高欢的手下左丞翟嵩之言。听闻贺拔岳的死讯,高欢欣喜若狂,以为在辽阔的北方从此再无敌手了,拉着翟嵩的手信誓旦旦地说:"爱卿助我除掉此等心腹大患,日后绝不会忘却你的功绩!"

事到如今,走投无路的豆卢光硬着头皮去找翟嵩,希望翟嵩能够帮自己谋个差事,谁知志得意满的翟嵩见到他之后却不冷不热,虚与委蛇。

不久,豆卢光在晋阳陷入衣食无着的困境之中,好在他懂些医术，借行医勉强度日。

在此后两年里，他的生活过得波澜不惊。但就在他以为将会平静地度过余生时，竟与翠莲意外相遇了，彼此暗生情愫，到头来却是一场空，而他的人生也因此经历了意料不到的跌宕起伏。

诛杀高澄后，其实他本想逃奔南朝。可东魏与南朝之间的江淮地区被称为"淮禁"，尤其是自从侯景叛逃之后，东魏通往南朝的交通要道皆有重兵把守，人员往来几乎断绝。

他只得转头向西逃去。曾几何时他从西向东狂奔，如今却又要返回那片曾经熟悉，却已陌生的关中大地。

此时距贺拔岳被害已经过去了十五年之久，随着宇文泰的强势崛起，贺拔岳也渐渐被人们遗忘。尽管如此，他仍旧不敢掉以轻心，一直隐姓埋名，终身未娶。

心事重重的赵志平从怀中取出一个画轴，那是他动身之前特地请秋官府的一个画师绘制的凌利中肖像。画师此前曾与凌利中有过几面之缘，他只需看上几眼便可凭记忆画出人的容貌，而且画得甚为逼真。

"秦老伯，您可认得画上之人？"赵志平的声音中带着一丝颤抖。

有些老眼昏花的秦老伯端详了许久，肯定地说："此人就是豆卢光！"

"老伯可认得准？"

"我与他在同一个屋檐下生活了足足十五年，怎会认不准呢？"

赵志平和芷兰又回到那家酒馆，拿出那个画轴让掌柜夫人妙曼辨认。妙曼端详片刻惊呼道："此人正是豆卢光公子！"

赵志平和芷兰怀着极其复杂的心情回到了客栈。此时天色已晚，赵志平点燃蜡烛，摇曳的烛光如同摇摆不定的人生。

赵志平低声说："或许师父，不，豆卢光，真的是被贺拔公索命。如此一来，他种种诡异的死相也就可以解释得通了！"

芷兰没有料到掌管刑狱多年的赵志平居然也会信什么索命之说，若有所思地说："这不过是凶手故意布下的迷局。既然我们能够找到谋害太师的凶手，定然也会找到谋害豆卢光的凶手，只不过要略费些时日罢了。"

赵志平却不以为然道："虽然在这两起案子的现场都找到了写有'恩怨未了，贺拔索命'的布条，起初我也曾以为是同一伙人所为，但如今我却越发觉得恐怕并非如此。豆卢光的死有着太多太多难以言说的诡异之状，或许他真的是被厉鬼索命！"

芷兰突然想到了另外一个至关重要的问题，问道："既然凌利中就是当年杀害贺拔岳的凶手豆卢光，那么贺拔岳来找他索命自然也就顺理成章了，可太师又与贺拔公有着什么深仇大恨呢？"

"这你恐怕便有所不知了，太师原本与豆卢光同为侯莫陈悦的部将，还曾迎娶侯莫陈悦的姨母为妻，后来才转投太祖。"

"难道太师也曾参与谋害贺拔公？"芷兰不敢再想下去了，那个可怕的猜想使得她不禁打了一个冷战，预感到一场猛烈的暴风雨即将向着这个新帝国袭来。

火篇：乱局

"阳气透苍天。照照绵绵。地户猛焰亦如然。"

——〔元〕王哲《浪淘沙·火里生莲》

贺拔纬在众目睽睽之下瞬间化为灰，究竟是遭到天谴，还是被人谋害？就在案情即将柳暗花明之际，关键人物胡主簿的府上却燃起熊熊烈火。并州两位要员先后葬身火海，在这背后究竟隐藏着怎样一个惊天阴谋？边城玉璧又将经历怎样的腥风血雨？

第十二章
晓来落尽一城花

斗 艳

深秋时分,寒意渐浓,御花园却不乏生机。蔷薇花疏条纤枝,横斜披展,叶茂花繁,花香四溢。菊黄的丹桂、淡黄的金桂,还有雪白的银桂,五彩缤纷的桂花争奇斗艳。美人蕉也绽放出火焰似的花蕊,一片片翠绿的叶子上沾满了露珠,在阳光下闪着金光。

独孤伽罗深施一礼道:"姐姐可安好?姐姐回长安后,妹妹一直都未得闲进宫来探望,还望姐姐见谅!"

夏若忙扶起妹妹伽罗,笑盈盈地说:"妹妹言重了!妹妹今日能够进宫来,姐姐甚是开心。你看那株怒放的丛桂,若是等到夜静月圆之际,你我姐妹把酒临风,月下赏桂,岂不是一桩极为惬意之事!"

"难得姐姐竟有如此雅兴!"

夏若嗅了嗅弥漫的桂香,感慨道:"可惜女人如花,花亦如女人。一念花开,一念花落。无论多么奇艳,却终究抵不过这风雨。

不说这些了，不知妹妹婚后过得可好？"

"姐姐放心，夫君与公婆待伽罗如同亲生。只是夫君说，近来正值多事之秋，再三叮嘱伽罗还是少出门为好。"

"杨坚的担忧也不无道理。他不欲卷入这是是非非之中，自然也不想让你与我们多来往。只可惜有时想要独善其身却何其难，树欲静而风不止！"

"姐姐怕是误会夫君了，夫君并无此意。妹妹进宫前听到了一些风声，特地来向姐姐禀报。"

"哦，不知妹妹都听到了些什么？"

"太师死时嘴里可曾叼着一块白布？"

"的确如此。"

"上面是否写着'恩怨未了，贺拔索命'？姐姐可知是何意？"

"何意？"

伽罗低声说："妹妹听闻军中竟然流传着这样一种说法。当年太祖为了蓄意夺取贺拔公的军权，与侯莫陈悦合谋杀害贺拔公，然后又以为贺拔公报仇之名将侯莫陈悦铲除。太祖使的是借刀杀人之计！替太祖完成这一切的便是李太师……"

夏若喝道："一派胡言！太祖英雄盖世，怎会是如此阴险狡诈之辈？他生逢乱世，却建有不世之功，南清江汉，西克巴蜀，北控大漠，东抗高欢，观时而变，威加四海，岂容他人肆意污蔑！"

伽罗没有想到姐姐竟会动怒，一时间有些失了方寸。

夏若也觉得自己刚刚有些失态。如若不是在亲妹妹面前，一向宠辱不惊的夏若断然不会如此,试图挽回道:"伽罗,莫要见怪!姐姐只是觉得那些蓄意捏造和传播谣言之人甚是可气!"

夏若情绪之所以会突然失控是因为她意识到了局势的严峻性。

原来,宇文泰之所以会在群雄逐鹿之际三分天下,所依靠的主要是贺拔岳旧部,而能将那些将领纳入自己麾下也是因为他打着为贺拔岳报仇的旗号。可如若宇文泰与贺拔岳之死难逃干系,那么贺拔岳的旧部不仅不会再效忠宇文氏,或许还会群起而攻之,真到了那时,草创未满一年的北周帝国恐将遭遇一场灭顶之灾!

夏若再也无心赏花了,急匆匆走向书房。

伽罗也不再多言,而是小心翼翼地跟在姐姐身后,生怕再因出言不慎而招惹姐姐生气。

表情严峻的夏若拿起笔,稍作停顿,写下了一行字:"贺拔索命,一在并州,一在利州。"随即将信笺放入信封之中,对伽罗说:"烦劳妹妹去一趟辅城郡公的府上,务必将这封信亲手交给他,切不可让外人知晓!"

伽罗点头称是,然后急匆匆赶往辅城郡公府。

宇文邕刚刚风尘仆仆地从太白山中赶回长安。

在前往太白山前,他特地找秋官府的那个神奇画师根据史斌的口述画出了那僧人的容貌。宇文邕仅仅看了一眼,拿着画像的手便不由自主地剧烈颤抖起来,原来他们苦苦寻觅的妖僧居然就是曾经与他们有过一面之缘的维摩禅师。

可当他们赶到时，那座曾经香火兴旺的大统寺却早已人去寺空，维摩禅师更是逃得无影无踪。

宇文邕一直在想，难道维摩禅师便是谋害太师的元凶？他这么做的目的又是什么呢？他的身后还会不会隐藏着目前还不为人知的大人物呢？

与宇文邕寒暄几句，伽罗就借故离开了。姐姐的无故发怒让她很是扫兴，暗道，看来夫君的话是对的，在如此敏感的时期，还是与娘家人少走动为好！

伽罗告辞后，宇文邕迫不及待地取出嫂嫂写给自己的亲笔信，看完之后便扔入火炉之中，火舌刹那间便烧透纸背，那张精致的信笺在跳动的火苗中蜷卷，继而扭曲，最终化为一堆灰烬。

宇文邕深知如若不能及时遏止这股不良思潮，北周帝国或许就会像许许多多短命王朝那样顷刻间灰飞烟灭。

可到底谁才是幕后主使呢？既然一时之间难以确定，不如从最可能由此而获益的人中查起，或许这将是一条终南捷径！

贺拔岳有两个儿子，长子贺拔仲华，任利州刺史，不过已过继给其伯父贺拔胜。

当年，与贺拔胜相比，无论是地位还是声望，宇文泰都要略逊一筹。贺拔岳遇害后，麾下将领李虎等人力主迎奉贺拔岳之兄贺拔胜。可远在荆州的贺拔胜却一直犹豫不决，割舍不下经营多年的荆州，最终却因荆州不保而不得不投奔南朝，在南朝度过了三年的落寞时光。郁郁不得志的贺拔胜后来孤身投奔西魏，妻子儿子则滞留在东魏。

大统九年（公元543年），邙山之战打得异常惨烈。在西魏强大的冲击下，东魏军队左翼开始大溃败。混乱之际，一个因触犯军法而被判处死刑的东魏军士，乘乱逃出军营，投奔西魏，详细报告了高欢所在的方位和旗鼓的标志。

贺拔胜随即率三千精骑前去追击高欢。正在指挥部属作战的高欢被这突如其来的变故惊呆了，部将拼死护卫，贺拔胜亲率十三名亲兵紧追不舍。

贺拔胜边追边骂道："老贼，我一定要杀了你！"

贺拔胜手执长矛连追了几里路，二人的坐骑越来越近。正在贺拔胜欲生擒高欢千钧一发之际，东魏武卫将军段韶手中的弓弦一响，贺拔胜坐骑中箭倒地。贺拔胜被重重地摔在地上。

当贺拔胜手下的士卒将他的备用马匹牵来时，高欢早已消失在烟尘之中。

贺拔胜仰天长叹："今日我竟然没有带弓箭，错失良机，此乃天意啊！"

死里逃生的高欢恼羞成怒，将贺拔胜留在东魏的儿子们全都残忍杀害了。

饱受丧子之痛的贺拔胜从此之后一直郁郁寡欢，次年便走完了自己坎坷的人生路。

眼见贺拔胜就此断了香火，贺拔宗族于是将贺拔仲华过继到其名下。

贺拔岳次子贺拔纬，目前正戍守并州，在名将韦孝宽帐下效力。

目前的困局或许与这两人有着千丝万缕的联系，因为他们很有可能从这出贺拔索命的闹剧之中获取渔翁之利！

宇文邕随即命人去请芷兰、赵志平和张光洛来府中商议。张光洛以身体不适为由并未前来，对于他的缺席，宇文邕并不感到意外。

赵志平和芷兰刚从晋阳赶回来，将晋阳之行的收获全都禀报了宇文邕。

宇文邕没有料到凌利中的背后居然隐藏着如此之多的秘密，那么这个案子无疑要比他们当初预料的更为曲折离奇。

宇文邕沉思许久说道："看来我们要面对的这个对手极不寻常！如今线索皆断了，为了摆脱当前的困境，我等需在暗中调查两个至关重要的人，一个是现在利州的贺拔仲华，另一人则是身在并州的贺拔纬。为了节省时日，本公觉得还是兵分两路为好，不知二位意下如何？"

赵志平清清嗓子说："在下曾在玉璧戍守，对那里的情形还算熟悉，况且在下与独孤小姐前往晋阳时还曾路过玉璧。不如您带人启程去利州，在下与独孤小姐前往玉璧。"

其实无论是芷兰还是宇文邕都希望彼此能够在一起，却又无法明说。

此前赵志平和芷兰双双前往晋阳，宇文邕心中就有些醋意，如今赵志平又主动提出要与芷兰结伴去玉璧,他虽心生不悦,却也不便表露出来。

前些日子,宇文邕与芷兰接触过多,惹得芷兰的未婚夫李晒不悦,李晒乃是将门虎子,现在镇守原州,在军中享有盛誉,这样的人可是万万招惹不得,如今还是收敛一些为好。

见宇文邕沉默不语,芷兰自然也就不便再说些什么。

就这样,赵志平和芷兰踏上了西去玉璧的路,只是不知道这次等待他们的又将会是什么。

蹊　跷

险峻天成的玉璧城位于汾水之上,东、西、北三面皆为深沟巨壑,地势突兀。南边那条大道成为沟通城内城外的唯一通路。在南城墙入口西侧有两座高耸的城楼,见证了十一年前那场空前惨烈的战事。

大统十二年(公元546年)八月,韦孝宽出任并州刺史。从那时起,韦孝宽便率军镇守玉璧。玉璧城虽不大,却成为足以牵动整个战局的关键。就在韦孝宽赴任仅仅两个月之后,东魏、西魏之间就爆发了第五次大战。

志在一统中原的高欢亲率十万大军疯狂围攻玉璧城,但驻守玉璧的韦孝宽非等闲之辈。东魏军在城南筑起土山,想要居高临下攻城。韦孝宽就命人在原有的两座高楼上用木板不断加高城楼,始终高出东魏军堆起的那座土山，东魏军的图谋也始终未能得逞。

高欢恨恨地说："纵使你把楼架到天上，也难逃覆亡的命运！"其实他那充斥着万丈豪情的话语中透着颇多无奈。

经过五十多天的激战，七万多东魏士卒倒在了玉璧城下，而玉璧城却依旧巍然屹立着，成为一道难以逾越的障碍，始终横亘在高欢的前方，更横亘在高欢的心中。

心急如焚的高欢病倒了。恰恰就在此时，一颗陨石滑落天际，在高欢的心中投射下难以抹去的阴影。

十一月初一，高欢最后望了一眼依旧耸立在自己面前的玉璧城，悻悻率部返回晋阳。那里是他南下逐鹿中原的起点，如今却成为他人生的终点！

次年正月初一，原本应该是一个欢乐祥和的日子，却发生了日食。曾经光芒万丈的太阳刹那间就变得暗淡无光，病入膏肓的高欢预感自己的归期不远了。

七天后，戎马一生的高欢走完了自己五十二岁的人生，而他一统北方的梦也至此彻底破碎了！

玉璧之战让时年三十八岁的韦孝宽声名鹊起。在随后的十一年时间里，除了短暂的离开，他大部分时间都坚守在玉璧，始终位于战线最前沿。

北周帝国建立后，宇文觉曾征召韦孝宽回京任小司徒上大夫，但韦孝宽发现自己并不适应京城错综复杂的政治环境。

宇文觉和宇文护都想将韦孝宽拉到自己这一边，他夹在中间很是难受，于是再三上表想要回玉璧，最终获得恩准。

无论是宇文觉还是宇文护都知道，正是因为他的存在，才为北周帝国的东北防线带来了难得的安宁。

可如今一个大阴谋却在他的眼皮子底下悄然实施着……

玉璧城门处植有几株菊花，不过已开败，金色的花蕊散落一地。

芷兰的心头不禁掠过一阵莫名的悲伤，感叹群芳散尽菊飘零，边关风雨最无情！

赵志平发觉芷兰的脸上闪过一丝落寞，忙安慰道："既然见不到明媚的春光，莫若接受寒冬的凄楚；既然闻不到醉人的花香，不如嗅嗅泥土的芬芳。"

芷兰没有说话，只是冲他笑了笑。随着接触的增多，她越发觉得这个她曾经认为有些呆板又容易感情用事的男人有时倒有些可爱。

这一笑让赵志平不禁又想起了夏若，因为姐妹二人笑的时候都会露出浅浅的酒窝。

此时，一队队身覆黑色筒袖铠的北周士兵从两人身边跑过，眼神中充斥着警觉，仿佛在提醒城中的每一个人：战争或许就在眼前。

刺史府花厅内，目光如炬的韦孝宽审视着两人。此时的韦孝宽已经将近五十岁了，虽然仍旧英武逼人，但额头上的那道川字纹却显得很深。

对于两人的突然到来，韦孝宽嗅到了一丝非同寻常的味道，久经沙场的他竭力保持着镇定与从容，只是那道川字纹却始终都未曾舒展过。

"不知二位从长安风尘仆仆赶来玉璧所为何事？"韦孝宽的话不带丝毫感情。

"穰县公[1]，我等有些事欲向贺拔司马核实。"

闻听此言，韦孝宽那张饱经风霜，却又宠辱不惊的脸上居然莫名地掠过一阵局促和不安，道："二位千里迢迢赶来玉璧，难道仅仅为了与贺拔纬见上一面？"

芷兰轻描淡写地说："韦叔父，不过询问些陈年旧事罢了。不知贺拔司马如今身在何处，可否让我等见一见？"

芷兰的父亲独孤信任新野郡守时，韦孝宽任析阳郡守，二人不仅关系甚好，而且均政绩卓著，被荆州吏人称为联璧，一时间传为美谈。

韦孝宽觉察到芷兰其实是在避重就轻，虚与委蛇，但他并未说破。

或许因独孤信的缘故，韦孝宽虽对芷兰还算客气，但他的内心深处却对芷兰的到来充满抵触，因为他觉得女人来边塞重地实乃不祥之兆！

他实在不解一向老辣的宇文护为何会重用一个乳臭未干的黄毛丫头，这岂不是拿军国大事当儿戏吗？于是冷冷道："可惜二位来

---

1. 韦孝宽因功被封为穰县公。

晚了，早在三日前，贺拔纬便莫名地化灰了。"

什么？化灰！好端端的一个人居然会化为灰烬？这太过匪夷所思了！

赵志平和芷兰的脸上皆不约而同地露出了惊讶的神情。

韦孝宽苦着脸说："虽有些令人难以置信，但很多人却亲眼看到了这离奇一幕。老夫近来颇有一种山雨欲来风满楼之感！"

芷兰敏锐地觉察出了韦孝宽隐隐的不悦，但更让她感到忧虑的却是，对手为何总能先他们一步，将一条条线索硬生生地掐断？他们总是如此被动，而对手却总能步步皆赢。

追 查

虽说玉璧如今凭借重要的军事地位一跃成为一州之治所，不过却仍旧难掩曾经的荒凉。

玉璧城始建于西魏大统四年（公元538年），才近二十年的光景，又一直面临着战争的威胁，因此城内的酒馆食肆只有区区几家。张家食肆虽说跟长安城内的大酒肆不可同日而语，在玉璧却是首屈一指的，可自从贺拔纬化灰之后，这家食肆的生意一落千丈。

什长大步流星地走进食肆，大声喊道："掌柜速速出来。"

掌柜闻讯后忙跑到食肆门口，低声说："这位军爷，莫急！莫急！小的这便来了！"

什长厉声说："从京城来的二位大人有话要问你。"

芷兰忙道："小女子并非什么大人,只是想了解一下贺拔纬化灰之事。"

掌柜闻听此言,愁眉不展地说："不知小的造了什么孽,居然摊上这等祸事,看来小的得去火神庙拜一拜。"

芷兰忙安慰道："掌柜大可不必为此唉声叹气。其实求神不如求己,协助我等速速查明实情,还玉璧百姓一个朗朗乾坤,也可还掌柜一个公道!"

"如此甚好!"掌柜有些口是心非地回应道,"贺拔司马也算我们这里的常客。那晚他和胡主簿就在那个角落里饮酒。"

顺着掌柜手指的方向,芷兰和赵志平同时将目光投向了这家食肆一层东北角,那是一个颇不起眼的地方。

芷兰随后问道："平日里贺拔司马也喜欢坐在那里吗?"

掌柜说："那倒并非如此。贺拔司马吃酒时喜静,嫌一楼过于吵闹,来我们这里吃酒往往会在二楼订一个雅间。那晚先到的胡主簿不知为何并未像往常那般去二楼,而是选中了那个位置,说贺拔司马随后就到。我当时还调侃他,贺拔司马不独乐乐了,改成众乐乐了。胡主簿说,贺拔司马有要事在身,只是小酌几杯便会离去。"

"贺拔司马是几时到的?"

"那晚的客人实在太多,人来人往,熙熙攘攘,我忙于招呼客人,自然也就没有留意贺拔司马到底是几时到的。大约是戌时三

185

刻[1]，小的突然听到有人大叫，'不好了，有人起火了！'小的一惊，忙循声望去，只见贺拔司马的身上莫名燃起熊熊大火。胡主簿大声呼喊'快救人'，几个伙计赶忙去取水，泼向被火苗紧紧包裹着的贺拔司马，却终究无济于事。也就是一眨眼的工夫，贺拔司马便变成了一具焦尸，简直惨不忍睹啊！"

赵志平问："当时目睹这离奇一幕之人，除了你之外可还有其他人？"

掌柜答道："当然有！店内的伙计都看到了。事发时，正值店里生意最红火之际，一楼几乎都坐满了。"

赵志平继续说："既然如此，能否让我等见一见当时在场的那些伙计？"

掌柜回答得很干脆："当然！小的这便去叫，不过店内生意大不如前了，自然也就用不了那么多人，好几个伙计皆暂且回乡去了。"

掌柜随即叫来了五六个伙计，其中一个十五六岁的小伙计抢先说："当时贺拔司马全身起火，小的见状急忙跑到后厨端来一盆凉水，贺拔司马大喊大叫，但谁也听不清他到底在喊些什么，好像是'你干……'。就在此时，胡主簿突然从小的手中夺过铜盆，当时贺拔司马前胸的火燃得最旺，谁知胡主簿情急之下竟然泼歪了，泼在了贺拔司马的脸上，贺拔司马被呛得再也发不出任何声响，随即便被烈焰吞噬了……"

1.相当于晚上7点43分左右。

掌柜向那个伙计使了个眼色，那个伙计随即便识趣地闭上了嘴。

其他伙计回答他们的问询时都格外小心，生怕一不小心说错了话，惹得掌柜不高兴。

芷兰觉察到了掌柜的异常举动，于是话锋一转，道："据掌柜所述，那日一楼爆满，其中可有常来店里的老主顾？"

"那是自然！"掌柜脱口而出之后，马上意识到自己失言了。

"既然如此，可否介绍其中几位与我等认识一下？"

掌柜面露难色："这恐怕有些……"

芷兰见状忙安慰道："掌柜想必多虑了！我等也只是找他们了解一下当日的情形，并无他意。"

掌柜却说："其中的确有几个是店内常客，可事发后他们便未曾再来过，恐怕一时间也找寻不到。"

那个什长见状厉声说道："小老儿，你放老实点儿，他们不来，难道我们就不能去找吗？他们家住哪里，快快如实招来，否则休怪老子在此处撒野。"

掌柜无可奈何地说："这位军爷暂且息怒，小的这便给你们写下来，不过你们千万莫说是小的泄露出去的，免得无端招惹来是非！"

那个什长大声呵斥道："你这个老头儿好不识时务，啰唆些什么，叫你写便快写！"

掌柜拿起柜台上的笔，踌躇半晌才艰难地落笔。刚刚写完，什长便一把扯了过去，看了一眼纸上所写的四人住处，对赵志平和芷兰说道："二位上差请随末将前去！"

话音未落，什长就大步流星地向外走去，赵志平和芷兰忙跟掌柜道了声谢，也急匆匆跟了出去。

城东悦来客栈的伙计们见一个腰挎利刃的军汉气势汹汹地闯了进来，唯恐避之不及。

什长看着那些胆怯的伙计们，大声喊道："你们店中可曾住有一个名叫胡阿大的行商？"

一个身形瘦小的小伙计忙低声说："回军爷，胡阿大现住在三楼左手第三间客房。"

什长径直上了三楼，寻见小伙计所说的那个房间，急促地敲击着门板。

门缓缓打开了，一个年近六旬的老汉从门缝中探出头来，见门外站着一个杀气腾腾的军卒，脸上不禁掠过一阵惊恐。

"你是胡阿大吗？"什长高声问道。

"小的正是胡阿大，不知这位军爷找小老儿何事？"

什长一把便将半开着的门硬生生地推开，猝不及防的胡阿大被推了一个趔趄，险些摔倒在地。

芷兰急忙走上前，扶住身子还在摇晃的胡阿大，脸上露出淡淡的微笑，说："听阿翁的口音似乎是南朝人！"

胡阿大小心翼翼地说："我本是江陵人，常年来玉璧收购马匹。"

芷兰继续说："阿翁都这把年纪了，早就应该在家坐享天伦之乐了，居然还不远千里赶来这里收马，着实让人敬佩！"

胡阿大叹息道："唉，姑娘言重了，无非混口饭吃。不知诸位到底找小老儿何事啊？"

赵志平抢白道："我等只是想向您了解一下张家食肆有人化灰之事。那日阿翁可曾目睹此事？"

胡阿大思索了一会儿说："你们原来是为这个而来！那日我约了一位故友在张家食肆吃酒，就在我们酒吃得正酣的时候，我那个好友忽然惊叫道，'不好了，有人身上起火了'。我循声望去，只见一个男子全身起火，瞬间便化为一具焦尸。我当时本已有些微醉了，见到如此骇人一幕，酒顿时便醒了。时至今日想起这可怕一幕，仍旧如同噩梦一般！一个好端端的人刹那间就被烧得面目全非，真叫人不寒而栗呀！"

"阿翁可认得那夜的化灰之人？"芷兰问道。

"不认得！看样子似乎是位官老爷，我等不入流的小人物怎会识得人家？"

"阿翁当时距化灰之人有多远？"

"我们当时坐在他的左前方，跟他隔着一张食案，当时我是背对着他，而我的那位故友恰巧面对着他，自然比小老儿率先发觉他起火了。"

见芷兰陷入沉思，赵志平继续问："阿翁可还有什么细节要对我等言讲？"

胡阿大想了想说:"对了,那夜化灰之人全身起火时曾大声呼喊,而且一边喊还一边用手指着那个与他对饮之人。只因事发时极为嘈杂,小老儿听得并不真切,似乎喊的是倪甘……"

芷兰嘀咕道:"倪甘,倪甘,这究竟是何意呢?"

胡阿大随口回应道:"姑娘有所不知,倪甘乃是本地的火神爷!"

赵志平笑笑说:"多谢阿翁,不过我等还有一个不情之请,可否能让我等与您那位故友见上一面?"

胡阿大看了看言辞恳切的赵志平,又看了看满脸横肉的什长,勉强道:"我那个故友名叫席三平,也是从江陵来玉璧的行商,现住在同福客栈。"

芷兰和赵志平在同福客栈如愿见到了席三平。席三平是个二十多岁的小伙子,黝黑的脸庞之上两行浓眉、一对虎目,身材魁梧,体格强健,却不善言谈,尤其是见到芷兰后竟还有几分羞赧。

席三平是个极为沉闷之人,芷兰和赵志平问一句,席三平便说一句,能用一个字回答的绝不用一个词,能用一个词表述的绝不用一句话,不过他所述与胡阿大大同小异。

芷兰问道:"那个化灰之人临死前可曾喊了些什么?"

席三平毫不犹豫地说:"喊的应是倪甘。"

芷兰施礼道:"就此谢过,多有叨扰!"

就在临别之际,席三平的眼神中似乎还流露出一丝不舍。一直将他们送到门口,直到芷兰从他的视线中彻底消失不见,才怅然若失地关上门。

除了胡阿大,那个掌柜还提供了另外三个人的住址,都是外地来此做生意的客商,不过他们只找到了其中的两个,另一个已经启程回乡了。

那两人所述与胡阿大和席三平并无大的出入,而且他们也都说并不认识贺拔纬和胡主簿。

芷兰着重问了贺拔纬起火时究竟喊了些什么。

其中一人想了半天才说,他似乎喊的是"你赶快"。

另一人却说现场实在太过嘈杂,根本就没听清他到底喊了些什么,不过他却记起了一个极为重要的细节。化灰之人是左袖先起火的,还未来得及扑灭袖子上的火,全身旋即被硕大的火球吞噬了,随即变成了一具黑乎乎的焦尸!

劳碌了一天,收获却寥寥。赵志平和芷兰拜谢过那位什长后便策马回馆驿。

芷兰坐在摇摇晃晃的马背之上,信马由缰地向前走着,思绪却是一片烦乱。

她起初怀疑闪烁其词的掌柜在刻意隐瞒什么,但她后来渐渐意识到其实掌柜不让伙计们乱说话或许也是在担心不知哪句话会不小心触怒胡主簿,一旦如此,恐怕将很难在城中立足了。常来店里一楼大堂吃酒的人中必然有不少当地的文吏和军卒,这些人虽说地位不高,却往往是很不好惹的地头蛇,如若贸然说出他们的名字惹得人家不悦,肯定会招惹来麻烦。

在万般无奈之下,掌柜才说出了四个老主顾的名字和住处。四人无一例外皆是来玉璧做生意的外地客商,但这四个人并不认得贺拔纬和胡主簿,事发前自然也就不会太留意他们,很难发现火起之前贺拔纬到底遭遇了什么。

芷兰抖动缰绳,夹紧双腿,扬起手中的鞭子轻轻地抽了一下坐骑,追上身前的赵志平,说:"如果我们能够从目击者中找出几个识得贺拔纬的人,或许能帮助我们破解他离奇化灰的谜团。"

赵志平望着前方,若有所思地说:"胡主簿或许便是我们要找的人。"

第十三章
风紧云轻欲变秋

旧　情

暮色苍茫，转眼间大地已尽显秋寒。

赵志平和芷兰拖着疲惫的身躯回到馆驿。此时馆驿刚刚掌灯，灯光投射到芷兰心里，莫名地给她带来了阵阵暖流。她又想起了对自己宠爱有加的外公，想起了童年时那个温馨的家。

外公是一名老仵作，被当地人称为"铁面判官"，曾破获过不计其数的大案。可惜他的独生子却一心读书求功名，对勘验之法毫无兴趣，反倒是年幼的外孙女芷兰总吵着嚷着要跟随他去勘验。

起初外公也觉得带一个小姑娘去勘验甚为不妥，但又实在拗不过，就向她传授了一些勘验之法。外公的口传心授，特别是那些光怪陆离的案子，勾起了芷兰对勘验的极大兴趣。

芷兰越长越大，外公也越来越老，父亲独孤信便将她接到自己的身边，但她这个庶女在那个暗流涌动的大家族里并没有体会到多少温暖。

随着父亲的惨死，维系他们那个大家族的纽带也就彻底断裂了。偌大一个家，死的死，散的散，她感到从未有过的孤单和寂寞，直到遇到了宇文邕，她死水一般的内心才泛起了阵阵涟漪……

"在下可否到姑娘房中一叙？"赵志平的问话打断了芷兰暖暖的思绪。

芷兰笑笑说："当然可以，芷兰碰巧也有事要同赵上士商议。"

芷兰将赵志平让入房中，随手燃起屋内的蜡烛。

烛火摇曳，且续且灭，映在芷兰俊美的脸上，反而平添了几分蒙眬美。

赵志平从她的脸上能够依稀看到夏若的影子。很多年过去了，夏若如荷花般清秀隽永的容颜依旧深深地镌刻在他的心底，虽历经时光的冲刷，却依旧不曾变色。

赵家与独孤家原本相邻而居，那年赵志平十二岁，跟小伙伴们一起放飞鸢。

飞鸢在天际随风飘荡，可一阵狂风吹来，吹断了线，断了线的飞鸢摇摇晃晃地落在了墙头之上。

赵志平命下人将梯子搭在墙头，逞一时之能，爬上了去，可就在他拿起飞鸢准备下去的时候，却被眼前的一幕深深吸引住了。

一墙之外便是独孤府的后花园，一阵清风吹过，引得翠竹沙沙作响。一个俊俏的小女孩正坐在石椅上低头看书,一缕阳光透过婆娑的竹林,洒在散发着墨香的书卷上,也洒在她散发着幽香的长发上。

过了许久,夏若才发现墙头上竟然还站着一个人,而那人正在目不转睛地望着自己。

见是一个相貌清秀的男孩,她的脸上顿时泛起丝丝红晕,不过她却并没有急着躲避,而是冲着赵志平笑了笑。

当时正值四月,墙上的蔷薇如迟暮的美人般憔悴不堪,一瓣一瓣地飘落在地上,赵志平便从残花间寻得一株开得正好的蔷薇花,摘下来,伸伸手,示意要递给夏若。

夏若愣了一会儿才缓缓走到墙边,接过了那朵娇艳的蔷薇花,放在鼻畔,闻了闻,很享受地闭上了双眼。

从此之后,赵志平时不时便会爬上墙头,等候着那个令他魂牵梦绕的身影。

蔷薇开谢了,他就摘下一朵朱顶红;朱顶红开谢了,他就摘下一朵茉莉;茉莉开谢了,他就摘下一朵木槿;木槿开谢了,他就摘下一朵栾花;栾花开谢了,他就摘下一朵金菊;可深秋到了,他却再也寻不见花朵,于是便将自己最钟爱的一幅《百花争春图》刺绣送给了夏若,希望她的世界里永远都是鲜艳的花朵。

那时的他们,虽然一个在墙上,一个在地上,两颗心却越来越近,渐渐忘却了羞赧。

赵志平讲着趣事,却藏着心事,每次短短的谈话都会使得夏若兴奋好几日。

只可惜,更可恨,两年后,独孤信全家搬入新宅。那个他最为依恋的身影再也未曾出现过。尽管如此,他仍旧会时不时地攀上墙头,竹林依旧在,佳人却不知何处去!

每每想到墙外再也寻不见夏若的身影,他就会情不自禁地吟诵起《诗经》中的诗句:"总角之宴,言笑晏晏。信誓旦旦,不思其反。反是不思,亦已焉哉……"

赵志平一成年便恳求父亲赵贵聘请媒人到独孤家去求亲,谁知却遭到父亲的断然拒绝。

父亲气呼呼地说:"你娶谁家的姑娘都行,就是不能娶独孤信的女儿!"

赵志平不解父亲为何会莫名动怒,后来他渐渐明白了。在那些手握权柄的父辈眼中,子女的婚姻早已沦为政治砝码。

五年前的那个初春,赵志平站在明远楼上,缓缓地注视着一队车马驶离长安城,其中一辆马车上坐着的就是与他青梅竹马的夏若,而夏若将追随自己的夫君前往宜州[1]。

马车渐渐消失在天际,赵志平的心仿佛一下子就被掏空了。

随后的年月,赵志平千方百计打探夏若的消息。夏若跟随夫君宇文毓辗转宜州、陇西、歧州等地。

1.治所通川郡泥阳县(今陕西铜川市耀州区),管辖通川郡、宜君郡、云阳郡三郡。

作为长子，宇文毓原本有机会继承父亲宇文泰的衣钵，可就因为他是独孤信的女婿，宇文泰才下定决心册立更为年幼的嫡子宇文觉为世子。

赵志平自然知道只要宇文觉仍旧是北周天王，宇文毓恐怕一辈子都难以回京，而他与夏若也恐怕一辈子都难以再相见。唯一让他稍稍宽心的是宇文毓与夏若一直相敬如宾，相亲相爱。

今年二月，赵志平孤寂却又宁静的生活突然被打破了。他怀着沉痛的心情回到了熟悉而又陌生的赵府。

他是来参加父亲葬礼的，曾经贵为柱国、大冢宰的父亲的葬礼既冷清又寒酸。

就在那一刻，他对父亲所有的怨恨都烟消云散了，自己幼年时与父亲玩耍的画面反而时常浮现在他的眼前。

赵志平不禁感叹造化弄人，宇文泰在世的时候，父亲刻意与独孤信保持着距离，而在宇文泰离世后，父亲却与独孤信越走越近，甚至一同密谋除掉大权独揽的宇文护，不过却终因消息泄露而先后命丧黄泉。

今年九月二十三日，秋雨瑟瑟，秋风萧萧，落叶满天，凄凉绝望的黄叶渲染着秋日的哀伤，但此时的赵志平却毫无伤秋之情，心中反而不时泛起阵阵悸动。

他又站在明远楼上，五年前是送她离开，五年后是接她回来，尽管他所做这一切，她或许并不知晓。

一个庞大的车队缓缓驶进城来。位于队伍中间的那辆通幰牛车最为醒目，双辕双轮，车厢形似太师椅，上面立棚。棚顶四角各立一根红色柱子，支撑起一顶硕大的帷幔，蓝色帷幔上绣着一朵朵含苞待放的荷花，帷幔四边垂缀着粉色丝穗。

车门设在后侧，厚厚的帷帘阻隔了赵志平的视线，但他断定夏若就坐在这辆车中。

虽然他看不到夏若的容颜，但见到帷幔之上所绣的一朵朵荷花就如同与她再度重逢，仿佛又看到她在轻吟浅唱，在水袖轻舞……

夏若爱花，且最爱荷花，荷花长于淤泥中，却一尘不染，濯于清涟里，却毫不妖媚，在翠绿间泛着桃红色的笑靥，哪怕只开一瞬，也会妖娆一生！

她最钟爱的诗句就是南朝梁武帝萧衍的那首《夏歌》："江南莲花开，红花覆碧水。色同心复同，藕异心无异。"

不知岁月是否在她秀丽的脸庞之上留下些许的印记，也不知她是否还如同小时候那样喜欢花，喜欢笑！

春去夏来，谁又能阻挡匆匆的岁月；暑去寒来，谁又能阻止树叶由黄转枯。

那辆通幰牛车很快就消失在街角，当喜悦之情褪去的时候，无边的失落又涌上心头。

虽然她离他更近了，但彼此心与心的距离却更远了。

她的夫君即将成为帝国新一任天王，而她自然也将成为帝国的天后，母仪天下，控御六宫。

可他如今却是罪臣之子，仅仅是个正三命的小官。他的脸上掠过无尽的哀愁，忽然觉得眼前不计其数的落叶，就如同道不尽的情伤。

那些枯萎凋零的黄叶也曾有过生机勃发的往昔，如今却在风中无助地飘荡着，从枝头被抛向地面，虽几经挣扎，却仍旧摆脱不了跌落的宿命，最终还是从有形归于无形。

他一时间分不清是他心中的悲加重了秋意的凉，还是秋意的凉加重了他内心的悲。

如今他的同龄人大都结婚生子，唯独他仍旧孑然一身。

日月如梭，时光荏苒，每当夜深人静之时，那段令人心醉，却又令人心痛的情愫仍旧撩拨着他的心弦。那幽幽心事，那蒙眬情意，欲说还休。

可芷兰的突然出现却再次打破了他内心的宁静，那段情愫好似遇到春露的嫩芽，在疯狂地滋长着，甚至有时还会让他难以自持。

"赵上士，你没事吧？你的脸色为何如此难看？"芷兰关切的话语使得赵志平从烦乱的思绪之中挣脱出来。

赵志平急忙掩饰道："没事，只因连日辛劳，身体有些微恙。"

"那便好。赵上士之前可曾认得胡主簿？"

"我在此处戍边时曾与他有些交往，那时的他还只是个刚刚入流的小官，在我离开这些年，他升迁得很快。"

"他又是得到何人赏识才一路擢升的呢？"

"这我就不得而知了，但我听说他跟贺拔纬走得很近。"

"既然如此，我们定要去会一会那个胡主簿。"

亲　历

胡主簿早已过了不惑之年，头发稀疏，颧骨很高，眼睛很小，嘴唇很薄，举手投足间透着一种小吏所特有的精明和干练。

对于赵志平和芷兰的突然到访，胡主簿似乎并不感到惊讶，热情地将二人让到屋中，不一会儿，一个长相颇为标致的中年妇女便从后堂走过来，给他们各倒了一杯酪浆[1]。

"想必这位就是大嫂吧？当年在玉璧戍边时一直未曾有幸得见嫂夫人芳容！"

胡夫人笑笑说："赵上士切勿拿奴家打趣，已然是残花败柳之人，何谈什么芳容啊？"

"嫂夫人此言差矣！嫂夫人就如同这玉璧产的十里香，历久弥香啊！"

芷兰打量着风韵犹存的胡夫人，也开口道："夫人恐怕不是本地人氏吧？如果芷兰没有猜错，您来自江南？"

胡夫人神色微变，脸上掠过异样的神情。难道她不愿让人提及过往？

芷兰见气氛微微有些尴尬，忙道："江南鱼米乡才是真正的佳丽地，遍地是绮罗，四处皆丝竹。芷兰一见夫人便觉得您的身上散发着八月桂子的陈香，还有十里荷花的清香。"

---

1. 牛、羊等动物的乳汁。

胡夫人"咯咯"笑着说："赵上士、独孤姑娘就莫要再拿奴家取笑了！二位前来必然有要事与夫君谈，奴家在此恐多有不便，先行告退了！"

胡夫人走后，赵志平一口气喝了半杯酪浆，而芷兰却只是微微抿了一口。

虽然北朝人大多偏爱酪浆，但芷兰却总觉得酪浆有一股挥之不去的膻味，反而对清新脱俗的茶情有独钟。不过在北朝，茶却有一个别称"酪奴"，取"酪浆奴婢"之意。

胡主簿恭维道："果然是虎父无犬女，姑娘不仅眼力过人，而且谈吐不凡。"

虽然芷兰嘴上说"胡主簿过奖了"，但心头却掠过一阵悲伤。

如今父亲惨死，亲人离散，她一介女子不得不为了拯救家人踏上这条崎岖坎坷的探案之路，看不到希望，也望不见尽头，迎接她的是一个接一个的打击，而她却又不得不继续在绝望的边缘徘徊着。

胡主簿见芷兰神色微微有些异样，转而岔开话题，对赵志平热络地说："自从上次一别，已有好几个年头了！"

赵志平感慨道："是啊！光阴似箭，岁月荏苒啊！这些年，胡兄步步高升，而在下却一事无成，甚是惭愧啊！"

胡主簿摆摆手，说："贤弟这是哪里话，愚兄不过在玉璧这个弹丸之地混日子罢了。我早就说过贤弟绝非池中之物，虽说如今无端受了牵连，但愚兄始终觉得贤弟日后必然前途无量！"

赵志平苦笑道:"借胡兄吉言吧!"

胡主簿话锋一转道:"二位光临寒舍可是为贺拔司马化灰之事?"

赵志平道:"正是!胡兄可否为我等说说当日情形?"

胡主簿道:"那晚,贺拔司马约在下小酌,由于他晚些时候还要值夜,我们便索性在一楼大堂随意找了一个位置,可刚刚喝了几杯酒,他的身上就莫名起火了。"

芷兰打断道:"恕芷兰不恭,敢问胡主簿,贺拔司马是哪里先起火?"

胡主簿思索了一会儿,皱着眉说:"因当时太过慌乱,在下一时间失了方寸,实在记不起究竟是何处先起火!"

赵志平打圆场道:"事发突然,这也在所难免,还请胡兄继续说。"

胡主簿道:"起初在下还帮贺拔司马扑打他身上的火苗,怎奈火势越来越大,竟然瞬间便将其吞噬。当夜的场景实在太可怕了,好端端的一个人刹那间就变成一具面目狰狞、样貌可怖的焦尸,时至今日,在下依旧噩梦连连!"

芷兰又打断道:"贺拔司马全身起火后,可曾喊过什么话?"

胡主簿停顿了许久才缓缓开口道:"当时店内极为嘈杂,贺拔司马当时喊的似乎是倪甘,不过在下听得却不太真切!莫非是他得罪了火神爷?否则一个大活人怎会被莫名其妙地活活烧死,而其他在场之人又全都安然无恙!"

芷兰不解地问:"火神不是祝融吗?这个倪甘又是何方神圣啊?"

"独孤姑娘有所不知,玉璧周边的民众并不信祝融而是尊奉倪甘为火神。"

芷兰问:"既然如此,贺拔司马又因何事得罪了火神爷?"

胡主簿欲言又止地说:"二位最好还是去问韦大帅,胡某实在不便相告。在下还有要事回衙署处置,也就不留二位了!"

两人只得悻悻告辞离去。芷兰一直在思量,这中间到底藏着什么不为人知的隐情,使得胡主簿不敢说,而韦孝宽又不愿说?

验 尸

虽然芷兰在外祖父的熏陶之下,自幼就对刑狱之事颇感兴趣,但她此前却从未进过殓房。

这处殓房建得可谓煞费苦心。西侧有沟渠,流水可冲去污秽;东侧有庙宇,神佛可超度阴魂。

不过殓房内格外昏暗,只有一个极小的天窗,即便是白日,依旧要点着松明火把。

芷兰虽早就有思想准备,但当她真踏足其中,阴森、冰冷和灰暗还是让她感到颇为不适。

赵志平关切地问:"要不你暂且在外面等我?"

芷兰却逞强道:"无妨!那些残酷的真相和惨烈的场景,无论如何逃避，终究还是要面对的！"

赵志平也不便再说些什么，通过这些日子的接触，越发觉得她柔弱的外表下其实藏着一颗坚韧的心，这一点上，她极像她的姐姐夏若。

一个小仵作揭开蒙在尸身上的白色布单，一具烧得面目全非的尸身呈现在他们的面前。

芷兰顿觉腹中一阵猛烈翻滚，急忙侧过身，用手捂住嘴，险些呕吐出来。

赵志平见状忙命人点燃一颗辟秽丹，驱散一下屋中的秽气。麝香混着细辛、甘泉和川芎所散发出的特有香气顿时就让殓房内变得清爽了许多。

他还从随身携带的锦囊中取出一颗苏合香丸递给芷兰，说："将此丸在嘴中含化，你或许会感觉好一些。"

芷兰越发觉得赵志平虽有些木讷，却是个极为体贴之人，只是不知他为何迟迟未娶亲。

见芷兰稍稍好一些，赵志平开始对那具尸身进行勘验。验尸其实是个苦差事，不仅费力、费时、还费脑。其实赵志平原本早就不用如此辛劳，只需放手交给那些小仵作去做，站在一旁把握住要害关节即可，但他依旧喜欢亲力亲为，不敢有丝毫的懈怠。

这或许是受到师父凌利中，不，是豆卢光的影响！

师父曾教导他说，狱事之重大莫若大辟，大辟之要害在于初情，初情之紧要莫如勘验。判案之失，冤屈之现，多因初情不明，勘验有误。勘验之法,诚如死生出入之权舆、直枉屈伸之关键,自当慎之又慎,切忌所托非人!

虽已到了秋冬之交,赵志平的额头上却依旧渗出许多汗来。芷兰忙取出丝帕,不停地为赵志平擦拭着额头上滚落下来的汗珠。

赵志平却顾不上停歇,只是朝她微微一笑。

约莫过了一个时辰,勘验接近尾声。

赵志平轻轻地翻开死者的嘴唇,两排并不整齐的牙齿呈现在他的面前,两颗门齿都有缺损,缺损的形状居然似曾相识。

他久久地凝视着那两颗门齿,脸上浮现出惊诧的神情,暗道:"我曾与贺拔纬共事数年之久,却从未发觉他的门齿有缺损啊?"

"怎么了?"芷兰关切地问。

"没什么。"赵志平说完后就低头忙着收尾。

他还在尸身之上发现了一种奇怪的粉末,小心翼翼地将其放入随身携带的一个小瓷瓶之中。

赵志平高声说:"备醋!"

这也就意味着漫长的勘验即将结束,小仵作将一盆醋泼在红彤彤的炭火之上。一阵撕心裂肺的"刺啦"声过后,赵志平和芷兰都站在了炭盆边上。

芷兰问道:"如何?"

"尸身上并未发现伤痕,应是死于烈火焚身,只可惜尸身烧毁得太过严重,留给我们的线索少之又少。"

芷兰皱着眉说:"一个大活人居然在众目睽睽之下被突起的大

火活活烧死，旁人还无法施救。世间怎会有这等怪事？"

赵志平举起手中的小瓷瓶，说："真相或许就藏在其间！走，咱们换个地方说话。"

殓房设有水饮间，供勘验的仵作休息之用。

两人刚刚坐定，小仵作就将早已煮好的安州干茶毕恭毕敬地端了上来，还递给芷兰一个小碗，碗中盛放着灰白色粉末。

赵志平说："这是我特地让小仵作为你准备的三神汤，用二两苍术、半两白术和半两甘草研磨而成，还加入少许盐。独孤姑娘极少踏足殓房，这里阴秽之气甚重，服用三神汤后，不仅可以祛除秽气，还可以驱散疫气。"

芷兰感激道："赵上士真是用心之人，着实让芷兰受宠若惊。"

赵志平笑笑说："刑狱之事原本就不应是女子所为，怎奈芷兰巾帼不让须眉，才会担此重任，令我们这些男子刮目相看，理应小心呵护才是！"

芷兰道："赵上士如此体贴入微，谁要是能够嫁给赵上士可是上辈子修来的福分！"

赵志平的神情突然暗淡下来。他不禁又想起了夏若，与夏若曾经近在咫尺，如今却远在天涯，一时的错过便是一生的哀叹！

看着同龄人如今都已娶妻生子，他也曾动过心，但他心里始终装着夏若，很难再容得下别人。

芷兰顿觉自己失言了，或许他有着一段不堪回首的过往，而自己刚才的话又不小心戳中了他的痛处，于是改口道："接下来我们又该如何？"

"等！"

"等？"

"欲速则不达，还是静观其变为好！"

隐　情

夜深了，赵志平将那只通体雪白的鸽子从笼中取出，将一个卷好的小纸条放入一根竹管之中，塞上塞子，然后将竹管绑在鸽子的左腿之上。

他轻轻地抚摸着那只鸽子背部的羽毛，低声说："雪儿，这一路上山高水长，你可要多加小心！"

那只白鸽仿佛是听懂了主人的话，发出"咕咕"的声响。

赵志平欣慰地点点头，随即走出自己的房间，来到天井当中，双手捧着那只白鸽，轻轻地说："走吧！我在这儿等着你早日回来！"

白鸽看了看赵志平，眼神中似乎流露出一丝不舍，不过仅仅停留了一会儿便挥动着翅膀飞向远方。

赵志平久久地凝视着，等待着。

五日后的一个晌午，那只白鸽终于飞回来了，赵志平那颗悬着的心终于彻底落了下来。

虽然比预想的迟了一日，但也有可能是远在长安的王轨因琐事耽搁了，因此赵志平并未多想。让他始料未及的是此时的王轨已经陷入一场诡异的阴谋之中，只不过他自己还浑然不知。

赵志平将白鸽紧紧搂在怀中，仿佛是在拥抱久别重逢的老友，喜悦之情溢于言表。

他的手突然停在了白鸽的脖颈处，感觉此处的毛不似其他地方那样柔顺，一路之上白鸽不知要经历多少风雨，或许是沾染了什么脏东西。

赵志平从白鸽的左腿上取下那根小竹管，打开塞子，从里面倒出一个小纸条，看完后面带喜色地自言自语道："恰如我所料！"

赵志平按捺不住内心的激动，敲开了芷兰的房门。

望着一脸兴奋的赵志平，芷兰也仿佛看到一缕曙光猛然间照进她混沌不堪的世界里。

赵志平说："我有一个重大发现！"

"什么重大发现？"

"我之所以能够发现这个秘密还是受到了独孤姑娘的启发！"

芷兰露出惊讶的神情，嘴巴张得大大的，有些不可思议地说："我？"

"没错，就是你在无意间启发了我！独孤姑娘曾经怀疑大统寺那具无头尸身并非朱向，而是厉无畏，只因厉无畏的尸身在案发后离奇消失了。虽然独孤姑娘很快便意识到自己错了，但实则对错参半，凶手的确是在'偷梁换柱'。正是因牢牢记下了你的这番话，我才特地叮嘱属吏万万不可毁坏了那具尸身，而是将其存放于冰窖之中，为的就是有朝一日能够重新进行勘验。我前几日传书于秋官府乡法中士王轨，他也是仵作出身，生在中原，却长在西域，汲取西域勘验之术的精华，尤为擅长解剖之术。他专门制作了一个极细的筛子，设法取出那具尸身胃中的残余物，再将那些残余物放进筛子里仔细地筛洗，居然筛出了肉沫残余！"

芷兰不解地问："可这又能说明得了什么？"

赵志平的脸上掠过一丝得意，说："独孤姑娘有所不知。河桥之战后，朱向性情大变，不仅转做文职，还皈依佛门，整日吃斋念佛，从此不再动荤腥。"

时光追溯到大统四年（公元538年），那一年可谓朱向人生的分水岭。

河桥之战是东魏与西魏之间爆发的第三次大战。求胜心切的李弼率部深入敌阵，朱向紧紧跟随其后，盔甲之上沾满了殷红的血迹，但早已分不清是敌人的血，还是自己的血！

李弼率部顽强拼杀，却被如潮水般涌来的东魏士兵团团围住。

眼见命悬一线，李弼假装因伤势过重而体力不支，晕倒在地，而他的坐骑发出一声嘶鸣后奔向远方。

朱向见状急忙跳下马，持刀保护主帅，却不知这不过是李弼早已思虑好的脱身之计。

等到东魏士卒稍有松懈，李弼偷眼瞧见朱向的坐骑就在自己近前，突然纵身一跃跳上朱向的坐骑，用手中的刀狠狠地扎了一下那匹马的屁股。那匹马发出一声长长的嘶鸣，带着他向西疾驰而去，将失魂落魄的朱向远远地抛在了身后。

那一刻，朱向的内心充满了绝望。

恰在此时，一个东魏士卒抡起手中大锤狠狠地向他砸来，朱向急忙躲闪，却已经来不及了，裹挟着风声的大锤砸在了他的口鼻之间。他感到眼前一黑，随即便不省人事。

等到他醒来的时候，四周全是鲜血、尸体，还有未燃尽的狼烟。

他迈着蹒跚的步伐艰难地向西走去，也不知道走了多久，才见到了己方的旌旗，随即再次昏倒在地……

从此朱向再也没有吃过肉，每每看到肉，无论散发着怎样诱人的香气，带给他的都是难以名状的痛苦，因为他会不自觉地想起血腥的河桥之战，想起自己被一团团殷红的鲜血包裹着，围绕着……

芷兰反问道："如果真是如此，那么大统寺的那具尸身又会是谁呢？"

赵志平皱皱眉说："那具尸身到底是谁，暂时还不敢妄下定论，但可以断定并非朱向！"

芷兰追问道："如若朱向果真并未死在大统寺，那他又去了哪里呢？"

"大统寺的那具尸身出现后，其实我们心中一直都有着一个相同的疑问。凶手为何要处心积虑地割下并带走死者的头颅呢？这个画蛇添足之举不仅费时费力，还容易暴露自己，直到我们来到了玉壁,见到了那具尸体,我才渐渐解开了这个困惑!或许朱向正静静地躺在此地的殓房之中。"

芷兰惊道:"什么?化灰之人并非贺拔纬,而是朱向?"

赵志平坚信自己的推断,说:"虽然那具尸体早已被烧得面目全非了,但我一见到那两颗破损的门齿,就不由自主地想到了朱向。我与朱向共事多年,朱向一贯深沉忧郁,从未见他笑过,后来我才知晓,在那场惨烈的战事中,他的嘴曾经被铁锤重击过,两颗门齿皆有缺损,而他与人谈话时总是在刻意掩藏。我得知此事之后,与他交谈时会不自觉地透过他一张一合的嘴唇来窥探他那两颗受伤的门齿,对那两颗破损门齿的形状再熟悉不过了。"

芷兰反问道:"难道仅凭那两颗破损的门齿,你就能断定化灰之人并非贺拔纬而是朱向?"

"虽然在你看来未免有些武断,但那两颗破损的门齿就如同在风中飘零的残叶,在这世上再也找不出完全相同的第二片!化灰之人的身形与朱向又极为相符,况且朱向失踪前表现出的诸多反常的情形也可以从侧面印证我的判断!"

"哦,说来听听?"

"我与朱向相识多年。他一贯行事低调,做事谨慎,居然在事发前买了一匹惹人注目的白马,居然还骑着那匹马四处招摇。我一直不解,他为何突然间变得如此张扬呢?"

芷兰道:"这的确颇为可疑!他逃跑时居然还骑着那匹惹眼的白马,虽说那匹白马脚程快些,却极容易暴露行踪,每日进出长安城的人如潮水一般，如若他骑的不是那匹白马，恐怕守城的士卒很难记住他，我们自然也就很难寻到他逃跑的踪迹。不仅如此，他在出城时还撞倒了一个急匆匆进城的小贩，那个小贩非要他赔一陌钱。为了区区一陌钱，朱向居然与那小贩争执起来，甚至还一度影响了城门的通行。如若他果真从李耀手中获得了大笔钱财，还会在意这区区一陌钱吗？他与小贩为了一陌钱而争执起来无疑是极不明智的，不仅会耽搁他的行程，还会暴露他的行踪。"

赵志平的脸上露出了少有的得意之色，说："其实他并非真想掩盖，而是在假意掩盖！"

芷兰不解地问："何为假意掩盖？"

"朱向并非因事情败露而仓皇出逃，而是蓄意制造了自己出逃的假象，意在将我们引向大统寺，刻意制造他已经被杀身亡的假象，那样他便可以逍遥法外了！"

芷兰惊了半响，才缓缓地说："如若真如赵上士所言，那么当下这个乱局可就变得愈加让人捉摸不透了。朱向不仅逃跑时骑着那匹白马，此前去见孙显时，也是骑着那匹白马。他密会孙显也是极为隐秘之事，却依旧如此招摇。他这么做是不是也藏着什么不可告人的目的，比如处心积虑地构陷太师和李耀！如若真是如此，或许……或许我们此前找寻到的那些所谓真相都不过是对手刻意为我们营造出的假象！"

赵志平的心头顿时响起了一声惊雷，惊得他有些不知所措。

他此前并未想到这一层，只是认定朱向举止反常是为了逃避抓捕而故意上演了一出金蝉脱壳之计，但芷兰的话却使得他不得不重新审视那个极为重要而又关键的环节。

朱向到底为何要杀沈明跃，为何要杀厉无畏，为何要杀凌利中，他们此前认定朱向这么做是受李耀，或者直接受李弼的指使，可如若那也是朱向刻意营造出的假象呢？李弼父子岂不是被冤枉了？他背后的真正主使又会是谁呢？

难道是贺拔纬？但贺拔纬不过是一个小小的州司马，怎敢谋害当朝太师？即使他能够侥幸得逞，他又能翻得起多大波浪呢？

或许贺拔纬的身后还有人，而且定是个大人物！

难道是宇文护？如若真是那样，眼前的这一切就太可怕了！

这一切难道都是他人蓄意布下的局？为的就是剪除那些功勋旧臣？其实早在他的父亲和独孤信离世后，这种猜测就已甚嚣尘上。

雄才大略的宇文泰能够震慑住那帮跟随他南征北战、东挡西杀的老臣，但资历尚浅的宇文护却未必能够震慑得住，宇文泰稚嫩的儿子们自然更加震慑不住！

在那些旧臣之中，很多人的地位原本就与宇文泰相差无几，宇文泰依靠风云际会的难得机遇和力挽狂澜的个人能力才将那些人渐渐聚拢在自己的身边，但宇文泰终其一生也未曾称帝，仅仅是权倾朝野的大丞相，因此他同那些老将之间并无君臣之义，只有共事之情！

其实在这个大动荡的时代，君臣之义又能算得了什么，弑君之事还不是屡见不鲜。

一旦宇文泰离世了，那些老将未必像拥戴宇文泰那样来拥戴他年纪轻轻的儿子。这也是宇文泰临终前最为忧虑的，于是将辅佐幼主的重任交给了侄子宇文护。

宇文泰刚刚过世时，帝国上下人心思变，宇文护依靠老臣于谨的鼎力相助才有惊无险地稳定了局面，掌控了权柄，终结了西魏王朝，开创了北周帝国。宇文护先后将宇文泰的嫡子宇文觉和长子宇文毓推上了天王之位，如今看似风平浪静，实际上是却是暗流涌动。

那些功勋老臣会心悦诚服地听命于宇文氏吗？前魏宗室就心甘情愿地退出政治舞台吗？死对头北齐真的会袖手旁观吗？一旦天下形势有变，他宇文护还能掌控得住局面吗？

如若这一切真的是宇文护为了消除潜在威胁而刻意布下的局，那么他们这些查案之人不就成了宇文护手中的棋子了吗？

难怪前些日子，芷兰曾经想过要退出，难道她早就参透了其中的玄机？想到这里，赵志平不禁倒吸了一口凉气，竟然一时间迷失了方向。

芷兰猜出了赵志平心中的忧虑，故意岔开话题道："若真如你所言，贺拔纬又去了哪里呢？"

"他金蝉脱壳之后定然去干极为隐秘之事了，就如同当初朱向一样。"赵志平低声说道，他的话语已不似刚才那般铿锵有力、掷地有声。

芷兰默不作声地望向直棂窗，却看不清窗外的情形，一时间如坠五里雾中。

如若朱向真的没有死，他为何会莫名其妙地来到玉璧，又为何会匪夷所思地化灰而亡？消失不见的贺拔纬究竟与这起化灰奇案有着怎样的关联呢？

第十四章
惊残好梦无寻处

被 劫

　　光秃秃的树枝上落下最后一片残叶，那片孤叶在风中久久地回旋、飘荡，最终在萧瑟的秋风中不见了踪迹。

　　赵志平喝马摇缰，直奔刺史府，前去求见韦孝宽，但门吏回复说韦孝宽正与长史宇文神举议事，他只得暂且在廊下等候。

　　约莫过了半个时辰，见一人从正厅之中走出来，那人身材魁梧，眉目俊伟，神情豪迈，气度不凡，此人便是宇文神举。

　　宇文神举是北周太祖宇文泰的族子，比当今天王宇文毓年长两岁，比辅城郡公宇文邕年长十一岁。宇文神举在家族之中排行第六，自幼心眼灵活，鬼主意多，人称"鬼子六"。他的下颌那一圈络腮胡子黑黝黝硬邦邦，如同一把硬鬃刷子，传闻他只要捋捋胡子便会计上心来！

　　平日里，宇文神举的脸上总是挂着浅浅的微笑，可今日却不知为何面色极为严峻。看到赵志平,只是微微点点头,就急匆匆离开了。

赵志平隐隐觉得城内似乎出了什么大事!

一个小吏将赵志平引进正厅,韦孝宽面沉似水,而这也恰恰印证了赵志平刚刚的判断。

赵志平行过礼后掷地有声地说:"穰县公,卑职现已查明,那夜化灰之人并非贺拔纬,而是另有其人!"

韦孝宽惊道:"既然如此,贺拔纬现在何处?"

赵志平说:"卑职暂时还不知晓,但卑职断定那日与贺拔纬宴饮的胡主簿必然难逃干系。卑职恳请速速将其羁押!"

韦孝宽沉默半晌,才开口说:"已然迟了!"

"穰县公,您这是何意?难道胡主簿也已逃脱?"

"逃脱了尚可缉捕归案!但在昨夜,他也被火活活烧死了!"

"什么?胡主簿也被火烧死了,难道被人灭口了?"

韦孝宽动怒道:"本帅不解赵上士究竟在追查什么,如今我并州两位要员先后死于非命,难道还要查下去?"

"卑职所办之案乃是大冢宰亲自督办的重案,鉴于案情复杂,一时间难以禀明,但请穰县公放宽心,我等只会为您分忧,绝不会无事生非!"

"但愿吧!"

"卑职还有一事不明,望穰县公不吝赐教。胡主簿曾告诉卑职,贺拔纬离奇化灰是因其触怒了火神倪甘,不知此话究竟是何意?"

韦孝宽闻听此言眉头微蹙一下，旋即舒展开来，道："他是何意，你当面去问他，本帅怎会知晓？"

见韦孝宽居然莫名动怒，赵志平也不便再说些什么，不过他愈加相信韦孝宽定然有什么事瞒着自己。

韦孝宽站起身来，走到窗边的小几上，拿起一个小铲子，走到火炉旁，用小铲子搅动着炉中的炭，炉火烧得更旺了。

既然韦孝宽已然下了逐客令，赵志平只得识趣地离开。

如今线索全都断了，他们被凶手逼到了进退维谷的绝路之上。

就在赵志平去见韦孝宽的时候，芷兰一个人待在馆驿之中查阅着从刺史府调来的官档，其中既有贺拔纬的甲历，也有他历年的考功状，还有他这些年所写的奏状，林林总总，名目繁多。

一份不起眼的奏状突然引起了她的关注。这份奏状是五年前贺拔纬担任北市令时上奏刺史府的，内容是他刚刚处置的一起投机倒把案。她居然在罪犯名单之中发现了一个熟悉的名字，胡阿大！

这个胡阿大也是江陵人，奏状所述胡阿大的样貌特征与他们前几日所见的那个胡阿大也颇为相像。难道他们前几日所见的那个胡阿大就是贺拔纬五年前惩处的那个投机倒把的奸商？

可胡阿大却口口声声说他并不认得贺拔纬。难道他在撒谎？由于赵志平迟迟没有回来，她决定独自去一趟悦来客栈，再去会一会那个貌似忠厚的胡阿大。

她来到悦来客栈时，伙计却说胡阿大有事出去了，好像去北市买马鞍了。芷兰便向北市走去，走了约莫两炷香的工夫，前方渐渐传来阵阵熙熙攘攘之声，即便是高耸的市墙也无法阻隔北市的喧闹。

玉璧原本颇为荒凉，但随着数万军士屯驻在此处，越来越多的小商小贩汇集于此，城北逐渐形成了一个热闹的集市。于是韦孝宽下令修筑市墙，并派员管理，日中为市，日落罢市。

芷兰从市门走进去，一家家店铺敞开窗，打开门，商品琳琅满目，货物林林总总；一队队太平车，有的运出，有的驶进；一座座作坊鳞次栉比，印工、织工、铁匠、药工忙碌不已。

看到这些，芷兰似乎又恢复了女孩天性，东逛逛，西看看，转得不亦乐乎，很快半个时辰就过去了。这时她才觉得有些疲惫，于是来到不远处的一个小食摊，向店主要了一碗豆腐羹和一杯紫苏饮。

"店主，我想向你打问一事。"

店主谄笑道："自打玉璧筑城，我就来这里做生意，算起来已经快二十年了。姑娘想知道什么，尽管问吧！"

"看来奴家果真问对人了。据奴家所知，中原普遍尊奉祝融为火神，此地人却为何供奉倪甘为火神，这个倪甘又是何许人也？"

店主闻听此言神情微变，说："莫要直呼火神爷的名讳，那可是要遭报应的！"

"老伯，可否为奴家说一说这位神秘的火神爷？"

"那可就说来话长了，想当初西城大火……"

就在店主说得津津有味之际，芷兰却在熙熙攘攘的人群之中发现了一个熟悉的身影，正是她欲寻的胡阿大！

芷兰扔下十文钱便急匆匆追了过去。她的心一直狂跳着，这是她平生第一次跟踪，既怕被发现，又怕跟丢了。

她的腰间挂着一只香囊，但里面装的并非香料而是细沙。香囊下端有个很小的口，用一根粗线扎着，但扎的却是个活捆儿，一拉便开。

她悄悄拉开活捆儿，细沙从香囊之中坠落而下，但香囊的口却极小，如若不是仔细观瞧，根本发觉不了她在地上所留的那行细细的黄沙。

芷兰胆战心惊地跟在那人身后，不知前方等待自己的将会是什么。

赵志平回到驿站后发觉芷兰不在，问过驿丞后才得知芷兰去北市了，于是急忙催马去找，却始终寻不见踪影，只得暂且先回驿站。

返回驿站后，他焦急地询问驿丞芷兰是否回来了，驿丞仍旧摇摇头，此时他才意识到事态的严峻。

随着日薄西山，赵志平也变得愈加焦躁起来。

芷兰本就是一介弱女子，如若真的遭遇不测，他可如何是好？如何向天王夫人和宇文邕交代？

想到这里，赵志平急匆匆走出驿站，赶往州衙，求见韦孝宽，看门的小吏却说韦孝宽前往平凉戍巡边去了，目前长史宇文神举暂且主持州内事务。

赵志平不禁心生疑窦，这难道只是巧合吗？

仅凭一己之力，他断难找寻到芷兰的踪迹，只得借助官府的力量，即便绑架芷兰的元凶就藏在这州衙之中，也要去探一探虚实。

　　既然韦孝宽不在，赵志平只得求见宇文神举。不一会儿，宇文神举缓步来到府门前迎接，虽然两人此前只有过一面之缘，但久在官场的宇文神举却是个典型的"自来熟"。

　　见到宇文神举，赵志平来不及问礼，直接道："长史大人，大事不好了，独孤姑娘不见了！"

　　宇文神举脸上浅浅的笑容顿时凝固了，道："芷兰姑娘是几时失踪的？"

　　"在下与独孤姑娘辰正[1]时分别，巳时四刻[2]，在下回驿站时便未再见她。"

　　宇文神举正声道："既然独孤姑娘巳时四刻之前便已失踪不见，赵上士为何如今才来通告本官？如若早些通告，本官可下令提前关闭城门，只要劫持独孤姑娘的歹人出不了城，我们挨家挨户地寻找或许还能够找见。一旦出了城，我们再想找到独孤姑娘恐怕就如大海捞针了！"

　　赵志平一直在暗中观察着宇文神举的一举一动，希望能够从他的脸上窥探一二，但宇文神举那张宠辱不惊的脸却让人一无所获。

　　宇文神举猜不透赵志平的心思，而赵志平也摸不清宇文神举的

---

1. 上午八点。
2. 大约上午十点。

立场，心存隔阂的两人如同猜哑谜一样互相试探着。

赵志平沉默了一会儿，解释道："独孤姑娘从未来过玉璧，与此地人应该并无恩怨，在下起初并未疑心她会被人劫掠，后来几经寻找也未曾寻见，这才来州衙求援。"

宇文神举叫来令史，让其传令下去，速速关闭城门，去城中各家客栈酒肆搜寻，另派一路人马去寻找城中专门做房屋经纪生意的牙人，对近期在玉璧买卖或者租赁房舍的人逐一进行排查。

芷兰此时正置身于一辆厢车之中，已经待了好几个时辰了。不知自己会被押往何处，更不知自己会被如何处置！

原本优雅的发髻如今却凌乱不堪，嘴内还被塞进了一块破布条，发霉的味道令她阵阵作呕，无论怎么喊，也只能发出"呜呜"的声响。两只玉手被绳子紧紧地绑在身后，无论怎么挣扎，也无法挣脱束缚。几缕鬓发披散在眼前，随着车厢晃动，不住地摆动着，不时地遮住眼睛。

因为惊怕，曾经白皙中透着丝丝红晕的脸庞如今也变得一片煞白，还泛着丝丝乌青。

不知为何，身处险境的芷兰首先想到的竟然是宇文邕，而不是自己的未婚夫李晌。

想到此处，眼泪如同断线的珍珠般一颗颗落下，丝丝缕缕，缠缠绵绵。

此时的宇文邕却远在千里之外的利州，即便马不停蹄地赶来，也要耗费近半个月的时光。即便真的来了,他也未必能找得到自己。

想到此处,芷兰本就暗淡无光的眼神中又透出了一丝绝望。

奔 来

一重山,两重山,重重山,山更远,天更高,水更寒,比烟雾深锁的水面更寒的是满怀愁绪的心。枫叶正红,相思正浓,相思甚过枫叶丹,塞雁高飞,人却未见。

寂寥的远山、南飞的塞雁、笼寒的烟水、凋零的残花,在宇文邕的心中幻化为无边的愁绪。

黄昏时分,余辉映在玉璧这座满是沧桑的城池之上。风尘仆仆的宇文邕在驿站门口跳下马,将缰绳交给身边的一个驿卒。他所穿的圆领袍衫蒙上了一层细细的尘土,随行的两个小厮小心翼翼地掸去他衣襟上的灰尘。

赵志平走上前,深施一礼道:"在下无能,致使独孤姑娘被人劫持,还请辅城郡公严加责罚!"

宇文邕虽面带焦虑,却语气平和地说:"赵上士不必太过自责。事发突然,又身在异地,你已然尽力了!"

驿丞迈着急促的小碎步走了过来。驿丞年近五旬,身体微胖,头发日渐稀疏,却透着一股子精明,躬身施礼说:"辅城郡公不远千里来到边陲小城,得辅成郡公光顾小驿,真乃蓬荜生辉!请随卑职来!"

驿丞亦步亦趋地将宇文邕领进一间上房，谄笑道："听闻辅城郡公即将驾临本驿，下官特地命人悉心准备，这是特意为您煮好的茶。不知您还有何吩咐？"

宇文邕笑笑说："有劳驿丞了！"

"我们这些长年在穷乡僻壤行走之人没见过什么世面，如若有什么招待不周之处，还望辅城郡公多多海涵！"

"驿丞言重了。本公贸然前来已是多有叨扰，驿丞事务缠身，还请驿丞不必为本公太过劳心费神。"

驿丞原本还想在屋内多寒暄几句，但听宇文邕如此说也只得识趣地告辞。

他的脸上露出一丝失望，旋即被卑笑所掩盖，轻轻关上房门后缓步离开。

见驿丞慢慢走远，赵志平鄙夷道："我最见不得他们这副嘴脸。我和独孤姑娘在这里住了这些天，也难得见上他几面，可他听闻您要来，早早就在驿站门口候着，真是个势利小人！"

宇文邕却不以为然地说："此乃人之常情，赵上士不必太过在意。不过我一直隐隐觉得他似乎有话要对我讲。好了，暂且不提他了，说说芷兰到底是如何失踪的。"

赵志平将来玉璧后的所见所闻所想所思都一一对宇文邕言讲，最后道："芷兰绝不会无端失踪，必然是被歹人所绑，要么临时起意，要么蓄谋已久。我大周边境时常有歹人出没，见到年轻貌美的女子便设法绑走，卖到伪齐为奴，但他们一般都是在夜间或者行人稀少的偏僻处动手。芷兰却在光天化日之下于熙熙攘攘的北市失踪,在下觉得绑她的人并非临时起意,而是蓄谋已久!"

宇文邕已经从他的话语中隐隐觉察到了什么,问道:"赵上士想必是有所指吧?"

赵志平咬着牙说:"在下觉得那个韦孝宽甚为可疑!"

宇文邕的脸上露出了一丝惊讶的神情,说:"赵上士为何会怀疑他?他可是我大周的股肱之臣!要不是他坚守玉璧,或许就不会有如今东、西对峙的局面了!"

赵志平却反驳道:"辅城郡公所言不假,可那毕竟是太祖在世之时。如今太祖已经宾天了,难保他不会蠢蠢欲动!"

宇文邕陷入无边的沉默之中。是呀!如今父亲已经不在了,那些功勋老将们还会死心塌地地追随他们宇文氏吗?

赵志平继续说:"在下与独孤姑娘刚刚赶来玉璧调查贺拔纬,贺拔纬就假借化灰逃遁了;刚开始怀疑胡主簿,胡主簿也葬身火海!他们到底是真死,还是假死,如今还未可知。芷兰刚刚离奇失踪,韦孝宽居然也离开了!尤其是那日在下与韦孝宽交谈时,特意向他求证贺拔纬触怒火神之事,胡主簿曾说韦孝宽知晓其中隐情,可韦孝宽不仅刻意回避,脸上居然还露出了几分愠色。

"这几日我一直在想,韦孝宽在这中间到底扮演着何种角色?在下此前曾在韦孝宽麾下效力,对韦孝宽的为人还算了解,也曾认为韦孝宽是天王可以倚重的股肱之臣,可如今这一系列突如其来的变故却让在下不得不重新审视韦孝宽这个人。或许他真的变了!"

宇文邕没有回答，而是默默跪坐在座垫上，左手平放在膝前，右手不停地转动着念珠。这串念珠是他这次从长安动身前特意去草堂寺求的。这十八颗念珠代表着十八界，也就是六根、六尘和六识。身处尘世间，做到六根清净何其难！

宇文邕感觉自己陷入一个前所未有的困局之中，既无处用力，也无法挣脱。

如若韦孝宽果真牵涉其中，恐怕事态就变得复杂了。

这其实既是坏事，也是好事。如若芷兰果真被韦孝宽派人绑走了，他们或许还有机会，如果被人贩子绑走了，恐怕他们就一点儿机会也没有了。如花似玉的芷兰落入人贩子之手不知要受到怎样的蹂躏和摧残……

宇文邕实在不敢再想下去了，忙开口道："目前正值多事之秋，赵上士的担忧也不无道理。即便韦孝宽真有二心，他又能如何呢？割据玉璧自立能有多大胜算？投奔伪齐？他与高欢之死难逃干系，喜怒无常的高洋又岂会容得下他？投奔南朝？如今南朝江山易主，刀兵四起，烽火连天，王琳与陈霸先正打得不可开交，到底鹿死谁手还不一定呢。我实在想不出他为何会背离我大周！"

赵志平沉思了许久才说："在下本无意冒犯，但又不吐不快。您或许忘了韦孝宽可能会走的另外一条路！"

"什么路？"

"追随元氏！"

宇文邕的心猛地一惊！当初父亲宇文泰之所以能将各路豪强紧

密地聚拢在身旁就是因为打着尊魏的旗号，效法的是"尊王攘夷"的齐桓公，但父亲却并未像齐桓公那样真心地尊王，真正效法的却是魏武帝曹操"挟天子以令诸侯"！

虽然魏朝皇室早已沦为任人摆布的傀儡，可从拓跋珪算起，已立国近二百年。宇文氏的快速崛起依靠的是武力和强权，难以在短时间内让人死心塌地的臣服。废掉元氏的皇帝容易，但要彻底消除元氏根深蒂固的政治号召力和影响力却殊为不易！

宇文邕依旧默不作声，手中快速转动的念珠戛然而止。

宇文邕叹息了一声，道："事到如今，我们绝不能坐以待毙！韦孝宽偏偏选在这个紧要时刻去了城外，姑且不论他是恰巧离开，还是故意躲开，对于你我这样初来乍到之人，目前在城中唯一可以信赖、可以依靠的人或许只有神举兄了！他与韦孝宽究竟是何种关系我们还不得而知，但他毕竟是我宇文家的人，与我还算有些交情，我即刻就去见他。你立即去办另外一件事，前往并州法曹，调阅卷宗，勘验尸身，查查这个胡主簿是否真的是被火烧死了！"

此时天已经彻底黑下来了。

自从韦孝宽出城巡边后，宇文神举不敢有丝毫懈怠，一直在府中当值，始终没有回过私邸。

听到属下通禀，宇文神举赶忙来到府门前迎接，拉着宇文邕的手热络地说："四弟，哪阵风把你给吹来了！"

宇文邕笑着说："妖风！"

宇文神举也笑了笑，说道："看来我们玉璧是庙小妖风大！快快里边请！"

宇文神举将宇文邕让到中堂之中，命小吏们上了些糕点，说："四弟一路颠簸恐怕早已饥肠辘辘，咱们还是边吃边聊吧！"

"神举兄真是周到之致！"说着，宇文邕便将一块单笼金乳酥放入嘴中，"不错，外酥里嫩，口感极佳！"

"既然四弟不嫌弃我们边地的手艺便多吃些，权当充饥吧。"宇文神举话锋一转道，"四弟莫非也是为了独孤姑娘失踪一事而来？"

宇文邕见宇文神举竟如此单刀直入，忙将嘴中的单笼金乳酥咽下，说："既是，也不是。"

宇文神举抿着嘴说："四弟年纪轻轻说起话来便如此睿智玄妙，难怪叔父在世时对四弟宠爱有加。"

宇文邕摆摆手，说："神举兄过奖了！你博览经史，酷爱文学，工于骑射，富于谋略，你才是我宇文家当世难得的文武全才！天王对诗词歌赋情有独钟，身边却缺少像您这样的文学之士，多次流露出想召你回京的意愿，只是有人暗中掣肘，不过我回京后定当设法成全此事！"

宇文邕借机不露声色地抛出诱饵，目的是想让宇文神举能够为己所用。如今韦孝宽立场尚不明朗，用好了宇文神举这枚棋子，或许就能盘活整盘棋。

宇文神举也觉察到了宇文邕这席话背后的深意，不过却并没有立即表态，而是举起手中的茶盏，说："这是刚刚煮好的茶，吃茶！吃茶！"

宇文邕见状没有再继续说下去，而是装作不经意地问："穰县公近来可好？"

宇文神举神情微变，说："穰县公出城巡查去了！"

"看来很不巧啊！改日再来拜见他老人家吧！如今可是不太平啊，他的确该去好好巡查一番！"

宇文神举沉思了一会儿，说："独孤姑娘失踪之事，穰县公与我皆很挂念，正在全力寻找，但能否如愿……尽人事，听天命吧！"

第十五章
迅雷才震清飙起

大　火

　　清晨，宇文邕开始洗漱，一个侍从手持铜匜，缓缓地向宇文邕的手中倒着清水，宇文邕若有所思不停地揉搓着双手，而另一个侍从则半跪着，毕恭毕敬地端着一个大铜盘，接着宇文邕盥洗后的剩水。

　　正在这时传来了一阵敲门声，手持铜匜的侍从急忙去开门，端着铜盘的侍从则递给宇文邕一块丝巾。

　　宇文邕正擦着手，赵志平便迫不及待地走了进来。

　　"赵上士昨夜可有什么收获？"

　　"胡主簿果真是被火烧死的！虽然面部被大火灼伤有些狰狞，却仍旧可以辨认出死者就是他，毕竟在下曾与他共事过好几年，断然不会认错！他的口、鼻内皆有烟灰，手脚蜷缩，应为生前被火烧死。人在未死之前口鼻皆开，气脉往来，故能够将烟灰吸入口鼻之中。如若他是死后才移尸火场，气息全无，口鼻之中必然不会有烟灰。"

宇文邕反问道："会不会是凶手故意作伪呢？我们的对手不仅穷凶极恶，而且一贯诡计多端！"

赵志平自信满满地说："活人置身于火场，气脉往来，酸水上涌，唾液增多，口鼻之中的烟灰多呈糊状。胡主簿口鼻之中的烟灰是吸进去，还是人为涂抹上去，我一眼便能分辨得出来！"

"如此看来，这个胡主簿果真是被火烧死的，并非如同贺拔纬那样是金蝉脱壳！既然如此，夺走他性命的大火又是如何燃起来的呢？是有意纵火，还是不慎失火，抑或火神震怒呢？"

"这个恐怕一时间还难下定论！我昨夜特地去了一趟案发地，胡主簿已然被烧得面目全非，惨不忍睹。若是纵火往往会有若干个起火点，而现场却仅仅发现了一个起火点，似乎应为失火！"

"自从贺拔纬化灰之后，城内一时间人心惶惶，如今胡主簿又葬身火海，势必会激起更大的恐慌。对了，你之前曾跟我提及过，此地百姓尊奉倪甘为火神。据我所知，关中、陇右，甚至南朝和伪齐，都没有尊奉倪甘为火神的传统，为何此地百姓偏偏奉倪甘为火神呢？"

"当年我在玉璧戍边时也有过类似疑问，还就此询问过当地人，但未找到其中缘由。城外二十五里的汾水湾建有一座火神庙，里面供奉的便是火神倪甘，不过那座庙却显得有些突兀。庙中那尊火神像看上去也很怪异，乍一看是个男子，却不知为何带着几分阴柔。"

"看来这个神龙见首不见尾的火神倪甘很值得我们去探寻一番啊！"宇文邕若有所思地说。

赵志平却并不想继续纠缠"倪甘"这个话题，而是问道："依辅城郡公，我们接下来又该如何？"

宇文邕叹了口气，道："目前宜静不宜动，你暂且先回去歇息吧！"

赵志平刚刚离去，驿丞便来了，脸上依旧挂着习惯性的卑笑，貌似关切地问道："不知辅城郡公昨夜睡得可好？"

"甚好！有劳驿丞挂牵了！"

"我们穷乡僻壤的不比繁华的京城，生怕您住不惯！"

"驿丞果然是有心之人啊！"

"辅城郡公过奖了！早就听闻辅城郡公的大名，今日一见，果然气度不凡，颇有几分魏晋风度！"

宇文邕摆摆手道："至今，仍有很多人在怀念什么魏晋风度，从建安七子到竹林七贤，从中原隽秀王衍、乐广到江东翘楚王导、谢安，在很多人的眼中，莫不是风骨遒劲，清峻洒脱。可在本公看来，那些名士要么放荡不羁，只知饮酒服药，纵情山水；要么清谈误国，舍本逐末，本末倒置。真正的风骨乃是浑涵端重，器识高爽。"

驿丞忙伸出大拇指，赞赏道："辅城郡公果然见识高远。"

宇文邕忽然想起了什么，于是转换话题道："不知驿丞来玉璧多久了？"

"早在大统三年王刺史始筑玉璧城时，小的便来此间戍边了，掐指一算快二十年了，真是岁月荏苒催人老啊！那时我还是个二十出头的毛头小伙子，如今却已年过不惑了，可叹家中老母日渐迟暮，儿子却不能在床前尽孝。"

宇文邕顿时明白了他刻意接近自己的真实目的，想借机调离边陲，迁往内地任职。

宇文邕的心头顿生鄙夷，但脸上依旧挂着淡淡的微笑，满口应承道："看来驿丞是当世难得的孝子啊！本公有机会定当设法成全。"

驿丞没有想到宇文邕居然答应得如此爽快，喜出望外地躬身施礼道："小的一辈子皆忘不了辅城郡公的大恩大德！"

宇文邕忙搀扶起驿丞，故作轻松道："区区小事不足挂齿！"随即话锋一转道，"既然你在此地任职颇久，本公想向你打问一事。"

"辅城郡公请讲，小的一定知无不言，言无不尽。"

"玉璧此间百姓为何会尊奉倪甘为火神呢？这个倪甘究竟是何方神圣？"

"小的初来玉璧时也未曾听闻过有什么倪甘，后来不知何故倪甘渐渐被本地百姓尊奉为火神。若要追问其中的缘由，似乎……似乎……"驿丞犹豫片刻，吞吞吐吐地说，"似乎与多年前平凉戍的那场大火有关！"

就 擒

几缕余晖将平凉戍涂抹成了一片金黄。平凉戍距玉璧四十里地，三面皆是峭壁，只有一条蜿蜒小路通往汾水河谷。玉璧城并不大，囤积不了太多的粮草，而这片不可多得的黄土台地上却囤积着数十万石军粮，一直留有重兵把守。一旦有战事，这里便可以与玉璧互成犄角，相互依托。

韦孝宽眺望着不远处的汾水，滚滚浪花不知淘尽了多少英雄！沧海横流方显英雄本色，但横流的沧海却不知吞噬了多少弄潮的英雄！

近来他的心头总是笼罩着一片挥之不去的乌云，不知是因离奇化灰的贺拔纬，还是因葬身火海的胡主簿，抑或是因早已离世多年的她！

难道去世多年的她真的离奇复活了？否则并州的两位要员为何会相继因火而亡呢？

正在这时，一股凛冽的寒风掠过他饱经风霜的脸庞，虽只是初冬时节，但边陲的风却格外寒意逼人！

亲兵忙将一件厚厚的披风披在他的身上，低声道："大帅，起风了，还是暂且回帐吧！"

韦孝宽没有回应，但还是心事重重地向着自己的大帐走去。

进帐后，那个亲兵将两侧的幕帘用力拉了拉，然后用束绳绑好，将寒风挡在了帐外。

韦孝宽顿时觉得身子暖和了许多，笼罩在心头的忧郁也似乎一下子减了几分。

"你先下去吧！"韦孝宽吩咐道，但似乎又突然想起了什么，高声喝道，"等等！你去告诉他们，务必要内紧外松，张弛有度。既不能太松，以免惹人猜疑；也不能太紧，不给人家留下可乘之机！"

"遵命！"亲兵躬身抱拳，然后急匆匆转身离去。

子夜时分，夜幕下的平凉戍一片寂静，除了巡逻士卒的脚步声和呼啸的风声外，几乎没有任何其他声响。

原来，这座大帐内关押着一个神秘人物，韦孝宽严令部属不许擅自闯入，否则军法从事。

傍晚时分，宇文邕差人给身在玉璧的族侄宇文孝伯一封密信。虽然宇文孝伯比宇文邕低一辈，但二人年纪相仿。他身高八尺，孔武有力，黑黝黝的四方大脸上总是泛着古铜色的光泽，黑中透亮，亮中透黑，人称"黑孝伯"。宇文孝伯生性机敏，思维缜密，平日里总是沉默寡言。

宇文泰生前对他甚是喜爱，将其自幼便招至身边，与宇文邕朝夕相伴。后来，宇文泰将他派到玉璧来戍边，就是为了让他在边关磨练心性，锤炼本领，以便日后才堪大用，况且他的堂叔宇文神举又在玉璧身居要职，对他也有照应。

在信中，宇文邕让宇文孝伯设法查找下落不明的独孤芷兰。不料宇文孝伯却突然对被韦孝宽关押在帐篷之中的那个神秘之人产生兴趣，决定一探究竟。

宇文孝伯趁着夜色隐没在黑暗之中。他屏气凝神，警觉地注视着那个神秘莫测的帐篷。帐篷口前站着两个手持长戟的士卒，另有两个士卒手持长槊分别从相反的方向绕着帐篷周遭巡逻。虽已是深夜了，守护大帐的士卒却仍旧不敢有一丝懈怠。

宇文孝伯深知神不知鬼不觉地除掉这四人绝非易事，稍有不慎便会惊动巡夜的士卒，因此他始终不敢轻举妄动。

三更天到了，宇文孝伯变得越来越焦躁。

他敏锐地发觉负责帐篷周遭警戒的那两个流动哨已然哈欠连天，巡逻的步伐变得越来越沉重，之前半炷香便会巡逻一圈，如今却需要将近一炷香的时间，后来居然两炷香都不见他们的踪影。

宇文孝伯小心翼翼地绕到帐篷背后，发现两人居然在僻静处呼呼大睡起来。暗自庆幸，真是天助我也，终于等到了动手的良机！

他悄悄返回帐篷口附近，先判断了一下风向，发觉今夜刮的是西风，于是隐藏在上风口的一个僻静处，从身上拿出一根迷香，轻轻地点燃，随即用湿毛巾捂住自己的口鼻。

由于身在户外，迷香的药效会大打折扣，但仍旧会使人的反应变慢，而这已经足够了！

帐篷口值守的两个士卒的眼皮不由自主地向下坠，尽管他们竭力克制着一阵比一阵猛烈的困意的侵袭，却是越来越力不从心。

宇文孝伯悄悄绕到一个士卒身后，重重地击打他的后脑，士卒随即应声倒地；另一个士卒还未来得及呼叫，就被宇文孝伯捂住了嘴，顺势一拧他的脖子，随即也昏死过去。

宇文孝伯拔出腰间的佩刀，轻轻地挑开帐篷上的门帘，急切地向帐篷内观瞧。

可就在此时，他突然感觉脖颈处传来一阵彻骨的冰冷，那种冰冷来自一柄利刃，而且是一把嗜血成性的利刃！

线　索

前几日，赵志平一直在不遗余力地寻找独孤芷兰的踪迹，却忘了一件极为重要的事情，就是查明胡主簿猝死的真相。

昨日，在宇文邕的提醒之下，他才去了法曹调阅案卷，勘验尸身，还特地去了案发地，不过未发现什么异常，但他认为夜间看得并不真切，于是决意今日再去探查一番。

胡宅已然被查封了，门上贴有盖有官印的封条，还特地派了两个捕快守在大门口。

宇文邕道："赵上士，你再去案发之地勘验一番，我去周遭转一转！"

赵志平点点头，走到胡府门前，从腰间取下"敕宜速"金牌，对着两名捕快高声喊道："奉旨查案！"

两个捕快自然不敢怠慢，随即撕下门上的封条，打开门上的大铜锁，推开两扇沉重的大门，低声说："上差，请！"

就在几日前，赵志平和芷兰还与胡主簿在此处一起品酪浆、叙旧情，如今胡主簿却与他阴阳两隔，永难再见，而芷兰也是消失不见,不知身在何方!

昨夜赵志平特意命文吏誊抄了一份案件卷宗,其中不仅有验尸格目、讯问笔录,还有一张现场勘验图。他按图索骥,希望如愿找寻到一些线索。

胡宅是一个只有一进的小院落,东西两面各有两间厢房,北面三间正房,中间用来会客,西侧那间是书房,东侧那间是寝室,无论是正房还是厢房,如今都已化为一片焦土,只剩下残垣断壁。

胡主簿的尸身是在书房之中被发现的,赵志平借助那张现场勘验图在心中复原着案发当时的情形。

"不对!似乎哪里不对!"赵志平自言自语道,突然惊醒般疾呼道,"赶紧将此处打扫干净,快!要一尘不染!"

两个捕快皆心有不悦,将这片焦土之下的瓦砾打扫干净不知要费多少力气,关键是如此做法又有何用呢?

可他们又不敢贸然顶撞上差,只得慢悠悠地清扫着,以至于用了将近半个时辰才清扫干净。

"你们两个暂且出去,没有我的指令不准擅自进来!"

"遵命!"两名捕快转身走了。其实他们巴不得尽快离开,担心赵志平又会想出什么幺蛾子,让他们劳费筋骨。

赵志平举起手中提着的瓷罐,将其中的酽米醋酒泼洒在最初发现尸体的地面之上,约莫过了半个时辰,几丝殷红呈现在他的面前。

赵志平不禁倒吸了一口凉气,凶手果然狡猾之极。为了蓄意营造胡主簿被火烧死的假象,凶手先将胡主簿打昏,然后再放火,那么他的口鼻之中便会残留有烟灰，使验尸之人误以为他是被火烧死的，可见凶手用心之险恶！

宇文邕昨夜翻看了一遍讯问笔录，里面有左邻右舍的证言，却唯独缺了胡夫人的证词，于是他带着这个大大的疑问前去走访四邻。

宇文邕轻轻叩打胡宅西侧那家的院门，开门的是一个老妇人，还抱着一个尚未满月的孩子。

宇文邕笑着说："大娘，向您打探一事，您可认得隔壁胡夫人？"

老妇人怯生生地说："同住在一条巷中，老身自然认得！"

"您可知她如今身在何处？"

"不晓得！前几日，老身在北市买菜时曾与胡家娘子偶遇，此后就再未见过她。"

宇文邕暗道："北市？北市！芷兰不就是在北市失踪的吗？这两者之间是否会有什么关联呢？"

老妇人指了指对面那扇破败不堪的柴门，说："若要打探胡家娘子的行踪，您可以去问问徐老猫！"

宇文邕转身敲开了对面那扇院门，开门的是一个年过花甲的老头，脸上有一道很深的伤疤。一双不停转动的眼睛让宇文邕不由自主地想起了猫头鹰，而不是偷腥的猫！

"官府办案！"宇文邕将金牌在他眼前晃动了一下，道，"你可是徐老猫？"

"别听他们浑说，小的名唤徐大柱，并非叫什么徐老猫！"

"老伯，我且问你，你可知胡主簿家的娘子去了何处？"

"大人，您算是问对人了，起火那天傍晚时分，她骑着一头驴子急匆匆出门去，被小老儿恰巧碰见了。小老儿问她要去哪里，她说奉其夫之命去汾河湾的火神庙烧香，祈福祛灾。小老儿说，回来时城门恐怕要关了。她说不碍事，可以在三十里铺借住一宿。您说一个如花似玉的少妇在外留宿，怎不让人担忧呢？"

"恐怕你并非是恰巧碰见吧？"宇文邕发觉每当他提及胡家娘子时，眼神中便会显露出一丝邪淫，想必对其垂涎已久，时常从门缝之中向外偷窥。

"大人何出此言？小老儿可是老实本分之人……"

"够了！究竟是何情形，想必你心里最为清楚！胡家娘子走后可曾再回来？"

"没有！我也觉得甚是奇怪，家中发生如此之大的变故，也未见她回还。三十里铺距此不过才三十里，骑着驴子一两个时辰便能回来。难道她也遭遇了什么不测？一个如此美艳之人借宿陌生人家，岂不是羊入狼口？真是可惜了！可惜了！"

"住口！"宇文邕也觉得对一个老者语气如此生硬恐有些不妥，随即降低了声调，道，"事发那天夜里，你可曾发觉对面胡家有何异样？"

"这个嘛！您看，大人问了大半天了，小老儿早已被您问得口干舌燥，是不是也该赏碗酪浆钱？我们老两口如今只靠着儿子那点儿微薄的饷钱,拮据得很!"他指了指脸上那道深深的伤痕,慷慨激昂道,"况且小老儿早年也曾为朝廷流过血,受过伤,还望大人多加体恤!"

宇文邕轻轻"哼"了一声,带着鄙夷和不屑,但他又不想因小失大,于是拿出一陌钱,在那个老头面前晃了晃,又迅速放回手中。

徐老猫脸上刚刚露出的垂涎之色旋即被浓烈的失望所取代。

宇文邕笑了笑,高声说:"我的手中有一份勘验笔录,如若你说的皆是这份笔录上所载的,我便没有必要再为此而破费了吧!"

"小老儿说的自然是官爷尚不知晓的,你这钱准保花得值!请大人借一步说话!"随即徐老猫将宇文邕让进自家那个有些破落的小院之中,而他则站在院门口警觉地看了看四周,确信周边无人后快速关上了院门。

宇文邕扫视了一下这个堆满杂物的院子,靠近院门放着一张小几和两把胡床,小几上摆放着一只泛着铜锈的铜壶和四个黑黝黝的粗瓷碗。想必他平日里就坐在这儿,从门缝中窥视胡家娘子。

"这下可以说了吧!"

徐老猫并未立即开口,而是用袖子卖力地擦了擦那把满是油垢的胡床,恭敬地递给宇文邕,笑着说:"还望官爷莫要嫌弃小老儿脏!小老儿有重要案情要向您回禀,请您坐下来慢慢听!"

宇文邕接过胡床,坐在小几旁。

徐老猫坐在另一把胡床上,故意放低声音神秘兮兮地说:"就在起火的那天夜里,有一黑衣人曾进过胡家,奇怪的是小老儿并未见其出来。"

"哦！你可看得真切？"

"千真万确，虽然小老儿越老越不中用了，但眼力却好得很！"

"你可还记得那人的样貌？"

"当时天已然黑了，那人又穿着一身黑，还戴了一顶突厥帽，帽檐遮住了大半个脸。小老儿实在看不清他的样貌。"

"仅仅凭这些就想拿走我这一陌钱？"宇文邕将那陌钱轻轻地抛起来，又牢牢接住，铜钱发出阵阵悦耳的叮当声。

"当然不是！小老儿手里还握有一个紧要物件，就是这个！"徐老猫递给宇文邕一枚竹券，竹券正面绘有麒麟图案，刻有三个字"日月昌"，左右两侧各有十八个券齿。竹券分为左券和右券，这枚显然是左券，是索偿的凭证。

"此物是在何处寻到的？"

"在胡宅房后找到的！小老儿一直不解那个黑衣人究竟去了哪里。我们去救火时院门是从里面闩上的，他显然并未从大门出来，而东侧和西侧又都有人居住，他最有可能便是攀上房顶，从房后逃走的！我特地到房后去查看，房檐上果然留有钩锁的痕迹。活该我要发财，居然还发现了这枚竹券，想必是那人在攀爬时不慎遗落的！如若那人心里没鬼，为何会如此费力地翻墙越脊而走呢？"

"如此说来，这枚竹券还真是个重要物证？"

"当然了！小老儿今早特地去了一趟北市，已为官爷打探清楚这枚竹券的来历。每一行所发竹券样式皆不同，此券乃是由玉璧最大的骡马商日月昌签发，这日月昌的东家徐三才乃是本地骡马行的行首，虽家财万贯，却极为吝啬，是个该死的守财奴！吝啬鬼！"

宇文邕用手指轻轻抚摸着竹券上的券齿，冷笑道："这十八个券齿意味着这枚竹券可以兑换十八陌钱。你如此憎恨他，想必是你今早拿着这枚竹券去日月昌兑钱，却吃了闭门羹的缘故吧！恐怕是日月昌不仅认券，还认人，定然会严加盘问你是如何得到这枚竹券的。你难以自圆其说，于是人家便拒付了。你这才肯将这枚竹券交出来！"

"官爷莫要找小老儿打趣，就是借我几个胆，小老儿也不敢啊！小老儿都这把年纪了，钱财乃是身外之物！小老儿闲着也是闲着，能够为官家尽点儿微薄之力，也算不枉此生了！"

宇文邕用嘲笑的口吻道："难得你有为官府分忧之心！"说完，他站起身，大步流星向着院门走去。

徐老猫急忙站起来，脸上堆满了谄笑，指了指宇文邕手中的那一陌钱，用乞求的口吻道："请官爷留步！您似乎还忘了点儿什么吧！"

宇文邕却并未回头，而是将手中的那一陌钱径直抛向身后。

徐老猫忙伸出手稳稳地接住，千恩万谢道："谢谢官爷！谢谢官爷！"

宇文邕意有所指地冷笑道："你脸上的这道疤恐非兵刃所伤！莫非是因争风吃醋而惹的祸？"

徐老猫不承想他的眼光居然会如此犀利，一时间尴尬得不知该如何是好，只得呆立在原地。

宇文邕忽觉一阵好笑，无奈地摇着头说："可叹啊！可叹啊！继续盯着吧！看看还能不能从我的手中挣到这另外一陌钱！"

宇文邕走出徐老猫家的院门，正巧赵志平也从胡宅出来，赵志平高声道："胡主簿乃是被人谋害致死！"

宇文邕点头道："我也发现了凶手的踪迹，我们即刻去北市！"

赵志平对两名捕快道："你等速速随本官去北市办差！"

那两名捕快却面露难色，想要拒绝，却又不好明说。

"难道你等不愿意吗？"宇文邕高声喝道，但他的语调旋即舒缓下来，劝道，"跟我等前去办差算不得擅离职守，如若你等的上司追问起来，我自会向他说明此事，不仅无过，或许还会立功！"

宇文邕说完后就朝前走去，赵志平也转身离去，那两名捕快不远不近地跟在他们身后。

北市依旧繁华热闹。日月昌硕大的招牌很快就映入他们的眼帘。

两个捕快来到柜台前对伙计厉声说道："官府办差，速速叫你们掌柜出来。"

小伙计见他们来头不小，急忙到后面去唤掌柜。掌柜是个五十上下的大胖子，笑起来脸上的肥肉乱颤。

"你可认得这个？"

掌柜从宇文邕手中接过那枚竹券，看了看，说道："这的确是敝店签发的，不知官爷是从何处得到的？"

"凶案发生之地！"宇文邕刻意提高了声调，随即问道，"这枚竹券签发给了何人？"

"这个……"

"此人牵涉数宗命案，如若你不说，官府定要办你个包庇之罪！"

那两名色厉内荏的捕快纷纷拔出亮晃晃的腰刀，高声喝道："快说！否则现在就封了你的店！"

经商之人平日里最畏惧的便是这些缉私捕盗的小吏，这些小吏往往心狠手辣而又贪得无厌。

虽然已是初冬时节，掌柜脸上的褶皱间却淌着豆大的汗珠。他顾不上什么礼仪，直接用宽大的袖口擦拭着脸上的汗珠，对伙计高声斥责道："你们还愣着干什么？还不快去取簿册！"

不一会儿，小伙计抱出来一大摞簿册。他们店签发的每枚竹符皆有编号，掌柜按照编号很快便找到了那枚竹符的主人。

"这枚竹符是十月初十签发给席三平的。他们这些南朝来的客商往往将运来的货物委托敝店寄卖，然后再用寄卖所得的钱来购置马匹，不过却常常剩余些钱，敝店于是向其签发竹符，等他们启程回乡时再兑换成现钱，当然利钱也会一并交付。他在城中停留期间究竟做了些什么，跟敝店没有丝毫关系啊！"

宇文邕若有所思道："席三平？席三平！这个席三平可是住在同福客栈？"

"正是，官爷认得此人？"

"此事切勿再对他人言讲，知道吗？"

"小的明白！"

宇文邕、赵志平随即带领两名捕快急急火火赶往同福客栈，但客栈的小二却说席三平已经结清店钱回乡了。

赵志平将手重重地拍在柜台之上，发出一声沉闷的声响，小二被这突如其来的声响惊得一颤。

"为什么我们总是晚一步？"赵志平不知是懊恼，还是悔恨，抑或是自责地问道。

宇文邕显得要沉稳许多，继续问："席三平是哪日走的？"

"稍等，小的给您查一查！"小二翻看着账本，说，"十月二十日！"

宇文邕暗道："十月二十日！芷兰便是那日失踪的，难道这只是一个巧合？不会，绝对不会！"

第十六章
念此飘零隔生死

佳 人

夜幕低垂，残月当空。

赵志平一饮而尽道："他们会不会把芷兰绑到南朝去了？"

宇文邕并不搭话，而是不停地把玩着手中的酒盏，许久才开口道："从玉璧到南朝，一路之上要途经多个关卡的盘查，他们绑着一个大活人岂不是颇为不便？"

"要么便是将芷兰绑去伪齐？"

"那伙歹人来自南朝，怎会将芷兰绑至伪齐呢？"

"可如若他们是韦孝宽的人呢？"

宇文邕夹了一块过油春鹅，咀嚼着其中的味道，说："我授意宇文孝伯去暗中探查，也该有回信了。"

"难道是韦孝宽有所察觉？这样我们岂不是危险了！"赵志平将酒盏放在食几上，顿时酒意全无。

宇文邕站起身，走到窗前，将窗子打开，冷风拂面而来。

他遥望着天边那轮明月，不知此时此刻的芷兰是否也在凝视着这同一弯明月。

宇文邕缓缓回过头，问道："赵上士，你的信鸽可还在？"

"在，莫非您想飞鸽传书？"

"或许我们应该再好好查一查这个韦孝宽的底细，看看他与这个神秘莫测的火神倪甘究竟有着怎样的关联。不知你的信鸽会飞往长安何处？"

"秋官府乡法中士王轨。"

"此人可信得过？"

"绝对可靠！其父王光自少雄武，韬略过人，每从征讨，频有战功，太祖在世时待之甚厚，官拜骠骑大将军、开府仪同三司。出身将门的王轨与在下颇为相像，醉心于勘验之术。通过这些年的接触，我发觉此人虽在很多人的眼中一根筋，实则沉毅有识度，慷慨有远量，稍加时日，必然才堪大用！"

宇文邕随即递给他一张小纸条，说："此人我暂且记下了！你与王轨飞鸽传书，命其拿着这个纸条去找天官府都上士颜之仪。我与颜之仪相交多年，他见到我亲笔所写的纸条后定然会倾力相助。或许他们能从浩如烟海的案牍中找到些许蛛丝马迹！"

早在六官创立之初，天官府的地位便明显高于其他五府，宇文护掌权后，"五府总于天官"，五府事务一律经天官府决断。

天官府都上士颜之仪只是正三命，虽品级不高，却处于政务运转的中枢地位，可以自由地出入甲库，随时调阅官员的甲历，上面详细记载着每名官员的出身、履历、考绩等信息，也记录着拟官、委官、解官的全过程。他必要时还可以调阅夏官府的官档，与其甲历相互对照，相互印证。

宇文邕还拟好了一份塘报，准备通过驿传送往京城夏官府敌闻司，恳请其通报近期伪齐在玉璧周边是否有异动。这份表章之所以会选择通过驿传送往京城，是因其即便被韦孝宽手下截获也无妨。

三日后，信鸽按期飞了回来。赵志平迫不及待地从它的左腿上取下竹管，打开塞子，倒出里面的纸条，上面只写了四个字："长孙士亮！"

赵志平赶忙来到宇文邕房中，将这张纸条递给他，却不知这四个字背后的深意。

"纸条上的字究竟是何意？"

宇文邕沉思片刻，说："赵上士有所不知，韦孝宽早年曾在前魏太傅长孙稚麾下效力，而长孙士亮正是长孙稚第四子，如今在丹州任别驾。颜之仪或许查到了些什么，不过还需要向长孙士亮核实。看来我得去一趟丹州！"

北周与北齐以黄河为界，丹州以东五十里便是黄河，奔腾不息的黄河成为两国之间的天然屏障，可是每每到了冬季，却是他们最紧张的时刻，担心北齐军会踏冰而来。

虽然刚刚十月下旬，黄河上已结了一层薄冰，长孙士亮正带领

249

军民在黄河岸边凿冰。

丹州刺史徐仁宇大声呼喊："长孙别驾，辅城郡公有急事寻你！"

长孙士亮听到刺史的呼喊声，忙停下手中活计跑了过来，光秃秃的脑门上如同汗蒸一般，汗滴如同断线的珍珠般不停地滚落。

宇文邕随即递给长孙士亮一张锦帕，长孙士亮却不知是接好，还是不接好。

宇文邕笑笑说："快擦擦吧！免得受了风寒。我大周像长孙别驾这样以身作则、率先垂范的官员怕是不多啊！"

长孙士亮一边擦着汗一边说："身逢乱世，职责所在，不敢有丝毫懈怠！如若不趁着彻底冻结实之前将冰凿开，以后会耗费更大的气力！"

徐仁宇趁机夸赞道："长孙别驾不仅亲力亲为，以身作则，还足智多谋。他将冰块磨出棱角，装入抛石机之中，比普通的石块更具杀伤力！"

宇文邕钦佩道："我大周有徐刺史和长孙别驾这样用心勤勉的官员，天王可以高枕无忧了！"

长孙士亮见他说话的口气很大，疑惑地问："请问您是……"

徐仁宇抢先道："此乃当今天王之四弟，辅城郡公是也！"

长孙士亮忙拱手施礼道："失敬！失敬！不知辅城郡公莅临边塞，有失远迎，还望当面恕罪！"

"长孙别驾过谦了！"

"辅城郡公来此怕是有什么紧要之事吧？"

"本公想向你打探些旧事。"

"何事？"

"关于韦孝宽之事。"

"人家如今可是风光得很！当世之名将，社稷之重臣！此处距玉璧并不太远，您为何不直接去问他呢？"

"本公所问之事自然是他难以启齿之事，如若直接去问他，难免会令彼此尴尬。"

"若问早年之事，属下或许还知道些，若问如今之事，属下恐怕便爱莫能助了！"

"你可知韦孝宽与火神倪甘之间究竟有何瓜葛？"

长孙士亮皱着眉，思索着，嘀咕着。

"倪甘……倪甘……"长孙士亮似乎突然想到了什么，高声说，"对了，韦孝宽镇守潼关时曾纳过一个小妾，好像就叫……就叫倪甘儿！"

宇文邕仿佛一下子触摸到了苦苦追寻的真相，有些兴奋地问："两人感情如何？"

"虽然倪甘儿出身卑微，但韦孝宽却对其甚是宠爱。每到她的诞辰，韦孝宽皆会宴请宾朋，大肆庆贺，下官还曾去过一次。"

"她的诞辰是何时？"

"这都过去近三十年了，属下一时记不起来了，只记得似乎是在初冬时节。"

"长孙别驾再好好想一想,临近什么节日,比如中秋,或者什么节气,比如大雪?"

经宇文邕这一点拨,长孙士亮如梦方醒:"属下记起来了!那日是十月二十六,正好是家母的寿诞之日,属下当时实在推脱不过,只得应邀前往,还惹得家母有些不悦。"

"如今这个倪甘儿身在何处?"

"早在二十多年前就已被火烧死了!"

宇文邕随即惊道:"什么?她居然是被火烧死的!"

宇文邕似乎明白了什么,却又似乎什么都没有明白。

危 局

"此次丹州之行可有收获?"

宇文邕对赵志平的问话却避而不答,而是问道:"敌闻司可有回信?"

赵志平将那份官档递给宇文邕,说:"伪齐近期在玉璧附近进行大规模集结,但具体意图目前还不甚明朗。对了,据潜伏在伪齐的一个间者所奏,伪齐不知为何在老龙口囤积了大量沙袋,如今汛期已过,真不知他们搞的是什么鬼名堂!"

宇文邕看完那份官档,高声说:"取地图来!"

贴身侍从急忙将地图在几案上徐徐展开。宇文邕的目光一直沿着蜿蜒的汾水游走,久久地凝视着上游的老龙口,忽而又看看下游的汾河湾，料定其中定然大有玄机！

宇文邕一边看图一边随口问道："今日可是十月二十六？"

这个莫名其妙的问题让赵志平感到一头雾水，随口附和道："对呀！辅城郡公这些日子莫不是忙晕了？"

宇文邕突然抬起头，盯着赵志平，说："你之前曾对我提过，贺拔纬借化灰而金蝉脱壳，那日被烧死的其实是朱向，可有此事？"

"的确如此！"

宇文邕沉默半晌，又低头看了看地图，猛然间大声喊道："不好，韦孝宽危矣！韦孝宽若有闪失，则玉璧必失；玉璧一失，则黄河防线必将土崩瓦解；黄河防线一失，我大周恐将不保！赵上士，你暂且留在城中从旁协助宇文长史，我得马上去一趟汾河湾！"

"天快黑了！城门马上就要关了，不如明日再去！"

"情势紧急，容我日后再慢慢道来。你即刻去见宇文神举，今晚玉璧恐将有大事发生！"

夜已深，夜幕下的玉璧是那样的静寂，但沉闷的"嘎吱"声却打破了玉璧的宁静，外城的城门缓缓打开。

二十余骑悄悄进了门，可就在此时，城墙之上却突然间灯火通明，杀声震天。城门也随即被关上了。

这二十余骑顿时被困在瓮城之中，彻底沦为瓮中之鳖！

宇文神举身着光明铠，右手紧握剑柄，威风凛凛地站在垛口前,高声喊道:"贺拔纬,你身为我大周并州要员,却私通伪齐,是为不忠;你身为人子,却背弃贺拔公的遗愿,甘愿与杀父仇人同流合污,是为不孝;你身为下属,却企图谋害上司,戕害同僚,是为不义!苍天有眼啊!如今你们的阴谋已经彻底败露了,还不快快下马就擒。"

身陷囹圄的贺拔纬却仍在强装镇定,高声说:"如今韦孝宽已死!玉璧已然彻底沦为一座危城,北齐二十万大军即将兵临城下,识时务者为俊杰!"

宇文神举呵斥道:"一派胡言,如今大帅已安然回城。尔等如若还不乖乖就范,休怪我不念及昔日同僚之情!弓弩手,准备!"

城墙之上顿时发出阵阵弓弦绞紧的咯吱咯吱声,震颤着贺拔纬那颗曾经躁动不已,如今却惶恐不安的心。

贺拔纬暗道:"大事不好!看来我今日插翅难逃了!"

惊 涛

汾水原本处于枯水期,却在这个夜晚猛然间河水暴涨,波涛汹涌,排山倒海,犹如万马奔腾,又好似天崩地裂。

宇文邕、韦孝宽以及他的两名亲兵刚刚爬上汾水边一处较高的土山的山头,汹涌的河水就如同一张巨大的血盆大口,转瞬间便吞噬了整座火神庙。

韦孝宽大口地喘着粗气,暗自庆幸逃过一劫。哪怕是再晚半炷香，他们或许都会葬身在这滔天的浊浪之中。

就在这时，宇文邕忽然大叫一声："不好！"

情急之下，宇文邕想将韦孝宽拉倒在地，但韦孝宽的身子却本能地向后挣脱。锋利的箭头划破了韦孝宽脖颈后的皮肉，鲜血随即淌了下来。

韦孝宽对身旁的两名亲兵大声喝令道："快把灯笼熄掉！快！快！"

那两个如梦方醒的亲兵急忙将灯笼扔到土山下的汾河之中，两点微弱的光亮很快就被奔腾的河水吞噬。

四周变得漆黑一片，那些埋伏在暗处的弓弩兵顿时便成了瞎子。

宇文邕和韦孝宽一动不动地趴在地上，警觉地观察着四周，只听到山下的阵阵波涛之声，除此之外，再无他声。

韦孝宽用手紧紧捂着脖颈后的伤口，鲜血顺着指缝不停地流下来。

宇文邕闻到越来越重的血腥味，低声说："在下给您简单包扎一下！"

疼痛难忍的韦孝宽咬着牙说："好，不过要快！"

宇文邕随即从自己的前裾上撕下一条，勒在韦孝宽的伤口处。要是伤在别处，自然是勒得越紧越好，如今却伤在脖颈处，勒得松了止不住血，勒得紧了又怕他喘不过气来。这中间的力道，宇文邕却拿捏得刚刚好。

心有余悸的韦孝宽感激道："多谢辅城郡公舍命相救，孝宽实在是感激不尽！"

宇文邕却不以为然地说:"区区小事,不足挂齿!在下自幼便酷爱打猎。凡是打猎之人被野兽抓伤在所难免,久而久之便略懂了些包扎之术,可惜黑灯瞎火的,穰县公暂且将就些吧……"

宇文邕的话音戛然而止,只因他听到了可怕的脚步声,用极低的声音说:"他们好像追过来了!"

韦孝宽警觉地注视着四周,真切地意识到生死考验其实才刚刚开始!

宇文神举连夜提审贺拔纬,赵志平也坐在一旁陪审。韦孝宽虽为并州刺史,却终日忙于军务,审问刑狱之事往往委托宇文神举代劳。

宇文神举一拍惊堂木,高声喝道:"贺拔纬,你可知罪?"

贺拔纬冷笑道:"自古成者王侯败者贼。如今我贺拔纬功败垂成,并非我之过,实乃天不助我啊!老天,为何如此薄待我们父子?如今竟然落得这般下场,要杀要剐,随你便!"

任凭宇文神举再如何发问,贺拔纬始终沉默不语。

此时的贺拔纬不知是该斥责上天的不公,还是该埋怨自己的野心,他原本身居高位,手握权柄,衣食无忧,如今却身陷囹圄,前途未卜,原来天国与地狱竟然就在一念之间!

贺拔纬的蜕变源于他与堂哥贺拔世主的那次会面,也就从那一刻起,他走上了另一条人生路。

贺拔世主是贺拔岳的兄长贺拔允之子,而贺拔允则是权臣高欢相交多年的好友。

由于北魏孝武帝元修与权臣高欢渐行渐远，元修在胸口刺出鲜血留于巾帕之上，命人暗中寄给贺拔岳，以此表明心迹，想要借助盘踞荆州的贺拔胜和割据关中的贺拔岳这对兄弟来联手抗衡越来越飞扬跋扈的高欢；同时还将留在朝中的贺拔允视为心腹之臣，让他暗中刺探高欢的行踪。

元修仓皇出逃关中，贺拔允暗中监视高欢之事很快便败露了，但高欢却念及自己与贺拔允多年的交情，想要竭力保全他。可兄弟贺拔岳的死却在贺拔允的心头留下了难以抹去的创伤，准备趁着陪同高欢一起打猎时借机将其射杀，谁料却被手下人告密。贺拔允被高欢关在楼上，被活活饿死，享年四十八岁。

念及多年好友之情，高欢曾亲自前去吊丧祭奠，还善待他的三个儿子，甚至让他们与自己的儿子们一同学习，可喜怒无常的高洋登基称帝后，贺拔允诸子的好日子也就到头了。

虽说贺拔世主与高洋有同学之谊，但高洋却丝毫不念及同窗之情，反而以贺拔允曾对高欢图谋不轨为由剥夺了他的田产，还将他投入大狱之中。贺拔世主为了自救只得硬着头皮主动请缨，秘密潜入北周境内密会多年未见的堂弟贺拔纬。

那是一个月冷星稀的夜晚，贺拔纬与多年未曾谋面的堂哥贺拔世主在火神庙中见面了。

贺拔世主义愤填膺地说："当年叔父任关西大行台、关西大都督时，宇文泰不过是其麾下大行台左丞、大都督府司马。如若叔父当年没有被歹人所害，岂会轮到宇文泰来指点江山！如若叔父没有英年早逝，继承大统之人便会是阿弟，而不是乳臭未干的宇文觉！"

贺拔纬本就是个不安分之人，听堂兄如此说，内心深处那颗不安的种子迅速生根发芽。

贺拔世主继续说："如今老贼宇文泰已死，宇文觉年幼无知，宇文护刚愎自用，伪周早已是人心浮动，军心动摇，阿弟为何不趁着这天赐良机成就一番大事业呢？"

贺拔纬却皱着眉说："我一个小小的州司马，又能成得了什么气候？"

"此言差矣！当年汉高祖刘邦斩白蛇起义时不过是个管辖十里之地的亭长，却开创了四百年大汉基业。三叔当年以两千之羸兵，抗三秦之劲敌，奋其智勇，诸夷畏威，成一时之盛。如今那些兵权在握的将领们，要么曾是二叔的部将，要么曾是三叔的下属，只需你振臂一呼，归顺者必如过江之鲫。况且我主陛下也定会从旁相助！"

"高洋不过是想利用我罢了！"

"何谈利用，只是各取所需而已！只要韦孝宽一死，玉璧城必将危如累卵；只要玉璧一失，伪周的黄河防线便会土崩瓦解。到了那时，堂弟则可招兵买马，挥师西进。我主陛下允诺，事成之后，只取关中，陇右和益州皆归堂弟，到那时堂弟便可成就叔父未竟的大业！"

贺拔纬虽然有些动心，却依旧顾虑重重，但眼见着宇文觉与宇文护竟然为了争权而兄弟相残，一直犹豫不决的贺拔纬也终于下定决心。

一个巨大的阴谋逐渐在他的心中成形！

身处战争第一线的韦孝宽格外谨慎，出入都有铁甲侍卫护送，贺拔纬根本就没有下手的机会，但贺拔纬跟随韦孝宽多年，很快便找寻到了可乘之机。

每年十月二十六，韦孝宽都会轻车简从前往火神庙，而这恰恰就是他们下手的绝佳时机！

尽管如此，韦孝宽武艺高强，久经战阵，要想一举将其置于死地，人少了没有十足的把握，但人多了又极易引起北周驻军的警觉。贺拔纬思来想去便定下了这条水攻之计。

宇文神举的一声断喝打断了贺拔纬纷杂的思绪。

"贺拔纬，如今你已是血债累累，抵死不说对你毫无益处。你蓄意谋害大帅，刺杀当朝太师，罪恶昭彰，罪不可赦！还不快快从实招来！"

贺拔纬闻听此言随即反驳道："你们莫要趁机落井下石，做过之事我自然不会抵赖，但没做过的也休想赖到我的头上。太师遇刺前的那段时间，我可曾离开过玉璧？如若未曾离开，又是如何杀害当朝太师的呢？"

宇文神举道："金蝉脱壳之计，你之前又不是没有用过！"

贺拔纬冷笑了两声，道："欲加之罪，何患无辞？"

赵志平一直寄希望能够通过贺拔纬找到失踪多日的独孤芷兰，

他见贺拔纬居然摆出一副死猪不怕开水烫的架势,再也沉不住气了,站起身咆哮道:"快说!你们到底把独孤姑娘绑到何处去了?"

贺拔纬平静如水道:"虽说破鼓乱人捶,但你们也不要把所有坏事皆赖在我一人的头上!太师之死,还有那个什么姑娘被绑,与我又有何干?"

"如今死到临头,你居然还敢狡辩?"

贺拔纬却冷冷道:"不要总是摆出一副胜券在握的架势,不到最后一刻还不知到底谁输谁赢!韦孝宽还没回来吧?"

宇文神举厉声说:"事到如今,你居然还在妄议大帅行踪,还是好好想想你自己吧!"

贺拔纬突然发出一阵摄人心魄的笑声,咬着牙道:"如若韦孝宽真的回来了,审问我的人便会是他,而不是你一个小小的长史!此刻他还回不来,恐怕便永远都回不来了!大齐二十万大军此刻已然在赶来玉璧的路上,用不了多久就会兵临城下!即便此时韦孝宽还活着,也断然回不了城。如若他不在城中,城必破。如若城破了,他必死!"

就在这时,一个胖乎乎的令史急匆匆跑过来,凑到宇文神举近前低声耳语几句。喜怒不形于色的宇文神举顿时神色大变。

坐在一旁的赵志平知道一定出大事了!

汾河湾土山林立,道路纵横,如若不熟悉此处地形,即使敌军就在对面的那座山丘之上也永远追不上。

见四周暂时没有了动静，韦孝宽悄悄站起身，对身后的一个亲兵说："快放响箭！"

一支箭带着"吱吱"的响声划破夜空，在寂静的夜空之中留下了一道耀眼的弧线。

韦孝宽对宇文邕低声说："辅城郡公，我们得赶紧离开此处，他们很快便会找到这里。请随我来！"

韦孝宽弓着身子在漆黑一片的黄土台地上快速穿行着，而宇文邕则紧紧跟随在他的身后。

约莫走了半个时辰，韦孝宽终于停下了脚步，有些喘地说："这个土洞极为隐蔽，他们一时半会儿还找不到此处，我们可以暂且在此处栖身！"

四个人相继钻进漆黑一片的洞中，顿时有了一种安全感。

韦孝宽稍稍提高了声调，说："距此不远的三十里铺驻有豹韬军，他们听到响箭便会赶过来，那时我们便彻底安全了！"

宇文邕心有余悸道："真是太险了！看来我大周不会如此轻易失去国之栋梁，此乃天佑我大周啊！"

韦孝宽面露惭愧之色，说："辅城郡公过奖了！一时不慎，孝宽险些中了那伙歹人的奸计！一旦玉璧有失，我还有何面目去见九泉之下的太祖！所幸辅城郡公睿智过人，明察秋毫，救了孝宽一命，才没让那伙歹人得逞。"

"穰县公不必自责，那些歹人如此处心积虑设下的这个毒计实在太过凶险！穰县公能逃过此劫也不必谢在下，实乃天意，社稷幸甚，黎民幸甚……"

宇文邕突然停住了，只因他又听到了可怕的脚步声，听起来有上百人之多。

"竟追到此处来了！看来他们是想要将我们赶尽杀绝，索性拼个鱼死网破！"韦孝宽顺势拔出了刀。宇文邕和那两个亲兵也将随身兵刃紧紧攥在手中，准备随时投入这场事关生死的恶战。

可那些人仍旧站在洞外，似乎并未有攻进来的迹象。

宇文邕心想，难道是他们突发善心，故意放我们一马？

就在宇文邕猜想敌人真实意图之际，韦孝宽突然大声喊道："快些捂住口鼻！"

宇文邕这才如梦方醒，原来他们想用火攻，好在这个土洞之中并没有什么易燃之物，火势并未迅速蔓延，但浓烈的烟却远比炽热的烈火更为可怕！

身经百战的韦孝宽迅速趴在地上，头向着洞里，不知何时已然从外衣上扯下一块布条，用水囊里的水浸湿，紧紧地捂住自己的口鼻，匍匐着向土洞深处爬过去。

宇文邕紧紧地跟在他的身后，可是这个土洞并不大，爬了一会儿便触到了洞底，而那两个亲兵却并没有向里爬，继续留在原地，警觉地望着洞口，一旦有敌人闯进来便会拼死保卫大帅。

越来越浓烈的烟袭来，虽然他们皆紧紧捂住口鼻，可在浓烟的刺激之下，咳嗽的冲动一次比一次强烈，但他们必须忍着，一旦咳嗽起来便命将休矣！

他们不知要忍多久,但无论多久都要忍,因为除此之外,别无他法!

宇文邕渐渐感到眼前越来越模糊,强睁着双眼,可眼皮还是不争气地缓缓闭上……

第十七章
自恨寻芳到已迟

因　果

　　拂晓时分，浓重的黑色渐次褪去。

　　宇文邕突然感到一阵彻骨的冰凉，随即惊醒过来，揉了揉惺忪的眼睛，发觉站在自己近前的居然是韦孝宽。

　　火把跳跃的光投射到韦孝宽满是坑坑洼洼的脸上，让他越发显得沧桑。

　　韦孝宽满带喜悦地说："辅城郡公终于醒了！若不是张军主及时赶到，我等恐怕真的凶多吉少了！"

　　豹韬军军主张彪"嘿嘿"笑了两声，说："其实是大帅和辅城郡公命大，福大，造化大！"

　　韦孝宽笑道："那伙伪齐歹人也并非什么死士，不敢贸然闯入洞内，怕被我们所伤，这才采用什么火攻之法，却未曾料到军主会来得如此之迅捷！"

张彪笑着说："他们还不是惧怕大帅威名！就连老贼高欢都不是大帅的对手，何况那些小蟊贼了！"

懵懵懂懂的宇文邕捶了捶有些发木的脑袋，仿佛置身于另外一个世界。

韦孝宽默默注视着眼前奔腾不息的河水，火神庙的房梁等残件漂浮在河中，而他也一时间五味杂陈，百感交集。

宇文邕缓缓站起身，道："火神庙毁于这场大水，穰县公的心结没了，念想恐怕也没了！"

韦孝宽鹰一般的目光随即落在宇文邕的脸上，问道："辅城郡公是如何得知的？"

"从你的一位故人口中，但我最想听的是你亲口跟我说！"

"皆是二十多年前的旧事了！不过如今事态紧急，我们还是边走边说吧！"韦孝宽感激宇文邕的救命之恩，索性对他彻底敞开了心扉。

在回玉璧的路上，韦孝宽与宇文邕并马而行，一个说得跌宕起伏，一个听得津津有味。

韦孝宽出身京兆名门望族，祖父曾任两郡太守，父亲曾为大州刺史。他的家乡原本是沃野千里的风水宝地，却一时间刀兵四起，生灵涂炭。

北魏景明三年（南齐中兴二年，公元502年），南齐大将萧衍篡权自立，灭齐建梁，大肆屠杀齐朝宗室，死里逃生的齐明帝萧鸾之子萧宝夤只得投奔北魏。北魏朝廷任命其为西道行台大都督。

为了平息关中之乱，北魏朝廷命萧宝夤率军迎敌。他原本想着能够建功立业，可面对强悍的对手，却屡屡受挫，而一封封请援的奏章如同石沉大海。他的内心也悄然发生着变化，恰在此时萧宝夤因战败而被废为庶人，对朝廷的怨恨达到了顶点。

孝昌三年（公元527年）十月，萧宝夤索性铤而走险登基称帝，原本就已满是狼烟的关中更是一片大乱。

那时的韦孝宽才刚刚二十岁，只身前往北魏都城洛阳，向朝廷毛遂自荐，主动请缨。朝廷感念其为国分忧的忠贞，任命其为统军，命其在车骑大将军、西道行台长孙稚麾下效力。挥师西进的每一战，韦孝宽皆身先士卒，奋不顾身。

攻克潼关后，曾被叛军裹挟的大批流民也得以东返。

韦孝宽策马回营，却在流民中发现了一个醉人的倩影，随即跳下马，快步走上去，强行分开人群，高声喝道："你抬起头来！"

那个女子缓缓抬起头，眼神中带着羞赧，也透着惶恐。

就在四目相对的那一刹那，韦孝宽顿时感到身子有股麻酥酥的感觉。这种奇妙的感觉是他之前从未感受过的，此后也从未感受过。

从那一刻起，她那张尘土满面却俊俏依然的脸便深深地镌刻在他的心底深处，虽历经三十年的岁月冲刷依旧未曾褪色。

"你叫什么名字？"

"民女名唤倪甘儿。"

"你是哪里人氏？"

"小女本是长沙郡人，逃难至此。"

韦孝宽有些粗鲁地将她抱到马背之上，而倪甘儿却扭动着身子，呼喊道："你要干什么？"

韦孝宽用毋容置疑的口吻道："从今以后你便是我的女人了！"

倪甘儿就这样成为韦孝宽的第一个女人，也是他此生最爱的女人。

西道行台左丞杨侃以大都督之职镇守失而复得的潼关，韦孝宽转任都督府司马。杨侃对韦孝宽颇为赏识，府内军政事务均交由韦孝宽处置。

那日，韦孝宽汇报完部曲调动之事，杨侃却将他留了下来，用颇为赞赏的口吻道："孝宽，你我相处时日虽说并不算长，但老夫却发觉你是个不可多得的将才，军中恐怕百无其一啊！"

"大都督过奖了！孝宽能有今日全赖大都督提携。"

"谬矣！谬矣！如今你虽在我麾下效力，但你日后必在我之上！"杨侃话锋一转道，"老夫想跟你结门亲事，不知你意下如何？"

"不知大都督所言究竟是何意？"

"老夫膝下有一女，尚未婚配，欲将其许配于你，不知你可否愿意？"杨侃用满是期待的目光望着韦孝宽。

韦孝宽沉思了一会儿道："婚姻大事还是事先征得母亲应允为好！"

杨侃沉着脸说："那是自然，老夫特地给令堂大人修书一封，已然派人快马加鞭送过去了。想当年，老夫与令尊大人在南豳州共过事，只可惜令尊英年早逝。我与令堂也有过几面之缘，想来令堂必不会横加阻拦。"

韦孝宽见此情形只得说："对于这门婚事，孝宽自然是求之不得，但既为人子，婚姻大事必先禀明老母，若未得老母应允不敢擅自行事！"

杨侃脸上重新绽放出笑容，关切地说："老夫虽深受朝廷恩典，镇守潼关，控御关中，却志不在此，不日将会回朝。如今沧海横流，正是英雄大显身手之际，万莫错失了这千载难逢的机会！"

"日后还有赖大都督提携！"

杨侃笑道："一家人不说两家话，不过你应该要改口了！"

"多谢岳丈！"

"这便对了嘛！"

韦孝宽有些不情愿地将杨侃的宝贝女儿杨琼花娶进了门，但杨琼花与倪甘儿却好似天生的仇敌，她对倪甘儿非打即骂，倪甘儿常常以泪洗面。

韦孝宽实在看不下去，试图劝解道："同在一个屋檐之下，理应情同姐妹，还是相互礼让些为好！"

杨琼花却不以为然地撇着嘴说："呦，心疼了是不是？恐怕夫君早就被那个死烂贱坯子迷得五迷三道了吧！她真乃狐狸精下凡，最会迷惑你们这些男人！"

"琼花，你说话不要如此恶毒，得饶人处且饶人！"

"我恶毒？"杨琼花的嘴角挂着一丝鄙夷的冷笑，"你居然说我这个大家闺秀恶毒，她这个来路不明的野种倒是温柔，好，我走，她留！"

"娘子莫要动怒，夫君并非此意！"每每如此，投鼠忌器的韦孝宽都会软下来。

永安三年（公元530年）春，北魏朝廷决意征讨自称天子并且频频袭扰关中的万俟丑奴，此时走投无路的萧宝夤早已投靠了昔日讨伐对象万俟丑奴，万俟丑奴一跃成为朝廷在关中地区最为强悍的对手。

权臣尔朱荣本打算任命武卫将军贺拔岳为主帅，但深谙官场之道的贺拔岳并未应允。

如今万俟丑奴兵锋日盛，如若不能取胜，必然难逃罪责；如若能够取胜，也很可能会被谗言中伤。贺拔岳恳请任命尔朱家的人为帅，而他自己心甘情愿辅佐他。尔朱天光就这样成为统帅，贺拔岳、侯莫陈悦为左、右大都督，并为副帅。

他们出征时仅有一千余人，抵达潼关时也不过区区两千人，就连他们骑的马都是从沿途百姓手中临时征调来的。抵达潼关后，尔朱天光得知一伙蜀贼截断了他们的去路，便不敢再向前了。

贺拔岳慷慨激昂地说："这伙蜀贼不过是鸡鸣狗盗之辈，尔朱公尚且迟疑不前，若遇大敌，将何以战！"

尔朱天光自觉羞愧难当，说："今日之事，全权委托大都督了！"

贺拔岳率军进攻那伙据险而守的蜀贼，很快便将其击溃，这也成为贺拔岳缔造不朽传奇的开始。虽然这次贺拔岳小试牛刀得以大获全胜，但他却深知要与兵强马壮的万俟丑奴相抗衡，自己的力量还很是薄弱，于是挑选贼军之中健壮的士卒充实到自己麾下。千军易得，但一将难求。

贺拔岳说动尔朱天光，让其出面向杨侃索要韦孝宽。如今的尔朱家可谓权势熏天，就连当今圣上皆是他们尔朱氏拥立的，杨侃自然不敢得罪，只得应允。

临别前的那个夜晚，韦孝宽拉着倪甘儿的手，动情地说："我这一去还不知何时方能回来……"

倪甘儿忙用玉手堵在他的嘴上，说："夫君莫说这些丧气话！夫君神勇过人，贺拔大都督英迈超群，你们定然能凯歌高奏，解救百姓于水火，挽救朝廷于危难！"

韦孝宽皱着眉说："我这一走，最放心不下的人便是你了！"

倪甘儿却淡然一笑，若无其事地说："夫君莫要被儿女情长所累！尽管随贺拔大都督出征，妾身等着你们凯旋的那一日！"

韦孝宽紧皱的眉稍稍舒展开一些，仍旧忧心忡忡地说："琼花她自幼娇生惯养，飞扬跋扈，我真担心你接下来的日子可怎么过。"

"夫君莫要为妾身担忧，妾身敬着她，让着她，忍着她，避着她便是了！要打便打的，要骂便骂的，她还能把妾身怎样？"

韦孝宽将她紧紧地拥入怀中，有些动情地说："难得你如此通情达理！不过要让你受委屈了！"

倪甘儿紧紧依偎在韦孝宽强健而又温暖的胸前，用手轻轻地抚摸着他胸前厚实的肌肉，眼睛忽然有些湿润了，娇滴滴道："能够与夫君在一起已是妾身前世修来的福分，何谈委屈呢？"

倪甘儿从他温暖的怀抱之中挣脱出来，用手轻轻拭去眼角晶莹的泪滴，说："夫君，你走吧！耽搁久了，妹妹怕是会不高兴的！"

韦孝宽无奈地叹息了一声，有些不舍地转身离去。

倪甘儿却强装笑颜道："妾身等着夫君早日得胜归来！"

韦孝宽停下脚步，转过身看了她一眼，却并没有说话，只是微微点点头，继而迈出屋门，消失在茫茫的夜色之中。

谁也不会想到这次分别竟成为两人的诀别！

韦孝宽带着不舍和不安踏上了漫漫西征路。经过一番血战，叛军首领万俟丑奴和萧宝夤相继被擒，韦孝宽也带着巨大的荣耀返回潼关。

可他离家越近，心底的不安反而愈加强烈。他怀着忐忑的心情，敲开了自家的院门，开门的是老仆韦安。当年离开家乡外出闯荡时，母亲因放心不下便让老仆韦安伺候在他的身旁。

韦安见到韦孝宽之后脸上不知为何竟然没有多少喜悦的神情，反而流露出莫名的惶恐，支吾道："阿郎，回来了！"

韦孝宽点点头，怀着一丝不安直奔杨琼花的房中。

杨琼花正在刺绣，见韦孝宽来了，却并未起身，一边穿针引线一边冷冷地说："恭喜夫君凯旋！"

"在为夫离家的这段日子里,家中一切可还安好?"

杨琼花恶狠狠地咬断手中的线,咬着牙说:"好着呢!"

"为夫这便放心了!"

"你早该放心了!人在做,天在看!"

"不知娘子此话是何意啊?"

"我是说一切自有因果,今日的因结成明日的果,而今日的果必然是源于昨日的因!"

"你今日说话怎会如此阴阳怪气的?"

"夫君觉得妾身怪,皆因你从未懂过我,或者说根本就没想过要懂我!"

"娘子何出此言?夫君又有哪点亏待于你!"

杨琼花放下手中的针线,厉声说道:"你的确未曾亏待过我!你看似一直都在敬着我,让着我,实则在躲着我,防着我。你我夫妻一场,却好似是同床异梦的路人!"

杨琼花越说越气,索性站起身,怒斥道:"当初家父向你提亲时,奴家就在屏风之后。去我家提亲的人都踢破了门槛,可家父跟你提及婚配之事时,你反而推三阻四。你越是不情愿,奴家便越要嫁与你,奴家倒要看看到底哪一点配不上你。奴家后来才知道原来是你的家中居然藏着一只狐狸精,早已将你的魂勾去了!"

韦孝宽终于明白了杨琼花的心结所在,却并不想再与她这样继续无谓地纠缠下去,想要转身离去。

杨琼花依旧不依不饶道:"奴家刚说了几句话,夫君便如此迫不及待地要离开，难道那个狐狸精就让你如此欲罢不能吗？"

韦孝宽并未搭话，不自觉地加快了步伐，想要尽快远离那些恼人的牢骚和无边的纷扰。

杨琼花突然冷笑了几声，说："可惜你永远也见不到那只狐狸精了！她已经死了！"

韦孝宽闻听此言心中好似响起了一声惊雷，忙转过身，快步走到她的跟前，高声质问道："你说的可是真的？"

望着焦躁不安的韦孝宽，杨琼花并未答话，又重新坐回到绣墩之上，拿起了针，盯着刚刚绣好的那朵牡丹，却不知从何处下针，拿起剪刀将那朵娇艳的牡丹硬生生地剪碎了。

韦孝宽高声呵斥道："我在问你话呢！"

杨琼花的眼角挂着几滴晶莹的泪珠，却依旧故作坚强道："你何时如此关心过奴家？"

韦孝宽的情绪已然彻底失控了，咆哮道："我在问你话呢！你说的可是真的？"

杨琼花再度站起身，目光如同两柄利刃恶狠狠地刺向韦孝宽，歇斯底里地喊道："她死了，被火烧死了，你永远也见不到她了！"

说完之后，她发出阵阵冷笑，不知是在笑韦孝宽，还是在笑她自己。

韦孝宽转而看了看一直都默不作声的韦安，从进门那一刻起，他就感觉韦安似乎有什么事瞒着自己，随即高声质问道："韦安，她说的可是真的？"

韦安低着头，无奈地说："倪夫人房中不慎失火，这才……"

"你胡说！"韦孝宽咆哮道，"不是失火，是有人蓄意纵火！"

杨琼花怒目圆睁道："即便是有人纵火，你又能如何？"

"你……"投鼠忌器的韦孝宽高高扬起的手始终未曾落下。如今岳丈杨侃深得北魏孝庄皇帝的器重，一路扶摇直上，官至卫将军、金紫光禄大夫、侍中，还被封为济北郡公。如若得罪了岳丈，恐怕他今后的仕途便一片黯淡了。

"你打我呀！你打我呀！你不敢了，是不是？"

一直缩在角落之中的韦安见状忙跑过来，横在韦孝宽与杨琼花之间，劝道："阿郎且息怒！事情并非你想的那样！"

恼羞成怒的韦孝宽猛地一推，老迈的韦安一个趔趄，险些摔倒在地。

韦安来韦家已经三十余年了，伺候过他的祖父，也伺候过他的父亲，如今又伺候他。韦安一向为人忠厚，办事周到，行事谨慎，韦孝宽也一直将其奉为长辈，莫说动手，就是连重话都不曾说过。

愤怒的韦孝宽却并不理会韦安，用手指着杨琼花厉声说："你不要欺人太甚！"

"哎哟！你可是奴家的夫君，奴家怎敢欺负你呀？虽然奴家也知道这么做会惹得夫君不悦，但奴家其实是在救你！你可知晓倪甘儿的真实身份吗？她根本就不姓倪，她姓萧，她是叛贼萧宝夤的亲妹妹。如若让朝廷知晓了你擅自收留逆贼之妹，你应该清楚会落得怎样一个下场！"

"即便她真的是萧宝夤的亲妹妹，难道就非要将她逼死吗？"

"事到如今，你还在意气用事！她一日不死，你便一日不得安生！我们这个家就一日不得安生！奴家这么做也是为了夫君好……"

"够了！"韦孝宽咬着牙说，"真没想到你居然是这样一个心如蛇蝎的女人，从此之后你我各走各的路！"

话音未落，韦孝宽大步流星地向后院走去。倪甘儿的卧房已经变为一片焦土，回想着两人相识以来的点点滴滴，韦孝宽不禁失声痛哭。

仅仅一个月后，一场莫名的大火又在韦府燃起，睡梦之中的杨琼花还未得及呼救便被烈焰吞噬。

"一切自有因果，今日的因结成明日的果，而今日的果必然是源于昨日的因！"杨琼花居然一语成谶！

自从杨琼花被烧死后，韦安不知为何也变得精神恍惚，半个月后，他所住的西厢房也离奇地起火了。

韦孝宽闻讯后急忙带人前去救火，怎奈火势实在太大，众人虽是奋力扑救，却难以控制火势蔓延，眼睁睁地看着熊熊烈火将整个西厢房彻底吞噬。

身陷火海的韦安不仅未曾呼救，反而发出阵阵摄人心魄的冷笑声："她又回来了！她又回来了！"

随着一阵轰隆声，房梁经受不住熊熊烈火的炙烤，猛地坍塌下来，冷笑声和呼喊声戛然而止……

半年后，韦孝宽离开了潼关。临行前，他久久地凝视着这座饱经风霜的关隘，这里埋藏着他的爱、他的恨，还有他的不舍……

"是时候该做个了断了！"韦孝宽狠了狠心，策马扬鞭疾驰向东方。

他入朝任宣威将军、给事中，随着时光流转，他渐渐淡忘了潼关的那些旧事，又娶了妻，还生了子，生活似乎又回到了正轨。

韦孝宽调来玉璧不久，平凉戍便燃起了一场大火，于是又勾起了他对那段往事的回忆。

平凉戍堆放的五十万石军粮竟然在一夜之间便被烧得精光。这把莫名燃起的大火触动了韦孝宽最为敏感的神经，使得他不由自主地又想起了无辜惨死的倪甘儿。

至今他连倪甘儿到底葬在何处都不知晓，于是命人悄悄地在城外汾河湾修建了一座小祠堂，聘请工匠按照倪甘儿的样貌做了一尊塑像。可他又怕招致世人非议，刻意加入了一些男性元素，比如衣襟和帽子的样式，以至于那塑像乍看起来好似男子，却掩不住阴柔之美。

他并不知道倪甘儿的忌日，只记得她的诞辰，每年到了这个日子，他都会悄无声息地前往那座小祠堂，去凭吊这辈子最心爱的女人。为了不惹人注目，每次去的时候，他只带着两个亲兵，悄悄地去，悄悄地回。

可让韦孝宽始料未及的是，西城那场大火却使那座原本默默无闻的小祠堂，倾刻间成了当地百姓顶礼膜拜的地方。那场大火将上百间民房化为灰烬,却唯独有两家得以幸存,而这两家人都说在不久前去城外汾河湾的祠堂中祭拜过,他们之所以能逃过此劫全赖火神爷的眷顾。

那座小祠堂就这样摇身一变成为火神庙。那尊倪甘儿的塑像也被信徒们奉为火神像,从此信徒络绎不绝,香火四时不断。

信徒们虽虔诚地前去祭拜,却没人知晓火神爷的名讳,直到一个细心的信徒不经意间在神像的背面隐隐发现了两个模糊不堪却还能勉强辨认的字:倪甘。

解 围

张彪策马赶过来,惊叫道:"大帅,大事不好!斥候刚刚来报,玉璧已被伪齐二十万大军团团围住,我们恐怕回不了城了!"

韦孝宽却不似他那般慌张,强装镇定道:"该来的总会来!"

"大帅,我们不如趁伪齐立足未稳之际,里应外合索性杀他个措手不及!"

"此时盲动不如不动,你可知这支伪齐军由何人统领?"

"这个卑职还尚不知晓!"

宇文邕见状说道:"据此前敌闻司的奏报,此次统军前来的应是伪齐大将斛律光!"

"果然是他!这个落雕都督可很不好惹啊!去年偷袭我天柱、新安、牛头三戍,让我们吃了不少苦头。如若我们贸然前去与他交战,无异于以卵击石。"

张彪焦躁地问:"既然如此,我们该怎么办?难道仅仅是作壁上观吗?玉璧城中的弟兄们可怎么办?"

"我韦孝宽岂是轻易认输之辈!取图来!"

说完韦孝宽飞身下马,而他的一个贴身亲兵也跳下马,毕恭毕敬地取出地图,与另一个亲兵各执一端,整幅地图徐徐展开,山川地形随即活灵活现地呈现在韦孝宽的面前。

韦孝宽端详良久,凝视着北齐晋州[1],高声道:"我们去绛郡[2]!"

玉璧城中,战鼓骤响,守城将士严阵以待,如临大敌。

议事厅内的空气骤然间变得紧张起来,宇文神举坐在原本专属于韦孝宽的主位之上,诸位将领纷纷站定,不时地窃窃私语。

宇文神举高声喝道:"大帅偶染风寒,身体略有小恙,委托本长史全权处置州内一切军政事务!"

众将对他这套说辞却颇不以为然,在如此危急时刻,大帅略有小恙便会抱病不出吗?

从昨夜开始,玉璧发生了太多匪夷所思之事,关于韦孝宽的流言也一时间甚嚣尘上。

1.北齐与北周均设有晋州,北齐晋州治所为平阳郡平阳县(今山西临汾市),北周晋州治所为绛郡绛县(今山西运城绛县)。

2.绛郡隶属于北周晋州,治所绛县,绛县不仅是绛郡的治所,也是晋州的治所。

副将张澜率先发难道:"军情如此紧急,大帅却不出面主持军务,恐怕是另有隐情吧?"

"是啊!大帅是不是并不在城中?大帅是不是遭遇了什么不测?"

议事厅内一片嘈杂之声。

宇文神举站起来一声断喝:"胆敢妄议大帅行踪者斩!"

嘈杂之声这才渐渐平息下来。

"诸将,大帅的确不在城中,但大帅也绝非遭遇了什么不测。"宇文神举继而叹息了一声,继续说,"既然事已至此,本长史索性也就不再隐瞒。新天王登基后决意东征,如今大军已经离开关中。如若本长史所料不差,大帅目前正在率军奇袭伪齐的晋州。大帅临行前再三叮嘱本长史切勿泄露其行踪,以免走漏消息。如今军情紧急,为消除诸将心中疑虑,本长史才不得不如实相告。如若谁胆敢泄露出去,定斩不赦!"

见诸将的情绪稍稍稳定下来,宇文神举才长出了一口气,说:"只需三日,大帅便可攻下晋州,到了那时,玉璧之围便可不战而解!"宇文神举指了指案上的木匣,说,"此物是在逆贼贺拔纬的秘密住处搜获的。贺拔纬善于妖言惑众,不知诸将之中有没有被其所迷惑者?"

此时议事厅内鸦雀无声,静得仿佛都能听得到彼此的心跳。

宇文神举突然话锋一转,道:"如今贺拔纬已被秘密处决,胡主簿也已葬身火海,这木匣本打算等大帅回城之后再作定夺,但留着终究是个祸害,本长史索性便擅作主张。来人呐!将其投入火盆之中!"

看着那个木匣被烈焰吞噬，很多人都长出了一口气。

宇文神举高声喝道："如今大敌当前，理应同仇敌忾，请诸将各司其职，严防死守。"

诸将全都起立躬身拜道："谨遵长史之命！"

众人领命后纷纷离去，宇文神举却刻意留下副将张澜，亲昵道："张副将，过去之事本长史一概既往不咎！你还是好自为之吧！"

张澜跪在地上，感激道："末将肝脑涂地，在所不惜！"

一个中使急匆匆跑进北齐主帅斛律光的帅帐，高声说："陛下命刺史大人速速回师晋州，不得有误！"

斛律光愤愤不平地说："如今玉璧触手可得，岂可白白浪费这个千载难逢的机会？"

那中使却说："切莫因一意孤行而惹得龙颜大怒！"

斛律光却仍旧争辩道："我主有圣主气范，怀四海之志，征伐四克，威振戎夏，投杯而西人震恐，负甲而北胡惊慌，难道会识不破韦孝宽这拙劣的围魏救赵之计吗？"

就在斛律光竭力争取之际，一个面色严峻的亲兵却急匆匆跑入大帐之中，走到斛律光跟前，与其耳语几句。

"果然又是伪周'敌闻司'搞的鬼！这恼人至极的'敌闻司'就如同风一般看不见，摸不着，却无孔不入，无处不在，无时不有！"斛律光将手重重拍在面前的几案之上，颇为无奈地说，"想当年高祖皇帝曾亲率二十万大军攻玉璧六十日而不得，如今玉璧近在眼前却又不得不半途而废,怎不叫人肝肠寸断!真是天不佑我大齐!天不佑我大齐!"

玉璧之围就这样神奇地解了,"敌闻司"究竟在这中间扮演了怎样至关重要的角色,直到多年以后才被外人知晓。

斛律光回军之后却心有不甘,大肆搜捕"敌闻司"派至北齐境内的间者,虽屡有斩获,却终究难以撼动"敌闻司"盘根错节的势力网。

斛律光乃上将之子,有沈毅之姿,战术兵权,暗同韬略,临敌制胜,变化无方,战则前无完阵,攻则罕有全城,包括韦孝宽在内的北周名将与之正面交手也几乎难有胜绩,一时间纵横天下鲜有敌手,可深谙兵法之道的韦孝宽却并不气馁,也不胆怯,曾说:"能以上智为间者,必成大功。此兵之要,三军之所恃而动也。"

在看得见的战场之上,威震沙场的斛律光屡挫北周兵锋,但在看不见的战场之上,韦孝宽却指挥若定,技法娴熟地运用着因间、内间、反间、死间和生间,事事隐秘,却招招毙敌。

五年之后,令北周人人闻之胆寒的斛律光终因身遭反间计而被自己所效忠的北齐皇帝亲手送上了黄泉路,至死方知原来韦孝宽终究棋高一筹,神龙见首不见尾的"敌闻司"竟会杀人不见血!

音 讯

刚刚经历九死一生的韦孝宽终于又回到了熟悉而又有些陌生的

玉璧,虽然才离别数日,却恍如隔世。

他深知若不是宇文神举临危不惧,要不是宇文邕先知先觉,自己恐怕真的要大业未成身先死了!

为聊表谢意,韦孝宽特地设宴款待宇文神举和宇文邕。

酒过三巡,菜过五味,宇文邕若无其事地说:"穰县公,在下族侄宇文孝伯在您麾下效力,却一直都不曾相见,不知他可否安好?"

韦孝宽两道锐利的目光直逼向宇文邕,要是换做旁人定会手足无措,而少年老成的宇文邕却镇定自若,气定神闲。

宇文神举见气氛有些尴尬,忙开口道:"我也有些日子没见到孝伯了。"

韦孝宽却冷冷道:"辅城郡公,到底是怎么回事?"

宇文邕只得硬着头皮说:"在下的确曾暗中授意孝伯寻找失踪多日的独孤姑娘,如若他在情急之下有什么越轨之举,还望穰县公见谅!"

其实宇文邕原本不想过早地说破此事,但事到如今也只得如此,他必须要给出一个令人信服的理由,否则两人之间必然会心生芥蒂。

宇文神举打圆场道:"其中定然有着什么误会。"

韦孝宽居然露出惊讶的神情,道:"独孤芷兰失踪了?"

宇文邕目不转睛地盯着韦孝宽脸上每个细微的表情变化,希望能够分辨出那丝惊讶是真的,还是装的。

"在下也觉得此事甚为蹊跷,独孤姑娘初来乍到,与此地人氏无冤无仇，怎会莫名失踪了呢？"宇文邕看似说得随意，其实却是话有所指。

宇文神举自然听出了他刚刚那番话背后的深意，急忙说："玉璧常常有不法之徒将稍有姿色的女子贩卖到河对面的伪齐去，从而谋取暴利。"

宇文邕却不以为然道："独孤姑娘是在北市失踪的，人贩子岂会选在人来人往的嘈杂之地下手？"

"那伙歹人什么铤而走险的事做不出来……"韦孝宽不忍再说下去了，那毕竟是一个正值人生最美好年华的姑娘。

"那我们又该如何呢？"宇文邕有些绝望地说。

韦孝宽若有所思道："辅城郡公刚才说，独孤芷兰与此地人氏无冤无仇，或许便是外人干的！如若真是外人干的，他们在此地应该并没有住处，假若此时尚未将独孤芷兰转移走，必会将其藏起来！"

宇文神举却道："酒馆、客栈、出租的房舍皆已命人查过了，没有发现一丝线索！"

韦孝宽皱皱眉道："这些都是寻常人的思路，而歹人往往不走寻常路！你们或许忽略了一个地方！"

"什么地方？"

"妓馆！"

宇文邕如梦方醒："穰县公一席话点醒梦中人！那就请您速速下令搜查全城的妓馆！"

韦孝宽却摆摆手道："此时还不是时候。"

宇文邕一惊，反问道："难道还要等？！再等恐怕就更难寻到独孤姑娘的踪迹了！"宇文邕很少在外人面前失态，今日恐怕是他为数不多的一次。

宇文神举笑了笑，说："辅城郡公莫要心急，大帅并非此意！玉璧本乃荒凉之地，筑城后数万将士常年屯驻在此，这些将士的家眷大多并未随军，如此妓馆也如同雨后春笋般涌现。城中官营的妓馆仅有三家，但私营的小妓馆却多达上百家，更有数不胜数的暗娼，况且妓馆的藏人之处又岂会被轻易发现。"

宇文邕不得不承认姜还是老的辣，放低姿态请教道："依穰县公之见又当如何呢？"

"若独孤姑娘果真被藏于妓馆之中，我们需先从北市找线索，看看那些线索究竟指向哪家妓馆，然后再重点去查那些妓馆！"

"穰县公之计最为稳妥，只可惜在下与赵上士对玉璧城内的情形并不熟悉，还需有人从旁协助，不知可否将孝伯暂借给在下几日？"

韦孝宽并未说话，而是凝视着宇文邕，脸上露出了耐人寻味的笑容。

宇文邕也笑了，笑容中却多了几分淡淡的忧伤。

次日，宇文孝伯大步流星地来到驿站，高声呼喊道："四叔！"

宇文邕急忙将孝伯让到房中，关上门窗，关切地问："黑孝伯，韦孝宽没有难为你吧？"

"那倒没有，只是暂且将我软禁起来。"宇文孝伯突然话锋一转，低声说，"平凉戍关押着一个神秘人，而且似乎是个女人！"

"真的？"宇文邕瞪大眼睛问道。

"千真万确，只可惜还未进去便被他们给擒获了！"

宇文邕若有所思地说："韦孝宽这是唱的哪一出啊？"

"这个韦孝宽会不会有什么二心啊？如今太祖宾天了，恐怕再也无人能震慑得住他了……"

宇文邕忙做了一个噤声的手势。其实此刻他也看不透韦孝宽，如果平凉戍关押的那个女子真是芷兰，韦孝宽又怎会如此轻易地就将孝伯放回来？可如若不是芷兰，那个神秘女子又会是谁呢？

孝伯也意识到自己失言了，急忙识趣地停了下来，韦孝宽在玉壁经营多年，可谓无孔不入。

宇文邕两道俊朗的眉绞在了一起。刚刚那番惊心动魄的经历说明韦孝宽应该并未私通伪齐。况且老贼高欢之死又与他脱不了干系，如今伪齐皇帝高洋喜怒无常，杀戮成性，韦孝宽定然不会去投奔高洋。

赵志平曾说韦孝宽其实还有另外一条路，那便是追随元氏，难道他真的在积极策划辅佐元氏余孽复国吗？难道芷兰是勘破了他的阴谋才会遭此不测？

孝伯见宇文邕沉默不语，焦急地问道："四叔，我们现在该如何呢？"

宇文邕咬着牙说："既然韦孝宽让我们去查，我们索性便去查，查它个水落石出！"

寻　踪

北市依旧人来人往，熙熙攘攘。

那个小食摊店主苦着脸说："那位姑娘曾向老夫询问起火神倪甘之事，但她似乎突然发现了什么人，匆匆离开了。"

赵志平边走边说："独孤姑娘失踪当日，我们在这里发现了一行细沙，一直延伸到西楼后街，那里是整个北市最为偏僻的地方，细沙到这里也就戛然而止了。"

宇文邕凝视着僻静的西楼后街，这条街上并无门脸，而且紧挨着北市的西市墙。当初修造北市时之所以要修建这条街，主要是为了方便装卸货品。西楼前街的商铺主要是鞍马店，如若从前门进货可能会影响日常经营，于是纷纷在店铺后面开设后门。

"看来独孤姑娘还是蛮聪明的，那行细沙定然是她刻意留下的。当时事发紧急，她也担心自己可能会遭遇什么不测，才会如此做！"

赵志平说："凡是在这条街上开有后门的鞍马店，我们都逐一盘问过了，皆说未见过独孤姑娘。这几日，并州法曹一直派人暗中监视此处，也未发现有何异样。线索就此中断了！"

宇文邕皱着眉说："细沙为何偏偏到了这里便断了呢？如若那伙歹人发现了这行细沙，必然会设法除去路上的印记，我们还能一路找到这里来吗？你不觉得此处是绑架的绝佳地点吗？"

"可是附近的鞍马店都已排查过了，并未找寻到什么线索！"

"独孤姑娘虽然在此处被绑,但歹人却并非附近鞍马店的人。他们之所以会选在此处动手只是因为这里颇为僻静,不易被人察觉。那伙歹人或许早已离开此地,将独孤姑娘运送到某个隐秘之处。但要将一个人五花大绑悄悄运走而又不惊动路人,定然不会是骑马,也不会乘坐肩舆,定然是……"

赵志平抢先道:"厢车!而且很可能是租来的!"

"独孤姑娘是辰正至巳时四刻之间失踪的,那么我们就不妨找寻一下这段时间从此处经过的所有厢车。"

"好!我这便与孝伯带人分头去查!"

就在这时,孝伯跑过来说:"据张记鞍马店的伙计供述,案发时间段内,曾有一可疑人来他们店里买过马鞍。"

"何人?"

"胡主簿的夫人!"

宇文邕心想,她为何偏偏在这个敏感的时间出现在这个敏感的地点呢?这恐怕并非巧合吧!

不对!宇文邕猛地警醒过来,徐老猫曾说在胡主簿被害的那天傍晚时分,胡夫人出城烧香去了,怎会又莫名其妙地跑来北市?这其中定有隐情!

宇文邕对两人道:"你等分头去查那辆可疑厢车。我想起了一个重要人证,或许他能记起些什么。"

宇文邕驱马来到徐老猫家,用力敲打院门,高声喊道:"徐老猫,快开门!"

过了许久,徐老猫才迈着蹒跚的步子,缓缓打开那扇破旧不堪的院门,不满地嚷道:"别拍了!别拍了!再拍门就散架了……"

当宇文邕手中障刀的刀刃抵在他的脖颈之上时,徐老猫的牢骚戛然而止,那种彻骨的寒迅速传遍了全身。

徐老猫忙赔笑道:"官爷,您这是干什么,小老儿不就是慢了几步吗?人上岁数了,腿脚也就不灵便了,还望官爷息怒!"

宇文邕冷冷道:"你可知欺瞒小爷是什么罪过吗?"

"借我个胆儿,我也不敢欺瞒您呀!"

"你最后一次见到胡夫人到底是何时?快说,这是你最后一次机会!"宇文邕用力一攥刀柄,锋利的刀刃在徐老猫的脖颈上留下了一道血印,几滴殷红的血顺着刀刃流到了刀柄上,继而滴落到地面上。

"官爷手下留情,我说,我全说!"

徐老猫这辈子最怕血,他平生参加的第一场战斗就是惨烈的钟离之战,那时他在平东将军杨大眼麾下效力。

一将功成万骨枯,无数将士的鲜血成就了杨大眼的威名。当时他们昼夜苦攻,轮班相替,被射死的,被砍死的,从云梯上掉下来摔死的,不计其数。

徐老猫要不是装死,或许早就殒命沙场了。他永远也忘不了尸骨堆积如山、尸身血流成河的情景,也就从那时起,他便极为怕血,即使是见到杀猪的都躲得远远的。

"我最后一次见到胡夫人并非在胡主簿被火烧死的那天傍晚,

而是在次日，乃是在北市与其偶遇。"

"偶遇？想必你是拿着那枚竹券去北市兑付时遇到她的吧？"

"什么也瞒不过您的法眼！"徐老猫怯生生地说，但他随即又恢复了无赖的嘴脸，笑嘻嘻道，"她的家中发生如此之大的变故，她竟然还有心思在北市闲逛。那日，她递给我一陌钱，那白皙的小嫩手还在我的手心里轻轻地滑了一下，我顺势握住了她的手，我活了大半辈子还从未摸过如此滑嫩的手……"

"住嘴！她用财色诱使你为其做伪证是不是？你蓄意欺瞒官府，罪不可赦，即刻收押！"

"官爷息怒！官爷息怒！小老儿愿意戴罪立功。"

"你如何戴罪立功？"

徐老猫却并未回答，而是笑着努努嘴。心领神会的宇文邕随即收起刀，将刀插入刀鞘。

"官爷，咱们里面说！"徐老猫将宇文邕让进院内，看了看四周无人盯梢，轻轻地关上院门。

"快说，别兜圈子了，否则即刻将你押入大牢。"

"现在官府是不是在满城寻找一位失踪的姑娘？"

"难道是你劫走的不成？"

"小老儿怎会干那伤天害理之事！小老儿知道她是被何人所劫！"

宇文邕的心猛地一颤，急切地问道："她是被何人劫走的？"

"官爷莫要心急！听小老儿慢慢道来。那日我悄悄跟着胡夫人，见她往西楼前街去了，进了一家鞍马店，紧接着一个老头也进了那家店，老头的后面还跟着个姑娘，似乎在盯他的梢。那个老头很快就出来了，那个姑娘居然还傻乎乎地跟着。要是多跟我学两手便好了，只要上到登元酒馆二楼就可以将整条街都看得清清楚楚，还不易被人发觉，何必要紧跟着人家呢？况且人家故意把她引到后街定然是欲行不轨之事，一个姑娘家干什么不好，盯什么梢啊？"

宇文邕焦躁地吼道："快说正事！"

"那个老头从鞍马店出来后，胡夫人也紧跟着出来了，朝那个姑娘走去。那个姑娘对胡夫人似乎并没有什么戒备，还攀谈了几句，可就在此时，胡夫人突然掏出一块手帕，捂住了那个姑娘的口鼻，那个姑娘很快就不动弹了，随即被抬上停在后街的一辆厢车之中，厢车很快驶离了后街。"

"你可记得那辆厢车是什么式样？"

"那是一辆朱红色的厢车，车檐四个角挂着丝带，后帘用的是上好的绸子，绣着一朵盛开的牡丹。"

"如若再见到那辆车，你可还认得？"

"自然记得！虽然小老儿腿脚有些不便，但耳不聋，眼不花，脑子灵光，记性也不差。"

"你随官差去城内的车马雇赁店，一家一家地查，一定要把那辆厢车找出来！"

"这可是个苦差事！城内的车马雇赁店少说也有几十家，各式厢车有上千辆,这还不得跑断了小老儿的腿!"徐老猫苦着脸说,转而用哀求的口吻道,"要是真能找到那辆歹人所用的厢车,能不能帮小老儿在官府谋个差事,当个捕吏什么的?"

"做白日梦呢?"宇文邕不屑地说,不过随即拍拍他的肩膀说,"这也并非没有可能,一切皆要看你的表现了!"

"小老儿肝脑涂地,在所不惜!"徐老猫屁颠儿屁颠儿地跟在宇文邕的身后。

宇文孝伯、赵志平、徐老猫分头找遍了城内大大小小的车马雇赁店,却始终寻不见那辆厢车的踪迹。

宇文邕心想,莫非自己又错了?

那辆车难道并非租来的,而是自家的?这样可就难以查找了!

若是那伙歹人驾着那辆车出城去了,或者干脆藏起来,抑或损毁了,那么线索可就彻底断了。

如今宇文邕只能赌一把,赌那伙歹人不会轻易丢弃那辆价值不菲的厢车!想到这里他递给徐老猫一枚金锭,说:"你去帮我办一件事!"

虽然徐老猫目不转睛地盯着那枚金灿灿的金锭,但面带不安道:"不知官爷又让小老儿去办何事?您肯花这么大价钱,莫非叫小老儿去干掉脑袋的事情?"

"掉脑袋的事还轮得着你这个老头?"

"莫不是小老儿遇到财神爷了?"

"去妓馆!"

获 救

夕阳西下，一抹余晖洒在潇湘苑。

一个又胖又矮的老鸨倚在门边，身后跟着四五个大汉。老鸨好似一只斗性十足的胖鹌鹑，高声道："虽说你们是官府的，也不能无凭无据便擅闯民宅吧？惊着了我们家的姑娘倒还好说，要是惊着了里面的客人，老身可是吃罪不起，恐怕你们也吃罪不起吧！"

宇文孝伯冷笑道："越是不让我们进，越说明你心里有鬼！"

老鸨晃了晃手中的帕子，反问道："我心里能有什么鬼，就是有鬼也是色鬼！这位小兄弟是不是想借机开开荤啊？就是不知道毛长齐了没有？"

老鸨"咯咯"地笑着。宇文孝伯的脸上顿时掠过一抹绯红，怒斥道："休要浑说！你院子里分明藏了人！"

老鸨嗑了一个瓜子，将皮儿扔向宇文孝伯，挑衅道："这位官爷口中所称之人是穿衣服的还是光着身的？你们这些男人，别看平日里是衣冠楚楚，脱了衣服还不都一样！"

宇文孝伯看了看身后的宇文邕，但宇文邕却假装没有看见，始终沉默不语。其实他是在有意锤炼孝伯，孝伯是个好苗子，不过此时却略显稚嫩了些。

见宇文邕并不搭言，宇文孝伯索性拔出腰刀，他身后的士卒也纷纷抽出了亮闪闪的兵刃。

孝伯一边挥舞着手中的刀一边高声喝道："给爷闪开！挡路

者死!"

老鸨见孝伯动真格的了,不愿也不敢碰硬,识趣地闪出了个缝,她身后的那几条大汉也纷纷让出了一条道。

孝伯带人冲进了院子。这是一个四进的院子,几名花枝招展的姑娘站在走廊上不停地冲着孝伯挤眉弄眼。

他们冲进第三进小院某个房间时,一个姑娘正与客人在床上缠绵,见他们突然闯入,一时间惊叫不止。

他又带人冲进最后一进院子,此处只有厨房和茅厕,厨房里一个老厨工正在忙着洗菜。

老鸨也跟了过来,吼叫道:"青天白日私闯民宅,该查的都查了,该看的也都看了,不知看够了没有!进来容易,出去便没那么容易了!你要是不给老娘说出个子丑寅卯来,我便去刺史府喊冤!请韦青天为民做主,好好地惩治你们这些仗势欺人的恶吏!"

宇文邕虽然一直沉默不语,但他却一刻也没有闲着,耐心而又细致地寻找着芷兰任何可能的藏身之地。

宇文邕环视着整个后院,这里是整个妓馆最脏、最差、最破的地方,也是最偏僻、最安静的地方,客人一般并不会来这里,姑娘们也很少来这里,只有下人们才会待在此处。

他发现靠墙的地方长着几株草木,但全都枯萎了。草木丛中摆放着一口大缸,他走过去朝缸里望了望,发现里面的水很少,也就刚刚没过缸底儿。

"赶紧把这口缸挪走!"宇文邕高声喝道。他用余光扫了一下刚刚还在兴师问罪的老鸨，她的脸上居然掠过一丝慌张。看来自己选对了方向！

三个士卒合力将那口大缸移走，下面便是黄土，但土下面隐约埋着什么东西。

宇文邕慌忙将手伸进土中，发现那是一个绳扣，用力一拽，从土中扯出一块四尺宽、六尺长的木板，而木板的下面居然露出了木质楼梯。

此时，那个老鸨已然吓得面如土灰，再也没有了刚才那副咄咄逼人的架势。

宇文邕沿着楼梯急步走了下去，而宇文孝伯唯恐他遭遇不测，也忙顺着楼梯跟了下去。

宇文邕发现楼梯尽头是一扇门，门从外面闩着，随手拔开门闩，猛地推开门，借助油灯微弱的光，发现一个女子正蹲在阴暗的角落之中，虽看不清她的容貌，但那件深衣却是芷兰平日里经常穿的。

"芷兰！"宇文邕情不自禁地喊了一声。

听到那声颤抖的呼唤，芷兰先是一愣，继而惊望向宇文邕，她不敢相信这一切会是真的，停顿片刻，随即向着他狂奔过来，扑进了他的怀里。

两人相拥在一起，泪水顿时涌了出来，滴落在脸上，也滴落在彼此的心里。

两人久久地抱着，毫不顾忌孝伯等人的目光，抱得越来越紧，生怕一松手便又会弄丢了对方。

许久，独孤芷兰才发觉有些失态了，急忙从宇文邕的怀抱中挣脱出来。

宇文邕也觉得有些不妥，问道："那伙绑你的歹人现在何处？"

芷兰的脸上掠过异样的神情，下意识地看了一眼地下室某个黑暗的角落，说："恐怕早已逃之夭夭了！"

宇文邕锐利的眼神在这间地下室内扫视着，可芷兰却拉着他的手道："我一刻也不想再在这里待下去了！"

宇文邕扶着芷兰来到上面，发觉已经起风了，急忙将身上那件披风解下来，披在芷兰的身上。

惶恐不安的老鸨跪在地上瑟瑟发抖，不住地磕头求饶。

芷兰看了他一眼，淡淡地说："不关她的事。她也是被逼无奈，如今真凶远遁，你们莫要再为难她了。"

第十八章
如棋世事局初残

勘 破

次日午时，驿站之中。

宇文邕跪坐的姿势永远是那样标准。在这个世风日下的时代，越来越多的人喜欢箕坐，可无论是在人前还是在人后，宇文邕一直都是规规矩矩地跪坐着。

他特地为芷兰做了一道拿手好菜橙酿蟹，慢慢取下用橙子做的顶盖，酒香、菊香、橙香与蟹香混合在一起的香味扑面而来。

宇文邕夹起一块蟹肉，放到芷兰的碗中，笑笑说："每到秋冬之交，我都会做这道橙酿蟹。年年都是这道蟹，但岁岁吃蟹的人却不同！今年特地做给你吃！"

芷兰将蟹肉轻轻放入嘴中，顿感鲜香醉人，说："味道真不错！"

宇文邕笑笑说："往日做这道橙酿蟹，螃蟹必选吴郡产的，鲜橙必选益州产的，益州鲜橙运到长安时枝叶仍绿着。如今远在玉璧，能买到蟹和橙已实属不易，只可惜并非吴郡蟹和益州橙，口味要稍逊一些。尽管如此也算得上是一道美味。美味必献美人！"

芷兰说："多谢辅城郡公这番良苦用心！辅城郡公解救芷兰于水火，这份情，芷兰这辈子都忘不掉！"

宇文邕摆摆手说："言重了！我有个不情之请，从今往后，你不要叫我辅城郡公，就叫我邕郎。我也不叫你独孤姑娘，叫你芷兰！不知可好？"

芷兰未置可否，而是痴痴地望着他。

宇文邕却悄悄地挪动身子，彼此之间的距离越来越近，两人几乎挤在同一张坐席之上。

两人贴得如此之近，以至于他的心狂跳着，她的心也狂跳着，不知道接下来将会发生什么。

正在此时，赵志平却突然推门进来了。

见到此情此景，赵志平也觉得有些唐突，赔罪道："恕在下冒昧！"

宇文邕却不以为然地说："赵上士，何出此言？我正与芷兰谈论案情，你来得正好！"这一席话顿时就化解了赵志平的尴尬。

赵志平渐渐褪去了刚进屋时的拘谨，侃侃而谈道："在下曾在朱向的尸骸上找到一种奇怪的粉末。这些日子，在下一直在找人辨别，却无人认得此物，今日偶遇一个西域来的幻术师，他说此物名为冷光[1]，还为在下详细叙述了此物的来历。此物源于拂菻[2]。拂菻人热衷于点石成金，渴望找到一种炼术，能够将铁、铅等物炼成黄金。一个炼金术师突发奇想，便溺就是黄色的，为何不用此物来炼金呢？"

芷兰听到此处，一阵比一阵猛烈的呕吐感向她袭来。

宇文邕关切地问："没事吧？"

芷兰摆摆手，强忍着胃中猛烈的翻滚，开口道："请赵上士继续讲！"

赵志平看看芷兰，皱皱眉道："看来在下不仅来得很不是时候，也讲得很不是时候！"

芷兰道："但讲无妨！我刚刚吃蟹噎了一下。"

赵志平继续说："那个炼金术士将便溺与沙子等物混在一起，然后放到火上炙烤，最终获得一种类似白蜡的东西，也就是冷光。冷光极易起火，往往要盛放在器皿之中，用时稍稍加热即可，有时在外放久了即使不加热也会自行起火。起火时还会发出独特的黄光，最受幻术师的青睐！"

芷兰将手中的筷子立起来，下巴放在筷子上，思索着整起案子的来龙去脉。

朱向的尸身上发现了极易起火的冷光。那夜朱向穿着贺拔纬的

---

1. 即白磷。
2. 古时指东罗马帝国。

官服去张家食肆，左袖先起火，继而被烧身亡。胡主簿还特地点了手撕羊腿，这道地方菜的独特之处就在于用匕首切割着吃。

芷兰惊叫道："一切都明白了！如今正值初冬时节，并州的官员们刚刚脱下单衣，换上棉衣。朱向假扮贺拔纬时所穿的那身官服夹层之中想必藏有大量冷光。官服不仅样料考究，而且做工精湛，冷光被密闭在衣服夹层之中并不会起火。当晚，店内生起了炉子，狭小的空间内又聚集了大量食客，忙前忙后的伙计们额头上渗出汗来，说明店内有些燥热。胡主簿特意点了手撕羊腿。铁质小炉里面装满了炭，两侧立着两根金属支架，烤熟的羊腿用铁签子穿好放在金属支架上，这样羊腿便不会凉。胡主簿切割羊腿时假装不慎用匕首划破了朱向的左袖，一旦密闭的夹层被刺破，藏在衣服夹层之中的冷光很快就会起火，而且一旦着火便会在瞬间将一个大活人烧成一具焦尸。这或许便是朱向瞬间化灰之谜！"

赵志平恍然大悟道："独孤姑娘真是冰雪聪明啊！我至今都未曾想到这一层。"

宇文邕恭维道："三国时老将程普曾经说过，与周公瑾交，若饮醇醪，不觉自醉。如今我们听芷兰断案，如饮甘醇，竟也不知不觉醉了！"

芷兰笑着说："你们就不用违心地恭维我了！我还是有自知之明的！"旋即浮起几朵愁云，问，"不知赵上士是否还注意到一个细节？"

"什么细节？"

"张家食肆的一个小伙计曾说,事发时,朱向大喊大叫,胡主簿突然从那个小伙计的手中夺过铜盆,向着朱向泼了过去。当时朱向前胸的火燃得最旺,谁知胡主簿在情急之下竟然泼歪了,直接泼到了朱向的脸上。胡主簿泼水时,身上起火的朱向正在大喊大叫,恰恰是那盆水呛得朱向无法再开口,继而被烈焰吞噬。"

"在下明白独孤姑娘的意思,你莫非怀疑胡主簿是有意为之,并非情急之下泼歪了?"

"在此之下还有值得深思之处!朱向在危急时刻究竟喊了些什么呢?在场之人众说纷纭,那个小伙计说他喊的是'你干',而那个客商却说喊的是'你赶快',另外一个客商根本就没听清他究竟喊了些什么,可是胡阿大、席三平和胡主簿皆众口一词地说他喊的是'倪甘'。在现场如此混乱的情形之下,为何唯独他们三人听得如此清晰,而其他人却莫衷一是呢?这是不是能从侧面说明这三人或许早就串通好了?就在胡主簿精心策划这场化灰闹剧的那个晚上,他的很多同伙也去了张家食肆,而且就坐在他的近前,这样既能掩人耳目,又能替他作伪证,使得这场闹剧不至于穿帮!"

赵志平却有些不以为然地说:"如若真是如此,席三平为何还要处心积虑地谋害胡主簿呢?"

"自然是怕他暴露!既然我们已然查明那具被烧焦的尸身并非贺拔纬而是朱向,这场化灰骗局自然也就即将被我们揭穿。如此一来,胡主簿必将暴露无遗。只有设法除掉他,剪断一切线索,才不至于使得整个计划泡汤!"

就在这时，宇文邕的贴身侍卫进屋通禀，宇文神举前来求见。

宇文邕忙起身前去迎接，与宇文神举手挽手走进来，将他让到上座，但宇文神举却执意不肯，随意选了个背对屋门的位置坐下。

宇文神举有些无奈地说："我们该用的刑都用了，但这个贺拔纬却是不见棺材不掉泪，只承认勾结伪齐谋害大帅之事，拒不承认杀害太师和绑架独孤姑娘之事！事到如今，他居然还抵死不招！我们已将此事呈报朝廷，听候朝廷裁断！"

"或许是我们猜错了？"芷兰自言自语道。

赵志平却不以为然道："这也不足为奇！他招认谋害穰县公未遂罪不至死，可如若承认刺杀太师则难逃一死。其中的差别他不会不知晓！"

芷兰点点头说："赵上士的话的确有几分道理，可这些天我也一直在反思一个问题。得利最高者的看法自然无可厚非，我们之所以会将怀疑的目光投向远在玉璧的贺拔纬是因那块写有'恩怨未了，贺拔索命'的布条，单纯看这个布条，得利最高者自然是贺拔公的后人，但如若单看太师之死，得利最高者恐怕还轮不到他贺拔纬。时至今日，贺拔纬的阴谋已经日渐清晰，就是勾结伪齐谋害穰县公，企图夺取玉璧，再挥师西进。太师之死在他们整个阴谋中间其实是可有可无的。早在来玉璧之前，我的心中就一直有一个疑问，杀害太师的真凶如若真的是贺拔纬，他又为何会在现场留下那个布条呢？难道他就不担心这样做会暴露自己吗？"

赵志平辩驳道："这是因为他早已想好了金蝉脱壳之计！自

古以来，谋逆皆是重罪，但谋逆之人却依旧层出不穷，这是何故？既然他们认定了这条路便不惜铤而走险。太师曾为侯莫陈悦部将，而侯莫陈悦恰恰是谋害贺拔公的罪魁祸首。善于审时度势的太师离开了旧主，归顺了太祖，并且跟从太祖剿灭了侯莫陈悦。太师归顺太祖要比很多将领都要晚，可太祖却唯独对身为降将的太师颇为器重，宠信程度甚至超过了那些很早之前就曾跟随太祖一起同生共死的兄弟们。这究竟是何故呢？正是基于这个疑问，贺拔纬说，太祖早就有篡权的野心，暗中与侯莫陈悦密谋除掉自己的主帅贺拔公，只有贺拔公死了，他才会有取而代之的机会，而中间人正是太师！贺拔公被害后，太祖如愿夺取了军权，并最终成就了一番霸业，太师也因此而身居高位！贺拔公的鬼魂这才会来找太师索命。试想如若那些将领们听信了贺拔纬的谣言，还会继续忠于宇文氏吗？真的到了那时，贺拔纬岂不是会坐收渔翁之利吗？"

芷兰若有所思地说："或许真如赵上士所言，但芷兰仍觉得这一系列事件的背后似乎还藏着目前还不为我们所知的隐情！金蝉脱壳之计或许并非贺拔纬早已筹划好的，只是他在仓促间的无奈之举。试想如若事发那夜他仍旧留在玉璧城中，或许玉璧早就易手了！"

宇文邕开口道："芷兰所言不无道理！贺拔纬与胡主簿关系密切，而胡主簿的夫人又恰恰与胡阿大和席三平是一伙的。胡主簿在这中间到底扮演着何种角色呢？贺拔纬与胡阿大和席三平之间到底有没有勾结？我们目前还不得而知。不知诸位可否注意到，胡阿大、席三平以及胡夫人都是南人，而贺拔纬勾结的却是伪齐，并非南朝，这些南人又有着怎样的图谋呢？"

芷兰说："自从被绑之后，我便一直有一种直觉！在贺拔纬之外，或许还有另外一派人马也参与其中，就是那伙南人！"

众人的目光齐刷刷地落在芷兰身上。

宇文邕赞赏地点点头。他今早刚刚得到"敌闻司"四百里加急送来的一份密档，其上写道："齐高宗少孤，太祖抚育，恩过诸子……太后令废海陵王，以上入纂太祖为第三子，群臣三请，乃受命。建武元年冬，十月，癸亥，即皇帝位，彼时天下分崩，刀兵不断，为御强敌，招延死士，遍练成伍，名曰'血酬卫'，命心腹萧懿主之……帝崩于正福殿，年四十七。高宗次子东昏侯承继大统，奢侈腐靡，残忍好杀。萧懿平叛居功最甚，却遭无端杀戮，其弟梁高祖怒发冲冠，兵发建康，'血酬卫'乃为内应，及至大梁肇始，深沐皇恩……"

这位齐高宗是南齐开国皇帝萧道成的侄子萧鸾，受命辅政，却阴谋篡位，因为皇位来得名不正言不顺，所以猜忌心极重，一手组建了秘密组织"血酬卫"。他的儿子萧宝卷继位后为了争夺"血酬卫"的指挥权居然残忍杀害了指挥使萧懿，令萧懿的弟弟萧衍起兵反齐，正是在"血酬卫"的暗中策应之下，南梁才得以取代南齐。

南梁已走到了历史尽头，如今秦淮河畔飘扬的是南陈的旗帜，曾经深沐皇恩的"血酬卫"早已风光不再，但百足之虫死而不僵！

宇文神举不认同芷兰的论断，不以为然道："玉璧离南朝甚远，即便是那些南人觊觎中原土地，也会将目光投向江淮之地，况且如今南朝正因改朝换代而打得不可开交，我想他们还暂且无暇他顾吧！"

宇文邕品着菊花酒，细细品味着宇文神举的话。

面对质疑，芷兰却问道："宇文长史可还记得穰县公因何被授予这县公的爵位？"

宇文邕放下酒盅，抢先道："破梁！"

芷兰点点头道："南梁虽被陈霸先所灭，但穰县公却是掘墓人之一！这是何等的国仇家恨！"

高欢死后，东魏大将侯景叛逃至南梁。收留侯景的梁武帝萧衍不会想到侯景日后居然会成为祸乱江南的灾星。骤然而至的侯景之乱打碎了江南的和平与宁静。困守都城的梁武帝最终被活活饿死。侯景相继拥立又废黜了萧正德、萧纲和萧栋三个傀儡皇帝，最终自立为帝。

眼见政局大乱，一直蠢蠢欲动的梁武帝萧衍第七子、湘东王萧绎决意趁乱争夺天下。萧绎将其他可能问鼎皇位的宗室势力——肃清之后，大举兴兵讨伐侯景。

走投无路的侯景最终被部下所杀。志得意满的萧绎在江陵称帝，不过此时其弟武陵王萧纪却已先于他在益州称帝。

萧绎联络西魏共同出兵剿灭萧纪，但益州最终却落入西魏之手。对此并不甘心的萧绎给西魏权臣宇文泰写信，要求按照昔日旧图重新划定两国疆界。宇文泰见萧绎言辞极为傲慢，心中极为不悦。

梁武帝长子萧统曾被立为太子，但还未继位就病逝了。他的两个儿子萧誉和萧詧与七叔萧绎因争权而不惜兵戎相见。萧誉最终死于萧绎之手,而萧詧在走投无路之际归降宇文泰。从萧詧口中得知,萧绎暗中与北齐勾结,阴谋进攻西魏。

见师出有名而又有机可乘,宇文泰当即命于谨、杨忠、宇文护、韦孝宽等人领五万兵马前去进攻盘踞江陵的萧绎。

在兵临城下之际,自知穷途末路的萧绎仰天长叹:"读书太多,以致有今日之祸!"他愤愤然将自己历时四十余载收集的十四万卷图书焚烧殆尽,其中不乏再也难得一见的古籍孤本,与之一同化为灰烬的还有他那颗勃勃的野心。

就在梁朝宗室骨肉相残之际,寒门出身的大将陈霸先迅速崛起,最终取代梁朝而建立陈朝。

虽说萧詧仍旧延用着国号"梁",却仅仅占据着江陵附近三百余里的土地,凭借北周的庇护而苟延残喘着。

芷兰继续说:"不过那伙南人的行踪太过隐秘,若想彻底查知真相恐怕还要费些时日!"

余 音

晨曦中的玉璧安静而又祥和。

宇文邕在初冬的寒风中挥舞着手中的七星宝剑,犹如行云流水一般,尤其是最后那招收势颇有力道,以至于在一旁观看的芷兰情不自禁地鼓起了掌。

"让芷兰见笑了!"

"哪里,哪里!看辅城郡公舞剑乃是一种享受!"

宇文邕纠正道:"芷兰,难道又忘了,莫要再喊辅城郡公了,而应该叫邕郎!"

芷兰却羞赧得叫不出口。

见气氛有些尴尬,宇文邕忙道:"我新近创制了一种棋法,名曰象戏,芷兰可否愿意一观?"

芷兰微微点点头,宇文邕将她领到房中。

芷兰见到小几上摆放着一个棋盘,上面有许多五颜六色的棋子。

宇文邕满是得意地说:"小小的棋盘之上可谓包罗万象。有天文,以观其象;有地理,以法其形;有阴阳,以顺其本;有时令,以正其序;有算数,以通其变;有律吕,以宣其气;有八卦,以定其位;有忠孝,以惇其教;有君臣,以事其礼;有文武,以成其务;有礼仪,以制其则;有观德,以考其行。"

两人随即展开了对弈,芷兰步步紧逼,而宇文邕则防守严密。

芷兰用纤秀玉指的指尖抵住下巴,一双善睐明眸注视着棋盘上瞬息万变的形势。

经过一番深思熟虑,她下了一步意味深远的棋,暂时占得了先机,随即说:"凡事预则立!我一直有一事不明,那伙南人为何要在这个节骨眼上杀了胡主簿?"

宇文邕一边落子一边说:"既然你与赵志平已查明化灰之人并非贺拔纬,而是朱向,那么胡主簿也必将暴露无疑,如若不及时杀人灭口,整个阴谋恐怕就要败露了!"

芷兰随即进行封堵,道:"贺拔纬曾秘密策反了很多将领,自从其远遁后,胡主簿便成为两者的联络人。其实胡主簿可以选择逃之夭夭,也可以选择反戈一击,可他却未这么做,或者并未来得及这么做!"

宇文邕从容地将棋子放到外线,内外联动,前后夹击,道:"自从那出化灰闹剧之后,韦孝宽便怀疑其中或有蹊跷,曾暗中授意神举兄严密监视那些与贺拔纬过从甚密的将领。就在胡主簿遇害的那晚,他曾经密会副将张澜,或许就是在密谋对你和赵上士不利之事,只是还未及实施便被那伙南人所害!"

芷兰只得被迫从攻势变为守势,道:"那伙南人与贺拔纬本就是两派人马!这两派人马的目标既有关联,又不尽相同。贺拔纬想要夺取玉璧,胡主簿在城中策应是必不可少的,但那伙南人却担心其暴露,毫不犹豫地将其杀害,只因他们并不关心玉璧最终的归属,只关心韦孝宽的生死!"

宇文邕随即沉默不语,貌似不经心地将"敌闻司"给他的那份密档递给芷兰。

芷兰看完后惊呼道:"血酬卫!"

宇文邕继续埋头下棋。眼见棋盘之上的形势刹那间风云突变,芷兰将一枚棋子放在一个看似无关紧要的位置,却使得宇文邕进无可进,退无可退。

她有些得意地说:"这局我虽看似要输了,不过只要下好这一枚子便可盘活整盘棋！"

面对着棋盘之上的大好形势，宇文邕一时间不知该如何落子，问："你说的可是突然消失不见的胡主簿夫人？"

"只可惜不知此人现在何处。"

宇文邕忽然记起那个被韦孝宽秘密扣押在平凉戍的神秘女人，难道她便是自己苦苦寻觅的胡夫人？韦孝宽将其秘密监押又是出于何种目的呢？

放下手中棋子，宇文邕若有所思地说："看来我还得去会一会韦孝宽，探一探其中的隐情！"

初冬暖暖的阳光洒在并州刺史府，一切似乎又恢复了宁静。

韦孝宽在案前批阅着公文，见宇文邕走了进来，主动站起来，热络地将其让到榻上。

"朝廷中使不日即将抵达玉璧。虽说贺拔纬罪孽深重，但念及其父赫赫功勋，并不会将其处以极刑，只是将其监禁。"宇文邕的语气逐渐从轻松变得严峻，"如今大局已定，但那伙南人却无一落网，以至于很多疑团尚未解开。在临行之际，我特地来向您打探一人的下落。"

"不知辅城郡公意欲打探何人？"

"胡主簿夫人！"

韦孝宽既未急于拒绝，也未急于答复，而是若有所思地捋着有些花白的胡须。

宇文邕见状激了他一下，高声说："刚刚还一起同生共死，难道你我之间还有什么话不能明讲吗？"

韦孝宽身子前倾，将手放在黑红色漆三足凭几上，轻轻地敲击着几面。

一言不发的韦孝宽终于开口道："你为何独独对她如此牵肠挂肚呢？"

宇文邕点点头道："胡主簿迎娶她之前只是个名不见经传的小吏，也就是近十年的光景，他居然能够成为一州之主簿！这个女人的能量着实不容小觑啊！"

"实不相瞒，这个女人现正关押在平凉戍。贺拔纬离奇化灰之后，我命神举暗中监视与贺拔纬往来密切之人。就在胡主簿被烧死的那晚，这位胡夫人的行踪却甚是可疑。她急匆匆离家，又刻意甩掉盯梢之人，次日又莫名出现在北市，随后又急着出城，要不是神举在城门处早有安排，或许还真让其趁机逃脱了！我之所以将其秘密关押在平凉戍是担心玉璧城中仍有她的同伙，一旦消息泄露出去，她的同伙会设法营救她。如若辅城郡公执意要与其见一面，我自会尽快安排。不过这个女人的嘴却硬得很，无论怎样威逼利诱，始终三缄其口，辅城郡公即便是见到了她，恐怕也会碰个软钉子！"

"在下只想与其见上一面，至于究竟能否问出些什么，那就全凭天意了！"

就在这时，门外突然传来一阵急促的脚步声，通传还未来得及通禀，一个满脸络腮胡子的将领就闯进来了，大声呼喊道："大帅，不好了，胡夫人悬梁自尽了！"

韦孝宽霍地站起来，大声斥责道："我再三叮嘱你们要严加看管！严加看管！怎么还会发生这等事？"

络腮胡子将领忙躬身谢罪道："末将失职，甘愿听候大帅处置！"

"尸身现在何处？"

"仍在平凉戍。"

"将其好生安葬！失职之事，待本帅查明后再行定夺。暂且退下吧！"

宇文邕默默注视着眼前这突发的一幕，意味深长地说："看来在下与胡夫人今生注定无缘相见了！告辞！"

胡夫人的死难道仅仅是个意外？这个问题始终纠缠着宇文邕。

韦孝宽下令玉璧全城取消宵禁三日，劫后余生的人们纵情享受着这三个自由而又欢快的夜晚。

一轮残月挂在天际，宇文邕、赵志平和独孤芷兰来到了依旧灯火通明的北市，要是在以往，三百声鼓响过后，北市的市门就会关闭，如今夜已深了，北市却热闹依旧。

"刚刚经历了一番生死劫难，明日突然要离开，竟还有些不舍。"芷兰有些动情地说。

眉头紧皱的赵志平有些不合时宜地道："长安那些谜案目前尚

无头绪，玉璧这一系列事件又为我们平添了许多待解的谜团。我一直不解那伙南人是如何得知胡主簿已然暴露了，居然抢在我去见韦孝宽的前一夜杀人灭口。"

芷兰低声道："此事只有三人知晓，我、赵上士，还有……"

赵志平却斩钉截铁地反驳道："我与王轨相交多年，此人绝对可靠！"

宇文邕怕坏了彼此的兴致，忙打圆场道："如此说来，问题便只能出在中途！"

赵志平的心猛地一颤，中途？中途！

玉璧距长安不过六百里，虽然顺风与逆风信鸽耗费的时间并不相同，但无论如何一日也能飞到。王轨曾在信中说被俗事所扰耽搁了一日，重新勘验尸身耗费一日，如此算来，四日便可飞回，却耗费了五日之久，足足多出了一日。

问题的症结或许就在于此！

"辅城郡公，独孤小姐，在下还有一件要事需处理，先行回驿站了，失陪！"

赵志平急匆匆返回驿站，从笼中取出那只白鸽。白鸽冲着他"咕咕"叫了几声。他轻轻地抚摸着白鸽的脖颈，此处毛发居然不太柔顺。他将那些疙里疙瘩的东西揪下来，看了看，又放到鼻畔闻了闻，居然是白石灰，还隐隐有血迹。

果然不出所料，那伙歹人的确是从白鸽身上提前获知消息的！

他们居然能够将快速飞翔的白鸽打落，却又不伤其性命，这中间的力道拿捏得如此恰到好处,而且又掩饰得如此不易被人察觉,绝非一般人所能为!

他们会不会循着白鸽的印记,早已将魔爪伸向了王轨?

想到此,赵志平不禁打了一个冷战。

木篇：风起

"采采荣木，结根于兹。晨耀其华，夕已丧之。人生若寄，憔悴有时。静言孔念，中心怅而。"

——〔东晋〕陶渊明《荣木》

一个绝色无双的美女化为一具人形枯木，紧接着一棵参天大树横亘在官道之上，硬生生拦住了太傅于谨的去路，一个个手执利刃的刺客趁势向着于谨围拢过来。面对杀机四伏的危局，年迈的于谨又该如何应对？此时此刻，整个帝国都将关注的目光投向了那棵光秃秃的槐树！

第十九章
残灯未杀影迷离

诡　迹

夜宴在曼妙的歌舞声中开场了。博山炉轻烟细袅，送来阵阵香风。两行纱灯，烛影摇红。貌美如花的侍女们捧着酒盅穿梭其间，半露着醉人的酥胸，频动着纤美的玉指。绮罗丛中，醉眼蒙眬。半酣之际，月转梧桐。

宴会的主人是宇文盛，年初之时，他因告发赵贵、独孤信谋反有功，授大将军，进爵忠城郡公，迁泾州[1]都督。

春风得意的宇文盛每次回长安皆力邀好友同僚在府中宴饮。右小宫伯下大夫杨坚也在受邀之列，其实杨坚本不喜此种宴饮之事，无奈宇文盛如今炙手可热，也只能勉为其难。

1.治所安定郡安定县（今甘肃省平凉泾川），管辖安定郡、安武郡、平凉郡、平原郡四郡。

新任原州[1]刺史元赞坐在杨坚身旁。自从周代魏之后,元赞广平王的爵位被削去,降为广平郡公。好在元赞八面玲珑,结交甚广,才得以在那场针对魏朝宗室的政治屠杀之中活了下来。

元赞频频向杨坚举杯,但杨坚却已有些醉意了。

微醺的杨坚忽然在舞姬之中发现了一个惊艳的倩影。她身材妙曼,舞衣轻盈,似片片云朵;容颜娇媚,样貌秀丽,如一朵牡丹。英英妙舞态若飞,丽华翘袖玉为姿,歌时眉黛舞时腰,无处不妖娆,回眸一笑,百媚千娇,杨坚的心中不觉泛起一阵酥痒。

一曲终了。那名美艳女子一路舞动着,捧着一杯美酒献于杨坚案前。杨坚端起酒杯,一饮而尽。

乐曲再起,那名女子又舞了起来。

元赞凑到杨坚的耳边说:"你有没有发觉她从未露过自己的手。"

杨坚的心猛地一颤。是啊,无论是歌舞时,还是向客人敬酒时,那个女子的手始终都被长长的袖子紧紧包裹着。

又是一曲终了,她又前来敬酒。杨坚借着酒劲儿猛地撩开她的袖子,令人震惊的一幕却出现了。

她的手没有一丝肉,而是黑漆漆的枯木!

就在杨坚惊骇之际,厅内主灯不知为何突然灭了,只剩下几点微弱的烛光,灯火通明的大厅顿时暗淡下来。

1.治所平高郡平高县(今宁夏固原),管辖平高郡、长城郡二郡。

女子随即发出阵阵令人可怖的冷笑，只见她两脚足尖交叉，左手叉腰，右手高举，越舞越快，越快越舞，彩带飘飞，裙摆旋转，如同雪花一般在空中飘落，又好似青草一样在迎风飞舞。

冷笑声戛然而止，衣裙散落在地上，衣裙下面居然是一具人形枯木。

面如土灰的元赞惊叫道："难道她便是传说中的木妖？"

杨坚一下子就醒酒了，揉了揉自己的眼睛，不敢相信这世间居然会有如此离奇之事。

难道自己今晚真的遇到木妖了？

邂 逅

乡法中士王轨听闻此事既惊骇不已，又怅然若失。

他关注此事并非因公事，也不是因为猎奇，而是因为那个被世人认定为木妖的女子就是他苦苦寻觅的心上人！

他始终不敢相信，好端端的一个女子怎会是木妖呢？所有美好的记忆和期许瞬间烟消云散！

王轨却偏偏不信邪，发誓要查出其中的蹊跷，却处处碰壁。

那处热闹的宅院自此人去楼空，大门紧锁。宇文盛遣散了宅院里的所有仆人，随后返回了任所泾州。

王轨再三登门才得以见到惊魂未定的杨坚。杨坚心有余悸地将那夜的情形向他复述了一遍，王轨听后也不禁感到毛骨悚然。

尽管如此，王轨仍旧难以接受自己深爱着的女子竟然会化为一具枯木。她有一个动听的名字，雪雁，其实她与王轨原本是两个世界的人，却因一次美丽的邂逅相识！

那日秋官府的同僚冯同河非要拉着王轨去张家瓦子消遣，他不愿去那种地方，但盛情难却，便跟着去了。

宽阔的大厅内有一处直棂勾栏，笔直的竖棂条嵌于盆唇和地栿之间，白色的棂条与红色的栏杆交相辉映，方形八角望柱上端是洒金铜雕莲花柱头，望柱、寻杖与盆唇的结合处都用鎏金的铜构件包镶着，华板上绘有惟妙惟肖的图案，处处透着雍容华贵。

雪雁在勾栏之上翩翩起舞，好似一朵荷花，天生丽质又玉立瑶池，净洗铅华方冰清玉洁；又好像一棵绿柳，亭亭玉立，盈盈素靥；又如同一团雾，月影凄迷，露华零落。

虽然王轨不懂舞蹈，却依旧看得如痴如醉，亦真亦幻。

一曲终了，雪雁缓缓地退下，但那美丽倩影却永远地留在了王轨的心中。

就在王轨痴迷歌舞之际，冯同河却推说家中有事急着走开了。

等到雪雁退场之后，王轨顿觉整个勾栏之上索然无趣。

王轨离开张家瓦子时，一场骤然而至的凄风苦雨光顾了长安城，将深灰色的天宇描摹成一片蒙眬的梦境，一帘烟雨中藏着一席幽梦。

王轨急忙打开油纸伞，有些不舍地离去。

就在这时，一个女子与他擦肩而过，急急地跑向烟雨蒙蒙的前方。正是刚才那个翩翩起舞的女子!

当纷乱的雨点向她袭来的时候,女子没有了方才起舞的优雅,步伐显得凌乱不堪。

王轨紧跑了两步,将伞撑在她的头顶。女子有些疑惑地转过身,当两人的目光碰撞到一起的那一刹那,他的心不由自主地剧烈跳动着,而她的脸上也掠过一丝莫名的绯红。

"若是姑娘不嫌弃,在下可否送姑娘回家?"王轨怯生生地说。

"那便有劳公子了!今日离家时太过匆忙,竟忘记带伞了,还好公子及时出手相助。"

王轨撑着伞与女子并排在雨中漫步,飞驰的思绪随着清风,伴着秋雨,不知不觉间一直飘向氤氲的云水之巅。他们一起走过狭窄的小巷,一起倾听古老的石桥边流水的呢语。

缠绵的柔情细雨从王轨的指尖划过,温润了他那颗寂寞已久的心。

此时一阵秋风掠过女子的脸庞,吹起她一肩的长发,王轨痴痴地看着她,发觉她美得嫣然如画,美得叫人一见倾心。他的心中顿时涌起一股暖流,悠悠地漫成一点相思红。

走到沈家巷巷口时,女子去鱼店买了几尾鲜鱼,然后就向着巷子深处走去。

女子突然停下脚步,轻扬下颔,微翘嘴角,故作恬淡地看着他说:"谢谢公子一路相送,小女子不胜感激!"

"姑娘太客气了，但愿你我还能有缘再相见！"

女子并没有答话，而是向着一处破败的院门走去，留给王轨一个余味深长的婀娜背影。

随着"咣当"一声响，院门被轻轻地关上了。刚刚还并肩而行的两人如今却重新被分割在两个不同的世界。

一股惆怅迅速爬上了王轨的脸庞，或许这次美丽的邂逅只是一个擦肩而过的人生片段罢了！

官　司

次日，王轨便收到了远在玉璧的赵志平的飞鸽传书，随即将大统寺的那具尸身从冰窖之中取出，运到一处僻静的殓房之中，准备重新进行勘验。

王轨用锋利的小刀片轻轻地剖开死者的腹部，然后取出死者的胃，恰在此时，一个小吏慌慌张张地跑进来说："大事不好了！两个捕快带着京兆尹签发的传票来抓你，说你牵涉进一桩命案，这可如何是好？"

王轨仍旧专注于手头活计，在死者的胃上开了一个小口，将胃中的残留之物挤入一个粗瓷碗之中，边干着手中活计边不以为然地说："我王某人向来不干作奸犯科之事，何惧之有？"

这时小刑部下大夫孙佑气势汹汹地闯进了殓房，身后跟着两个捕快模样的粗壮男子。孙佑厉声说："目前京兆郡有一宗要案与你有牵连，你速速将手头公务移交他人！"

就这样王轨被带到了京兆郡，审理此案的是法曹参军邓寅飞，王轨此前曾与邓寅飞打过交道，还算有些交情。此前京兆府的几桩疑难案子，正是经王轨重新勘验尸身发现疑点后才得以具结的。

邓寅飞一拍惊堂木，高声喝道："王轨，你可知罪？"

"不知王某何罪之有？"

"你欲聘娶曾雪雁，却遭其父拒绝，于是便怀恨在心，暗中投毒将其害死。"

"在下并不认得什么曾雪雁，求亲之事自然也就无从谈起，何来毒杀之说？"

"昨日酉时[1]，你可去过沈家巷？"

"在下的确曾去过，不过却并非为求亲，而是送一位偶遇的陌生女子归家，不知有何不妥？"

"你可知此女姓名？"

"既然是偶遇，她不说，在下亦不问，自然就不得而知了！"

"此女正是曾雪雁！"

王轨顿觉五雷轰顶。一位如此温婉美貌的女子，自己对她虽有些动心，但并无非分之举，亦无调戏之言，还曾好意相助于她，她为何会诬陷自己呢？

"在下恳请与其当面对质。"

1.晚上五点到七点左右。

"此女因悲痛过度，卧病在床，暂且无法与你对质。传其兄曾承上堂！"

不一会儿，一个四十来岁的男人被带到堂上，此人身材魁梧，扁头扁脸，皮肤黝黑，举手投足间透着一股蛮横。

曾承一见王轨便高声哭喊道："大人，就是此人毒杀家父，请大人为小人做主啊！"

王轨斥责道："你我素不相识，我为何要毒杀令尊呢？"

曾承答道："昨日傍晚时分，他将几尾鲜鱼送至我家，孰料却事先在鱼中下毒，真是歹毒至极！"

王轨质问道："如若真是如此，你与令妹为何无事，唯独令尊被毒死？"

曾承略微迟疑了一下，随即说："小的昨夜在好友家中小酌并未归家吃饭，而妹妹因偶感风寒不思茶饭，才得以幸免。"

王轨不再与之纠缠，而是对邓寅飞道："既然各执一词，可否让在下验一验那位素未谋面的老伯的尸身？只有死人才不会说谎！"

曾承跪倒在地哀求道："大人，万万不可！万万不可！王轨乃是秋官府乡法中士，又是仵作出身，小的担心其会在家父尸身上动手脚。况且此前已有仵作勘验过家父尸身，又有何必要再验呢？"

王轨冷笑道："有火眼金睛的邓参军在，有见多识广的众衙役在，还可以请初验的仵作到场，王某能在众目睽睽之下做何手脚？你是不是心虚了，唯恐我王某人发现你们不可告人的秘密？"

曾承用手指着王轨说了声"你血口喷人"，咄咄逼人，却难掩内心的惶恐。

邓寅飞喝道:"住口!既然案情不明,按王轨刚才所言行事也未尝不可。"

众人来到位于官衙后侧的殓房。王轨自从入职秋官府以来勘验过的尸身不下百具,不知给多少人还以清白,如今却轮到他自己!

王轨质问初验的仵作道:"你如何判定此人死于中毒?"

"其死状与毒杀颇为相符!手指、脚趾青黑,七窍流血⋯⋯"

"你仔细看看,手指、脚趾乃是灰暗色,怎会是青黑色?分明是口鼻之中的血水流入两耳。怎会是七孔流血?你可用银针刺入死者喉咙验毒?"

仵作低声道:"那是自然!银针刺入喉咙后变为青黑色,此人定然是被毒杀!"

"刺入咽喉前后,你可用皂角水反复擦洗过银针?"王轨转而对邓寅飞道,"如若遗漏了这关键一步,恐致勘验结果失真,在下恳请再验!"

邓寅飞随即道:"既然如此,另验一次也无妨!"

邓寅飞遂命一个小吏取来一根银针和一盆皂角水。王轨接过银针,将其放入皂角水中反复擦洗,然后用干麻布将其擦干,随后插入死者喉咙之中,又要了一张藤连纸封住死者口鼻。

约莫过了三炷香工夫,王轨将银针取出,原先白晃晃的银针变为淡青色,及至将银针放入皂角水中擦洗,银针上的淡青色很快便消失不见了!

王轨又将银针插入死者的肛门之中,银针上所呈现的淡青色也很快被皂角水擦洗掉。

王轨将银针举过头顶,高声说:"如若死者服毒日久,毒气一旦藏于脏腑之内恐将难以用银针验出,但此人死于昨夜,自然不会存在此种情形。可如若死者生前进食过多,或许会将毒物押入脏肠之内,这样从咽喉处便难以验出,不过却可以从谷道内验出。如今咽喉与谷道两处,在下均已勘验,用皂角水擦洗后的银针光洁如故。银针初拔时之所以会变色乃是缘于尸腐,并非尸身内的毒液所致!"

初验的仵作顿时无言以对,曾承却依旧强词夺理道:"大人,王轨乃是仵作出身,狡诈异常,所用毒药定然非寻常毒药,或许此种毒银针并无法验出!"

邓寅飞看了看王轨,只要王轨予以否认,审理便可以到此为止了。

可王轨却是出了名的"一根筋",并未理会邓寅飞的好意,居然说:"此人所言不虚,世间毒物何止千万,银针所能验出之毒毕竟有限,但凡是中毒定然会在尸身上留下印记,恳请邓参军准许在下取下死者的囟门骨,一验便知!"

"万万不可!家父横死家中已属大不幸,怎能再让歹人荼毒家父尸身呢?家父恐将难以入土为安!"

邓寅飞一拍惊堂木,大声呵斥道:"大胆刁民!你既对银针验毒之法有异议,却又对勘验囟门骨之事推三阻四,你到底是何居心？"

见邓寅飞如此说，曾承也不敢再行阻拦。

王轨命人取来一个小锯，从尸身的头颅之上小心翼翼地割下囟门骨，映日照看，高声说："邓参军，囟门骨乃是辨别中毒与否的第一要害，此人囟门骨如此莹白，何毒之有？"

曾承依旧不依不饶地说："既然如此，家父好端端的为何会猝然离世呢？"

"令尊病倒后，你可是给其服下桂圆、人参等大补之药？"

"的确如此。你是如何得知的？"

"从死状来看，令尊得的应是痧胀，你用大补之药不仅不能救他，反而会害了他！"

曾承闻听此言，随即跪倒在地，说："王大人，小的因一时糊涂才对您有所误解，还望您大人不记小人过！"

王轨刚刚还对其恨之入骨，不知为何仇恨竟渐渐消散了，或许是她的缘故！

"邓参军，这其中或许有些误会，他们兄妹或许是因父亲猝然离世悲伤过度而误会了我王某人，还请您对他网开一面！"

曾承没有想到王轨不仅没有落井下石，反而会出手相救，感激涕零地叩头道："王大人，您真是菩萨心肠，您的大恩大德，小的一辈子都感激不尽！"

其实王轨刚刚勘验那具尸身时发现了一个极为重要的细节，不过却对邓寅飞刻意有所隐瞒，只因这个细节足以将这对兄妹置于死地,而这却恰恰是他不愿看到的!

只有隐瞒不报,才会将这一切归结于误会,否则他们兄妹将被定为反坐之罪,那可是要掉脑袋的!

王轨也不知为何,每每忆起那个只有一面之缘的女子,对她便只有念,却没有一丝恨,哪怕只是雨中漫步的某个瞬间都会触动他内心最柔软的地方。

艳　遇

离开京兆郡官衙时,已过正午,慵懒的阳光照在王轨身上,暖融融的很是惬意。

在街边要了两个胡饼和一碗素面,匆匆吃过后,身心俱疲的王轨无心再回秋官府当差,而是径直回了家。

傍晚时分,王轨正在聚精会神地研读勘验之书,忽然听到敲门声,急忙跑去打开院门。

"怎么会是你?"王轨脸上浮现出惊讶的神情。如若不是刚刚险些遭遇牢狱之灾,他的脸上浮现的便不会是惊讶,而是惊喜!

雪雁一脸愁容,道:"奴家万万想不到居然会连累到公子,特地来登门谢罪!"

王轨却冷冷地说:"姑娘大可不必为此而耿耿于怀。王某早已将那些不快忘却,姑娘又何必要旧事重提呢?还望姑娘好自为之!"

王轨正欲关门，哪料雪雁却将手搭在门板之上，流着泪说："我有话要对公子言讲，可否到屋中一叙？"

"天色渐暗，孤男寡女同处一室恐有不便！"王轨断然拒绝道。上次雨中撑伞险些让他锒铛入狱，如今若是同处一室，不知又会惹出什么祸端！

"想不到公子竟会如此绝情……"雪雁话还未说完就晕倒在地。

王轨一时慌了神，只得将其抱进屋中，放到炕上。

他略懂些医术，洗了好几遍手，用巾帕擦干后将手搭在她的玉腕之上，脉沉软而无力，想必是气虚导致的昏厥，于是从柜中找了些黄芪、党参、白术、当归等补中益气之药，熬好后一勺勺地喂进她的嘴中。

约莫过了半个时辰，雪雁缓缓睁开眼睛，有气无力地问："奴家这是在哪里？"

"在下家中！姑娘刚刚晕倒了，不过并无大碍。"

"又劳烦公子了！奴家今晚前来就是想将之前的误会解释清楚。奴家那个哥哥曾承本就是心狠手辣之徒，一直担心未出阁的奴家会与他分家产，便诬陷家父被奴家所害，还买通了官府，欲将奴家置于死地。奴家本是个无依无靠的弱女子，到了官府还不是任人欺凌，万般无奈之下才将公子牵连进来，公子既是公门中人，又精通刑狱之术，一定能为奴家洗清冤屈，果不其然，只是委屈公子了！"说到此处，曾雪雁已经泣不成声了。

雪雁啜泣之声敲击着王轨那颗怜香惜玉的心。他咬着牙说："想不到令兄如此歹毒，早知他是这样的人，还不如不替他隐瞒，治他个反坐之罪。"

"一切都来不及了！哥哥之前便寻好了买家，此时恐怕已变卖家产逃之夭夭了，以至于奴家落得个无家可归！"

"姑娘莫要心急，也莫要绝望，若是姑娘一时无处栖身，可在此暂住些时日，寒舍虽简陋了些，却还算宽敞。"

"多谢公子收留，奴家感激不尽！不知家中是否有浴桶？奴家自幼便气血两虚，为奴家诊治的大夫再三叮嘱奴家要多洗热水澡，好让全身血脉通畅。"

"在下这便去准备！"

王轨随即去灶台烧水，烧开后倒入大浴桶之中，还特地提来了一个小木桶将其灌满，木桶之中放了一个瓢，然后关上门离开了。

雪雁褪去身上衣襟，踏着一个朱漆小凳，进入浴桶之中。腾起的热气好似蓬莱仙境，水温相当适宜。她将头轻轻地靠在桶边，虽然此时很是惬意，但心中的烦乱依旧挥之不去。

她捞起桶中漂浮的花瓣，放在鼻畔轻轻地嗅着，顿觉心旷神怡。双颊慢慢变得红润，那张刚刚还白得没有血色的脸渐渐变得楚楚动人。

雪雁随后将澡豆轻轻地涂抹在身上，然后用花瓣在身上不停地摩挲着，让花香浸入自己的皮肤之中。

她洗得极细致，直到水渐渐有些凉了，方从桶中立起来，踏到朱漆小凳,来到桶外。晶莹的水珠顺着她美丽的面颊、修长的大腿不停地向下滴落着。

雪雁用巾帕将身上的水一一擦净,然后将一块白色的浴巾裹在身上,突然大喊一声:"救命啊!"

王轨听到她的呼救之声,随即闯进屋中,正好撞见她被浴巾包裹着的湿淋淋的身体。

"屋内有老鼠!"她怯生生地说。

王轨根本就没有听清她究竟说了些什么,而是痴痴地望着她。她圆圆的脸、大大的眼、弯弯的眉、薄薄的唇、长长的腿、细细的腰、翘翘的臀、高高的乳房、白白的肌肤,没有一处不迷人,也没有一处不妖娆!

欲望如同一群又一群蚂蚁啃噬着他的心,恰在此时,雪雁突然抱住了呆立在一旁的王轨,而他再也无力挣脱。

在这个寒风瑟瑟的初冬夜里,这个天生的尤物白如一片雪,滑似一湾水,暖似一团火,让王轨欲罢不能!

日上三竿之际,王轨才被初冬的暖阳唤醒。

"阿郎,再睡会儿吧!"雪雁揉着惺忪的睡眼说道。

王轨边穿衣裳边说:"在下还有要事去办,失陪了!"

王轨忙到太阳西沉才归家,此时雪雁已经为他备好了一桌饭菜,还特地烫了一壶老酒。

雪雁倒上一盅酒,双手递给王轨,貌似不经意地问:"夫君忙了这整整一日,不知究竟有何要事?"

王轨接过酒盅一饮而尽,敷衍道:"无非是些刑名之事!说出来也了然无趣!"

　　雪雁的脸上却露出一丝愠色,将酒壶硬生生地撤在食案之上,不悦道:"奴家将一切皆给了你,却换不来你的一句真言!"

　　王轨赔笑道:"娘子莫要动怒,我绝无意隐瞒,只是说出来怕坏了娘子吃饭的兴致!我刚刚戳穿了一伙歹人偷梁换柱的毒计!"

　　雪雁脸上的怒气渐渐消散,却依旧板着脸说:"你不愿说,奴家还不愿听呢。"

　　王轨夹了一口鱼放入雪雁的口中,道:"在下能够一亲芳泽乃是上辈子修来的福分,岂敢不知珍惜呢?"

　　雪雁嚼着他夹过来的鱼,伸出玉指点了一下他的前额,笑笑说:"知道就好!"

　　这个甜蜜的画面至今仍浮现在王轨的眼前,但美好往往是如此的短暂!

寻　人

　　次日清晨,王轨照例去秋官府当差,可当他晚上归家时,却发觉家中空空如也。

　　起初他还以为雪雁临时有事出去了,可等到月上柳梢,却仍未见她回来,于是急促敲响左邻右舍的门,询问他们是否知晓雪雁的行踪。

巷子东侧的一位老阿母说，今日午时，来了一伙人，自称是忠城郡公府上的人，手里还拿着经官府交割的契书，说是她哥哥已经将其卖到忠城郡公的府上为婢，将其强行掳走了。

王轨顿时傻了眼。忠城郡公宇文盛如今可是权势显赫，手中又有契书，而他与雪雁未曾婚配，虽心有不甘，却又能如何？

就在王轨竭力寻找之际，却听闻她诡异地化为一截枯木。

王轨自然不会信那个与自己共度春宵的女子是什么木妖，可他越查越觉得不寒而栗。

他又来到沈家巷，敲开了一户人家的院门，开门的是个白发苍苍的老伯，老伯扶着门板问："不知这位官人有何贵干？"

王轨躬身施礼道："这位老伯，小可是来投亲戚的，孰料那处宅子竟然换了主人。"

老伯热心地问："你欲投的亲戚是哪一家？"

"这个巷子东头第五家，那是在下的远房伯父，不知您老可否认得？"

那个老伯惊道："你的伯父可是曾老嘎？"

"正是，不知他老人家如今身在何处？"

"他已经死了！"

"什么？伯父平日里身子骨一向硬朗，怎会突然暴毙？他得的究竟是何病？"

那个老伯神秘兮兮地说："他恐怕是被木妖吸食阳气而死！"

"老伯莫不是在拿在下打趣？"

那个老伯却一本正经地说："人命关天的大事，老夫我怎敢胡言乱语！况且曾老嘎又是你的长辈，老夫不敢有半句戏言！我与曾老嘎本是同乡，一同来京城做小生意已经三十余年了。离家前，他本已娶妻成家，膝下还有一双儿女，可妻子儿女却先后死于一场大瘟疫。他怕触景生情才背井离乡来长安谋生。他来长安后日子过得一向颇为清苦，又没攒下什么钱，也就未曾再讨到媳妇。哪承想今年年初，他却莫名地多出来一儿一女。我曾向他打听这双儿女的来历，他却总是遮遮掩掩。也就是八九个月的光景，他便暴亡了！女儿化为一截枯木，儿子也消失得无踪无影！"

王轨吃惊地望着他，道："什么？他那一儿一女早在三十多年前便已死于瘟疫？"

如若真是如此，那他前几日所见的那个绝貌女子究竟是人，还是妖？

机　宜

经历九死一生的芷兰虽故作坚强，却早已是身心俱疲，回到长安后决意好好休整一番，可赵志平却又敲响了她家的院门。而且在他身后还有一人，赵志平指着身边的人介绍道："这位就是在下此前屡屡向你提及的秋官府乡法中士王轨！"

芷兰笑道："我与王中士此前曾有过一面之缘！幸会！幸会！"

王轨忙躬身施礼道："今日有幸再次得见独孤姑娘，实乃人生一大快事！"

赵志平说："既然如此，咱们索性就开门见山！"

王轨将近日遭遇的这一连串离奇之事详细叙述了一番，言辞之中还残留着对那段短暂情缘的依依不舍之情。

"难道世间真的会有如此离奇之事？"芷兰喃喃自语道。

她似乎突然察觉到了什么，提高声调道："难道你不觉得她出现的时机太过巧合了吗？在接到赵上士飞鸽传书的前一日，你与她邂逅，次日你便接到赵上士的传书，又莫名地身陷囹圄，要不是你精于勘验，要不是法曹明辨是非，你还不知要在狱中待多久，或许还会被误判杀人。对了，你说那个老伯并非死于案发前一日，而是已死去多日？"

王轨道："不错，如今正值秋冬之交，尸身腐烂得要慢一些，从尸状上来看已然死去多日了！"

"王中士，你可否想过，如若他真的是被毒死的，恐怕你便真的百口莫辩了！"

"独孤姑娘此话是何意啊？"

"还好那个老伯在歹人动手前便已病故，否则他们为你设下的这个圈套可就真的天衣无缝了！"

"圈套？！雪雁的哥哥为了争夺家产，不顾兄妹之情，借其父身死之事蓄意陷害于她，她无奈之下才将我牵涉进来。怎会是圈套呢？"

一直沉默不语的赵志平开口道:"我给你传书的那只信鸽颈部隐隐有伤痕,而且是击打伤,想必是在中途曾被歹人击落过。那伙歹人应该已然知晓了我与你传书的内容。从玉璧飞来长安往返只需两日,你勘验需用一日,身陷囹圄又耽搁了一日,也只需用四日便可飞回玉璧,但它却飞了足足五日。想必是将一切皆安排妥当后,那伙歹人才将我的那只信鸽重新放飞,而你这才有了那番离奇经历!"

"你是说我与雪雁的邂逅是歹人刻意安排的?"王轨随即摆摆手道,"这怎么可能?为了我一个小小中士,他们就精心策划了如此之大的阵仗,岂不是太过小题大做了?"

芷兰并未直接反驳而是问道:"那日非要拉着你去张家瓦子消遣的冯同河现在何处?"

王轨也好似觉察出一丝异样,说:"这几日我始终都未曾见过他,据说他调往始州任职了,调令下得很是突然啊。"

芷兰道:"王中士,这难道还不够蹊跷吗?"

赵志平开口道:"你虽只是京城之中微不足道的小官,却关乎玉璧那场大阴谋的成败。胡主簿是整个阴谋中的关键人物,如若他落网了,不仅整个阴谋会败露,就连他们那个神秘组织'血酬卫'也会受到牵连。他们提前得到消息,抢先将胡主簿杀人灭口,剪断一切线索,使得我们的调查也就此陷入僵局!"

王轨细细品味着赵志平的话,说:"难道雪雁刻意接近我真的是有着什么不良居心?可她在众目睽睽之下化身一截枯木却是不争的事实,当时包括宇文盛、元赞、杨坚在内的许多达官贵人可都在场。这又如何解释呢?杨坚可是独孤姑娘的妹夫,想必他的话应该是可信的吧!"

芷兰却道:"这件异事如今已在长安传得沸沸扬扬。我一直都有一种预感,近期他们可能会在长安有大动作!"

第二十章
谁怜冷落暗尘局

探　访

长安西郊，夕阳西下，清新园显得格外恬静而又安详。

太傅于谨坐在沧浪亭中。沧浪亭位于假山之巅，高旷轩敞，石柱飞檐，古雅壮丽，与涟漪一碧相互呼应，与巍巍艮岳相互映衬。

老仆于顺绘声绘色地将数日前歌姬化为枯木的奇闻说给主人听，于谨听后意味深长地说："世间竟会有如此咄咄怪事？不过也难怪，这个宇文盛如今是人是鬼还未可知！"言罢，于谨默默地看着湛湛蓝天上碧云飞，茫茫大地上黄叶落，一波湖水被深秋浸染，浩渺波光上笼罩着凄清的烟雾，青翠中透着萧瑟。

辅政之初，宇文护之所以能够在权力舞台最中央站稳脚跟完全得益于于谨在关键时刻的鼎力相助，但在事成之后，于谨竟然出人预料地选择了身退，渐渐淡出了众人的视野。

半隐退的于谨将所有心血皆花在营造清新园上。他在长安西郊买了上百亩地，依势构山，重岩覆岭，涧道盘纡，悬薨垂罗，亭台楼阁点缀其间；飞馆生风，重楼起雾，曲沼飞梁错落分布，跨水为阁，引渠为池，桃李夏绿，竹柏冬青，四时皆有佳景。

有下人突然来报，说天王宇文毓与夫人独孤夏若来了，于谨并没有急着去迎接圣驾，仍旧稳稳地坐在沧浪亭内，是在观望，也是在权衡。

对于他们的到来，于谨的内心是极为纠结的，既喜又惧。喜的是新君并未忘记老臣，虽然他生性淡泊，却并不想就这样在浑浑噩噩中度过残生。惧的是大权在握的宇文护早已今非昔比，一旦选择与宇文护为敌，自己以垂垂老矣之身还斗得过如日中天的宇文护吗？

在管事的引领之下，宇文毓与独孤夏若循着石阶一步步向上走去，两旁竹影摩挲，滴翠匀碧，金桂怒放，甜香满坡。

于谨此时才迈着略显蹒跚的步子迎了过来，跪拜道："老臣不知天王、夫人到此，有失远迎，还望恕罪！"

宇文毓忙将其搀扶起来说："太傅不必多礼！太傅乃是寡人的长辈，寡人该以叔侄之礼拜见您才对！"

于谨急忙说："天王如今可是九龙之身，使不得，万万使不得！否则可就折煞老臣了！"

夏若机敏地转换话题道："太傅，此亭之名甚妙啊！沧浪之水清兮，可以濯我缨；沧浪之水浊兮，可以濯我足。由此可见太傅渴求高洁之心！"

夏若所说的"独善其身"其实含有深意，但于谨却故作不解其中之意，赞赏道："夫人果然学识渊博，见识不凡！"

夏若笑笑说："太傅过奖了！众人皆言太傅乃是造园大家，今日得见果然名不虚传。此亭堪称整座园的点睛之笔，也是临风赏月的绝佳去处。皓月相映，水波荡漾，凉风习习；风从池沼来便有了水的温润，从云岗山来便有了山的伟岸，从竹林来便有了竹的高逸，从松间来便有了松的挺拔。"

于谨自然知晓夏若明着是在说造园之法，实则是在谈近朱者赤、近墨者黑的道理，可如今谁是朱，谁是墨，不到最后一刻还未可知。其实朱者未必红，只因着了一件光彩照人的绯衣罢了；而墨者也未必黑，只因被抹了一层黑黢黢的松烟而已！

于谨咳嗽了几声，道："夫人过奖了！老夫不过是随意堆砌而已，并没有那么多门道，也没有那么多讲究。在夫人口中，腐朽却可以化为神奇，原本了无生气的一个亭子却成为别有情趣之处。青，取之于蓝，而青于蓝；冰，水为之，而寒于水！看来老夫是真的老了！"

夏若却道："昔姜尚年逾九十，召公几将百岁，仍在勤勉王室。如今元恶未除，四海分崩，太傅素来誉重望高，您不仅要修身齐家，更要治国平天下！"

宇文毓也道："太祖在世时曾不止一次提及过，太傅性深沉，有雅量，涉猎经史，尤好兵书，实乃不可多得的王佐之才！太傅年少时曾隐居乡里，不求仕进，当时有人劝您为官，您说道，'州郡之职，昔人所鄙；台鼎之位，须待时来'。这是何等的气魄！每每忆起太傅年少时曾说过的这句豪言壮语，皆是仰慕不已！太傅位列三公，正是大展宏图之际啊！"

宇文毓对于谨极尽恭维之词，又在不经意间提到了已经故去的父亲，恰恰是宇文泰触动了于谨死水一般的内心。

在于谨走投无路之际，时任夏州刺史的宇文泰收留了他，于谨在其麾下担任防城大都督兼夏州长史。在此后二十五年的时光里，于谨追随宇文泰一路南征北战，东挡西杀，几度死里逃生，险些命丧黄泉，那种特殊情分历久弥新，终生难忘。

于谨陷入对往昔的回忆之中，如今身处危局之中，决不能感情用事！

他也渐渐品出了宇文毓谨言慎行，每每出言均不瘟不火，恰到好处，适可而止。夏若则是绵里藏针，看似句句应景，但细细品来，却是句句有所指！

宇文毓与独孤夏若夫唱妇随，不显山，不露水，绝不可小觑！

于谨沉默良久才开口道："老朽都这把年纪了，还能有何用？"

宇文毓摆摆手道："太傅此言差矣！不仅仅是寡人需要您，江山社稷也需要您，黎民百姓更需要您！"

夏若道："天王早已拟好了一道诏书，只等太傅应允即可颁布。"

夏若拿出一道诏书，念道："自古以来，立三老五更，率民孝悌，躬自袒割。太傅、燕国公谨，执德淳固，为国元老，馈以乞言，朝野所属。可为三老，有司具礼，择日以闻。"

"起风了！"于谨若有所思，望着茫茫夜色，陷入无尽的沉默之中……

提　携

宇文泰病逝之初，宇文护虽受命辅政，但面对的却是一个朝政危局！

那帮跟随宇文泰征战多年的老将们岂是轻易臣服于他人之辈？在地位崇高的八柱国之中，除了已经故去的宇文泰、元欣和李虎三位，李弼、赵贵、于谨、独孤信、侯莫陈崇等五位柱国都还健在。这五人无论是官位，还是资历，均与宇文泰相差无几，况且宇文泰在世时，他们与宇文泰只有高低之分，却并无君臣之别。

与这五位功勋重臣相比，宇文护无论是名望，还是地位都相去甚远。除了这五人，其他一些素来桀骜不驯的功勋旧将们也不会轻易地对他俯首听命，心怀异志之人一时间跃跃欲试，**蠢蠢欲动**。

手足无措的宇文护只得去找老臣于谨商议对策。

于谨足智多谋，却生性淡泊。位高名望，却为人谦让。他并不喜欢前呼后拥的感觉，每次上朝时只带两三个侍骑跟随；也不醉心于权力，而是崇尚悠闲恬静的生活。宇文泰在世时，他便曾将自己所乘的骏马和所穿的铠甲上交朝廷，流露出退隐之意。宇文泰却劝阻说："如今奸佞未除，社稷未定，你岂能独善其身呢？"

宇文护一直对于谨颇为尊崇，见到他总会以叔侄之礼相待。事到如今，他觉得或许只有于谨才能帮助他掌控局面。

　　得知宇文护的来意之后，于谨坚定地说："谨素来承蒙太师知遇之恩，恩深如同骨肉，今日之事，必当以死争之，而你一定不要退让！"

　　宇文护慷慨激昂地说："护断然不会让您失望！"

　　次日，众臣一起商议国事时，于谨说："昔帝室倾危，如若不是太师力挽狂澜，绝无可能有如今之局面，可大业未成，太师却骤然离去，真乃危急存亡之秋！嗣位的世子尚且年幼，太师一向与中山公情同骨肉，临终之际曾将后事托付于他。军国之事，理应交由其处分。"于谨讲这番话的时候声音高亢，面色严峻，在场之人无不畏服。

　　宇文护接着说："辅政之事乃是家事。护虽平庸愚昧，又怎敢推辞呢？"

　　于谨站起身来对宇文护说："公若能统理军国大事，我等也就有所依靠了。"

　　话音未落，年迈的于谨居然主动向宇文护跪拜，而且一拜再拜。

　　德高望重的于谨竟然主动向比他小二十二岁的宇文护跪拜，在场的王公大臣也只得跟着于谨一起向宇文护下拜，不管是真心归附，还是身不由己！

　　宇文护就这样在北周政治舞台的最中央站稳了脚跟，渐渐将权力牢牢地掌控在自己的手中。

回　宫

宇文毓与独孤夏若离开清新园后前往长安城西三十里的雄安驿过夜。

天还没有亮，二人就启程回长安，争取赶在长安城门刚刚开启之时进城，以免暴露行踪。

在回长安的路上，夏若与宇文毓并排坐在车中，身子随着车子的颠簸不停地摇晃着。

这些日子，夏若实在是太过疲惫了，靠着宇文毓的肩头竟然睡着了。此时的夏若仿佛卸去了一切伪装，重新做回了一个小鸟依人的女人。

天刚蒙蒙亮，宇文毓与夏若便回到了宫中。

"天王，夫人，这么早你们这是去了哪里呀？"一个娇滴滴的声音从他们的身后传来。

夏若猛地一回头，发觉居然是庄妃徐迎春，眉头不由自主地轻轻皱了一下。

宇文毓的心也是一颤，轻轻地说："原来是迎春啊！你起得竟如此早啊？"

"奴家一人独自面对这凄风苦雨，怎么能睡得着呢？"徐迎春拉着宇文毓的胳膊撒娇道。

宇文毓下意识地看了一眼夏若，发觉她的眉头皱得更紧了。

多年前徐迎春与宇文毓相识于陇右，那时的宇文毓授任大将军，镇守陇右，而元赞也恰在陇右担任渭州[1]刺史。

其实宇文毓还肩负着一项秘密使命，就是暗中监视魏朝宗室的动向，广平王元赞自然在监视之列。一来二去，两人便渐渐熟识了。

那夜，宇文毓在元赞的香川别墅宴饮。酒酣之际，元赞拉着宇文毓的手热络地说："宁都郡公，可否赏光到在下新修的林泉汤泡上一泡？"

宇文毓醉眼蒙眬地说："如今正值隆冬，正是泡温泉的绝佳时节！"待宇文毓有些踉跄地走到汤池边，正欲宽衣解带之际，徐迎春却突然出现了。

"你是谁？"

"广平王特地让奴家来侍奉宁都郡公！"

话音未落，徐迎春便迎面坐到宇文毓的怀中，她身上散发的淡淡香味成为男人难以抵御的诱惑。

宇文毓打量着她，她修长的玉颈下那片如凝脂白玉的酥胸，高耸着直逼宇文毓的胸口。

她开始轻轻地扭动着自己的小蛮腰，正当饥渴难耐的宇文毓想要抓住她亲吻之际，她却灵巧地躲过了他的大手。

---

1. 治所陇西郡襄武县（今甘肃陇西县），管辖陇西郡、南安郡、渭源郡三郡。

她的嘴角微微翘起，诱人的红唇里透着丝丝的香气。她那双媚意荡漾的大眼睛含着笑，带着俏，也透着妖气，故意挑逗说："宁都郡公，心急可吃不着热豆腐！请宁都郡公入汤吧！"

徐迎春随即旁若无人地褪去身上最后的遮挡，将自己诱人的胴体完全暴露在宇文毓极度渴求的目光之下。

她缓缓地走进汤池。那双颀长水润而又匀称性感的美腿是那样妖娆，就连那双秀美的莲足也透着一种让人欲罢不能的诱惑。

宇文毓急忙褪去衣服跟了过去，急不可耐地从背后抱住她，一时间水花四起。

宇文毓也不知是自己激起的水花，还是徐迎春刻意撩起的水花，不一会儿他的身上就变得湿漉漉的，一个气喘吁吁，一个莺声呖呖……

宇文毓至今都不明白一向清心寡欲的自己那夜为何会变得如此放纵，或许是酒后乱性，或许是徐迎春的诱惑难以抵御，或许……

徐迎春就这样来到了宇文毓的身边，虽然夏若对于她的到来并未说什么，但内心还是隐隐不适。

"天王，妾身有些疲乏了，先回殿休息了！"夏若有些没好气地说。

徐迎春却丝毫不顾及夏若的感受，轻轻摇晃着宇文毓的胳膊，说："既然姐姐累了，妹妹也就不便强留了。天王能否到妾身的涵光殿里坐一坐？"

涵光殿里总是弥漫着一种淡淡的奇怪味道，就如同徐迎春一般,让人捉摸不透!

一个小黄门手捧着一个漆器托盘,托盘上放着一个琉璃盅,琉璃盅里透出诱人的红色。

徐迎春端起琉璃盅,递给宇文毓,笑着说:"如今正值秋冬之交,天干物燥,还请天王饮下此杯玫瑰饮,润润喉!"

宇文毓饮完之后身上感到一阵燥热。徐迎春坐在他的腿上,细腻而又柔滑的手就像蛇一样在宇文毓的身上游走,像一股清爽的甘泉流过他的身体,从额头到鼻子,从嘴到脖子,久久地停留在他的胸前。

宇文毓情不自禁地吻向她……

狂风骤雨之后,宇文毓静静地躺在床上,徐迎春将头靠在他的肩头,一切又恢复了平静。

宇文毓忽然将目光投向自己刚刚所喝的那盅玫瑰饮,琉璃盅的底部漂浮着一层卵形的褐色小颗粒,有米粒那么大。他觉得似曾相识,可又一时想不起。

那似乎是蛇床子!

宇文毓忽地坐起来,指着那盅玫瑰饮咆哮道:"这里面泡的是何物?"

徐迎春的脸上掠过一丝慌乱,但很快便装出一副委屈的样子道:"妾身真的不知情。或许是……或许是那个小黄门……"

宇文毓三步并作两步走到几案前,将手指伸进琉璃盅,抓起几颗蛇床子,用指甲狠狠地掐了一下,勃然大怒道:"若是小黄门做的手脚，当为外湿里燥。你自己看看，这些蛇床子里外俱湿。难道你还抵死不认吗？"

徐迎春从床上爬下来，跪在地上，抱住宇文毓的大腿，痛哭流涕地说："请天王息怒！奴家只是想着雨露均沾，并无他意！"

宇文毓用力挣脱她，冷冰冰地说："你还是好自为之吧！"

徐迎春跪爬着苦苦哀求道："天王，奴家知错了！奴家真的知错了！"

宇文毓却并不理会，头也不回地转身离开。

见他走远了，徐迎春随即便换成一副冷酷嘴脸，恶狠狠道："宇文毓，终有一日会让你领教到我的厉害！"

第二十一章
仁气潜随杀机伏

阴　谋

　　长安城西的官道上每隔一里便植有一棵槐树，不过此时树叶却已落光，只剩下光秃秃的树干。

　　之前原本每隔一里便设置一个土堠，用来标记里程，可到了多雨的夏季，土堠总会被雨水冲毁，雍州官署每年都要雇佣劳力进行修复。

　　韦孝宽担任雍州刺史时下令种植槐树以代替容易毁坏的土堠，这样既免去了修缮之苦，又可使行人在炎炎夏日里在树下乘凉歇息。朝廷还特意褒奖他治理有方，可让他意想不到的是，当年植下的那一棵棵槐树如今却杀机四伏！

　　距离官道二三里有一个名为小张庄的村子，住着一百余户人家。但几个月前，小张庄的宁静被一伙不速之客的到来打破了。

　　三个月前，老汉孙瘪子家突然来了十几个亲戚，终日神神秘秘的。这伙人表面上无所事事,但暗中却一直都在紧张地忙碌着,村民们都不知他们来自哪里,更不知他们将要干些什么。

几天后,这些人竟在孙瘪子家的厢房之下挖了一条地道,直通不远处的官道。

见有槐树根在土中隐隐显现,他们不禁发出阵阵欢呼声。那棵大槐树的根扎得很深,他们将手中的铲子换成砍刀。

砍了约莫一个时辰,一个首领模样的人挥挥手,示意众人停下来。此人正是消失不见的曾承。

"绑上!"曾承喝令道。

那伙人在四处蔓延的树根中选取了八棵最粗的根,系上绳子,将绳子的另一端系在八块早已放置好的大石之上。

"继续砍!"曾承再度下令。

那伙人挥舞着手中砍刀,将那棵槐树剩余的根全部砍断。那棵槐树之所以依旧能矗立在原地全都依靠那八根绳子的拉拽。若是砍断那八根绳子,这棵大槐树将轰然倒地!

一场精心策划的大阴谋也即将上演!

行 刺

十一月初三,天刚蒙蒙亮,下了一夜的小雪终于停了,地上白茫茫一片。

老仆于顺服侍着主人于谨洗漱穿戴。白色纱帛中单，外穿黑色曲领宽袖袍服，腰束朱带，足蹬笏头履，头戴平巾帻，外罩筒形纱质笼冠。

虽然已经很久未上朝了，但于谨却清晰地记得天王只在单日才上朝理政，而这次也将是他在新天王登基后首次上朝。

于谨向来不喜前呼后拥，每次上朝只带三个侍骑跟随在左右，还有服侍他近四十年的老仆于顺。

六十五岁的于谨戎马大半生，如今却已很少骑马了。在于顺的搀扶之下，于谨弯着腰走进厢车的轿厢之中。两骑在前面引路，一骑负责殿后，厢车则被护在中间。

自从离开清新园，于谨的身后便始终有一双狰狞的眼睛，密切关注着他的一举一动。

小张庄附近官道两侧的沟渠之中已经埋伏下几十个锦衣人，他们仿佛一群默默等待猎物出现的野狼，而此时的于谨对即将到来的危险还全然不知。

突然，一棵粗大的槐树倒伏横亘在官道之上。

引路的两名侍骑急忙勒紧缰绳，坐骑发出长长的嘶鸣，前蹄腾空，那两名侍骑险些被摔落马下。

就在两人惊魂未定之际，无数只弩箭带着呼啸声如同雨点般向他们袭来。两人还未及拔刀便从马上栽倒下来，当即一命呜呼。

殿后的那名侍骑见状忙催马赶到厢车左侧，用刀奋力拨开射过来的弩箭，但一支从其后方射出的冷箭却从他的脑后贯穿而出。

车夫起初还驾车向前夺路而走,可是横在前面的那棵槐树却硬生生拦住了去路,就在他准备拨转马头之际,一个锦衣人杀到了他的跟前,一刀插进了他的心窝。

这辆插满箭镞的厢车如同一只硕大的刺猬,二十多个锦衣人手持利刃,纷纷围拢过来,将厢车团团围住。

于谨坐在轿厢之内,缓缓地闭上了双眼,长叹道:"天不佑我,我命休矣!"

于顺高声说:"老奴这便出去跟他们拼了!"

誓要与刺客拼命的于顺却被于谨拦下,于谨低声说:"你出去也是白白送死!"

就在于谨命悬一线之际,外面的刺客却似乎乱了起来,不时传来阵阵刀枪碰撞之声。

一个头戴幂篱[1]之人手执一口障刀,策马杀了过来,左突右砍,所过之处锦衣人皆纷纷跌落马下,虽然此人身手了得,却被迅速围拢过来的十几个锦衣人团团围住,一时间难以脱身。

此时四个锦衣人已经跳下马,提起闪着寒光的利刃一步步向着那辆厢车走来。

那个头戴幂篱之人情急之下从腰间摸出一颗烟丸,用力抛向半空中,烟丸遇风便燃了起来。由于其中添加了昆仑黄等物,燃烧后发出阵阵蓝烟,从而区别于日常燃烧所产生的黑烟。

1.一种宽檐的帽子,帽檐上垂下长长的罩纱将身体全都遮住。

锦衣人之中一个头领模样的人见腾起阵阵蓝烟，顿感事态严峻。

此种烟丸乃是禁军专用，而且只有幢主以上的将校才会配发。见烟如同见敌，此处距长安城不过十几里，城内外各处禁军见到此烟后皆会立刻赶来增援，而他最担心的是附近还有此人的同伙，如此一来很可能会陷入重围之中！

那个头领模样的人急忙吹了一声悠长的呼哨，示意同伴速速撤离此地，可四个锦衣人已经摸到了厢车前，不愿轻易放弃。

其中一人撩开帘子，挥刀向车内的于谨砍去。

于谨虽已不复当年之勇，但毕竟是饱经战争锤炼之人，灵巧地一躲，锋利的刀刃几乎贴着他的脖颈划过，只在他的脖颈上留下了一道并不算深的伤口。

那人见没有砍中，急忙收刀，准备再砍。

在此危急时刻，老仆于顺奋不顾身地扑向那人。那人正因砍不到近在咫尺的于谨而愤恨懊恼，老仆于顺居然主动前来送死，于是将满腔怒火撒在他的身上，挥舞着手中刀疯狂地向他砍去。

于顺顿时倒在一片血泊之中，血向外呼呼地流着，身子一点点地变软，但他却一直在强撑着，两只大手如同钳子般死死地拽住那人挥刀的右臂，使得那人难以对于谨再次挥刀。

由于厢车内的空间有限，于顺与那人在车厢口纠缠着，而于谨又紧紧地龟缩在车厢后端。其余三人一时间也无从下手。

那个头领模样的人见四人仍在恋战，于是又吹起了催促撤退的呼哨。

三人转身离去，又不约而同地回望着那个被于顺死死拽住的同伴。那人居然陷入进无可进、退无可退的尴尬境地，其中一人将自己的刀扔给那人，那人挥刀残忍地砍下了于顺的那只胳臂，仓皇上马急急地逃走了。

那个头戴幂篱之人并未追赶，而是催马来到厢车前，看了看仍在瑟瑟发抖的于谨。

于谨凝视着他，可幂篱上垂下的黑色三纱罗却遮住了他的面庞，只有一颗黑痣在眉间若隐若现。

让于谨不解的是，此人明明是男子，却戴着专属于女人的幂篱。

"敢问壮士尊姓大名？"于谨已经从惊恐中渐渐挣脱出来，高声问道。

那人并未回应，而是双腿一夹马腹，向着远方疾驰而去。

关　切

一场巨大的恐慌在长安城中迅速弥漫开来，在很多人的眼里，血腥无处不在，危险无时不有，昨日还歌舞升平的长安再也不是自由生活的王道乐土！

在宇文毓的严令之下，秋官府、雍州、京兆郡皆派出精干人马前去侦办此案，一场前所未有的大搜捕也随即展开。

宇文毓与夏若乘坐犊车急急火火地赶到城外清新园，前来探望被刺受伤的于谨。

见宇文毓来探望自己,于谨强撑着虚弱不堪的身子想要坐起来,不过却被宇文毓伸手制止了。

"太傅有伤在身,无须多礼!恐怕是寡人连累太傅了!"宇文毓自责道。

"天王何出此言?老朽以身许国近四十年,早已将个人生死置之度外,有幸活到今日,已然足矣!"

夏若的眼角挂着泪痕,道:"真没想到他们居然会对您下此毒手!"夏若虽然并未明说"他们"究竟指谓何人,但于谨已经领会其意。

"老朽已然这把年纪,死不足惜!"于谨虽说得慷慨激昂,但他在刚刚经历生与死的那一瞬,还是感受到了深深的恐惧。

想当初,于谨曾在沙场之上几度出生入死,从未畏惧过,或许是安逸的日子过久了,越来越多的东西难以割舍,顾虑自然也就多了起来。他之前隐居田园貌似与世无争,淡泊名利,实则患得患失,心存怯懦!

宇文毓关切地说:"那伙刺客未曾得手,恐怕不肯轻易善罢甘休,寡人实在放心不下太傅啊!寡人已诏令尉迟纲分拨禁军戍守清新园,以保太傅万全!"

于谨却说:"禁军乃是拱卫天子之军,怎可为了老朽而乱了章法。如若天王顾念老朽安危,可以让距此地不远的武威营分拨些士卒,权且做做样子罢了!"

夏若知道自己刚刚那句至关重要的话应该起了作用。于谨心中对宇文护的猜忌陡增。于谨虽说得冠冕堂皇，实则信不过禁军，信不过统领禁军的尉迟纲及其身后的宇文护！

宇文毓点头道："如此甚好！武威营乃是太傅旧部，用起来自然得心应手！"

夏若见好就收道："太傅暂且好好养伤，如若有何吩咐，尽管差人来！"

于谨咬着牙说："老朽随太祖征战关陇，逐鹿中原，几度命悬一线，连死都不怕，还能怕什么？之前不会怕，如今也不会怕，之后更不会怕！"

恰在此时，管事前来通禀："大冢宰求见！"

于谨没好气地说："没看本太傅正与天王商议军国重事吗？不见！"

可管事并没有走，而是凑到于谨耳边，跟他耳语了几句。

于谨神色微变，问道："这是他说的？"

第二十二章
奇变见犹神鬼惊

寻 踪

雪融化了，官道之上也变得泥泞不堪，而刺客们留下的那一行行马蹄印却依旧清晰可见。

望着那些马蹄印，芷兰对宇文邕和赵志平说道："这条官道，乃是进出长安的门户，用黄土夯筑而成，平日里很难留下马蹄印。案发前一夜下了一场小雪，案发时雪水大都融化了，路面泥泞不堪，但中间却要好过两侧。这条官道看似平坦，实则中间稍稍高些，这样雨水便不会存于路面之上，而是会流入两侧的沟渠之中。那伙歹人为何不走道路中间，偏偏要走两侧呢？莫非他们故意要留下这些印记？"

宇文邕听后沉默不语，而赵志平却迫不及待地追问："那伙刺客莫非想声东击西？芷兰，你觉得那伙歹人究竟逃亡去了何处？"

芷兰将目光投向了东方，那是通往都城长安的路。

那伙刺客行凶之地位于长安西郊，如若他们果真逃进长安城，最有可能是从西面的三座城门入城。

想到这里，三人决定各带十几个兵士分别前往雍门、章城门和直城门，向守城士卒询问案发当日是否有可疑人等进城，还约定如有消息及时互相通禀。

芷兰在雍门一无所获，也未收到另两路传来的消息，但她却对此并不感到意外：长安城每日进出之人有数万之众，那些刺客只需分散开来，然后再乔装打扮一番，守城将士便极难发现！

想到这里，她忽然灵机一动。那伙刺客入城后需寻一个藏身之处，城中的旅店、妓院无疑便是极好的去处，于是派了两个兵士分别给宇文邕、赵志平带去消息，遍查城中的旅店、妓院。

东市和西市密布着大大小小几十家旅店，芷兰逐一前去盘问，店主均说未发现可疑人等。

这伙胆大妄为的狂徒就这样轻易地消失了，只是不知道当他们再度现身之际，不知又会掀起怎样的腥风血雨！

芷兰想到此处感到阵阵不安和惶恐，于是策马一路向东，继续沿路搜寻。路上铺满了飘落的黄叶，大片触目的金色让她感到生命的无常和残酷。

未央宫和长乐宫占据了大半个长安城，后来汉武帝又在未央宫之北复建北宫，新修桂宫和明光宫，这样一来宫殿便占去城中大部。东市以东，北宫以北，明光宫以西有一块狭长地带，住的多是辛苦讨生活的普通百姓，临近繁华喧闹的东、西两市。

此处多是一进的小院落，根本就藏不下几十人，若要分散到各处，不仅联络起来不便，还极易给追捕之人留下线索。

明光宫以北还有一片住宅区，却要清静许多，分布着一个个门第森严的深宅大院，要么是权势显赫的天子近臣，要么是富甲一方的名商巨贾。这里似乎是理想的藏身之处，可这些宅子的主人多是手眼通天之人，搜查起来想必不那么容易。

芷兰凝望着高高的院墙，不知里面藏着多少不为人知的秘密。忽听身后传来阵阵马蹄声，回头一看竟是宇文邕，看来两人又想到了一起。难道这就是心有灵犀？芷兰冷若冰霜的脸上露出一丝笑容，旋即便凝固了。

宇文邕的身后扬起一阵沙尘，赵志平策马狂奔而来，高声道："又出人命了！"

暴毙

就在曾雪雁化为一截枯木不久后，宇文盛的宅邸，居然再度发生凶案。

三人赶到时，那处宅子已经被封锁起来，京兆郡的十几个捕快站在门口，却不敢进去，都巴不得将此案直接交由秋官府处置。

院内只有几个王轨带来的面露惧色的兵士。

自从曾雪雁莫名化妖逃遁之后，这处长安城中曾经喧嚣一时的歌舞场就成为人人谈之色变之地。

刚进到院内芷兰便感到一阵肃杀之气，不自觉地向着宇文邕的身边靠了靠，而宇文邕也向她靠了靠，两人的肩几乎碰到了一起。

那个曾经气势恢宏的正厅，如今却显得格外阴森，也就仅仅数日的光景，地上竟然已蒙上一层薄薄的尘土。

直到宇文邕等人走到近前，正在对死者勘验的王轨才察觉到，急忙起身，躬身施礼。

横卧在地上的三具尸身，面目狰狞，龇牙咧嘴，不知死前经历了怎样不为人知的痛苦。

芷兰只扫了一眼，就感到胃里一阵翻腾，转身跑到外面，扶着一棵大槐树，呕吐不止。

宇文邕忙跟出去，走到身后，轻轻地拍了拍她的后背，安慰道："我让长随暂且送你回去吧！身子要紧！"

芷兰摆摆手，她此前不知已见过多少具尸体了，却从未像今日这般失态。或许自从被绑之后，曾经坚韧的她变得脆弱不堪，也或许是三人的死状实在太可怕了！

芷兰用丝帕擦拭着嘴角，有气无力地说："歇一会儿便好了，不必为我劳心费神了！"

赵志平呆呆地站在原地，心头泛起阵阵酸楚。一个正值碧玉之年的姑娘却要经历如此之多原本并不应属于她的磨难！

夏若一直是赵志平此生最放不下的女子，可夏若对于他却犹如镜中之花、水中之月，虽然曾经无限美好，却终究只是个幻影。就在赵志平黯然嗟叹之际，芷兰却突然闯入他的生活之中，而且她的身上总会时不时地闪动着夏若的影子。赵志平曾试图亲近她，但他本是个天性木讷之人，越想说些什么就越说不出口。不过他渐渐发现，芷兰与夏若还是有所不同的，夏若如同夏日之荷，奔放而又热烈，让人情不自禁，而芷兰却如同幽谷之中的兰草，似乎带着山中的冰霜，让人望而却步。

发觉宇文邕对芷兰暗生情愫之后，赵志平总是习惯性地站在不远处，既放心不下她，又怕无意间惊扰了他们！

宇文邕环视院中，目光停留在一个眉清目秀的兵士身上，伸手示意他过来，递给他一陌钱，吩咐道："你去街角买一杯饮子，伺候独孤姑娘服下！"

宇文邕的细心和体贴在芷兰的心中幻化成一股暖流，迅速充盈了她刚刚因呕吐而空落落的心。

很快，那个兵士便端着四杯饮子跑了回来，将其中一杯毕恭毕敬地递给芷兰，另外三杯递给宇文邕等三人，随后将剩余的钱递还宇文邕。

宇文邕道："赏给你了！"

芷兰喝了一口，酸甜的饮子随即压住了嘴中呕吐后留下的淡淡腥味。

宇文邕又说了几句关切的话，便转身走回阴森的大厅之中。

"可查明死因？"

王轨回答道："启禀辅城郡公，此三人死因尚未查明！"

宇文邕闻听此言颇为惊愕，道："为何会如此？"

赵志平听出了宇文邕的话音之中隐含着责备之意，于是解围道："死者的身份可曾查清？"

王轨道："均是流浪至此的乞丐！昨夜实在太过寒冷，四人便想寻一避寒之处，贸然闯入此处，孰料遭此横祸！"

"四人？"宇文邕继续问，"难道还有一人幸存？"

"正是！"王轨随即命人将那名幸存的乞丐带来，只见那人衣衫褴褛，蓬头垢面，目光呆滞，眼神中透着无限惊恐，似乎仍旧沉浸于恐惧之中。

一直奔波忙碌的宇文邕忽觉喉咙有些干渴，于是端起手中的饮子喝了一口。

那乞丐听到宇文邕轻微的吮吸声后，居然向他投去怪异的眼神，随即大叫一声，身子瑟瑟发抖，继而瘫倒在地，用手扒在地上，不停地向后挪动，直到碰到冰冷的墙壁，再也无法后退，仍旧用力撞击着墙壁，身子蜷缩成一团。

恰巧一阵凉风从窗子的缝隙中吹进来，那乞丐忽地站起来，犹如恶虎扑食般向着宇文邕疯狂扑来。

面对这突如其来的变故，宇文邕灵巧地一闪身，随后使了一个扫堂腿，将其踹倒在地，但那乞丐却并不肯善罢甘休，猛地跳起来，再度向宇文邕扑来。宇文邕边转身边抽刀，他并不想伤及其性命，只是用刀背狠狠地抽向乞丐的后背。

那乞丐被硬生生击倒，而他仿佛并不知道疼痛，又跟跟跄跄地站了起来。

刚才买饮子的那个兵士与另外两个身材魁梧的兵士听到声响冲了进来，合力将乞丐按倒在地上，但那乞丐却不知为何竟然迸发出惊人的力量，猛地挣脱开三人的束缚，恶狠狠地扑向其中一个兵士，咬住他的脖颈，殷红的鲜血顿时流了出来，那乞丐用舌头舔舐着鲜血，似乎颇为享受。

众人都被这骇人一幕惊呆了，难道这便是传说中的吸血鬼附体？

就在众人不知所措之际，那个刚刚还疯狂吸食人血的乞丐忽然间全身抽搐，而那个兵士也趁机逃走，用手紧紧捂着呼呼向外流血的脖颈。

宇文邕忙从衣襟下摆上撕下一块布条，为他包扎好，让另外两个兵士搀扶着他速速去寻郎中。

此时乞丐瘫倒在地，面无表情，目光离散，下颌下坠，口不能闭，好像喝醉了，也好似睡着了。

尽管如此，一时间却无人敢于再上前，直到宇文邕高声喝令道："赶紧将此人拖走！将其绑好，勿再伤人。速速去寻上好医师对其进行救治，务必留下活口！"

七八个兵士战战兢兢地走到那个乞丐跟前，合力将其抬走，而那个乞丐未再挣脱，没有再反抗，也没有再伤人。

对于刚刚发生的骇人一幕，赵志平自言自语道："恐水？恐水？"

宇文邕不解地问："你口中的恐水是何意？"

"随意说说,并无他意!"赵志平急欲掩饰,随即对王轨道,"验状如何?"

王轨指着地上的三具尸身道:"此三人死法相同,手臂、肩颈、头顶等处密密麻麻地分布着许多极为微小的出血点,除此之外并未发现其他致命伤!"

宇文邕追问道:"这些出血点是因何形成的?"

王轨若有所思地说:"恐非人力所能为。"

宇文邕向来最忌讳神鬼之说,最爱读范缜的《神灭论》。"形存则神存,形谢则神灭。形者神之质,神者形之用。"每每读到此处,他都不禁拍案叫绝,觉得此句精辟之至!

虽说刚刚乞丐吸血的那骇人一幕也给他带来了极大的心灵震撼,但他却仍旧不信这世上真的会有什么鬼神,颇为不悦道:"难道你不觉得最近长安城中诡异之事太多了吗?"

王轨咬着牙说:"纵使真是神鬼又有何惧?神鬼也怕恶人!"

幽 灵

在夜幕掩映之下,那处宏大的宅邸显得愈加阴森可怖,几只乌鸦在院内的一棵老槐树上来回盘旋,发出阵阵令人不寒而栗的叫声。

那座满是血污的大厅之中,一只猴子在警觉地注视着黑暗深处,黄澄澄的眼睛里透着深深的恐惧,时不时地发出"吱吱"的叫声。

突然从黑暗深处飞出无数只暗夜幽灵,伸出尖钩般的利爪,猛地抓住猴子的脖颈,露出锋利的上门齿和犬齿,狠狠地咬向那只可怜的猴子,血从密密麻麻分布的伤口中流出。

突遭莫名袭击,那只惊恐不已的猴子上蹿下跳,前审后蹦,拼命地想要挣脱,却终究无济于事,很快就不再动弹,倒在一片血泊之中。

在大厅的角落之中,摆放着一个大木箱子,侧面开有一个小孔,王轨此时正蜷缩在箱子之中。他透过这个小孔目睹了刚刚发生的一切,也破解了始终萦绕在心头的那个谜团。

那三个乞丐想必也是死于吸血蝙蝠之手,而那个幸存的乞丐虽并未立即死去,却也因吸血蝙蝠的啃噬而染上了恐水症,才会有如此诡异的举动。

要不是赵志平无意间的喃喃自语,他或许还想不到这一层。

一缕朝霞洒向大地,长安城渐渐从沉睡中苏醒过来。

五十多个士兵手持利刃,身背唧筒,小心翼翼地推开那扇沉重的大门,发出一阵摄人心魄的"吱扭"声。

暖暖的阳光照射进去,却难以驱散他们心中的阴霾。

虽然人多可以壮胆,但他们却依旧面带惧色,小心翼翼地向前挪动着,生怕一不小心就会惊动那些可怕的吸血幽灵。

他们来到大木箱跟前,用撬棍打开大木箱上的盖子,一直蜷缩着身体的王轨终于可以站起来,大口大口地吮吸着新鲜的空气。

对于王轨而言，昨夜每时每刻都过得惊心动魄。

他想了很多，甚至想过会见不到今天的太阳。

在最难捱的时候，他不知为何又想起了从不愿在人前提及的父亲王光。其父王光骁勇善战，有将才之略，颇得宇文泰赏识，位至骠骑大将军、开府仪同三司，赐爵平原县公。

与赵志平颇为相似，王轨虽出身将门，却最终从事了勘验的行当，而他之所以会走上这条路，也是因与父亲怄气！

很小的时候，王轨就开始忤逆父亲，对于父亲教他学习武，他完全排斥。其实他并非真的厌恶这些，而是厌恶冷酷无情的父亲。因为王轨的生母出身卑微，王光无情地将其赶出家门，以至于王轨从小就没有母亲的呵护，内心不免生出仇恨。

所以王轨在王光面前一直是个顽劣的浪荡子，但他实际上却是个极为用心之人，一旦选定了一条路便会沉溺其中，比如仅仅几年的工夫，他的勘验之术就已炉火纯青了。

王轨从烦乱的思绪中挣脱出来，问道："唧筒带来了吗？"

其中一个领头的士兵答道："带来了！我等已按您的吩咐，在唧筒之中装满石脂，正在等候您的指令。"

"速速将唧筒中的石脂喷洒在大厅周遭，然后用烈火点燃，要快！"

那些士兵象征性地在厅内喷了几下，就迫不及待地跑到外面，继续在外墙壁上喷洒。

王轨心中暗骂道，一群胆小鬼！吸血蝙蝠最怕见光，如今在这明媚的阳光之中，何惧之有！

"点火！"

随着王轨一声令下，那些士兵们将手中火把纷纷扔向喷满石脂的墙壁，熊熊燃烧的大火顿时吞噬了那座曾经承载着无数莺歌燕舞的富丽堂皇的大厅。几十只吸血蝙蝠在火海中拼命地挣扎着，呼号着，却仍旧难逃惨亡的命运。

"换水！"王轨再度喝令道。

士兵们早已将唧筒中的石脂换成了清水，但他们要做的却并非扑灭这场他们亲手燃起的大火，因为石脂一旦点燃如若没有耗尽便极难熄灭，他们要做的便是防止这场大火波及其他建筑。

这场大火足足烧了一个时辰，王轨一直在静静地注视着，思索着。

中原虽也有蝙蝠，但不会吸血致命，这些吸血蝙蝠恐非中原之物，定然是有人将它们刻意带到了长安。难怪这座宅子近日来诡事连连！

他们这么做意欲何为呢？声东击西？无中生有？还是瞒天过海？"备周则意怠，常见则不疑。阴在阳之内，不在阳之对。"

那群歹人处心积虑地将这处宅子变为鬼宅，意在不让人接近，然后才好悄无声息地在此栖身。难怪在长安城中始终搜寻不到他们的身影，原来他们便藏身在此处！

王轨厉声说："给我搜，彻底地搜，不要放过任何一个角落！"

随着那些蝙蝠葬身火海，那些士兵们也不似之前那般恐惧了，在暖暖的阳光之下，细心地搜索着，终于发现了蛛丝马迹。

"王中士快看此处！"

王轨忙循声望去，见一个士兵正站在被火烧焦的残垣断壁之间。

大厅的地面上原本铺着颇为奢华的雕花莲纹砖，莲花纹浮雕惟妙惟肖，栩栩如生，让人不忍将其踩踏于脚下。

刚刚那场大火却将那一块块精致的地砖烧裂，那个细心的士兵感觉脚下的地砖有所不同，于是便将那块地砖砸碎，发现下面果然有一条黑洞洞的暗道，不知通向何处，更不知里面藏着怎样的危险！

第二十三章
持索捕风几时得

异 样

自从受到惊吓之后，芷兰便染上了风寒，在家中休养。

这天傍晚，宇文邕处理完公事后策马来到这个熟悉而又温馨的小院，此处因芷兰的存在而变得与众不同。

随着天气越来越凉，芷兰越发觉得这个院子格外冰冷，只有宇文邕在的时候，她才会觉得有些暖意。

今日，一向喜怒不形于色的宇文邕脸上竟然洋溢着喜色，对王轨赞不绝口，将王轨夜探鬼宅之事细细说与芷兰听，夸他有胆有识，有勇有谋，并认为他是个不可多得的人才。虽然芷兰也对胆大心细的王轨刮目相看，但她却始终觉得哪里似乎不对，但一时间又说不好。

大厅之下藏有不为人知的神秘暗道，这或许能够解释曾雪雁为何会在众目睽睽之下化为一截枯木。

事发那晚，厅内的主灯莫名熄灭，只剩下微弱的烛光，而此时身着宽大衣裳的曾雪雁正在快速地旋转着，就在刹那间，快速旋转的她与快速旋转的襦裙分离开来。

与此同时，暗道内的人悄悄启动机关，打开地砖，曾雪雁得以进入暗道，暗道内的人瞬间在地砖之上放置了一截枯木，随后又将地砖恢复原状，而高速旋转的襦裙此时恰好落地。

美人就此不见了，仅剩下黑黢黢的枯木！这或许就是美女化妖的真相！

这条长达数里的暗道直通城外，难道据此就可以认定那伙刺客早已逃出城了吗？

在这场大搜捕之中，他们看似藏无可藏，逃走似乎应是上佳之选，可那群蝙蝠呢？他们处心积虑地将那些吸血蝙蝠带入长安，定然想要派上大用场，可如今却轻易丢弃了。难道真的是因他们急着逃命而无暇顾及它们吗？

芷兰道出了心底的疑问，对宇文邕说："芷兰始终有一事不明，刺客到底为何要将那些产自异域的吸血蝙蝠费尽心机地带入京城？"

"冰雪聪明的芷兰居然也会猜不透？看似木讷的王轨却早已猜透了，真是有趣！"宇文邕笑着说，"那伙歹人自然是想利用那些吸血蝙蝠将那座宅邸变为人人唯恐避之不及的鬼宅，然后再藏身于此！他们使的是瞒天过海之计！真想不到仵作出身的王轨居然还懂兵书战策，不枉出身将门！"

"王轨之言自然有几分道理，但刺客这么做岂不是在玩火？稍有闪失，便会将自己置身危险境地！"

"富贵险中求，他们公然刺杀太傅难道不就是在玩火吗？对于这伙亡命之徒，切勿用常人之理视之！"

"那伙刺客的确胆大妄为，却又心思缜密，行事周全。富贵险中求自然不假，但成败往往在细微之间，这也是他们之前屡屡逃脱追捕的原因！"

宇文邕见天色有些晚了，怕待久了会引起不必要的误会，寒暄几句便离开了，虽然离开了，但心却留在了那里。

是夜，宇文邕辗转反侧却未能入眠，并非因为思念，而是因为恐惧。

如若芷兰所料不差，那伙歹人真的是在故设疑兵，如今仍旧藏身于长安城中，或许他们正在策划更大的阴谋！

想到此处，宇文邕惊得再无睡意。

天色刚蒙蒙亮，宇文邕又策马来到了河源街，这次却等了许久芷兰才缓缓打开院门，也未像往常那样将其让到院中，脸上居然还掠过莫名的惊慌，低声道："辅城郡公清晨前来可是有事？"

宇文邕甚是尴尬，呆立在院门前，许久才说："其实也没有什么事！"

"既然如此，您公务繁忙，芷兰也便不留您了！"芷兰的话语中不仅没有一丝温存，反而透着冰冷。

宇文邕悻悻离开了，心中泛起阵阵绞痛。

芷兰今日为何与往常判若两人？昨日还热情似火，今日却冷若冰霜！

难道她已然知道了什么？不会，定然不会……

难道是她的未婚夫李昞在里面？可是并未听闻李昞回京！

驱马来到秋官府，正巧迎面遇上那日买饮子的士兵，宇文邕给了他三陌钱，让他盯紧河源街，盯紧芷兰，如若发现异常，立即前来秋官府禀告他。

黄昏时分，那个士兵急匆匆跑回来，走到宇文邕跟前耳语了几句。

宇文邕的脸色顿时阴沉下来，自言自语道："其中果然有蹊跷！"

不　睦

此前一直闭门谢客的张光洛居然主动差人邀请宇文邕、赵志平、独孤芷兰到府上一叙。三人对此都感到颇为惊诧，不过都欣然赴约，皆想见一见重伤初愈的张光洛。

身体的伤好愈合，心里的伤却颇为难治！

深居简出的张光洛受伤后性情大变，休掉了相濡以沫的原配妻子，还接连娶了三个貌美如花的小妾。府中的下人也换了大半，许多跟随他多年的老仆都被他打发回老家了。

当张光洛出现在他们面前的时候，三人还是吃了一惊。张光洛居然戴上了镀金面具，整张脸显得冰冷而又陌生。三人说了一番安慰的话，张光洛却摆摆手说："过去的暂且让它过去吧！咱们今日只管饮酒，不谈其他！"

酒过三巡，菜过五味，众人又不自觉地谈到王轨那个惊天地、泣鬼神的壮举。

就在众人对王轨极尽溢美之词之际，芷兰却冷冷地说："诸位莫要忘了一事，那群歹人逃走前为何不将那些吸血蝙蝠处理掉呢？"

赵志平道："定然是他们急于逃命，未及处理！"

芷兰却不以为然道："他们如此费尽心机地将那些吸血蝙蝠带至长安，还未派上用场便因急于逃命而将其弃之不顾吗？难道他们就不怕因此而泄露了自己行踪吗？我们不就是循着吸血蝙蝠这条线才找到那条暗道的吗？"

"独孤姑娘认为那些吸血蝙蝠到底有何用处呢？"张光洛用沙哑的嗓音问。

芷兰用余光扫了一眼面色阴沉的宇文邕，宇文邕仍旧若无其事地低头喝酒，仿佛刚刚他们所说的一切与他没有一丝一毫的关系。

芷兰继续道："那些吸血蝙蝠其实已然派上了大用场，让我们误以为他们已经逃离长安，这样他们便可以在这长安城中继续潜伏下去！"

赵志平惊道："你是说那伙歹人并未逃走？"

张光洛也迫不及待地问："难道他们真的如此胆大妄为，还想再掀起什么大波澜？如此一来，长安恐怕永无宁日了。既然如此，独孤姑娘可知那伙歹人的下落？"

"他们藏身在义宁里静音院！"

一直沉默不语的宇文邕终于开口了，说："之前，如此大规模的搜索皆未能找寻到他们的踪迹，独孤姑娘又是如何得知的呢？"

芷兰内心升腾起一丝不悦，之前无论自己是对还是错，宇文邕都会刻意袒护自己，即使不认同自己所言，也会委婉地阐述己见，如今他却公然质疑自己，真是小心眼！

"静音院虽然规模宏大，有十几进院落之多，但往日里只有一个老仆看管着，就在太傅遇刺前一日，那个老仆居然在西市采买了大批吃食，如若是他自己吃，怕是吃上一年都吃不完！"

宇文邕不阴不阳道："如若芷兰仅仅据此便认定那伙歹人藏身在那里，未免太过草率了吧？义宁里住的大多是显赫的权贵，难道你就不怕因自己判断有误而招致朝野非议吗？"

芷兰黑着脸没好气地说："如若瞻前顾后，怕这怕那，这个案子索性也就不要再查了！"

一向亲厚的二人竟突然起了争执，这让赵志平感到颇为诧异，也很是不解，急忙劝道："宁肯查错了也莫放走了那伙歹人！我即刻回秋官府向上官禀报。"

见赵志平起身要走，张光洛急忙站起来，说："且慢！这些日子，你们为了查案皆颇为辛劳，抓捕之事还是交由在下去办吧！"

宇文邕和芷兰依旧坐在席上。宇文邕向着芷兰挪了挪，说："芷兰姑娘居然连如此隐秘的藏身之所都能查得到，在下实在是佩服之至！真是有如神助啊！"

芷兰发觉宇文邕今日不仅对她格外冷淡，还屡屡反唇相讥，话里有话，似乎是有所指，不禁回击道："我等缉拿元凶，顺应天意，自然会得天助！"

"天助还是人助？想必芷兰心中最清楚不过了吧！"

"芷兰不解辅城郡公此言究竟是何意！"

"助芷兰一臂之力之人恐怕是玉璧旧人吧！"

芷兰的心猛地一颤，随即警觉地望着宇文邕。他是如何得知的呢？如此一来，自己的处境恐怕便堪忧了！

张光洛和赵志平同时将目光齐刷刷地投向一直在窃窃私语的两人。

宇文邕见状忙站起身，冷峻的脸上勉强露出了几丝笑容，故意高声道："刚才对独孤姑娘多有冒犯，不过并非出于在下本心，还望见谅，见谅啊！"

不明就里的赵志平以为宇文邕是在向芷兰道歉，急忙道："芷兰所言如同抽丝剥茧，而辅城郡公所虑也是缜密周全，真是让人佩服！"

缉 捕

次日清晨，一队队禁军士卒赶往义宁里，刹那间尘土飞扬，路上行人见此阵仗，无不露出惊骇之色。

秋官府的士兵、京兆郡和雍州的捕快，这些平日里缉捕盗贼的主力如今全都沦为配角，仅仅负责外围警戒和布防而已，主角则是北周禁军精锐虎头军。

静音院的大门紧闭着，院内死一般的沉寂，张光洛挥挥手，几个虎头军士卒将撞车缓缓地推到大门口，到达预定位置后，两个士卒合力摆动撞木，向着厚重的大门砸去，发出沉闷的轰隆声。

仅仅撞了两三下，大门便被硬生生撞开了。

就在大门被撞开的一刹那，十几个弩兵朝着院内一顿狂射，然后迅速蹲下身子撤离。几十个铁甲武士左手执盾，右手提刀向院内冲了过去，弩兵迅速装填弩箭，准备第二轮攻击。

这一连串配合如同行云流水！

可是院内并未发现任何身影，每十个铁甲武士一组分头展开搜索，弩兵选择制高点和偏僻处准备随时射杀。

张光洛右手执龙环金饰长刀，站在院中指挥，越是没有发现歹人身影，越是感到不安。

突然，一柄长矛呼啸着向张光洛袭来，张光洛急忙用刀向外猛地一拨，长矛偏离了既定方向，深深地扎在府门之上。

"他们在那里，给我上！"张光洛一指斜对面明远楼二层。

就在这时，十几支弩箭向着张光洛飞来，好在他身前的盾牌手纷纷举起手中的龟背盾，迅速将主帅围在盾阵之内。这种盾牌用轻便而又坚实的松木制成，外侧还包了一层厚厚的皮革，足以抵御弩箭的攻击。

弓弩手随即对明远楼进行射击压制，他们用的都是可以连续击发五支弩箭的连弩，一队弩兵射击完毕后装填弩箭的空当，另一队弩兵则会继续射击。这种连续不间断的攻击使得那伙人再也不敢露头。

铁甲武士呈战斗队形冲进了明远楼，可攻可守，可退可进。

楼里藏有七八个凶徒，站在楼梯处，手持铁环刀，这种刀刀锋较阔，刀尖微翘，前锐后斜，一看便是南朝样式。凶徒虽身陷重围，却毫无惧色，举起闪着寒光的铁环刀，随时准备迎击，摆出一副同归于尽的架势。

楼梯并不宽，只能容两人肩并肩同时行走，凶徒之所以选在此处，既可居高临下便于进攻，又可借助狭窄的楼梯化解虎头军的人数优势于无形，纵使有千军万马也难以在此施展开。

可虎头军毕竟是禁军精锐，选人严苛，训练严酷，而且还分批次派往前线进行战争锤炼，他们自然清楚对手的意图，两人一组，前后相继，稳扎稳打，逐步推进。

那伙凶徒的铁环刀虽锋利，可他们手中却无盾甲，尽管拼力厮杀，却渐渐落了下风。

铁甲武士不仅身披重甲，手中的盾牌左右两侧还有凹槽，这些凹槽看似很不规则,也不美观,却极为实用,近身搏斗时可以卡住对方的铁环刀,就在铁环刀被卡住的一刹那,他们挥刀向凶徒砍去,对方往往躲闪不及,无处藏身,轻则砍伤,重则砍死。

约莫过了两炷香的工夫,明远楼内的凶徒被彻底消灭,虽然张光洛严令留下活口,但那七八个凶徒却全都力战身死!

搜索仍在继续,两个铁甲武士前去搜查厨房。突然,一声尖利的惨叫响彻整个院落,张光洛忙带人循着声响快步跑了过去。

只见厨房的地上躺着两具铁甲武士的尸体。张光洛将手依次放到两人的鼻息前,高声喊道:"这个还有气!"

几个铁甲武士抬着那个奄奄一息的士卒向外走去。

但张光洛突然大声喝道:"且慢!"

那几个士卒原本就抬得有些吃力,闻听此言索性将那个受伤的士卒扔到了地上。

张光洛快步走过去,蹲在地上,凝视着那个濒死的士卒。

那人却突然睁开眼睛,一跃而起,锋利的匕首直刺向张光洛的心窝。

蹲在地上的张光洛虽有戒备,却并没有多少闪转腾挪的空间,身子竭力向后仰,竟然仰倒在地上。

那人见一击不中,忙变换招式,手中匕首由上握改为下握,再次向张光洛刺去。

张光洛急忙向右翻滚,闪着寒光的匕首却已逼到胸前。躲闪不及的张光洛只得闭上眼,索性听天由命。

那人身子却是一僵，栽倒在地，只见他的后脑被弩箭射中，锋利的箭头从后脑刺破了他的前额。

张光洛缓缓睁开眼，暗自庆幸逃过这一劫，朝着不远处那个弩兵赞赏地点点头。

原来张光洛发现，一个小小的厨房，两个士卒居然搜索了如此之久，于是便起了疑心。

两人同时进的厨房，那个死去士卒的脸上只有几点喷溅的血迹，而另外一人却满脸是血，但那血迹既不像喷溅上去，也不像自己流出来的，反倒像是被人刻意涂抹上去的。

这些疑点串联到一起让张光洛认定此人身上定然藏着什么蹊跷，果不其然！

行动之前，张光洛特地让秋官府的那个老画师根据王轨的描述画出了曾雪雁、曾承等人的样貌。他拿出那几张图与地上这人进行对照，此人竟是贼首曾承，难怪狡猾之极！

张光洛来到第三进院落，堂屋内空无一人，不过他却听到了细微的"咔嗒咔嗒"的声响。这声响来自屋脊之上，似乎有人在踩踏瓦片。

不好，歹人已经上房了。他迅速扫视了一圈屋内，发觉房顶西侧隐蔽处居然有一个不易被发现的天窗，距地面近两丈。歹人定然是借助钩索之类的物件攀上去的，可如今他又该如何攀上去呢？

"快，把这个架子推到天窗底下！"张光洛命令道，话中透着急促，也带着焦躁。

七八个士卒用力将屋内的一个博古架推到天窗底下，还没有完全推到位，张光洛就如同猿猴般灵巧地攀了上去，借助博古架上的格子迅速爬到架子顶端，纵身一跃，抓牢天窗的边缘，用力摆动身体，终于艰难地爬上了屋顶。

　　他见前方有个俊秀的身影在屋顶上疯狂地奔跑，如履平地，还不时地闪转腾挪，灵巧地躲避着飞来的一支支弩箭。

　　张光洛紧紧地追赶着，虽然他也是在沙场上成长起来的，却从未在屋顶上快速奔跑过，尽管拼尽全力，依旧被那人甩在身后。

　　张光洛暗自佩服此人的功夫，但他对自己布下的天罗地网充满信心。这个宅子的四面皆有人把守，况且院里又有弩兵，弩箭射速很快，只要那人稍有不慎便有可能被射中。

　　可是张光洛越发觉得事态正朝着失控的方向发展，那人虽忽左忽右，貌似飘忽不定，实际上却是一路向北逃去。

　　这处大宅第的北墙与渠堤只有四五尺的距离，渠堤外就是靖远渠。

　　张光洛虽然在北墙外安排了人马，却未在渠堤外安排人马，这不能不说是一个大失误，要是……

　　张光洛不敢再想下去了，只得加快了脚步，气喘吁吁地用力追赶。

　　他最不愿看到的那一幕还是发生了，那人从北墙跳上了渠堤，然后一个鱼跃，跳入渠中，此时渠水仅仅结了一层薄冰，随着一声清脆的"哗啦"声，那人便消失在波光粼粼之中。

张光洛追至渠边时，早已不见了那人踪影，无奈地对着漂着冰凌的渠水空叹。靖远渠并不长，却与长安四通八达的水网连在一起，那人只需选一处僻静处上岸便可逃脱追捕。

那些身披重甲的铁甲武士这才绕过长长的渠堤气喘吁吁地跑过来。张光洛恨恨地说："你等速速沿着河渠前去搜索，通知周边里市严密排查可疑人等！"

张光洛自然知道这亡羊补牢之举不过是聊以自慰罢了，此人在如此严密的追捕之下都能逃脱，再想抓住他可不是比登天还难！

张光洛虽未看清那人的容貌，却依稀觉得那人似乎是个女人，莫非就是让王轨神魂颠倒的曾雪雁？

冰　释

河源街角的一家食肆中，热腾腾的羊肉汤端到食案之上，热气在独孤芷兰和宇文邕的眼前迅速弥漫开来。

两人却各自怀揣着心事，始终沉默不语。

这几日，宇文邕一直都在反思自己此前的行为是否太过激了。

他觉得芷兰不应该对他有所隐瞒，更不应为了另外一个男人而欺骗他，这让宇文邕的心里感到酸溜溜的。

他还从来没有为了一个女人而如此牵肠挂肚过，可越是在意便越可能在无意间伤害她！

他一直在思索芷兰到底在对自己隐瞒何事，又为何要隐瞒！

之前在玉璧时，宇文邕曾觉得失踪后的芷兰定然凶多吉少，那伙凶徒选择杀人灭口显然要比劫持活人来得更为容易，况且芷兰虽是奉旨查案，却仍旧是戴罪之身，并非可以借此来要挟朝廷的重要人物。

那伙穷凶极恶的歹人却未伤及芷兰性命，也没有趁机蹂躏芷兰，这让他感到颇为意外。起初宇文邕觉得或许是芷兰得到了上天庇佑，可如今看来保护她的并非什么虚妄的神佛，而是活生生的人！

他忽地记起了几个耐人寻味的细节，当时在潇湘苑的地下室之中找到芷兰时，他曾询问那伙歹人的下落，芷兰的脸上居然掠过一丝莫名的不安，还下意识地看了一眼地下室某个黑暗的角落，然后就迫不及待地说要离开。

宇文邕细细品味着这一个个细微之处。难道当时地下室中还藏着旁人？或许就是那人设法保全了芷兰，而芷兰自然不愿让恩公被捕，于是才将宇文邕刻意引开。

那人又从玉璧来到长安，被迫或者主动地来找芷兰求助，芷兰又送他出城！

此人究竟是谁呢？难道是在玉璧消失不见的席三平？

或许芷兰仅仅是知恩图报，与那个男子并无私情。她之所以刻意对他有所隐瞒，只因私放谋逆要犯是重罪，这才不愿让外人知晓。

想到此处，宇文邕忽然释然了，率先开口道："那日是我太过感情用事了，还请芷兰不要记在心上！"

宇文邕的真诚打动了芷兰，芷兰想说些什么，可一时又不知该从何说起，索性夹起几块羊肉放到嘴中细细咀嚼起来。

宇文邕能够觉察到她内心的纠结，于是安慰道："此事就到此为止吧！等你真正想对我说的时候再开口也不迟。"

芷兰嘴中的羊肉顿时变得索然无味，只是痴痴地望着他。

宇文邕转换话题道："静音院的主人究竟是谁，至今都未能查清。那处宅子原本是前朝大丞相元欣的宅邸，元欣过世后这处宅子便卖与他人，几经倒手后究竟谁才是这个院子的主人已然无从查起了！还有那个宇文盛也已向天王上表谢罪了。目前尚无证据证实宇文盛与'血酬卫'蓄意勾结，朝议之时，天王也并未深究此事，只是罚了他六个月的俸禄。"

芷兰愤愤不平地说："怎能如此轻易放过他？为何不将其拘捕？或许还能拷问出一些实情！"

宇文邕叹了口气，道："朝堂之上的事远比你想象得要复杂得多。宇文盛是宇文护的新宠，当时宇文护虽未明确表态，却在言语间不留声色地对其多加袒护，如今天王立足未稳，又怎能与宇文护意见相左呢？"

芷兰情绪低落，道："如今我越发觉得这长安就如同猛兽血淋淋的大口，不知还要吞噬多少人的性命。"

宇文邕却笑笑说："不要太过悲观！从玉璧到长安，'血酬卫'的阴谋一一被我们粉碎，难道这不是件可喜可贺之事吗？"

芷兰却一点儿也高兴不起来，说："我一直在想，那个无处不在的神秘组织'血酬卫'处心积虑地谋划了这一系列阴谋,难道仅仅是为了复仇吗?我越发觉得真相恐怕并非如此,或许他们还有着更大的阴谋!"

宇文邕脸上的笑容顿时凝固了,忙问道:"那你觉得他们更大的阴谋又会是什么呢?"

芷兰铿锵有力地说:"复国!"

宇文邕被惊到了,他此前并未想到这一层。他自认为深谋远虑,目光敏锐,但此时却还不如一介女子!

他久久地凝视着眼前这个奇女子,不知从何时起,他已经渐渐爱上了她,如今这爱变得愈加炽热,可他却不得不竭力克制着。

宇文邕此前也曾有过疑惑,"血酬卫"为何会如此奋不顾身地飞蛾扑火?

南梁已灭,纵使"血酬卫"心中有着千般的恨也是枉然,即便他们将于谨、韦孝宽等当年灭梁的大功臣一一诛杀,又有何用?

如今芷兰一句话却点醒梦中人。从玉璧到长安,他们费尽心机地策划了一个又一个阴谋,复仇绝不是他们阴谋的全部!

"芷兰觉得那伙南人如果阴谋复国又会如何做呢?"

"割据蜀地!昔日刘备曾凭借蜀地三分天下,那里沃野千里,又有剑阁之险。进可以溯江而下,夺取江南之地;退可以闭关自守,盘踞一方。那伙南人企图加害于太傅和穰县公,复仇只是其目的之一,制造混乱以便趁乱复国则是其二,如若蜀地发生叛乱,无论于太傅、穰县公还是杨柱国极有可能就是平叛的重要人选,预先将其剪除便是其三。"

　　芷兰分析得既入情入理，又入木三分。这使得宇文邕对她的爱慕又增加几分，出身名门的他早已对美貌女子见怪不怪，却唯独在芷兰面前常常难以自持，不知是她的聪慧吸引了他，还是她的坚韧打动了他。

　　就在内心深处爱潮泛滥之际，宇文邕却暗暗告诫自己如今强敌环伺，朝纲不振，权臣当道，他绝不能被私情所累，不能因为儿女情长而误了大事。

　　宇文邕拿出随身携带的地图，在长案上铺展开来。他自幼便对地图情有独钟，小伙伴们在堂前肆意嬉戏时，他竟然能够对着地图静静地看上一两个时辰，那些山川河流、阡陌道路、州郡乡里跃然纸上。

　　这也成为他的一个怪癖，无论是喜是悲，抑或得意还是失落，他只要到了地图前皆会物我两忘，今日他那颗躁动的心却久久都难以平静。

　　宇文邕默默注视着地图，蜀地犹如一只锋利的牛角，从关中伸向南方，为地域狭小的北周赢得了更为广阔的战略空间。

　　那是四年前，侯景之乱给曾经繁华一时的梁朝致命一击。八十六岁高龄的武帝萧衍被活活饿死于净居殿。

　　皇帝新丧，烽烟四起，生灵涂炭，大梁帝国岌岌可危。萧衍的儿子们本应同仇敌忾，却因各自怀揣着小算盘，明争暗斗，最终不得不兵戎相见。

第八子武陵王萧纪、第七子湘东王萧绎先后称帝，可天无二日，国无二君，一场生死对决也就此展开。还未从侯景之乱中彻底挣脱出来的梁朝又经历了一番腥风血雨。

兵强马壮的萧纪溯江东进，军容齐整，战旗猎猎，战船巍巍，孰料却是一条不归路！

来势汹汹的萧纪让萧绎一时间感受到巨大的威胁。萧绎情急之下向西魏求援，雄才大略的宇文泰苦苦等待的机会终于来了，取蜀制梁，在此一举！

虽然宇文泰早已按捺不住借机吞蜀的野心，但他麾下的那些将领们却觉得夺取拥有天险之利的蜀地困难重重，稍有闪失不但得不到蜀地，反而会损兵折将，自讨苦吃。

就在此时，宇文泰的外甥尉迟迥力排众议，力主发兵。

尉迟迥常常以"当世之关羽"自居，他最引以为傲的就是颔下那长长的美髯。捋捋长有二尺的长须，尉迟迥慷慨激昂地说："中原与蜀地相互隔绝已有一百余年了，蜀地仗恃其地险要，向来放松戒备，如若用铁甲骑兵，昼夜兼行，偷袭蜀地，必将攻无不克！"

就这样，带着宇文泰热切的期望，尉迟迥率军从散关进发，悄悄向着蜀地逼近。

梁朝将领杨乾运原本垂涎梁州刺史之位，却被萧纪任命为潼州刺史。杨乾运一直对此耿耿于怀。

恰在此时，他侄子杨略对他说："今侯景初平，宜同心勠力，保国安民，哪料兄弟阋墙，此乃自取灭亡之道。朽木不可雕，世衰难以佐，不如另寻出路，也可保长久富贵。"这一席话让杨乾运彻底下定决心卖主求荣。

杨乾运派遣杨略带兵两千去镇守剑阁，又派女婿乐广去镇守安州（后改名始州）。

一夫当关万夫莫开的剑阁乃是进出蜀地的门户，可有了杨略作为内应，尉迟迥竟然轻而易举地攻占剑阁，然后又兵不血刃地夺取安州，身在潼州的杨乾运听闻西魏大军来了，也迫不及待地打开了城门。

成都是蜀郡的治所，也是益州的治所，还是整个蜀地的政治中心。可以说控制了成都也就操控了整个蜀地。此时戍守成都的梁朝守军不满万人，而且仓库空虚，粮草短缺，兵器不足，岌岌可危。

萧纪西归之路却早已被哥哥萧绎截断，此时他才意识到自己已经置身于一个危局之中，如若此次东征失利，而蜀地又有失，他必将死无葬身之地。

尉迟迥包围成都近两个月，守城将领走投无路，只得出城投降。随即尉迟迥命城中官吏百姓各安其业，只是将奴婢和仓库中的积粮赏赐给手下将士。由于军纪严整，他手下士卒没人敢私下抢掠，成都也很快就安定下来。

就这样，益州、潼州等蜀地十二州得以纳入宇文泰的政治版图之中。尉迟迥成为首任益州刺史，都督益、潼等十二州诸军事。

宇文邕轻轻抚摸着眼前的地图，心头忽然涌起一阵莫名的豪气，父亲呕心沥血夺来的蜀地决不能有失！祖宗基业岂容他人觊觎！

金篇：暗战

"黄金错刀白玉装，夜穿窗扉出光芒……千年史册耻无名，一片丹心报天子。"

——〔南宋〕陆游《金错刀行》

温江武库之中的兵甲居然离奇地飞向天际，这不可思议的一幕在众人眼前活生生地上演了，其中藏着怎样的蹊跷？其实这只是一个开始，关于蜀地归属的暗战早已悄然拉开了帷幕！

第二十四章
寒锁武库梦魂惊

飞 天

每每到了冬季,温江县[1]便会经常大雾弥漫,给人以沉重的压抑感。今年尤甚,虽说已经到了初冬时节,却仍旧如同深秋,正午时分还微微感到有些热。

这里距成都五十余里,与成都相比,温江少了几分喧嚣,多了几分宁静。

温江县境内有一座规模颇大的武库,蜀地诸州郡驻军的兵器大多从此处调拨。武库四角各设有一座高耸的黑漆木制望楼,昼夜均有士卒轮番值守,站在其上整座武库便可一览无余。

武库大门前有一行黑漆杈子,高大厚重的门后是一条笔直的青砖甬道,甬道两侧是三排营房,再往前走有四扇朱漆院门,院门口

---

[1] 今四川成都市温江区。

均站着手持兵刃的士卒，每个院中又套着五到八间小院，每个小院中皆设有一座库房。

这四个大院分别对应夏官府武藏司下辖的司弓矢、司甲、司矟、司刀盾四部，分别盛放着弓矢、盔甲、五兵与刀盾等兵甲之物。

一个月前，武藏中大夫从长安划拨了一大批兵甲运抵温江武库，而颇为诡异的一幕即将在众人眼前上演。

天刚蒙蒙亮，整个武库被一层浓雾笼罩，一片空寂，透着冷森。

一阵大风刮过，随即一阵巨大的声响传遍整个武库，好似万马齐嘶鸣，也好似平地惊雷起，连大地都微微有些震颤，正在熟睡的士卒被惊醒，慌恐地披上衣服跑到屋外，看看究竟发生了什么。

就在此时，不知是谁大声喊了一句："快看呀！兵甲都飞走了。"

所有人都齐刷刷地抬起了头。只见无数的刀盾盔甲、弓弩箭矢同时飞向迷雾茫茫的天际，还不时有腰刀、盾牌从空中掉落下来，砸伤了十几个士卒。

武库令裴遵闻讯后忙从房中跑出来观瞧。他揉了揉有些昏花的老眼，沉重的兵甲真的自己飞了起来，如此离奇的一幕平生还是头一次遇见！

与那些看热闹的士卒不同，他最担心武库会出事，于是命人叫来主簿樊武，与其一同急匆匆地走向弓矢库，恰巧迎面碰上了弓矢库库监刘大路。

弓矢库有七间库房，分别位于七个独立的院落之中。每个库房门口都是两扇双开的大铁门,铁门上有三把大锁,经过这个雨季,已经微微有些锈迹,只有武库令、主簿和库监同时到场时才能打开库门。

樊武和刘大路相继打开了门上的大锁,可裴遵的手却一直抖个不停,半天才勉强将锁打开。

樊武和刘大路一起用力将沉重的大门推开,裴遵举起手中的火把,见盛放兵甲的大箱子还整齐地摆放在库房之中,每个大箱子上盖有夏官府官印的封条皆完好无缺,裴遵这下才算是彻底放下心。

正当裴遵转身向外走时,脚底一滑摔倒在地,右脚撞到了一个盛放弓矢的大箱子,那个大箱子居然移位了。

樊武和刘大路忙将裴遵扶起来,可裴遵顾不上身上的疼痛,高声道:"不对!盛放着满满一箱子弓矢的箱子怎会如此之轻?快撕下封条,打开箱子!"

"库令大人,这个封条可是万万撕不得啊!"樊武拦阻道。

从某种意义而言,封条就是他们的护身符,从夏官府接收兵甲时往往只需验看封条是否完整无缺即可,划拨到各部时,还要当着前来接收的诸位将领的面撕开,如若封条是完好无损的,即便出现数量缺损、品质欠佳等问题,也与武库没有太大干系,可如若擅自撕开封条,一旦出了什么意外,恐怕便不好说了。

刘大路也劝阻道:"明日再撕也不迟啊!"

裴遵却执意道:"切莫多言!本官主意已定,即刻打开箱子!"

虽说二人并不情愿,却也不敢公然违抗上司指令,只得苦着脸撕下封条，用撬棍撬开大箱子。待用手中的火把一照，二人顿时大惊失色，偌大一个箱子里却只有十几张弓弩！

二人又连续打开了好几个大箱子，也全是如此，只在箱底剩余几张弓弩，最多也不过二十张。

刘大路用胖乎乎的手背不住地抹着额头上不断滚落下来的汗珠，一阵接一阵的虚汗浸湿了他的秃脑门，求救般地呼叫道："大人，这是怎么回事啊？这批弓矢是卑职亲自接收的，当时每个箱子都沉得很，如今怎会变得空空如也呢？"

裴遵却并不答言，举着手中的火把。看看墙壁，没有凿砍的痕迹；又看看屋顶，没有人为破坏的印记；再看看地面，也没有盗洞的痕迹，不过却留有一摊摊水迹。虽说温江向来潮湿，可近来并无雨雪，怎会有这么多的水迹呢？即便在向来多雨的夏季，也不会有如此之多的水迹！

"走，咱们到刀盾库去看看！"话音未落，裴遵就急匆匆走出库房，向着黑暗深处走去。樊武紧紧跟在脚步匆匆的裴遵身后。

刀盾库内盛放的箱子也是大抵如此，有的箱子底部只有十几把刀，有的箱子底部只有几张盾，箱子内其他刀盾全都莫名地消失无踪影了。

刀盾库库监邢凤池记性颇好，他瞅着一排排摆放整齐的大箱子，高声说："这些箱子码放的位置与当初丝毫不差，如若是有人搬动过，卑职定然能够看得出来，况且这夏官府的封条上都盖有官印，如若撕下来，绝无可能再贴上去，而且还贴得如此严丝合缝！"

樊武开口道："大人，如若歹人蓄意盗走那些兵甲，得手之后也应立即逃走，怎会如此费时费力地将封条一一贴好，然后再将箱子码放整齐呢？况且那些兵甲极为沉重，当初我们雇了上百名役工，搬了半日才搬完。若是小股歹人前来偷盗，怕是搬上十天半个月也未必能搬得完，若是成群结队的歹人来武库，又怎会不被我们发现呢？"

邢凤池附和道："主簿所言极是！这的确非人力所能为！况且兵甲莫名飞走又是你我亲眼所见，虽令人难以置信，却不由得不信啊！"

裴遵虽一向不信那些怪力乱神之说，可对于樊武那一连串问话，也是一时间无言以对。

这大半辈子，裴遵经过见过的光怪陆离之事数不胜数，但今日这般匪夷所思之事却还是头一次遇见。

笨重的兵甲难道真的能飞走吗？莫非那些兵甲中了妖人法术，抑或触怒了天神，遭到了天谴？

焦 虑

眼皮子底下居然发生如此怪事，这可急坏了新上任的益州刺史宇文宪。宇文宪是宇文泰第七子，时年十六岁。

当年平定蜀地时，宇文泰本不愿让尉迟迥镇守来之不易的蜀地，虽然他是自己的外甥，可毕竟是外姓人。蜀地形势险要，沃野千里，一旦尉迟迥趁机自立，后果将会不堪设想。

宇文泰将儿子们都叫到自己跟前，问道："蜀地乃是刚刚臣服之地，又远在千里之外，不知谁人愿意前往镇守？"

宇文泰将目光落在长子宇文毓身上，可宇文毓巧妙地避开了。

就在众人沉默之际，当时只有十岁的宇文宪却主动站出来说："孩儿愿往！"

宇文泰摇摇头说："一州刺史，抚众治民，关系重大。你尚且年幼，非你所能为。按年龄授官，也应先轮到你的哥哥们！"

宇文泰又将目光投向宇文毓，宇文毓仍旧低头不语。

宇文毓自然知道父亲是想借机将他支得远远的，好让自己的三弟宇文觉来继承世子之位。如今他是宜州[1]刺史，宜州距离都城长安不过百余里，一旦长安有什么风吹草动，他不仅很快便会得知，也很快能赶到，如若去了蜀地，恐怕就鞭长莫及了。

宇文宪却争辩道："才能大小，无关年龄，因人而异。孩儿愿意一试，如若试而无效，甘愿受罚！"

"不愧是我宇文泰的儿子，年仅十岁居然能说出如此铿锵之语！"

宇文泰又不自觉地瞥了一眼宇文毓，眼神中流露出一丝失望，

1.治所通川郡泥阳县（今陕西铜川市耀州区），管辖通川郡、宜君郡、云阳郡三郡。

没想到外表柔弱的宇文毓居然如此倔强！

年幼的宇文宪主动请缨虽收获了父亲的赞誉，却因过于年幼而并未如愿前往蜀地任职。尉迟迥自然成为唯一勉强还算能够接受的人选。

宇文毓即位后又想起了这段往事，于是真心任命宇文宪为益州刺史。

宇文宪虽然来蜀地任职不足一月，却留心政术，善于驾驭，辞讼辐凑，听受不疲，颇受蜀人尊崇。

谁知却遇到这等怪事，心急如焚的宇文宪急忙将此事上奏朝廷。

来　客

长安昌海里，小司马上大夫尉迟纲跳下马，将马交给下人，却发觉门口停着一辆并不起眼的厢车。他知道有人到访，便匆匆向正堂走去，可让他颇感意外的是来人居然是天王正妻独孤夏若，天王妻没有用宫中的銮驾，自然是不希望外人知晓她的行踪。

这样的来访不仅没让他感到一丝惊喜，反而有一种无处藏身的压迫感。

尉迟纲急忙躬身下拜，笑盈盈的夏若却道："既然是在家中，就免了那套繁文缛节吧！"

尉迟纲的母亲昌乐大长公主是宇文泰的亲姐姐，昌乐大长公主的夫君去世时，尉迟迥只有七岁，尉迟纲只有六岁。在那个兵荒马乱的世代，母亲含辛茹苦地将他们拉扯成人颇为不易，因此他与哥哥尉迟迥皆颇为孝顺，尉迟迥正领兵镇守陇右，照顾母亲的重任自然落在他一人的肩上。

年事已高的昌乐大长公主近来一直深居简出，闭门谢客，不想今日却与夏若相谈甚欢。

"坐吧！"昌乐大长公主冲尉迟纲挥挥手。

虽说尉迟纲如今位高权重，但在母亲面前却依旧如从前那样恭顺，母亲不让坐，他绝不敢坐。

尉迟纲小心翼翼地坐下，却如坐针毡，预感今日恐将面临一个极难作出的决断。

夏若道："纲兄执掌宫廷宿卫多年，可谓夙兴夜寐，勤勤恳恳，当为诸将之楷模！"

昌乐大长公主却摆摆手道："身在其位，就理应勤勉王事！"

尉迟纲低头道："孩儿谨遵母亲教诲！"

昌乐大长公主却突然话锋一转道："你可知何为王事？王事乃是社稷之事，乃是天王之事，绝非某人之私事！"

尉迟纲自然明白母亲此番话背后的真实用意，急忙说："孩儿明白！"

母亲突然起身，高声呵斥道："为母却觉得你未必真的明白！否则怎会做出如此糊涂之事？你可还记得儿时曾背诵过的圣人之言？荀子曾言：'水火有气而无生，草木有生而无知，禽兽有知而无义。人有气、有生、有知，亦且有义，故最为天下贵也。'你身为臣子，竟然逼迫天王退位，是为不忠！你身为人子，竟然违背母亲教诲，是为不孝！你身为兄长，竟然残害涉世未深的幼弟，是为不仁！你身为后辈，竟然对舅父恩将仇报，是为不义！"

尉迟纲忙站起身，跪在地上，辩解道："孩儿只知觉弟被幽禁在昔日为略阳公时的旧宅之中，万万不敢伤其性命！"

昌乐大长公主却依旧不依不饶道："你是真的不知，还是有意相瞒？觉儿早已命丧黄泉了！他可是你舅父的嫡子，虽曾身居天王之位，却不过是个十六岁的孩子，就这样没了！莫忘了当年我们母子无家可归、衣食无着时是你舅父收留了我们。如若不是你舅父悉心栽培，你和你哥哥怎能会有今日？他宇文护怎能会有今日？你舅父临终时叮嘱你等好生辅佐觉儿，可如今你们却将觉儿硬生生逼上了绝路。难道你们就不觉得愧对你舅父的在天之灵吗？"

夏若见状也站起身劝道："大长公主莫要动怒！此事有着颇多隐情，况且纲兄也是身不由己。"

昌乐大长公主的眼角淌出了晶莹的泪滴，动情道："隐情？我老了，老糊涂了，不知你们究竟还有多少事瞒着老身，但老身却深知受人滴水之恩，必将涌泉想报。食君俸禄，理应为君分忧！"

夏若挽着她的手笑着说："您一点儿也不老，更不糊涂，比谁都明白！"

昌乐大长公主转怒为喜道："你这个丫头真是会说话！"

"您可千万要保重，气大伤身！改日再来看望您！"

昌乐大长公对呆立在一旁的尉迟纲说："还不快快代为母去送

一送！"

刚刚经历了母亲那一番劈头盖脸的斥责，尉迟纲还没彻底缓过神来，听母亲这么一说，忙走到夏若的侧前方，恭送夏若出府。

夏若边走边说："刚刚得到宇文宪奏报，蜀地近来可是不太平啊！"

"杨柱国如今就在蜀地，谅那些别有用心之人也翻不起什么波澜。"

"可最近伪齐在边境动作频频，大冢宰已令杨忠重返蒲坂。蜀地得失关乎我大周兴衰。我大周得到蜀地殊为不易，这中间凝结着太祖的心血，也凝结着令兄的心血。当年令兄出征之际，你随太祖为其送行，忽见一只兔子飞奔而过。太祖曾令你射杀此兔，你曾立誓道，如若能射中此兔，此次出征必会报捷。果不其然，如你所言，喜出望外的太祖还曾将两个貌美的女婢赏赐于你。"

尉迟纲感慨道："是啊！此情此景至今还历历在目，可一转眼已过去四年，颇有几分物是人非之感。"

"如今蜀地暗流涌动，危机四伏，皆因朝纲不振，王权衰微，如今的危局恐怕是太祖最不愿意看到的！"

尉迟纲此时才知晓夏若这番话的真实意图。蜀地之乱不过是个由头，"朝纲不振，王权衰微"才是她真正想要表达的。

其实他也不希望看到这乱局，可又无可奈何，虽说如今执掌禁军，可如若仅仅靠他来重振朝纲未免有些强人所难。

关键在于他早已不是当初那个在沙场之上敢打敢杀的血性男儿

了，人得到的越多，顾虑也就会越多，包袱也就会越重。

他不想失去眼前所拥有的荣华富贵，虽不甘心同流合污，却只得随波逐流。一直以来尉迟纲都在试图逃避，夏若的突然到来却让他一时间无处可逃！

夏若从他的脸上读出了他内心的纠结，决意再烧一把火，语气平淡地说："天王一直视纲兄为股肱之臣，授任纲兄为柱国的诏书很快就会颁布！"

尉迟纲两道浓密的蚕眉微微一动，说："微臣受之有愧！"

"纲兄过谦了，此乃实至名归！"夏若意味深长地说，"兄弟齐心，合力断金！一场更为猛烈的风雨恐将又向我大周袭来！"

第二十五章
相看白刃命悬丝

毒 蛇

乔装改扮的宇文邕与独孤芷兰策马行进在蜀道之上，此行的终点就是不久前因飞甲而在朝野上下闹得沸沸扬扬的温江。

如若不是亲身经过，绝不会知道蜀道难行的程度。

他们在山中已经走了四五日，可连绵的大山似乎永远没有尽头。

夕阳的余晖将群山染成一片金黄，立在路旁的一块大石碑映入他们的眼帘，上面赫然写着两个大字：始州[1]。

在战乱频仍的南北朝，州的辖区越来越小。三国时期的益州管辖着整个蜀地，如今蜀地却被分割为大大小小二十几个州。州的废置也无常，有的边地州仅仅管辖一个郡，而这个郡却仅有一个县，因此州与州之间通常并不会立界碑，而始州之所以特殊就在于它恰

1.治所普安郡普安县（今四川剑阁县），管辖普安郡、黄原郡、安都郡三郡。

恰位于山南与蜀地两大地理区域的分割线上。

见到这块界碑，宇文邕和独孤芷兰的心中不免一阵激动，前面不远处就是剑阁了，到了剑阁再走二十余里便是始州城。

过了始州，再走一日，就可以见到沃野千里的平原，便不用受山间颠簸之苦。

当年尉迟炯征蜀的时候走的就是这条路。从大剑到小剑三十里连山险绝，多是悬崖峭壁。三国蜀汉丞相诸葛亮为了方便商旅通行，凿石架空修建飞梁阁道。行走在此处，宇文邕不禁感慨万千。

意在复兴汉室的诸葛亮鞠躬尽瘁，却依旧难成霸业。虽说莫以成败论英雄，但英雄就应挽狂澜于乱世。

宇文邕与诸葛亮同样身处危急存亡之秋，同样义无反顾地挽救社稷于危亡，却不知他能否得到上天的眷顾！

芷兰没有宇文邕那般万丈豪情，她只是希望能够早日查明真相，让至今仍在蜀地罚做苦役的家人尽快脱离苦海。

"剑阁到了！"宇文邕略带兴奋的语气将芷兰从复杂的思绪里拽回到冰冷的现实之中。

大剑山峭壁两崖相对，中间只有一条窄道可以通行，倚崖砌石而成一座关门。早在蜀汉时期就在此置阁尉，设戍守，剑阁也因此而得名。

始州城不大，客栈只有两三家，宇文邕和芷兰选了一家相对安静一点儿的客栈住下，但这家客栈却不卖吃食，只得到街上去寻食肆。好在始州并不像长安那般实行宵禁，如此他们今夜可以在异乡街头自由地徜徉!

宇文邕拉着芷兰一会儿吃肉煎饼,一会儿吃蒸凉面,一会儿吃豆花稀饭,一会儿又吃火烧馍,遍尝始州美食。

芷兰想不到小小的始州城中居然藏着这么多美食,暂时抛却了那些令人烦心的案子和琐事。

可让他们始料未及的是,从踏入始州城的那一刻起,一双阴森可怖的眼睛便已紧紧地盯上了他们。

回到客栈时已经三更天[1]了。上到二楼,宇文邕的房间更靠近楼梯,他一边掏钥匙开门一边说:"天色不早了,快些歇息吧!明日我们还要赶路呢!"

芷兰点点头,从宇文邕的身旁轻轻走过,准备回自己的房间,突然隐隐听到一阵可怕的咝咝声。

她随即向宇文邕的房间望去,里面一片漆黑,黑得让人感到压抑和不安,她下意识地拉了一下宇文邕。宇文邕也会意地停下了脚步,刚刚迈进屋内的那只脚又缩了回来,接连向后退了两步。

芷兰顺势拿起客栈走廊拐角处放置的一盏油灯,借着微弱的灯光,两人向黑黢黢的屋中看去。

几案上居然盘着一条蛇,有三尺长,一寸粗,更可怕的是那条蛇的头呈三角形,身子为淡黄绿色,尾端呈鲜艳的焦红色。

在昏黄的灯光映照之下,它泛着绿色的幽光,吐着舌信,发出

---

1. 子时整,也就是今日的零点。

令人心惊胆战的嗞嗞声。

宇文邕不禁感到阵阵后怕。若不是芷兰及时发觉屋内有异常，他进门后定然会毫无防备地走到几案跟前点燃油灯，早已等候在黑暗之中的毒蛇将会神不知鬼不觉地给予其致命一击。

那条毒蛇突然高昂着头，吐着信子，猛地向着宇文邕扑来。

芷兰吓得一声尖叫，捂着脸躲到了宇文邕的身后。

宇文邕以迅雷不及掩耳之势拔出腰间的佩剑，极快极准地扎向毒蛇的三寸，锋利的宝剑将毒蛇牢牢地钉在门框之上。

尽管如此，那条蛇并未立即死去，蛇身仍在不停地扭动。

宇文邕打猎时曾听父亲宇文泰讲过，如若毒蛇腾空袭击，即便将其斩为两端，也未必能够成功脱险，只有将其钉住，方能避免为其所害。

就在刚刚一刹那，宇文邕真切地看到了毒蛇锋利的牙齿，如若被这条毒蛇咬到，恐将性命不保！

惊魂未定的宇文邕在芷兰面前强装镇定，转过身将仍在瑟瑟发抖的芷兰拥入自己怀中，安慰道："勿怕，没事了！"

芷兰紧紧地依偎在宇文邕温暖的怀中，宇文邕抱着她的手却忽然松开了，他意识到此时不是儿女情长的时候。

芷兰端着油灯的手不停地颤抖着，灯光始终摇曳不定，宇文邕索性从她的手中接过油灯，照向阴森可怖的屋中。

宇文邕发觉床帐顶上还有黑影在蠕动，果然还藏有一条蛇，正从帐顶向下蠕动着。

好在那条毒蛇还未摆好攻击姿态，宇文邕习惯性地摸向腰间，瞬间意识到腰间的宝剑已经钉住了第一条蛇，于是从芷兰的腰间拔出陌刀，三步并作两步奔到床帐前，挥刀将那条正在爬行的蛇斩为数段。

心有余悸的宇文邕将牙齿咬得咯吱直响，用刀尖挑开床边帷帐，并未再见到令他心惊胆战的蠕动身影，然后又看了看床底，翻看屋内的柜子，不见其他，一直紧绷着的神经才稍稍舒缓下来。

芷兰却突然惊叫道："快看茵褥之下！"

宇文邕循声望去，床上所铺的红色并蒂莲茵褥下边似乎有东西在蠕动，于是走上前去挥刀狠狠地砍去，十数刀过后，那条原本就红彤彤的茵褥变得愈加红艳了。

几案上、帐上、褥下居然被人刻意放进了三条毒蛇，可见对方欲将其置于死地的阴狠之心。

宇文邕轻轻关上房门，示意芷兰不要出声，随即将前窗打开了一个小小的缝隙。这家客栈是回字形结构，正中间是个天井，而宇文邕所住的那个房间正对着客栈门口。

宇文邕藏在窗边，透过缝隙警觉地望向大门口，果真发现了两个形迹可疑之人。

在他们刚进客栈时就曾遇到过那两人，穿着灰色麻质袍服，脚穿线鞋，无疑就是常日里在街上寻主顾的卖苦力者，平常得让人不会在意。这两人并未远去，仍旧在附近徘徊，还时不时地向客栈内张望，看来绝非良善之辈，说不定就是那三条毒蛇的主人！

想到此处宇文邕刚刚舒缓下来的神经再度绷紧，急忙走到后窗前，借着月光向客栈后的那条小巷张望，没再看到其他的人，看来那伙歹人还是太过大意了，以为在屋内放了三条蛇，他们就必死无疑！

正是那伙歹人一时的疏忽才给身处险境的宇文邕他们带来了一线生机。

宇文邕将几案推到墙边，然后扯过床上的被条将被面撕成条状，打了两个死结，用力拉了拉，一头绑在几案上，另一头扔到窗外。

宇文邕对芷兰高声道："此处极危险，我们必须马上离开！"

芷兰却说："这深更半夜的，我们又能去哪里？"

宇文邕隐约听到一阵上楼的声响，焦虑地喊道："先离开这里再说。我先下去了，在底下接应你！"

外面的脚步声越来越轻，越来越近，芷兰也越加清晰地意识到，危险已然迫近了！

俑　者

新任始州刺史孙贵把玩着手中晶莹剔透的水晶盏，里面斟满了产自西域的葡萄美酒。这种酒不似中原的酒那样透明无瑕，而是鲜红若血。

借着跳跃的烛光，孙贵凝视着盏中泛着血色的红酒，微微晃动着，还没有饮，便似乎已经醉了。

他苦熬这么久终于要熬出头了,功名利禄仿佛唾手可得。

就在此时,一个身着灰色麻质袍服的人硬生生闯了进来,此人竟是王轨的昔日同僚冯同河!

冯同河走到孙贵近前,低声说:"他们跑了!"

"什么?跑了?"孙贵将手中的水晶盏重重地撂在几案上,斥责道,"这点儿事情都办不好!要你们还有何用?"

冯同河有些不服气地说:"您再三叮嘱我们切勿打草惊蛇,以免授人以柄,我们这才畏首畏尾,束手束脚,否则带人将客栈一围,谅他们插翅难逃!"

孙贵忽地站起来,狠狠地抽了冯同河两个耳光,呵斥道:"事到如今,你居然还敢狡辩!宇文邕是什么人?独孤芷兰又是什么人?如果硬来,一旦惹出了乱子,岂不是要坏了我们的大事!"

冯同河用手捂着火辣辣的脸,心中满是愤恨。

孙贵烦躁地挥挥手道:"滚!赶快滚!"

孙贵想静一静。大事将成之际,宇文邕和独孤芷兰突然到来,让他感到很棘手。

要对付形单影只的两人其实并不难,但要将他们悄无声息地铲除,却需要动一番脑筋,特别是在这个极为敏感的时刻,绝不能有一丁点儿闪失。

既然他们已经被惊到了,也就不必再遮遮掩掩了,索性大张旗鼓地派人找寻他们的下落,只要落入他的手中,生杀予夺还不是他说了算。

如今城门早已关闭了，没有他的命令绝不允许再开启，宇文邕和独孤芷兰今夜是断然无法出城的，而这无疑给他提供了亡羊补牢的机会。

孙贵让长随连夜去叫始州司马王谊。王谊少有大志，弓马娴熟，博览群书，早在北周创立之初，他就成为天王宇文觉身边的左中侍上士。

王谊官职虽卑微，却毫无顾忌，只要见到臣子对天王稍有不恭便会勃然大怒，起而击之。

虽然宇文护表面上对忠于职守的王谊称赞不已，心底深处却颇有几分不悦，恰巧他的父亲去世了，索性就让他回家奔丧。

此时南北分裂，东西对峙，朝廷正值用人之际，很多人丁忧不过是做做样子而已，过不了多久就会官复原职，可王谊却复职无望，还被贬到偏远的始州任司马。

王谊不知孙贵深夜召见自己有何要事，急急火火地来到刺史府。

见王谊到了，孙贵故意装出一副心急如焚的样子，问道："你可知辅城郡公已来到始州？"

"朝廷并未知会，不知辅城郡公此次前来所为何事？"

"恐怕是为温江飞甲之事！我刚刚得到消息，一伙不明身份的歹人企图谋害辅城郡公，所幸未能得逞，辅城郡公却也就此不见了踪影！"

"竟会有此等事？这伙歹人的胆子未免太大了些吧？"

"如今城门尚未开启,辅城郡公应该还在城中。为今之计就是尽快找到辅城郡公,以免他再度遇险。这也是我深夜召王司马前来的缘故!"

"下官即刻便去安排,命手下士卒挨家挨户去搜寻,即便是名商巨贾抑或州内豪强的宅邸也绝不放过,同时安排人手把守出入要道,城内各处荒僻角落也要逐一排查,定然能查找到辅城郡公的踪迹!"

逃 脱

宇文邕紧紧拉着芷兰的手,小心翼翼地挪到城墙边,墙边有一大簇齐腰的枯草。他们隐身在枯草之中,虽然不时有士卒从他们跟前走过,却因天色漆黑并未发现他们。

宇文邕曾经动过寻求官府庇护的念头,不过被芷兰拦下了。芷兰越发觉得这起突如其来的刺杀背后或许隐藏着什么大阴谋。

宇文邕认为芷兰所虑更为周全,反而是自己在情急之下有些失了方寸。

很快,一场大搜查便在全城迅速展开来。这似乎印证了芷兰当初的判断!

越危险的地方似乎越安全,宇文邕拉着芷兰悄悄来到城墙边。这里虽然并非理想的藏身之地,而且城墙之上又有士卒来回巡逻,但这里恰恰是最容易被人遗漏的地方!

高高的城墙将始州分割为两个截然不同的世界，里面杀机四伏，外面却风平浪静，可这道横亘在他们面前的城墙却似乎成了一道难以逾越的鸿沟。

宇文邕竭力保持着镇静，内心却充斥着焦虑。如若不趁着茫茫夜色尽快逃出城去，天亮之后，他们将无处藏身！

芷兰一直默默地站在墙边的阴影之中，没有催促的话语，也没有悲伤的神情，只是静静地等着，等着他带自己尽快逃离这里。

她坚信他一定能做得到，因他是她此生见过的最能给她带来安全感的男人。

焦躁不安的宇文邕突然记起曾经在无意中看到过一张名为"始州舆图"的地图，隐约记得白水河穿城而过汇入嘉陵江，这或许就是他们逃出生天的唯一希望。

在白水河入城和出城处各建有一座水门，水门不同于其他城门，而是由两道平行的铁栅栏构成，一直扎到河底的淤泥之中。

两人沿着城墙根悄悄来到水门附近，在距离水门几十步远的地方，寻了一个僻静处。

趁巡逻的士卒走远这个空当，宇文邕蹑足潜踪来到岸边，长长吸了一口气，跳入水中。入水时将手臂伸直，紧贴着耳朵，十指指尖相对，仿佛一把锋利的钻，随即消失在水中，仅仅留下几片水花。

尽管如此，那声"扑通"入水声也吓得芷兰猛地一颤，随即警觉地观察着四周，幸好并未引来附近士卒。

宇文邕向前游去，突然碰到了什么，伸手一摸似乎是铁栅栏。为了防止敌军从此处偷袭入城，铁栅栏上的铁条都很粗，摸起来大约有茶盏那么粗，虽然常年浸泡在水中，有的地方已经有些锈蚀，却依旧坚固异常。

他在铁栅栏附近游来游去，上下左右摸了个遍，这道坚固的铁栅栏上却没有任何松动断裂的地方。

难道今日就被困死在此处了吗？

宇文邕浮出水面，躲在阴暗处大口地喘着粗气。沉重的喘息声中透着疲惫，带着绝望。

他又记起此前与尉迟迥闲谈时，尉迟迥曾在无意间说起始州水门有一个秘密。

当年水门的修造者悄悄给自己留了一条后路，在铁栅栏的底端开有一个小门，即使在枯水期也会没入水中，加之水门通常并不开启，因此很少有人知晓这个秘密。小门仅容一人从水中穿过，平日里是用转轮锁锁着的，锁体上有四个转轮，每个转轮上均有五个字，只能用密语才能打开这把锁。

征蜀时，乐广曾煞费苦心地得到了这个锁的密语，派人从这个小门之中秘密潜出城去，与城外的尉迟迥取得了联系，约定好里应外合之计。

想到此处，宇文邕又重拾信心，长吸了一口气，潜到水底，在满是泥垢的河水中继续搜寻着出城的希望。

虽然已在冰冷刺骨的河水中泡了许久，但宇文邕的触觉依旧灵敏，经过一番摸索他终于摸到了那把转轮锁。边摩挲着转轮上的字，边转动着转轮，转轮从右到左分别转成"大同九年"这四个字，锁果真开了！

宇文邕之所以仍旧记着这把锁的密语，乃因密语就是这座水门的建造年代，而他恰恰出生在这一年，不过他更为熟知的纪年是西魏"大统九年"，而"大同九年"则是南梁的纪年。

两者虽仅有一字之差，却高下立判，宇文泰追求的是四海一统，而梁武帝萧衍追求的则是天下大同，一个是鲜血淋漓的以武征讨，一个则是潜移默化的以文攻心。

欣喜若狂的宇文邕将锁取下，推开小门，向前游去，很快便触摸到了另外一道铁栅栏，摸到了另外一把转轮锁，同样转出了"大同九年"四个字，第二把锁也被打开了！

他欣喜若狂地游回入水处，前去接应芷兰，好在芷兰水性也不错，两人都深深吸了一口气，拼命地向前游去，顺利游过两道铁栅栏，精疲力竭之际，才重新浮出水面。那道坚固的水门，还有令他们不寒而栗的始州城都被抛在了身后。

此时，一片乌云遮蔽了皎洁的月光，守城将士正饱受着瞌睡的袭扰，并未觉察到河面上的异动。

宇文邕和独孤芷兰向南跑了十几里，觉得应该远离危险了，于是找了一处林荫浓密处停下，此时他们早已疲惫不堪。

在这个夜晚,既没有滴漏,也没有更声,不知此时到底是几更天,更不知还有多久才能见到朝霞。

二人从梦中惊醒,听到不远处忽然传来一阵人喊马叫之声,刚刚舒缓下来的神经再度绷紧起来。

第二十六章
远近高下俱迷踪

消 失

"什么？并未寻见辅城郡公？"孙贵简直不敢相信自己的耳朵。如此大规模的搜寻居然会无果而终。

孙贵用异样的眼光打量着王谊，忽然恶狠狠地高声道："你不会有什么事瞒着本官吧？"

王谊苦着脸说："下官不敢对您有一丝一毫的隐瞒，可该找的地方都找了！"

孙贵未从王谊的脸上发觉哪怕一丝的慌乱，有的只是无奈和不解，看来他应该没有私自放走宇文邕。虽然王谊曾在长安任职，但未听闻他与宇文邕有什么私交，况且无论是宇文邕还是王谊，目前应该都还不知道他们正在策划的那个大阴谋，王谊此时没有理由欺骗他！

按照常理，宇文邕遇险后理应向官府求救，可他却并未如此，难道宇文邕已经怀疑到自己头上了？

应该不会，自己来始州任职后应该并未露出什么破绽！可他又去了哪里呢？看来这个宇文邕的确是个非同寻常的对手，自己在接下来的日子里一定要慎之又慎，否则一着不慎，便会满盘皆输！

王谊隐隐觉得孙贵在寻找宇文邕一事上有些反常。他的心中一直都藏有一个疑惑，孙贵怎会知晓宇文邕已经来到始州，而且还险些遇害？

于是试探道："辅城郡公会不会并未来过始州？"

孙贵也担心王谊会因此事而对自己起疑，脸上冷峻的神情随即被几抹笑意取代，自责道："关心则乱，一听辅城郡公遇险，孙某一时间竟失了方寸！还请王司马莫要见怪！如今想来，'敌闻司'的情报或许有误！害得我等虚惊一场！"

"敌闻司"三个字如同一块硕大的石头，横亘在王谊的面前，使得他不敢再向前一步。

"敌闻司"专司军情刺探和暗中锄奸，朝廷有时也会借助它来清除异己，这个行事诡秘的"敌闻司"过去只听命于大丞相宇文泰，如今只听命于大司马贺兰祥。

朝臣大都唯恐避之不及，王谊自然不便再问下去了，却仍旧未能彻底打消他内心的疑虑。

"刺史大人言重了！"王谊话锋一转道，"马上就要五更天了，城门是否照常开启？"

孙贵满是赞赏地笑笑说："如此甚好，就好似什么都未曾发生过！"

　　王谊发觉孙贵的笑容中夹杂着耐人寻味的东西。难道其中会藏着什么蹊跷？这位新任刺史大人，总是神秘兮兮的，不知他与"敌闻司"究竟有着怎样的瓜葛？

　　熊熊燃烧的柴火发出阵阵噼啪声，烧得愈来愈旺，宇文邕和独孤芷兰将手伸到柴火前，暖流顿时涌遍全身。

　　宇文邕绝对想不到会在最为失魂落魄之际与宇文孝伯在这里偶然相遇，莫非这一切都是上天的安排？

　　"要不是我们急着赶路，或许还碰不到一起，真乃天意啊！"孝伯欢快的话语中透着异地重逢的惊喜。

　　宇文邕搓着手道："冥冥之中，上天自有安排。"

　　惊魂未定的芷兰始终默不作声，仍旧沉浸在刚才可怕的经历之中。

　　宇文邕将他们刚刚的遭遇细细讲述了一遍，而孝伯也谈及上次分别后他和宇文神举人生轨迹的变化。

　　自从玉璧一别后，神举和孝伯便双双调离玉璧。神举调入长安在天王宇文毓身边任中侍上士。宇文毓酷爱诗文，神举又精通诗词歌赋，在王族之中或许只有他可以称得上天王的知音，宇文毓每有游幸，总会让他侍奉左右。

　　宇文邕对此并不感到意外，其实宇文毓早就流露过征召神举回京的念头，不过一直担心宇文护会将此举视为宇文毓刻意培植自身势力,前不久宇文毓才终于下定了决心。

孝伯的离开多少让宇文邕感到有些意外,但细想也在情理之中。

孝伯本是韦孝宽的贴身侍从,却听从宇文邕之命公然违背韦孝宽的指令硬闯秘密关押胡夫人的大帐,虽然这是宇文邕在危急情形之下的无奈之举,但韦孝宽想必对此久久难以释怀。

孝伯调入夏官府任司弓矢下士,负责督造弓矢,其实是个无足轻重的闲差。

温江的那批兵甲诡异地飞走,无法按期配发到蜀地士卒手中。这可急坏了武藏中大夫,严令孝伯紧急押运这批库存兵甲前往蜀地。

孝伯满脸忧虑地问道:"你们初来蜀地,是何人居然敢对你们下此毒手?"

"这也是令我们困惑不解的地方!"宇文邕不明白是谁要将他们置于死地。他们不过是路过始州而已,怎会一来此地便遭遇险情,而且所用手段如此狠毒!

芷兰的脑海之中每每忆起毒蛇吐着信子的画面,不知为何便会自然而然地联想到那些面目狰狞而又嗜血成性的吸血蝙蝠,不知这中间到底有着怎样的关联。

那些人蓄意谋害他们到底目的何在?为了劫财?似乎又不太像。如果仅仅是为了劫得他们手中钱财,又何必非要伤及他们的性命呢?到底是何等深仇大恨才会使得那些人不惜对他们赶尽杀绝呢?

芷兰目前所能想到的只有他们此行的秘密使命,彻查温江飞甲真相。此事虽说诡异得很,但如若没有官府中人作为内应,恐怕难以得逞。

始州乃是进出蜀地的门户,距离温江五百里,难道始州公人也牵涉其中?如若真是如此,那么局势可就比他们预想得还要严峻!

想到此处,芷兰不由自主地打了一个冷战。

宇文邕以为是天冷,忙从孝伯部下手中接过一件棉披风,披在芷兰的肩头,芷兰朝着宇文邕嫣然一笑。

"不知四叔接下来作何打算?"孝伯说着便将酒囊递给宇文邕。

宇文邕接过酒囊,"咕咚"喝了几口,说:"之前我们在明处,他们在暗处,如今我们也到了暗处。我倒要看看他们究竟是哪一路牛鬼蛇神!"

孝伯知道宇文邕虽然嘴上不喜争强好胜,可心里却从不肯轻易认输,既然宇文邕险些在始州栽了大跟头,定然要在始州查个水落石出,可他公务在身,不便在此地久留,如若扔下他们不管,势单力孤的两人很可能不仅查不出幕后真凶,反而还会因此而遇险。

孝伯添了把火,道:"此地甚为凶险,四叔还是尽快离开为好!"

芷兰也劝道:"你我的使命是查明温江飞甲真相,不宜在此处过多逗留。或许我们虽在始州遇险,但根子却在温江!"

宇文邕顿时明白了芷兰的用意,高声道:"既然如此,我们去温江！"

纸　鸢

黄昏时分，落日余晖将远处的山峦染成一片金黄。

孝伯端坐在马上，对两人喊道："此地名为双旗镇，距温江武库还有十余里，我们得加把劲！"

说罢，扬起手中马鞭，身后卷起滚滚尘土。

芷兰正欲策马前行，却突然勒住马，跳将下来，捡起路边一个破旧的纸鸢，出神地打量着。

宇文邕也忙跳下马道："不过是小孩子们玩完后的废弃之物！如若芷兰喜欢，回长安后我给你买一个便是了！"

芷兰却不以为然道："你不觉得这个纸鸢的样式很奇怪吗？"

听芷兰这么一说，宇文邕又打量了一番，这个纸鸢的确有些奇怪。

纸鸢以竹或木为骨架，再将绢或纸糊在其上，往往做成鹰的形状，但这个纸鸢的形制却颇为少见，看样子似乎是一面盾牌。

芷兰小心翼翼地收起这个纸鸢，飞身上马道："我们还是赶路要紧！"

傍晚时分，他们一行人才终于抵达温江武库。

武库令裴遵不敢有丝毫怠慢，早已雇了数百民夫候在武库大门口，一直忙到后半夜才将宇文孝伯押送的兵甲搬运完毕。

宇文邕没有在武库停留，而是马不停蹄地前往成都，去看望自己的弟弟宇文宪。

他与宇文宪虽非一母所生，但幼年时一同养在原州李贤家中，二人年龄相仿，志趣相投，感情颇深。

宇文宪来到千里之外的益州赴任后，宇文邕一直都牵挂着这个弟弟。

在此后的几日里，芷兰围着整个武库转了又转，看了又看，与武库之中的人谈了又谈，却仍旧一无所获！

武库周遭有高达一丈二的围墙，而且墙外还有一条水渠环绕。武库之中有一个小作坊，对破损兵甲进行维修，有了这条水渠便可以就近取水，如若武库失了火还可以用此水来灭火。

武库四角均设有一座望楼，站在高大的望楼之上便可以俯瞰整个武库。

芷兰始终不相信那些兵甲是自己飞走的，定然是被盗走的，可她又实在想不出到底是如何被盗走的。

巡逻的士卒不时地从芷兰身边经过，他们手持长矛，身披重甲，步伐齐整，而芷兰一直沉浸在自己的思绪之中。

武库周遭建有围墙，还有水渠环绕，偌大的武库仅有两个门可供出入，门前站有武士负责查验入者的告身帖，无帖或者人帖不符者均不得入内。

武库之中既有巡逻哨，又有固定哨，还有望楼之上的瞭望哨，防守严密，但那批兵甲却在众守卫的眼皮子底下丢了，盗者还没有留下一丁点儿线索！

究竟是谁有如此之大的能耐能悄无声息地盗走这么一大批兵甲？难道这世上真有会妖术的妖人，能够隔空取物？

芷兰不知怎地记起了宇文邕曾说过的那句话，越是看似离奇，越要以平常之理去寻，离奇之事之所以看似离奇是因为被他人刻意罩上了一件光怪陆离的外衣，只需扯下这件外衣，真相自然就会呈现在世人面前。

想到此处，芷兰忽然一激灵，似乎从中领悟到了什么。之所以一直困惑不解，或许就是因为自己选错了方向，沿着对手设定的轨迹走下去注定是无路可走！

她决意另辟蹊径，从最为离奇的事情查起，沉重的兵甲怎么能飞得起来？

她猛地想起了那个在双旗镇意外捡到的盾牌形纸鸢，难道这就是自己苦苦追寻的真相？

但芷兰很快又否定了自己的猜想，真相绝非如此简单！

劳　军

成都城内，益州刺史府花厅里，张灯结彩，大摆宴宴，益州军政要员济济一堂，宇文邕与宇文宪也在其中。他们一同来为即将回朝的大将杨忠饯行。

宇文宪此生最崇敬之人便是诸葛亮，他来益州赴任后特地前往惠陵祭拜。惠陵是蜀汉昭烈皇帝刘备的陵墓，也是颇为罕见的君臣合祀祠庙，许多心慕孔明之人都不远千里前来凭吊。

宇文宪不仅心慕孔明，就连装扮也刻意模仿先贤，头戴纶巾，手拿羽扇，身披八卦鹤氅，虽略显几分稚嫩，却带着几分端庄持重。

代魏建周后，久在边陲征战的杨忠入朝担任小宗伯上大夫，但战火纷飞的前线似乎更需要他。北齐军大举西进，给草创的北周帝国带来了极大的威胁，于是杨忠出兵镇守蒲坂[1]，那里扼蒲津关口，当秦晋要道，可谓兵家必争之地。

蜀地叛乱发生后，杨忠又追随宇文护前来蜀地平叛，宇文护回朝后，杨忠仍旧留在蜀地进行善后。

如今蠢蠢欲动的北齐又有西侵的迹象，宇文护急调杨忠离蜀继续镇守蒲坂。

宇文邕举起手中酒杯，高声道："杨柱国武艺过人，见识精深，器量不凡，不仅有张飞之勇，更有孔明之谋。此次蜀地叛乱之所以能如此之快便被平定，一赖大冢宰统御得当，二赖杨柱国指挥有方。如今您又要马不停蹄地奔赴疆场，真可谓鞠躬尽瘁，公忠体国。我大周有您这样的股肱之臣，天王幸甚，社稷幸甚！"说完，他将杯中酒一饮而尽。

1.今山西永济，北周所设的蒲坂县既是河东郡的治所，也是雍州的治所。

杨忠身高七尺八寸，身材魁梧，虽然已年过五十，却依旧相貌堂堂，尤其那口美髯，更为他增色不少。只是他眉间的皱纹多了几道，岁月如同一把锋利的刻刀，在他的脸上留下一道道或深或浅、或长或短、或粗或细的皱纹，如同他心底一道道伤疤。

杨忠声如洪钟，道："辅城郡公过奖了。想当初我等追随太祖出生入死才打下如今这份基业，既然来之不易，必当倍加珍惜！"

宇文邕本来还想和他谈谈自己刚刚在始州的离奇遭遇，奈何以益州司马为首的益州官员纷纷起身前来敬酒，如众星捧月般将杨忠团团围住，毫不吝惜溢美之词。

宇文邕只得将已经到了嘴边的话硬生生咽下。当然也有很多官员向他敬酒，宇文邕都一一礼节性地回应，因他的心思并不在酒上。

始州那段不堪回首的经历如同一块巨石压在他的心头，压得他几乎喘不过气来，他一定要解开这个心结！

如今杨忠启程回朝，始州是他的必经之地，他担心杨忠也会遭遇不测。当年跟随于谨征梁的大将之中，除了韦孝宽，还有杨忠，那个令人不寒而栗的神秘组织"血酬卫"能够放过他吗？

可这些话宇文邕却不知如何说出口，他此前与杨忠仅仅有过几面之缘，并无深交，如若自己贸然说出这些会不会让杨忠误以为自己别有用心呢？

但转念一想，杨忠此次回朝并非孤身一人，而是统帅大军一同北返，即便"血酬卫"再胆大妄为，也不敢公然谋害于他。

宇文宪端着酒杯来到宇文邕近前，道："四哥，还在为始州之事忧心忡忡吗？小弟这两日派心腹按照您的吩咐翻阅了始州官档。"

尉迟迥任益州刺史时，还以大都督的身份掌管益、潼等十八州诸军事。蜀地各州的军政要事均需向尉迟迥禀告，这些奏报如今就藏于成都文库之中。尉迟迥还对蜀地诸州刺史和上佐的人选有举荐之权，朝廷正式任命前通常也会征求他的意见，因此成都甲库之中不仅有益州官员的甲历，还有蜀地其他州官员的甲历。

宇文宪年纪尚幼，资历尚浅，只是益州刺史，并没有都督其他州的权力，但他却可以通过调阅成都文库之中的官档和甲库之中的甲历来获知其他州的军政旧事和官员更迭。

宇文宪耳语道："小弟还真发现了些问题！"

"真的？"宇文邕的语气中夹杂着惊喜和期待。

名　单

天还没有亮，灰蒙蒙的天空被一层浓雾笼罩，突然来了一阵大风，所有的气象与飞甲那日居然出奇地一致，而时辰也相差无几。

芷兰等了好几日，终于等到了今日，只有最大限度地还原当日的情形，或许才能找到真相！

她再次凝视高高的望楼，心想，虽说当时天还没有亮，又有一层雾，能见度自然要差一些，但望楼之上的士卒应该能够看清下面的情形，莫说有人蓄意盗走那批数量众多的兵甲，即便下面有什么风吹草动，都难以逃过他们的眼睛。

除非那夜在望楼之上值守的士卒……

想到此处，芷兰快步走向西侧的那个跨院，此处是武库令裴遵办公之所，裴遵昨夜在此值宿并未归家。

芷兰施礼道："烦劳裴大人帮小女一个忙！"

裴遵忙放下手中的笔，站起身道："独孤姑娘乃是上差，有事尽管吩咐！"

"请裴库令在这张图上标示一下那十几个受伤的士卒当时所站的位置。"

一脸倦色的裴遵感到头微微有些痛，揉了揉自己的太阳穴，道："老夫即刻命人去办，不过要费些时日，如今有好几个士卒仍在家中养伤，得派人去一趟县城。"

"此事并不急！"

"可老夫心里起急呀！盼着尽快查明真相，也好还老夫一个公道！"

"裴库令莫要心急！您的脸色不太好，还望多多保重身体。"

裴遵却摆摆手道："不碍事！不碍事！"随即叫来自己的长随，命他带着这张图逐一去找那些受伤的士卒，不得遗漏一人，让那些人将事发当日自己所站的位置标在图上，务必标示得清楚准确。

次日午时，裴遵将那张图重新交给芷兰，芷兰久久地注视着这张分布着不规则墨点的图，指着图上的一片区域道："当时此处是否也站有人?"

"容老夫想一想。"沉思了一会儿,裴遵道,"当时彭四他们就站在那里。"

"这片区域当时有人吗?"

"有,当时老夫就站在这个位置!"

芷兰嘴里不停地嘀咕着:"望楼果然有问题!"

"什么望楼?"裴遵不解地问。

"我想查阅一下事发当日望楼之上值守士卒的名单,不知哪里能够查得到?"

"宿值之事均由樊主簿掌管,他那里应该留有相关簿册。"

"多谢裴库令!"

芷兰急匆匆来到相邻的那个小院之中,主簿樊武便在此处办公。

一进屋迎面看到的是三个高大的书架,上面堆满了簿册,显得屋内很是局促,给人以巨大的压迫感。

"樊主簿,我想查阅一下飞甲那日望楼值宿名单!"

樊武闻听此言,脸上的笑容顿时凝固了,问:"难道独孤姑娘怀疑……"

"樊主簿莫要多虑,我只是想向他们询问一下当日的情形,并无他意!"

"原来如此!"樊武勉强挤出几丝微笑,紧皱的眉头始终未曾舒展。

樊武走到书架前，上面摆放着一本本簿册。他低头翻找着，但芷兰却从他的背影中读出了他内心的不安，甚至是惶恐。

樊武从书架上拿出一本簿册，翻到其中一页，道："就是这八个人！他们平日里看着都还算老实本分，可画龙画虎难画骨，知人知面不知心啊！"

芷兰自然知道樊武一直都在试探她，试图从她的嘴中套出一些话来，可她并不答言，而是紧盯着樊武手中的簿册，牢牢记住了那八个名字："马长河、房斌、应龙、周三、宋世廉、康阳、邱少臣、戴小林。"

芷兰笑笑说："有劳樊主簿了！"

刚一转身，芷兰脸上那抹浅浅的微笑便迅速凝固了。她暗暗思忖，这个樊武莫非也有什么问题？如若真是如此，自己就更要谨慎了！

芷兰随即去找马长河，途经刀盾库时，发现刀盾库库监邢凤池正站在暖暖的阳光下，端详着手中的两把刀，嘴里嘀咕着："怎会不一样呢？"

芷兰走到他的近前，问道："什么不一样？"

邢凤池见是芷兰，忙施礼道："独孤姑娘请看，这把刀是那日飞甲时从空中坠落的，这把刀是兵甲飞走之后残留在木箱之中的。每一批刀的刀柄所用材质都不尽相同，而这两把刀的刀柄明明是同一批，却存在着明显的差异。这把从空中坠落的刀似乎与我们去年接收的那批刀的刀柄很像！"

芷兰默不作声地注视着那两把刀，隐隐觉得这中间怕是藏着什么玄机！

邢凤池随即自我否定道："或许是我太过敏感了！这批刀中兴许有新铸的，也有上批剩余的。"

芷兰辞别邢凤池后去寻马长河，后来又去寻剩下的七人，都只是简单地询问一下他们在事发当日看到了什么，听到了什么。芷兰从他们口中听到的与裴遵等人所言大同小异，并未问出什么特别的东西。

芷兰原本就对此并未抱什么期望，这么做不过是想明修栈道，暗度陈仓罢了！

打　问

金马河、杨柳河、江安河、清水河自西北向东南穿温江县城而过，河上舟楫的樯橹桨橹桨水声，搅碎了倒映在河上朝霞的光影，和着驴子橐橐的蹄声，将温江百姓从沉睡中惊醒。

宇文孝伯策马来到顺义大街东侧的小食摊，将马拴好，要了一碗热乎乎的杂辣羹。杂辣羹在冬日里飘逸而起的热气在他的眼前迅速弥漫开来。

孝伯跟摊主貌似有一搭无一搭地闲聊起来，问道："店主可认得马长河？"

店主一边刷碗一边道："认得，住在街东头左手第七家！最爱吃小的做的盐煎面！"

孝伯喝了一大口杂辣羹，顿觉嘴里一阵火辣辣，看来葱、川椒、胡椒、干姜和生姜搅拌在一起的确能够给人带来独特的味觉享受。

他哈着嘴道："他的家境如何？"

"他在武库当差就挣那仨瓜俩枣，日子自然是过得紧巴巴的，不过最近他的堂客居然买了一支新式样的金钗，手上还戴着一个银灿灿的镯子。我一直在想，莫非马长河得了一笔外财？"

孝伯从怀里掏出十个老钱，扔在桌上，道："我问你的话切勿对外人言讲！"

店主忙将十个老钱揣进怀中，满脸堆笑道："客官请放心，规矩小的懂！"

孝伯牵着马顺着顺义大街往东走，来到了猫儿巷，这条巷子窄得只容一人通行。

见一个泼皮在巷子口哼着小曲，无所事事地来回溜达，孝伯扔给他一陌钱，道："你可认得房斌？"

那个泼皮虽然接住了宇文孝伯刚刚抛过来的那陌钱，却觉得甚为烫手，道："认得！不知这位爷想要小的做些什么？"

孝伯跟他耳语几句，那个泼皮顿时笑得合不拢嘴，道："此事不难，爷就瞧好吧！"

那个泼皮敲开了房斌家的院门，倚在门框上，嘴里嗑着瓜子。

一个四十多岁的妇人见是他，没好气地问："你来干什么？"说着，妇人就想要关门。

那个泼皮却硬生生地将门推开，递给妇人一张字据，道："房斌欠我三贯钱，一直都未曾归还，我特地前来登门讨要。"

"胡说！我家夫君怎会欠你钱？定然是想故意讹我！"

"你看看这可是房斌亲笔写下的？唉——这个房斌什么都好，就是太好赌了！"

妇人怯生生地接过那泼皮事先伪造的字据，低头看了好一阵。

泼皮晓得妇人并不认字，狠狠地吐出嘴中的瓜子皮，厉声道："欠债还钱天经地义，要不咱们这便去见官。"

妇人一听说要去见官，脸色骤变，道："邻里之间低头不见抬头见的，何必非要闹得对簿公堂，不就是三贯钱吗？我还你便是了！"

泼皮拎着沉甸甸的三贯钱来到巷子口，对宇文孝伯说："果然如您所料，我一提见官，她就怕得要死。真没想到平日里甚是吝啬的房家娘子居然变得如此慷慨，今日该着我狠狠地赚一把！"

夜已深，芷兰却毫无睡意，仍旧在昏黄的油灯之下查阅着马长河等八人的甲历。这八人居然都是始州普安县人，而且在五年前几乎同时离开了家乡，来到温江武库当起了巡卒，到底是什么原因使得他们不约而同地选择背井离乡呢？

就在此时，宇文邕回来了，身上还挂着一层淡淡的霜。

芷兰忙为其掸去身上霜，关切地问："可见到你五弟了？"

"果真不虚此行，我查到了一些重要线索！"

"什么线索？"

"武库主簿樊武原是始州司马许峰手下的令史，而马长河等八名巡卒恰巧也曾在许峰麾下效力，这个许峰却在五年前离奇溺亡。许峰死后不久，他们几乎同时离开始州，不约而同地来到了温江！"

"你是说樊武与马长河等八名巡卒原本就认识！这就难怪了！"

恰在此时，外面突然响起了一阵嘈杂之声，有人大声地呼喊："着火了！快来救火啊！"

芷兰与宇文邕急急忙忙跑到屋外，只见前方燃起了熊熊大火。

他们朝着火光快步走去，只见起火之地居然是樊武平日里办公之所。

武库令裴遵苦着脸说："幸亏樊主簿正值休沐，不然怕是要葬身火海了！"

火势渐渐被控制住了，可眼前的跨院却变为一片瓦砾，芷兰问道："樊主簿现在何处？"

"他已然回温江县城中的私宅了！"

"他何时会来武库应卯？"

"明日一早便会回来，不知他见到此情此景会作何感想？"

芷兰并未打草惊蛇，而是在默默等待，可次日她并未如愿见到樊武的身影，就连马长河等八人也不见了踪影。

"不好！"芷兰惊呼道，急急火火找到裴遵，迫不及待地问，"樊主簿的私宅在何处？"

"温江县城鱼儿巷从南数第三家。"

芷兰和宇文邕驰马前去温江县城，找到樊武的私宅，门却虚掩着，芷兰的心头顿时掠过一种不祥之感。

宇文邕走到前面，从腰间迅速抽出佩剑，挑开门帘，一股刺鼻的血腥味扑面而来。

樊武倒在一片血泊之中，砚台掉落在地上，撒了一地的墨汁。

樊武的手中握有一杆毛笔，半边脸居然用墨汁涂黑。看那情形不似是凶手涂的，似乎是樊武生前自己涂的。

"这到底是何意？"芷兰嘀咕着。

她突然灵机一动，高声喊道："难道是半面妆？！"

"半面妆？"宇文邕随即领悟芷兰的意思，却说，"可是徐昭佩已经死了！"

南朝奇女子徐昭佩本是湘东王萧绎的王妃。在成为梁元帝之前，萧绎的前四十年可谓过得波澜不惊。作为养尊处优的皇子，他终日居于华屋高墙之内赋诗作对，舞文弄墨，丹青画尽倾城色，醉吟风月自风流。徐昭佩的日子也过得平淡无奇，接连为萧绎生下了儿子萧方等和女儿萧含贞。

可徐昭佩却渐渐耐不住寂寞，瑶光寺的和尚、朝中的美男，都迫于徐昭佩的淫威跟她几度云雨，最让她欲罢不能的还是长相俊美的侍卫暨季江。此人善于把握节奏，让徐昭佩欲仙欲死，而徐昭佩更是如狼似虎。事后，筋疲力尽的暨季江不禁感叹道："徐娘虽老，犹尚多情。"

徐昭佩恰又接连生下了两个女儿萧含雪和萧含春。萧绎一时间难以断定这两个女儿究竟是否是自己亲生的，于是将她们视为异类，甚至连名字都迟迟没有起。

徐昭佩自然对此极为不满，去面见他时居然半面梳妆，半面未妆，萧绎自然知道她所画的这半面妆实际是在嘲笑他只有一只眼。萧绎一出生便患有眼疾，最终只保住了一只眼，而这恰恰是他最不愿让人触碰的伤痛。

徐昭佩为其所生的长子萧方等自幼便聪慧机敏，精于绘画，看在长子情面上，同时碍于徐家人在朝中盘根错节的势力，萧绎只得对我行我素的徐昭佩隐忍不发。

侯景乱起，生灵涂炭，太清三年（公元549年），萧绎的侄子、河东王萧誉拒不服从萧绎调遣。素来不习战事的萧方等亲率两万军马前去讨伐。临行前，萧方等满怀悲凉地说："吾此次出征，必死无疑，死得其所，吾决不偷生！"很快，萧方等就惨遭战败，溺水而死，连尸身都不知所终。

萧方等的死也使得萧绎内心深处对徐昭佩最后一丝残存的温情消失殆尽。徐昭佩自知死期已近，决意彻底告别这种暗无天日的生活，最终选择投井而死，不过她的死却未能熄灭萧绎心头的怒火。萧绎将徐昭佩的尸身归还她的娘家，以此视为休妻之举。

虽然徐昭佩无奈地走了，可"半面妆"这段趣闻并没有被人们遗忘，以至于传到了北朝，成为士人茶余饭后的谈资。

芷兰咬着牙说："看来这个徐昭佩阴魂不散！我们的老对手恐怕又要现身了！"

第二十七章
石间真隐何时出

真 相

其实芷兰的心中始终有一个大大的疑惑,飞甲事发当日巨大的轰鸣声究竟从何而来。或许这就是整个阴谋的开端,如若没有这巨大的声响,怎会吸引来众人关注的目光,那出飞甲的闹剧还演给谁看呢?

芷兰忽然想起了一本名为《淮南万毕术》的奇书,相传为前汉淮南王刘安的门客所著。至今仍有很多人相信神通广大的刘安成仙羽化而去,但芷兰却坚信刘安乃是自刎而亡。

她曾对《淮南万毕术》爱不释手,虽然其中偶有"磁石悬入井,亡人自归""埋石四堣,家无鬼"等荒谬之言,但其中也不乏令人眼界大开的秘法。

《淮南万毕术》中有一段关于"铜瓮雷鸣"的记载,她看了一眼手中的图,武库之中竟然真的有两口深井,随即去寻宇文邕。

"邕郎，那两口井的井底或许便藏着我们要寻的真相！"芷兰话中带着几丝兴奋。

对于芷兰的论断，宇文邕哪怕是心中有所怀疑，也会故作支持之态，今日自然也不例外，道："我即刻去找裴库令，让他派人设法去井底打捞。"

不一会儿，一个什长就领着十来个士卒来到井边，一听说要下井去打捞，纷纷面露难色道："二位有所不知，这口井的井口虽不大，却深得很，还从来没人敢下去过！不如我们先用竹竿探一探井底到底有没有你们欲寻之物，如若真有，我等再下去打捞也不迟！"

"如此甚好！"宇文邕点头道。

那个什长将三根一丈多的竹竿绑在一起，然后将竹竿伸进井中，探了一会儿，喊道："井底似乎真有什么东西，快去取挠钩来！"

那十几个士卒纷纷取来挠钩，抛入井中，似乎钩住了什么东西，于是一起用力向上拉，居然是一口大铜瓮！

"全对上了！"芷兰兴奋得几乎要跳起来。

宇文邕却仍旧一头雾水，忙问道："什么对上了？"

"《淮南万毕术》载：'取沸汤置瓮中，坚塞之，内于井中，则作雷鸣，闻数十里。'"

"你是说那日巨大的轰鸣声就来自这口井？"

"如若我所料不差，另外那口井的井底也有这样一只大铜瓮！"芷兰转而对那个什长吩咐道，"烦劳你即刻到那口井中也去探查一番，看看是否也有铜瓮！"

什长领命走了，约莫过了两炷香工夫便回来禀报，道："正如姑娘所料，井中果然也有一口铜瓮。"

芷兰对宇文邕道："我们即刻去找裴库令，如今飞甲的所有谜团皆已解开了！"

在芷兰的指引之下，武库令裴遵带着刀盾库库监邢凤池、弓矢库库监刘大路等人来到了井旁。

芷兰指着那只大铜瓮道："这就是飞甲当日巨大声响的来源！"

裴遵不明所以地问道："老夫愚钝，还望独孤姑娘明示！"

芷兰颇为兴奋地说："《淮南万毕术》载有铜瓮雷鸣之法，将沸水注入铜瓮之中，不过切勿将其注满，然后再将铜瓮之口密封，迅速投入井水之中，便会发成巨大的声响，犹如上百只奔牛在吼叫，又好似惊雷乍响，而这正是整个阴谋的开始！"

裴遵、邢凤池、刘大路等人听后无不面面相觑，没有想到盗取兵甲之人居然会使出如此诡诈的手段。

刀盾库库监邢凤池却反驳道："可当日我等却亲眼看到兵甲飞到半空中，甚至还有兵甲从空中掉落下来，这又如何解释呢？"

面对一声声质疑，芷兰始终不急不躁，不慌不忙，说："当时天刚蒙蒙亮，整个武库又被一层浓雾笼罩着，突然刮起了一阵猛烈的风，但雾气却并未被彻底吹散。当时很多人原本在熟睡之中，呼呼的风声和轰隆的响声以及大地微微颤抖之声将你们惊醒,当你们睁开惺忪的睡眼时,令人不可思议的一幕便在你们眼前活生生地上演了。兵甲居然真的飞了起来!"

众人道:"对呀!虽然想来很是不可思议,却是我等所亲眼所见!"

芷兰笑笑说:"诸位难道就不想一想这不可思议的一幕为何偏偏在这个时刻发生呢?四周一片白茫茫,况且很多人又是刚从熟睡中醒来。此时岂不是最容易被人蒙骗吗?"

说到此处,芷兰高高举起一个盾牌形状的纸鸢,说道:"早在春秋时期,公输班便制木鸢以窥宋城。诸位想必对此并不陌生吧!可这个纸鸢却偏偏制成颇为罕见的盾牌形状,难道不觉得稀奇吗?"

"难道我们看到的那些飞向天际的兵甲居然是纸鸢?可他们就不担心这些纸鸢落下来会被我们发现吗?"

芷兰道:"春秋时,公输班削竹木为纸鸢,成而飞之,三日不下,可见纸鸢所飞之远,所飞之高。那日又有大风相助,怕是能飞上百里,甚至数百里之遥,而且刮的又是东风,温江以西不出百里就是连绵的山峦,那伙歹人自然不用担心这些纸鸢会跌落下来被人发现。我之所以会意外捡到这个盾牌形纸鸢,只因它所用的绢上有一个小小的窟窿,或许是制作时不慎捅破,或许是所选用的绢为残次品,就因这个小小的窟窿它仅仅飞了十几里就坠落了!"

刘大路仍旧质疑道:"可当时我们分明见到有不少兵甲从空中

坠落，还砸伤了不少兵士。"

芷兰道："他们这么做无非想让这出飞甲闹剧显得更为逼真！我曾让那些受伤的士卒将自己那日所站的位置在这张图上标示出来，却发现他们均处在四个望楼抛掷兵甲的范围之内，范围之外的人竟无一受伤，而这也让我开始对那夜在望楼之上值守的士卒起了疑心！后来证实那日在望楼之上值宿的八名士卒皆有问题。他们趁着雾气还未彻底消散将兵甲从高高的望楼之上抛下，砸伤了不少看热闹的士卒。那些受伤的士卒或许至今都还相信那些兵甲真的是从空中坠落下来的！"

邢凤池却反问道："区区八个士卒手中又能有多少兵甲？当时地上可是落了不少兵甲，这些兵甲又是从何而来呢？"

芷兰却笑道："其实邢库监已经在偶然间找到了线索，却并未深入探查。您是刀盾行家，从长安运来的每一批刀的刀柄所用材质都不尽相同。您曾将那日砸伤士卒的刀与木箱之中残留的刀进行过对比，发现了两者之间的差异，但您却以为或许新进这一批刀中新旧兼有，既有新锻造的刀，也有上批剩余的刀，可您却忽略了另外一种可能，这原本就是两批刀。事发时那八个士卒抛掷的兵甲是从主簿樊武那里领取的，可惜那场意外的大火却将记载兵甲领用情况的簿册化为灰烬！"

裴遵开口道："独孤姑娘果然是明察秋毫的奇女子，一席话让老夫茅塞顿开，可老夫最关心的是，那批兵甲如今在何处？怎会莫名丢了呢？"

芷兰高声说："好，既然如此，我们就来看一看那批兵甲究竟是如何丢的！事发时，裴库令曾立即赶往库房巡查，发现兵甲居然消失不见了，可库房的墙壁、窗子、屋顶等处均完好无损，并没有人为破坏的痕迹，也没有发现盗洞，可有此事？"

裴遵捋了捋花白的胡子道："正是！老夫掌管武库三十余年，虽说没有什么功劳，却一直勤勉为官。临近致仕遇到此等怪事，老夫这些日子一直茶饭不思，却仍旧想不通那批兵甲究竟是如何丢失的。"

芷兰转而对邢凤池说："邢库监记性一向颇好，芷兰曾记得听你说起过，那些箱子码放的位置与当初丝毫不差，并未有翻动过的痕迹，可有此事？"

邢凤池点头道："的确如此，可那些刀盾却莫名其妙地丢了，世间怎会有如此怪事？"

芷兰刻意提高了声调说："诸位可能都会有这样的疑问。这里防守如此严密，而且那批兵甲既多又重，人少了搬不走，人多了又容易被发现，即便上百人同时搬运，恐怕没有半日光景也搬不完。然而，无论是望楼之上的观察哨，还是地面巡逻的巡卒，抑或各库守备，皆未发现异常。这岂不是太不可思议了？既然难以用常理解释，你们便不得不相信那些兵甲是真的飞走了，其实你们却忘记了另外一种可能。"

众人道："什么可能？"

"我曾经也与你们有着类似的困惑，到底是什么人能够在戒备如此森严的武库之中悄无声息地盗走如此之多的兵甲？之所以百思不得其解，只因我们不仅被那伙歹人蒙蔽了双眼，还被他们蒙蔽了心灵！其实从来就没有人从武库之中盗走过兵甲！那些大木箱运来时就如同我们今日见到的这般模样，仅仅有几张弓弩、几把刀或者几张盾！"

"绝无可能！"刀盾库库监邢凤池随即反驳道，"那批兵甲运来时是本官亲自查验的，上面盖有夏官府官印的封条还完好无损，每个箱子都比现在要重上许多。我还随机抽取了两箱，如若开箱查验时，仅有几张弓弩、几把刀或者几张盾，我等岂会发现不了？"

弓矢库库监刘大路也忙附和道："凤池兄所言极是，如若那些箱子运来时就是空的，我等怎会不知呢？我等在武库供职二十余年，又不是三岁的孩童，岂会如此轻易便被人蒙骗？"

面对众人质疑，芷兰却只是嫣然一笑，说："那批兵甲运来时的确只有几张弓弩、几把刀或者几张盾，但偌大的箱子之中仅仅只有这些东西，这个骗局自然很容易被戳穿，因此那伙歹人便在箱子里添加了另外一种东西！"

众人将目光齐刷刷投向芷兰，芷兰却突然话锋一转道："裴库监，你来库房查看时发现地面之上有一摊水迹。虽说温江一向潮湿，可近来并无雨雪，即便在素来多雨潮湿的夏季，恐怕库房之中也不会有如此之多的水迹吧？"

"是啊，老夫当时也觉得甚是疑惑，却不知这些水迹与兵甲丢失究竟有何关系呢？"

"这些水就是那伙歹人在大木箱之中添加的东西。"

众人闻听此言,纷纷交头接耳,有的不解,有的不屑,有的鄙夷。这怎么可能?简直是无稽之谈!

芷兰却并不急于争辩,仍旧柔声细语地说:"这些大箱子之中铺着三层厚厚的滕连纸,其上又垫着谷糠、干草、白灰等物,滕连纸可以防水,而谷糠、干草、白灰则可以吸潮。我问过裴库令,寻常时是否也有着如此严密的防潮措施,他说这次是最为严密的,这些反常之举恰恰在无意间透露了那些歹人的奸诈伎俩!"

喧哗声渐渐停息了,在场之人全都目不转睛地盯着芷兰。

芷兰继续道:"诸位刚刚怕是对芷兰之言有所误解!那伙歹人当初在大木箱之中添加的并非水,而是冰,冰化了之后就变为诸位如今见到的这一摊摊水迹!那伙歹人最为狡猾、最为奸诈的地方就是明明早已盗走兵甲,却又故意营造出兵甲自行飞走的骗局。"

众人的眼神从期待,到不解,再到质疑,又到不屑,如今却渐渐心悦诚服。

在大木箱之中放入冰块,然后再将少量兵甲置于其上,接收之人如若不仔细勘验,极易蒙混过关。武库之中的那些人太看重其上所贴的封条,只要见封条完好无缺,便不疑其中有诈,勘验也往往流于形式,于是草草接收了那批兵甲。等冰块渐渐融化,那些沉重的大箱子自然也就变得很轻了。

裴遵被芷兰缜密的分析彻底折服了,既然那批兵甲不是在自己手中丢的,他也就无需担什么责任,不过他依旧挂念着那批兵甲，如此之多的兵甲一旦落入别有用心之人手中，蜀地恐将再无宁日了。

裴遵迫不及待地问："独孤姑娘觉得，到底是何人盗走了那批兵甲？又为何要盗走那批兵甲呢？如今那批兵甲又在何处呢？"

芷兰的心中隐约有了答案，不过此时还不是说出来的时候，于是说："这也是我心中的困惑！"

复　国

芷兰对飞甲真相娓娓道来，宇文邕一直默不作声，有意让芷兰淋漓尽致地展示自己的风采。

在此过程中，他也再一次折服于眼前这个奇女子，思维如此缜密，目光如此敏锐，只怕男子之中也没有几人能与之相匹敌！

可芷兰却并未将全部真相和盘托出，等众人散去后，宇文邕凑到芷兰跟前低声道："你觉得他们如此处心积虑地盗走兵甲究竟想要干什么？"

芷兰望着湛蓝的天空，坚定地说："复国！"

听到"复国"这两个字，宇文邕的心猛地一颤，道："请随我来！"随即大步流星地返回自己的房中，芷兰紧紧地跟在他的身后。

宇文邕回屋后迅速拿出地图，放在案上，用鸟兽纹铜尺不停地在地图上测量着。

许久，宇文邕才抬起头，用尺子的一端指着地图道："那批兵甲是九月上旬从长安起运的，十月初运抵温江武库，长安距离温江近两千里，要走二十余日，虽说当时天气已经转凉，却并不寒冷，如若木箱之中果真填充的是冰块，运抵温江时即使尚未彻底融化，也会渗出许多水来，如此一来怎会不被人察觉呢？"

芷兰皱着眉说："你的意思是那批兵甲并非在长安被人调包，而是在中途？"

"应该是距此不远的地方！那批兵甲数量众多，若想悄无声息地调包绝非易事，或许只有在晚上押运的兵将歇息时才方便得手。我本想从长安获取这批兵甲入蜀的过所文牒，这样便可知来蜀途中曾在何处过夜，但一来一去要耗费许多时日。我刚刚在地图上测量过，大致估算出他们过夜的地点。若要在运抵温江武库时，那些冰还未融化，最有可能的三个地方就是利州、始州和潼州！"

"始州？始州！"芷兰惊呼道，"莫非那伙企图谋害我们的人便是盗走兵甲之人？"

宇文邕心中默算着，回朝复命的杨忠此时应该也已抵达始州，低声道："如若那批兵甲果真是在始州被调包的……"

正在此时，通传递给宇文邕一封成都四百里加急送来的急件。

宇文邕打开后，面色显得更为严峻，对芷兰道："叫上孝伯，我等即刻去成都！"

毒　计

　　始州刺史府内，孙贵轻轻推开窗子，遥望着天边那弯残月，阴晴圆缺正好应了人间的旦夕祸福。

　　他即将迎来此生最为重要的时刻，出身寒门的他时常感慨人生能有几回搏，如今一个千载难逢的机会就摆在他的面前，虽说要以性命相搏，却可以搏出王侯将相，万古流芳。

　　他在静静地等着杨忠的到来，内心虽激动不已，却仍有几丝不安。

　　杨忠胆识过人，武艺出众，又久经沙场磨砺，是一个极难对付的对手！

　　不过孙贵认为自己的一石二鸟之计可谓天衣无缝，自己并非与杨忠正面交锋，而是神不知鬼不觉地使出杀招。

　　他早已为杨忠备下了甘甜的美酒，酒中下了毒。这种毒并非寻常之毒，并不会让杨忠立刻丧命，不过等到他回了长安，毒性便会发作，而且一旦发作便无药可救。

　　随着赵贵、独孤信、李弼等昔日威名赫赫的柱国先后辞世，关于宇文护为独掌朝纲而蓄意铲除功勋老臣的传闻便甚嚣尘上，如若杨忠此时又不明不白地死了，那么宇文护恐怕就真的百口莫辩了。

　　若论名望，杨忠虽比不上赵贵、独孤信和李弼，但三人的兵权生前即被削去，虽说三人的门生、故吏、部将遍布天下，其中也不乏掌兵者，但大多在边陲，即便心有不愤，也奈何不了远在长安的宇文护。

　　杨忠此次回朝却并非孤身一人，而是统帅着数万大军，其中很多是跟随他南征北战的亲信部队，并且就驻扎在长安城郊，一旦有人举起为杨忠复仇的大旗，势必激起一场变乱。到那时，北周恐怕就岌岌可危了！

　　即便那场期待已久的变乱并未发生也无妨，孙贵只需夺取剑阁便可以掐断关中、山南通往蜀地的路。

　　他只需等到南梁大将王琳挥师西进，整个蜀地便会在顷刻间易主！

　　蜀地既有沃野千里，可养几十万精兵，又有山河险固，易守难攻。盘踞蜀地，进可攻，夺取江南之地；退可守，据险割据一方。

　　到那时，他孙显便会成为复兴大梁的功勋之臣，荣华富贵，享用不尽，也不枉这些年潜伏在北朝提心吊胆，惶惶度日。

　　这些年欠他的，他将加倍索取！

　　就在此时，长随毕恭毕敬地前来禀报："紫阳桥因年久失修断裂了，杨忠在路上耽搁了些时日，不过明日便可抵达始州境内！"

　　孙贵咬着牙，从牙缝之中挤出了五个字："他终于来了！"

换　身

　　夜幕低垂，又是一弯残月！

　　见宇文邕、独孤芷兰和宇文孝伯风尘仆仆赶来，宇文宪顾不上寒暄，递给宇文邕一份表章，忧心忡忡地说："这是始州司马王谊派人送来的。他原本应将这份表章送抵长安，却不知为何送到了我的手中！他说始州刺史孙贵阻拦陇西流民入蜀，此时剑阁外已然聚集起十几万流民，稍有不慎便会激起民变！"

　　芷兰道："责令他打开关隘，让那些流民入蜀不就可以化解这场危机了吗？"

　　宇文宪皱着眉说："如今始州与益州互不隶属，况且我资历尚浅，又初来乍到，孙贵怎会听命于我？"

　　面对焦躁不安的宇文宪，宇文邕并未表态。

　　如今十几万流民滞留关外，而那批数量巨大的兵甲又莫名丢失，难道他们想用那批兵甲来武装这些流民？如若真是如此，蜀地恐又生变乱！

　　想到此处，宇文邕不禁胆战心惊。

　　宇文宪恨恨地说："这个孙贵本是南梁旧臣，久在蜀地任职，熟悉民风，刀笔精通，吏道纯熟，办事干练而又不失分寸，尉迟表兄这才将其留用，命其官复原职。这些年来，他还算勤勉。前些日子，李衍因丁父忧而被免职。在达奚武等老臣的力荐之下，朝廷将孙贵从潼州长史任上擢升始州刺史，谁知他竟刚愎自用，一意孤行,搞得民怨沸腾。"

芷兰不解地问:"既然久在蜀地任职,孙贵似乎应与达奚武并无交集。达奚武怎会力荐一位千里之外的陌生官员呢?"

宇文宪道:"我对此也百思不得其解,或许是他弟弟孙显的缘故吧!孙显在秋官府所辖的雍州狱任职,据说前些日子与上司达奚武来往颇为密切。"

"孙显!"芷兰惊呼。她万万没想到这个孙贵竟然会与远在长安的孙显扯上关系。

孙显早在一个多月前就离奇死去了,嫌犯齐鸣却坚称自己是被冤枉的,那时芷兰就隐隐觉得这中间似乎隐藏着不为人知的冤情。这个早已命丧黄泉的孙显居然与远在蜀地的孙贵是亲兄弟,这无疑使得原本就扑朔迷离的案情变得愈加耐人寻味。

芷兰的心仿佛被猛地扎了一下,只因她又想到了孙显左耳后有一处烫伤,这个烫伤究竟是如何形成的至今仍是一个难解之谜!

芷兰随即问道:"孙贵在蜀地任职多年,不知宇文刺史能否寻见与孙贵熟识之人?"

宇文宪道:"这并不难!恰巧我府上书吏谢云此前曾在潼州任职,与孙贵共事五年之久。"

芷兰道:"宇文刺史能否为我们引荐一下?我有话要问他!"

宇文宪并未立即回应,而是看了看沉思不语的宇文邕。宇文邕向他点了点头,宇文宪随即会意道:"这自然不在话下!我即刻命人去传他过来便是!"

谢云恰巧在刺史府中宿值，也就几弹指的工夫便到了。

谢云拱手施礼道："不知刺史大人征召小吏所为何事？"

"这位上差有事要问你，你定要如实相告！"

"小吏遵命！"谢云仔细打量着芷兰，不承想刺史大人口中的上差居然是个年纪轻轻的女子。

芷兰道："谢书吏，你可认得孙贵？"

"上差所问之人可是现任始州刺史的孙贵？"

"正是！你可知他还有个亲弟弟名唤孙显？"

"孙显曾来潼州看望过兄长。两人长得几乎一模一样，外人难以分辨，不过小吏听孙刺史提及过，他们兄弟二人最大的区别就是他的左耳后有一块红色胎记！"

"左耳后！胎记！"芷兰嘀咕着，突然惊呼道，"如今在始州任刺史的并非孙贵，而是他的弟弟孙显！真正的孙贵已然死于长安！"

宇文邕和宇文宪闻听此言全都惊诧不已，尽管如此，相信芷兰似乎已经成为宇文邕的一种习惯，但宇文宪却一时间不敢相信如此石破天惊的推断，问道："独孤姑娘何出此言？"

"长安那具被认定是孙显的尸身的左耳后有一处烫伤，仵作勘验后认定并非陈旧伤，而是新伤。如若是孙显生前所烫，很难只烫到耳后，而又不波及其他部位；如若是凶手留下的，凶手这么做又是何意呢？对此我始终不解，如今听完谢书吏所言便茅塞顿开，凶手这么做其实是为了掩盖这具尸身的真实身份！那具尸身其实是哥哥孙贵,而非弟弟孙显!我们那夜在始州险些遭遇毒手应该便是拜这个孙显所赐!"

宇文邕高声道:"如若真是如此,杨柱国恐怕危矣!孝伯,你速速赶往始州,但愿亡羊补牢,未为迟也!"

孝伯此前一直默默地站在一旁,他在宇文邕面前话不多,但对于宇文邕的指令却总是竭尽所能地去完成。

孝伯铿锵有力地说道:"请四叔、五叔和独孤姑娘放心,我即刻动身,星夜兼程赶往始州!"

众人目送孝伯渐渐消失在夜幕之中,皆知他此行凶险异常!

诈 死

就在同一夜,始州司马王谊正在烛光之下批阅文书。他嗜酒如命,酒在他的生活之中已变得不可或缺,尤其是熬夜忙于公务时更是如此!

王谊端起酒樽,一饮而尽,此酒绵柔而又甘洌,不愧是始州佳酿!王谊放下酒樽,拿起毛笔,蘸了蘸墨,开始奋笔疾书,突然停了下来,继而一头栽倒在地。

门外的老仆王安听到异样的声响,忙跑进屋来查看,见王谊倒地不省人事,吓得惊呼道:"来人呐!快来人呐!王司马出事了!"

次日,王府门前挂起了招魂幡。

王谊此次来始州赴任并未携带家眷,只带了一个老仆王安。披麻戴孝的王安站在王府门口迎送着稀稀拉拉前来吊唁之人。

孙显带着两个随从进得府门，前往灵堂之中吊唁。虽面露悲容，却难掩一丝得意，对王安道："在下想与王老弟见最后一面，不知老丈能否成全？"

"这恐怕不妥吧？老夫怕惊扰了阿郎的在天之灵！"

孙显身后那两个横眉立目的随从恶狠狠道："此事有何不妥？王司马并未下葬，怎会惊扰了他的在天之灵？王司马虽与我家大人相处时日并不长，却情同手足。难道连这个小小的请求都无法满足吗？"

话音未落，两个随从分别来到棺材两侧，想要搬开棺盖。

王安忙阻拦道："使不得！万万使不得！"

那两人却并不理会，合力将沉重的棺盖搬开，放到地上。孙显凑到棺材近前，向棺材内张望，见王谊静静地躺在棺材之中，那颗悬着的心才彻底落了下来。

万事俱备只欠东风，他正等待着杨忠一步步走入他设下的圈套。

孙显刚刚回到刺史府，斥候便来报，杨忠统帅的大军已经进入始州境内，约莫半个时辰后便可抵达始州城下。

孙显面露凶光，恨恨地说："来得正好！"

当天晚上，始州刺史府中人头攒动，热闹异常，始州当地有头有脸的人几乎都到了。

征尘未洗的杨忠将部队安置在城外后便褪去甲胄进城赴宴。他特地换上了长袖袍服，两手低垂时宽大的袖子几乎可以垂到膝间。

孙显高高地举起手中酒杯，毕恭毕敬地对杨忠道："杨柱国大驾光临，我等不胜荣幸，属下敬您一杯！"

笑容满面的杨忠右手端起酒杯，左手同时抬起，两只手仿佛在行拱手礼，然后一饮而尽。

见毫无防备的杨忠并未察觉酒中有毒，孙显脸上不禁露出了得意之色。这酒只要一沾唇，杨忠便必死无疑，虽不会立即发作，却会在不知不觉间夺人性命。

杨忠明日就将率军离开，只要他一离开剑阁，蜀地守军便再也不足虑，如此一来富饶蜀地便会被孙显收入囊中。

那十几万流民已经被阻挡在剑阁之外长达半月之久，缺衣少粮，忍饥挨饿，早已对北周朝廷怨声载道，恨之入骨，只要收买其中几个领头之人，这十几万流民便可为他所用！

那些流民多是因稽胡首领蓄意反叛而逃离家园流落至此，其中多是彪悍的胡人，只要配发给他们兵甲，然后再稍加训练，便能将其打造成一支虎狼之师！

即便王琳未挥师西进，凭借这群胡人，再加上始州守军，仍可成就一番惊天伟业。

次日，杨忠率军开拔。一切似乎都沿着孙显预期的轨迹发展着，复国大业仿佛指日可待！

可孙显却并未立即动手，而是在静静等待，等待着杨忠率大军走远，等待着"血酬卫"头目曾雪雁、胡阿大等人陆续赶来。

"大事不好了！"就在孙显以为大事已成的时候，冯同河慌慌张张地跑了进来。

"如此慌张成何体统？"孙显呵斥道。

"王谊……王谊他又活过来了！"

孙显责问道："你不是说亲眼看到他下葬了吗？"

"小的的确亲眼看着他下葬，可如今城下之人也的确是王谊！"

孙显顿感事态不妙，吩咐冯同河牵来坐骑，前去看个究竟。

抵达城墙之上，孙显急切地向下望去，城下之人果然是王谊，他的身后则是原本驻扎在城西孙洼的护国军。

孙显咬着牙恶狠狠地说："王谊，你居然还活着！"

王谊冷笑了两声道："我的确还活着，可你的死期却不远了！"

"我始州城坚固异常，谅你一时也无可奈何！如今杨忠已经回朝，而剑阁之外还有十几万流民随时可以为我所用，到底谁死到临头，还未可知！"

"杨柱国早已识破尔等奸计，如今大军便停驻在剑阁，不日便将兵临城下，你就等着受死吧！"王谊转而对城上将士们喊道，"弟兄们，我知道尔等本无心谋逆，不过是被孙显之流蒙蔽而已，若是此时回头还来得及。天王有令，谁若能生擒此贼便可授仪同三司。"

酉初时分[1]，城北泛起阵阵烟尘，杨忠统帅的大军果真到了，

1.大约下午五点钟。

而始州城也彻底沦为一座重兵围困之下的孤城。

夜已深，城头上悄悄挂上了白旗，沉重的始州城门缓缓打开。

十几个士卒垂头丧气地走出城来，其中一个士卒长得眉清目秀，眉眼间不知为何透着几丝阴柔。

他牵着一匹马，马背上绑着一个人一动不动，正是昏迷不醒的孙显！

审 讯

始州地牢之中，孙显的双手被两只大铁环牢牢地束缚住，脚离地一尺来高，整个身子被吊在半空中。

一个士卒将一盆凉水泼在孙显的脸上，昏死过去的孙显渐渐苏醒过来，他缓缓睁开红肿不堪的双眼，透过披散在眼前的乱发，依稀辨认出了两个熟悉的身影，一个是宇文邕，一个是独孤芷兰！

宇文邕道："孙显，想不到我们在这里又见面了！"

孙显的嘴微微颤抖了一下，淌下几滴鲜血，有气无力地说道："要杀要剐随你便是！"

宇文邕冷笑了几声，道："我知道'血酬卫'之中多是死士！可想死恐怕也没那么容易吧！我要让你求生不得，求死不能，生不如死！"

"奉劝你不要再枉费心机！烙铁、夹棍、拶指都用上了，又能奈我何？"

宇文邕道："俗不可耐！我要用便用那些你见所未见、闻所未闻的手段！"

孙显缓缓闭上了眼，但宇文邕却在他眼睛闭上之前从他的眼神中捕捉到了一丝恐惧。

"这刺史府外有一片小竹林，我已命人将竹子全部砍掉，只留下离地最近的三尺，然后将其削尖。我要将你的双手双脚全部捆上，然后命人骑马拉着你在那片竹林之中来回奔走。我上个月刚刚试过，那人起初也如你这般嘴硬，等到他身上的皮肉被锋利的竹尖磨尽，骨头隐隐可见，痛得他用手紧紧抓着地面的泥土，手上的指甲也几乎全都磨掉时，终于什么都招了，只可惜却来不及了……"

孙显缓缓抬起头，与宇文邕对视了一眼。宇文邕身上散发出来的强大气场压迫得他几乎喘不过来气，刚刚那丝恐惧已经在他的心中迅速弥漫开来。

"杀了我！"孙显颤抖着说。

宇文邕用力拽住孙显披散的头发，恶狠狠地道："你想得美！你还没有好好享受我为你精心准备的这顿独特的盛宴呢。"

宇文邕冷笑着，笑声中透着幸灾乐祸，也透着冷酷无情。

宇文邕转身离开了，芷兰也紧跟着离开了，漆黑而又封闭的空间内只剩下孙显一人。

孙显一遍又一遍地回忆着宇文邕刚刚所描述的那血腥而又残酷的场景，恐惧迅速生根、发芽，直到吞噬他的整个内心，而这正是宇文邕所希望的！

宇文邕在外面来回踱着步，清脆的脚步声成为压垮骆驼的最后那根稻草。

此时的孙显已经陷入极度恐慌之中，任何声响都会无限放大他内心的恐慌。

其实这世间最可怕的并非死亡，而是等待死亡的过程。

芷兰一直在宇文邕的身后默默地站着，宇文邕刚刚描述的血腥一幕，让芷兰脊背都感到阵阵发凉，原本白皙的脸也变得毫无血色。

牢房之中的孙显再也难以忍受了，大声呼喊："我说，我全说！"

宇文邕快步走回牢房，芷兰依旧默默地跟在他的身后。

宇文邕厉声说："好，识时务者为俊杰！厉无畏和沈明跃到底是怎么死的？"

孙显面露难色，苦着脸说："这个我真的不知道！或许只有朱向才知晓其中内情，我不过是他手中的一枚棋子而已！他让我将厉无畏和沈明跃关押在同一间牢房之中。我起初还不敢照办，因为达奚武曾严令务必将沈明跃单独关押，可朱向却送给我一大笔钱，除了给我的酬劳，还有打点达奚武的费用。达奚武极为爱财，收了钱之后果然并未深究此事，也没有难为我。后来我还恳请他力荐我哥哥孙贵担任始州刺史。"

宇文邕却不以为然道："恐怕你还忘了至关重要的一步！你们蓄意谋害李太师，这样李衍才会因丁父忧而被免职，这样你哥哥才有机会出任始州刺史，始州对你们而言实在太过重要了！"

孙显却否认道："李太师并非我们所害！"

"孙显，看来你还是执意要尝试一下我为你准备的那顿血肉盛宴！"

面对宇文邕赤裸裸的威胁，孙显辩白道："事到如今，我怎敢再有丝毫隐瞒。杀害李太师之真凶的确另有其人！"

"到底是何人？"

"我实在不知！只有萧含雪一人与他们有过联络。"

"萧含雪是谁？"

"她在长安时曾化名曾雪雁，我们皆听命于她！"

"她现在何处？"

"早就逃之夭夭了！此人虽为一介女流，却狡猾异常，此前在长安曾跟你们交过手，想必你们也知道她的厉害。不过她却是一副蛇蝎心肠，为了能够独自逃生，居然在议事时将我打晕，然后扮作士卒逃出城去了！"

宇文邕站起身，边向外走边说道："看来我还是高估你的价值了，留着你恐怕也并无多少用处！"

"等等！我还知晓一个大秘密！皇宫之中也有我们'血酬卫'的暗桩，而且品级还不低！据说是萧含雪的亲妹妹！"

宇文邕拍拍他的脸，说："你知道的恐怕也就这么多了！你可以痛痛快快地上路了，也算是祭奠你哥哥的在天之灵。或许他至死都难以相信自己的亲弟弟居然会对他痛下杀手！"

芷兰忽然感觉宇文邕似乎有些陌生，是他变了，还是自己原本就不识得他的真面目？

宇文邕觉察到了芷兰眼神中的异样，忙道："对付邪恶之人定然要用更邪恶之法！此法是用来制恶，而非作恶！"

芷兰无奈地摇摇头，暗道："宇文邕今日有些反常，目光中透着凌厉的杀气。难道仅仅是因为孙显曾在始州企图谋害过我们吗？孙显已经招认了，宇文邕却仍旧迫不及待想将他送上黄泉路，未免有些太过心急，留着这个活口岂不是更好？不过孙显残忍地谋害亲哥哥也着实死有余辜！"

芷兰在心中不停地默念着，亲哥哥！孪生？孪生！

她忽然想到了奉命刺杀太师李弼的史斌所遭遇的一系列离奇而又诡异的事件。

芷兰对此始终想不通，如今却豁然开朗。史斌砍死的那人绝无生还的可能，而那个向史斌索命之人或许是另外一个人，只是两人长得颇为相像罢了！就如同孙显和孙贵这对孪生兄弟。

那个被史斌活生生砍死之人想必也是一个死士，而这一切皆是别人故意为史斌做下的局，就等着史斌乖乖地入套！

关于刺杀李弼之事，贺拔纬死不承认，而孙显同样死不承认。他们究竟是怕承认之后难逃一死，还是原本就并非他们所为？如果真的是后者，那么杀害太师的真凶又究竟是何人呢？

真凶恐怕不会是一个人，而是一个组织，就如同无孔不入而又阴森可怖的"血酬卫"一样！

芷兰忽然问道："难道你不觉得那个宇文盛很是可疑吗？当时他远在盐州[1]担任刺史，怎会知晓家父与赵伯父密谋诛杀宇文护之事呢？"

宇文邕道："据说是赵贵家中一个名为张二嘎的家奴偶尔听到赵贵与令尊密谋，于是将此事密告宇文盛。"

"张二嘎为何不自行去告密呢？他与宇文盛之间到底有着怎样特殊的关联，才会将这个唾手可得的大富贵拱手让与宇文盛呢？"

宇文邕也渐渐品出了背后的蹊跷。张二嘎和宇文盛身份地位颇为悬殊，而且此前也很少往来，或许从未联系过，但他们却因这件事而勾结在了一起！

如此看来，这个宇文盛的确颇为可疑！虽然他因告密有功而加官进爵，但这或许并非他真正渴望得到的，他真正希望看到的或许就是我大周内乱。

难道是前魏"候官署"的余党意在恢复魏室江山？果若真是如此，"候官署"余党一日不除，北周恐将一日不宁！

深 仇

元赞久久凝视着叔叔元修的灵位，眼角闪动着晶莹的泪花，既是为叔叔元修的不幸遭遇而流，更是为北魏帝国的覆灭而流。

1.治所五原镇城（今陕西定边），仅辖一郡五原郡，该郡仅辖一县大兴县。

永熙三年（公元534年）七月，北魏帝国最后一位皇帝元修终于逃出了权臣高欢的魔爪，但刚出龙潭又入虎穴，而这一切灾祸源于元修深爱的一个女人。

元宝炬的父亲京兆王元愉有一个遗腹女，名为元明月，虽已嫁为人妇，但她丈夫死后，垂涎其美色之人纷至沓来，甚至连身旁佳丽无数的元修也难以自持。

元明月是个不可多得的人间尤物，曲线玲珑，凹凸有致。在寒冷的冬日里，她犹如一团烈火，让人饥渴难耐；在酷热的暑日里，她又恰似一块美玉，温润冰凉。

元修不惜背负乱伦之名与这位堂姐翻云覆雨，颠鸾倒凤，甚至西逃关中时还不忘带上这位让他欲仙欲死的堂姐。

就连素来深沉的宇文泰见到妖娆的元明月后也不禁春心荡漾，曾经委婉地提出要纳元明月为妾。宇文泰觉得元修原本孤家寡人一个，今日的一切皆是他赐予的，他没有理由拒绝自己的这个要求！

孰料元修虽身在庙堂之上，却是个性情中人，宁肯得罪大权在握的宇文泰，也舍不得柔情似水的堂姐。

元修竟然说堂姐元明月命中克夫，并且早在洛阳时就曾允诺将自己的亲妹妹冯翊长公主许配给他，这个承诺也成为元修拒绝宇文泰的有力借口！

宇文泰貌似平静地接受了，但内心却再也无法平静。

虽然妩媚的元明月不时撩拨着宇文泰的心弦，但女人对于他而言不过是生活的调味剂而已，他最为恼怒的是元修不识时务，居然胆敢为了一个女人而忤逆自己!

宇文泰将元欣、元宝炬、元赞等一干皇室宗亲召到大丞相府,故作义愤填膺状,道:"本丞相听闻当今圣上竟与堂姐私通。发生此等丑闻,你等身为宗亲难道就听之任之吗?"

众人一听不禁为之色变,纷纷将目光投向了元欣。

元欣是元修的叔叔辈,可谓德高望重,自从跟随元修入关以来,他一直是宗室之中官位最高者。

元欣装出一副痛心疾首的样子,慷慨激昂地说:"发生如此乱伦之事,实乃我元氏家门之大不幸啊!"

宇文泰冷冷地说:"陛下一时糊涂,我们这些做臣子的却不能糊涂!谁陷陛下于不义,谁便是皇室的罪人、社稷的罪人!"

元欣点点头说:"臣等的家事就不劳丞相费心了!"

风华绝代的元明月就这样突然从众人的视线之中消失了。没人知道她是生还是死。如若是生,又去了哪里;如若是死,又葬在何处!

元宝炬在这中间到底扮演了何等角色也一直是一个谜!据传,他将元明月诱骗出宫,然后将其秘密送到宇文泰的府上。宇文泰终于得到了梦寐以求的女人,但春宵将尽时,元明月二十七岁的人生也走到了尽头!

元修彻底失去了挚爱元明月,自此闷闷不乐,对宇文泰耿耿于怀。

宇文泰一直在暗中观察着,觉得心高气傲的元修并不甘心受制于人，既然他不想受制于权臣高欢，也就不想受制于自己。既然元修能逃离高欢的控制，有朝一日也会逃离他的控制，况且元修本就是高欢亲手册立的皇帝，自然不会对他感恩戴德，因此宇文泰决意亲手册立一个更为听话的新皇帝。

就在元修来长安第一年的闰十二月十五，元修的生命犹如一颗流星匆匆划过黑暗的夜空，戛然而止，得年二十五岁。

他一心离开的都城洛阳埋藏着北魏王朝曾经的繁华，而他一心向往的古都长安却成为他最终的坟墓。

他的出逃为曾经盛极一时的北魏王朝画上了一个苍凉的句号，西魏给元修的谥号是魏孝武帝，而东魏给他的谥号则是魏出帝。

元赞听老人说，其实早在宣武、孝明年间就流传着一首民谣："狐非狐，貉非貉，焦梨狗子啮断索。"索指的是魏朝宗室，因鲜卑人是索发的。焦梨狗子指的是宇文泰，他的小名叫黑獭。

元修逃亡关中后，高欢拥戴北魏孝文帝的曾孙、年仅十一岁的元善见为帝，世人纷纷指责高欢不过是为自己专权擅权找了个傀儡而已。

若论实力，宇文泰定然要弱于高欢，要想与之相抗衡，就要争得天下人心。北魏立国长达一百四十八年，只有打着尊崇魏室的旗号才能赢得世人的拥护。

元修崩后，宇文泰命群臣议所当立，众人举荐广平王元赞。元赞虽然年幼，但以其排序和贤能而言，皆堪当大任。宇文泰犹疑未定，侍中濮阳王元顺来见。宇文泰说："濮阳王以为可立谁为帝？"元顺哭着说："高欢逼逐先帝，立幼主以专权。明公宜反其所为。广平王年幼且易冲动，不足为帝。"宇文泰说："濮阳王所言甚是。我想奉太宰南阳王宝炬为帝，你觉得可以吗？"

元宝炬与元赞均为北魏孝文帝元宏之后，元宝炬是元赞的叔叔辈，比元赞年长十岁。可在元赞看来，元宝炬根本不配承继大统，因为他是逆臣之子！

元宝炬的父亲京兆王元愉曾蓄意谋反，而他之所以会选择铤而走险也是因为一个女人，就是元明月的母亲杨婉瀷。

公元535年，在宇文泰的拥立之下，二十九岁的元宝炬在长安城西郊祭天，即皇帝位，改元大统，颁诏大赦，追谥父亲京兆王元愉为文景皇帝，立妃子乙弗英娥为皇后、长子元钦为太子，以广平王元赞为司徒。

至此，曾经一统北方的北魏正式分裂为东魏与西魏，虽然两位皇帝都出自元氏，但实际的掌权者却分别是高欢和宇文泰。

年幼的元赞就这样遗憾地与皇位失之交臂。这也成为他心中永远的痛，当然最令他愤懑的依旧是叔叔元修的无辜惨死。

元赞的父亲元悌是元修的亲哥哥，不过元悌在元赞十岁时就死于权臣尔朱荣的屠刀之下。因此叔叔元修格外关照这个幼年丧父的侄子，刚刚登上皇位就任命年仅十四岁的元赞为骠骑大将军、开府仪同三司，还特地选派儒家大师卢辩作为他的老师，希望他能够成为文武全才。

虽然叔叔元修的死令元赞对宇文泰恨之入骨，但他只能将所有的恨都悄悄地隐藏在心底，静静地等待机会，这一等便是十九年！

元宝炬死后，太子元钦即位，年轻气盛的他并不像元宝炬那般隐忍，居然对权臣宇文泰动了杀心。稚嫩的元钦居然还将元赞当作心腹，与其商议此事。

元赞自然不便亲自前去告密，否则必将遭到全体魏室宗亲的唾弃。他想到了张光洛，由于他时常入宫，与张光洛等禁军将领渐渐熟识。

那日，元赞对张光洛耳语道："本王要送你一个大富贵，不知张将军意下如何？"

一头雾水的张光洛不解地问："什么大富贵？还望广平王不吝赐教。"

元赞却故意玩起了深沉，说："明晚子时三刻，张将军只需悄悄地将耳朵凑到殿门口，这个大富贵便到手了！"

原来第二天晚上元钦要与包括元赞在内的元氏宗亲商议诛杀宇文泰之事。元赞认定张光洛听到元钦的密谋之后定然会如实禀告他的上司李基，而李基也定然会火速禀告其岳父宇文泰。

如果真是那样，元钦的末日恐怕就要到了！

一切都按照他的预想发展着，但元钦被废后，宇文泰并没有想起他，而是册立元宝炬庶出的儿子，也就是元钦的四弟齐王元廓为新皇帝，元赞的皇帝梦再一次破灭了！

很快，魏室江山就被北周帝国所取代。

元赞再也无法隐忍了，虽然家未亡，但国已破，从那一刻起，他决意不惜一切代价复国。

夜越来越深了,元赞仍无半点儿睡意,焦急地等待着来自蜀地的消息。

就在他苦苦等待之际,一个身穿黑斗篷的神秘人乘着月色来到他府中,那人摘下宽大的突厥帽,竟然是销声匿迹多时的维摩禅师!

"这是大都主给你的信!"维摩禅师递给元赞一封信。

元赞迫不及待地拆开信,上面赫然写着六个字:"风已散,等风来!"

看完后,元赞脸上满是失望与惆怅。

尾篇：落定

"智以智取，智不及则乖。愚以愚胜，愚有余则逮。"

——〔西晋〕杜预《守弱学·保愚篇》

一切终将尘埃落定，但尘埃落定之后却是袅袅余音。人外有人，局外有局，计策之中仍有计策，阴谋之后另有阴谋！

第二十八章
花开花谢任东风

赏　花

虽然已是隆冬时节，未央宫大通殿内却依旧温暖如春。

寒凝大地，百花凋零，万木萧萧，殿中的几盆水仙竟自绽放，花瓣洁白如玉，花蕊一片金黄，娇艳欲滴中显出简净素雅，高雅绝俗中透着冰清玉洁。

宇文毓今日兴致颇高，端起酒杯，凝望着风姿绰约的水仙，不知它们是否真的是多愁善感的凌波仙子所化。恰在此时一朵水仙花从枝头掉落，居然不偏不倚落入他的酒杯之中。他随即咏道：

玉椀承花落，花落椀中芳。
酒浮花不没，花含酒更香。

宇文毓吟诵完，众人皆赞赏不已，有的是真心欣赏，有的却是假意逢迎。

宇文邕今日对吟诗和赏花其实并无多少兴致,而是默默站在大殿的角落里,回忆起昨日的情形。

宇文邕将蜀地之事禀告天王和大冢宰宇文护,有所取,有所舍,将长安近来一系列凶案皆归罪于血债累累的"血酬卫",认定"血酬卫"这么做的目的就是要搅乱北周,趁机复国!

宇文护对此虽心存疑虑,却还是勉强接受了。

这一系列奇案使得长安城内各种传言满天飞,其中很多传言对宇文护极为不利,他也希望能够尽快结案,这样才能从舆论的旋涡之中迅速挣脱出来!

虽然对"血酬卫"骨干分子的搜捕仍在继续,但困扰众人两个多月之久的案子可以就此结案了。

宇文邕自然明白杀害沈明跃、厉无畏、凌利中等人的另有其人,但冰冷而又残酷的真相在很多时候并不是人们所真正愿意看到的。他更深知探案在某种意义上其实就是一种博弈,为的是维系各方的微妙平衡!

如今,宇文护可以从中脱身,天王宇文毓也可以从中脱身,他宇文邕也可以从中脱身。既如此,又何乐而不为呢?

宇文邕其实还想借此传达某种信号。宇文护曾经将蜀地之乱归咎于宇文觉,指责他"兄弟阋墙,外人得利",然时隔不过两月,蜀地却再起波澜,此番又要归咎于谁呢?

强敌环伺之际,如若兄弟之间一而再、再而三地阋于墙,就如同晋朝的"八王之乱",社稷都倾颓了,江山都易手了,家族都蒙难了,怎会有真正的赢家呢?

虽然宇文邕并不知晓宇文护是否真正领悟到他所说的那番话背后的深意,但他隐隐觉得宇文护似乎有所触动,这就已经足够了!

宇文邕如释重负,以为一切都过去了。

此时宇文神举却悄然走到他的跟前,低声问道:"想必四弟至今仍旧因胡夫人一事而对穰县公耿耿于怀吧!"

宇文邕怔怔地望着他,嘴角微微露出一丝笑,道:"神举兄何出此言?"

"你我兄弟之间何须遮遮掩掩呢?"宇文神举意味深长地说,"其实穰县公如此做有着自己的苦衷!胡夫人的行囊之中搜出了一个银手镯,而穰县公深爱着的那个女子倪甘儿也曾有一个类似的银手镯,无论款式、用料还是制作工艺都一模一样,更为蹊跷的是徐昭佩当年居然也曾佩戴过此等样式的银手镯!"

宇文邕惊道:"杨琼花曾口口声声说倪甘儿乃是叛贼萧宝夤的亲妹妹。难道事情并非如此?胡夫人、徐昭佩和倪甘儿这三个看似毫无关联之人难道是亲姐妹?"

出 狱

李耀、李辉迈着蹒跚的步子从雍州狱中走出来,虽然只在里面待了一个多月,却恍如隔世。

冬日刺眼的暖阳让李耀感到有些不适，不时将手搭在额头之上，或许他早已习惯了里面的阴暗、潮湿和冰冷。

虽然他们兄弟二人被释放了，但并未官复原职，加之父亲李弼故去，曾经显赫的李家自然再也没有了往昔荣耀。

此时来接他们兄弟二人出狱的只有三弟李衍和两三个仆人。李耀对此并不感到意外，既然世态如此炎凉，众人选择明哲保身也便不难理解了，但让他颇感意外的是在人群之中发现了赵志平的身影。

赵志平迎过来拱手道："李大夫、李刺史，别来无恙？"

李辉与赵志平不熟，并未说什么，只是微微点点头，李耀轻轻哼了一声，说："这一切还不是拜足下所赐！"

赵志平却不以为然道："李大夫心里应该清楚，致使你们遭遇这场牢狱之灾的，绝非我赵某人，而是另有其人。"

李衍见气氛有些尴尬，忙凑到兄长李耀跟前耳语几句。李耀对赵志平的态度随即发生转变，拱手道："多谢赵上士为我兄弟二人不幸蒙冤而奔走呼号！你的恩情，我们兄弟二人定会有所还报！"

"区区小事，不足挂齿！"赵志平伸出左手，做了一个"请"的姿势，说，"李大夫可否借一步说话？"

两人来到墙边僻静处。

赵志平低声道："这下李大夫可以敞开心扉，为赵某详细说一说你的那位朱令史了。"

李耀痛心疾首道："我李家一向待其不薄，哪承想他居然以怨报德！真不知他到底是何居心。"

"朱向不过是别人手中的一枚棋子罢了！只可惜如今朱向已死，若要擒拿其背后的真凶，还恳请李大夫如实相告！"

李耀长叹一声道："也罢！事到如今，我也就直言相告了。家父年事已高，房事不举，为此到处求医问药均无果。恰在此时，朱向向家父举荐一人，那人口口声声说，产自江水之中的红锦鱼专治不举之症。二弟恰在荆州任职，荆州位于南北交通要冲，距离长江也不过两三百里，于是便高价寻那红锦鱼。谁知这一切皆是朱向那个狗贼精心设下的圈套！"

"朱向向太师举荐的究竟是何人？若是个寻常之人，太师恐怕也不会轻易相信吧！"

"潘弥！他本是前朝孝武皇帝的近侍。据传，孝武皇帝逃亡途中，正欲与元明月行云雨之事，却偶遇盗贼偷袭，他因惊吓过度从此不举。潘弥精通医术和星术，尤擅炼制房中所用丹药。孝武皇帝正是服用他所炼丹药才得以渐渐痊愈，潘弥也从此不离皇帝左右。"

"潘弥？可他早已失踪多年，朱向又是如何寻到他的呢？"

"别看这个朱向只是个令史，却不容小觑啊！其实潘弥一直就在我们左右，只不过我们不识得他的真面目罢了！昔日皇帝身边的近侍如今却改头换面成了雍州狱狱医侯成！"

赵志平瞪大眼睛，惊道："什么？侯成就是潘弥？"

弑　君

　　那个曾经在皇帝身边红得发紫的近臣，如今却在卑微而又肮脏的雍州狱中艰难度日，过着波澜不惊的生活，几乎没人知道他也曾风光一时！

　　当年，潘弥曾因治愈孝武皇帝元修的不举之症而深受其垂爱。元修痊愈后不仅没有收敛，反而更为纵欲，身逢乱世的他面对江河日下的时局无可奈何，只得通过寄情于床榻之欢来排遣内心的烦闷。他与堂姐元明月夜夜偷欢，日日厮守，虽只有二十余岁，却渐渐力不从心，只得依赖潘弥进献的丹药勉强支撑。

　　那时很多人戏言，潘弥与元明月是孝武皇帝最离不开的两个人！

　　永熙三年（公元534年）闰十二月十五，潘弥一辈子都忘不了这个日子，就在这个月黑风高之夜，包括他在内的很多人的命运彻底改变了！

　　那一夜，潘弥的眼皮始终跳个不停，他发现群星闪耀的夜空居然显露出一丝凶相，于是凑到元修跟前耳语道："奴才夜观天象，今晚恐将不会太平！"

　　望着璀璨的夜空，元修沉默不语。

　　见皇帝闷闷不乐，潘弥随即进言道："圣上不如到逍遥园宴饮取乐，或许可以冲散今日的秽气。"

　　元修点点头，紧皱的眉头渐渐舒展开了一些。

逍遥园原是十六国时期后秦皇帝姚兴修建的住所。姚兴曾迎请龟兹国高僧鸠摩罗什来长安宣扬佛法，鸠摩罗什应邀前来后便住在逍遥园西明阁。园内的草堂寺也因此被佛教三论宗奉为祖庭。

潘弥之所以选在这里是因他忽然想起了鸠摩罗什所译的《中论》卷首曾写道："不生亦不灭，不常亦不断，不一亦不异，不来亦不出。"

逍遥园里，乐声四起，歌舞阵阵，元修与群臣们推杯换盏，渐渐驱散了心头的不安，但挥之不去的愁绪却如同疯长的爬山虎很快就爬满了他的内心。

微醺的元修突然高声吟诵道："此处仿佛华林园，使人聊增凄怨。"

潘弥知道元修又在怀念故都洛阳了，急忙说："陛下何忧之有？如今臣子勠力，将士同心，光复故都指日可待。"

元修苦笑道："光复故都！光复故都？"

潘弥故意岔开话题道："陛下，今夜若不骑马助兴，岂不辜负了这良辰美景？"

元修道："来人呐，将朕的波斯骝马牵出来！"

萧阳王早就听闻波斯骝马乃是不可多得的宝马良驹，于是主动请缨，骑马助兴。

元修一只脚刚刚踩上马镫，还没来得及攀上马鞍，旁边那匹一向温顺的波斯骝马突然惊了，发出一声长长的嘶鸣，继而两只前蹄高高扬起，剧烈地抖动着身子，将骑在它身上的萧阳王重重地摔在地上，一只马蹄还从萧阳王的头上猛地踩踏而去，萧阳王当场毙命！

望着这突如其来而又惨烈异常的一幕，元修的酒顿时醒了，再也无心宴饮。

包括元修在内的在场之人都以为，萧阳王坠马身亡是上天在示警，或许只有潘弥才意识到是有人做了手脚。

就在惨剧发生的同时，一个小黄门递给潘弥一个紫色锦囊。他打开一看，里面居然有一只耳环，而他一眼便认出那正是爱妻平日里所佩戴的耳环，耳环之上还带着斑斑血迹。

他的心仿佛被撕开了一道口子，他无法想象这只耳环是如何从爱妻的耳朵上被硬生生扯下来的。

锦囊里还装有一张小纸条，上面写着两个字："回宫。"

潘弥呆立在原地，思虑良久，开口对元修道："居然发生如此惨剧，看来逍遥园绝非陛下久留之地。"

元修也惊恐不安地说："起驾回宫！"

行至皇宫后门的时候，元修的坐骑却哀号着不肯前行，任凭元修高高扬起手中的马鞭用力地抽打，那匹马依旧在原地徘徊着。

他的心头隐隐掠过一丝不祥的预兆，对身旁的潘弥说："这是不是上天又在示警？今夜或许还将发生更为不幸之事？"

潘弥却说："陛下不必过于忧虑，只要一到子时，长夜过半，陛下必会逢凶化吉！"

元修闻听此言，继续用力抽打着胯下坐骑，向阴暗的皇宫深处驶去。

自从元明月走后，元修一直感觉大殿之中空荡荡的，而此时更加令他坐卧不宁。

潘弥端来了一壶酒，斟满一杯递给元修，笑着说："陛下，如若觉得闲来无趣，不如取酒作乐吧！"

元修不知从何时对酒越来越依赖了，以至于杯不离手。他接过潘弥递过来的酒，一股酒香沁人心脾，在身体内迅速弥漫开来，随即一饮而尽。

元修只喝了数杯就渐渐感觉天旋地转，他以为自己是醉了，可醉了还会再醒，但他却再也没有醒来。

这对他而言未免太过残酷了，但这又何尝不是一种解脱呢？

由于没有陵墓可以安葬，元修的灵柩竟然被放置在逍遥园草堂寺十余年之久，正好应了经书中的"不来亦不出"。

潘弥也从此消失在人们的视野之中。他有了一个新名字侯成，也有了一个新身份，雍州狱狱医。

他从此之后与爱妻过上了平静如水的生活，但只要一看到爱妻左耳留下的疤痕，就会不自觉地想起那段伤心的往事。

为了缅怀，抑或为了救赎，每年的十二月十五子夜时分，他都会去草堂寺祭拜昔日的主子元修。

月依旧是那样圆，但人间的悲欢离合却依旧在上演。

二十多年的时光悄然逝去，潘弥以为自己可以在波澜不惊中走完余生。他见过了太多的生离死别，太多的跌宕起伏，那颗心早已是伤痕累累。

恰在此时，朱向突然找到了他，一见面就赤裸裸地戳穿了他的身份，而他的人生轨迹也悄然发生了改变。

误　会

李耀叹息道："我本是为了让家父早日脱离病痛的困扰，却不承想这个六趾潘弥早已被朱向收买，为父诊病是假，陷害我家是真！"

赵志平惊道："六趾潘弥！六趾？！难道潘弥有六个脚趾？"

李耀颇为得意地说："愚兄虚长几岁，自然经得多，见得多，也听得多。前朝孝武帝在世时关中曾有一句民谣，'七情皇帝，六趾潘弥，方寸能乱君心，云雨如有神助'。"

赵志平暗道，如若大统寺的那具尸身并非朱向，那么极有可能就是不见踪迹的潘弥！普天之下，脚生六趾之人恐怕并不多见！

"赵上士，"李耀望着呆立在原地的赵志平，问道，"在下刚才所言有何不妥吗？"

赵志平急忙掩饰道："没有！没有！在下忽然想起了一件旧事，让李大夫见笑了！"

这时李辉走过来，说："在下还有一事要向赵上士说明。那夜在荆州追杀你与张宫伯之人绝非在下僚属，至于他们的真实身份，在下一直让荆州的属吏们秘密追查，本想查明之后再向你们说明此事，如今却迟迟没有下文。"

赵志平不禁再次想起追杀他们的黑衣人头领，那头领眉间有一颗黑痣，而那颗黑痣，他一直觉得似曾相识，却又实在想不起来在哪里见过。

此前他一直觉得或许是自己记错了，因为自己此前从未去过荆州，可如若此人果真与荆州原任刺史李辉并无瓜葛，或许便是此前与那人在其他地方曾有过一面之缘。

想到这里，他心头原本已经熄灭的希望之火再度熊熊燃烧起来！

第二十九章
孤枝清瘦耐风埃

寒 冰

冬日的第一场雪，下得纷纷扬扬，放眼望去，长安城内外一片白茫茫，好似举城皆服缟素。

芷兰抱着一个小手炉，温暖着她那双冰凉的玉手，还有那颗苍凉的心。她若有所思地说："当一切可能都被证实为不可能，那么最不可能的或许就是最可能的真相！"

赵志平不解地问："芷兰此话究竟是何意啊？"

"我们一直纠结于凶手是如何在防守如此严密的牢狱之中接连杀死沈明跃和厉无畏，又是如何悄无声息地离开的。苦苦地追寻答案，却始终无所获。其实不妨换个思路，杀死沈明跃和厉无畏的并非外来之人！"

"你是说他们互殴致死？"赵志平随即反驳道，"两人此前并不认识，又素无来往，无冤无仇，为何要袭杀对方呢？况且他们入狱时又都被搜过身，绝无可能夹带凶器入狱，而他们的尸身之上都留有明显的外伤，凶器是如何被带进牢房的呢？行凶之后凶器又被藏在何处，为何我们始终寻不见呢？"

芷兰若有所思地说："虽然这些疑问我暂时还难以解答，但我却隐隐觉得那凶器定然不是个寻常物件！"

"是啊！我勘验过的尸身不下百具，却从未见过如此奇怪的伤痕，貌似锐器伤，却又有着钝器伤的某些特征，时至今日，我也想不出这到底是何种凶器。让我百思不得其解的还有席子下面的那摊水迹。虽然内监位于地下未免有些阴暗潮湿，却也铺了一层地砖，地下的潮气绝不至于凝结成一摊水迹。"

奇怪的凶器，莫名的水迹，这中间到底有着何种关联？

芷兰忽然想起了温江武库之中填充在木箱之中的冰块，对了，宇文邕曾讲过，丹州别驾长孙士亮命手下人将冰块磨出棱角，装入抛石机之中，比普通石块更具杀伤力！

芷兰高声呼喊道："原来如此！"

面　具

张光洛褪去沉重的铠甲，身上一下子便轻松了许多。

在人前他是张光洛，可真正的张光洛早在荆州遇袭时已死去，他只不过是张光洛的替身而已，也是别人手中一枚重要的棋子。

他的真实身份是柔然王子庵罗辰。

庵罗辰的故国柔然曾称雄草原三百年，就连一代枭雄宇文泰都曾对强悍的柔然敬畏三分，辉煌一时的柔然帝国却在很短的时间内被迅速崛起的突厥人摧毁了。

突厥部世世代代为柔然人锻造兵器和工具，虽日渐强大，但柔然人却从骨子里看不起他们，一直将其视为"锻奴"。

突厥可汗土门自恃兵强马壮，曾派遣使者求见庵罗辰的父亲，也就是柔然可汗阿那瓌，恳请其能够将柔然公主嫁给自己。

阿那瓌闻听此言勃然大怒，斥道："锻奴竟敢求娶柔然公主，真是自不量力！"由于阿那瓌的傲慢，柔然帝国随后遭遇灭顶之灾。

西魏废帝元年（公元552年）正月，突厥土门可汗悍然发兵攻击柔然，在怀荒镇北面的荒原之上，柔然与突厥展开了一场生死大决战。

庵罗辰没有想到曾经骁勇彪悍的柔然人竟会变得如此不堪一击。

望着兵败如山倒的柔然军，自感穷途末路的阿那瓌只得拔剑自刎。

庵罗辰永远也忘不了那一刻，在夕阳的映照下，魁梧的父亲一头栽倒在地，而随着阿那瓌的离去，强悍的柔然帝国也即将走到历史的尽头。

庵罗辰没有时间哭泣，他强忍着悲痛，踏上了前途未卜的逃亡之路，此时他在草原上却难以寻到一处安身之地，只得投奔北齐。

他们被安置于马邑川[1]一带，生性放荡不羁的柔然人却受不得种种束缚。

庵罗辰凭借自己在部众中的威望煽动柔然人踏上了重返漠北的路，不过却遭到北齐精锐骑兵的围歼。无奈之下，庵罗辰只得辗转逃到了北齐的死对头北周境内，隐姓埋名，伺机而动，从人们的视线中彻底消失。

令所有人想不到的是，庵罗辰摇身一变，成为禁军统领"张光洛"，但代价就是自残身体，而他义无反顾地这样做便是为了有朝一日能够复国！

凶　器

天色渐渐暗下来，芷兰燃起一盏油灯，在这个寒冷的冬日，昏黄的灯光划出一个温暖的红圈，而位于红圈两端的则是两张意气风发的面孔。

芷兰坚定地说："那摊水迹恐怕就是凶器！"

赵志平瞪大眼睛望着她，道："水虽能杀人，可厉无畏和沈明跃并非溺亡，两人的胸前均有被利刃所伤后留下的伤痕，凶器怎么可能是水呢？"

芷兰道："水自然不能留下那样的伤口，但冰却可以！赵上士

1.今山西省朔县。

可还记得案发前提审厉无畏时,他因走路不慎崴了脚,狱医侯成还曾为其冰敷过!"

芷兰一席话似乎一下子点醒了赵志平。赵志平高声道:"对呀!如此一来,可就全都对上了!达奚武曾严令务必将沈明跃单独关押,可孙显却公然违背达奚武的指令,将沈明跃与厉无畏关在同一间牢房。孙显敢于这样做,只因他早已打点到位了。正因如此才为凶案的发生埋下了隐患。御医侯成曾为厉无畏冰敷过受伤的右脚,趁机将磨成冰柱的冰块偷运到监牢之中,厉无畏便用冰柱杀了沈明跃。厉无畏行凶后将冰柱摔碎,然后用火石点燃艾绒,烘烤被摔碎的冰块,使其快速消融。所以整个现场除了一摊水迹什么也没有留下。"

芷兰的心中却还有一个疑问,道:"可是有一点我始终想不通!既然厉无畏与沈明跃此前素无来往,他为何还会铤而走险谋害朝廷重犯呢?"

赵志平道:"自然是为了让他永远闭嘴!沈明跃知晓一个惊天大秘密。当年家父与独孤伯父密谋除掉宇文护,当时还有一人在场,此人恐怕是与家父和独孤伯父比肩的朝廷股肱之臣。厉无畏所做的这一切或许便是为了保护那位朝廷重臣!"

"既然如此,厉无畏也算是一位死士,为了保护那位朝廷重臣而不惜一死!"

赵志平的眉头突然皱起来,沉默半晌才道:"难道连冰雪般聪明的芷兰也认为厉无畏已经死了吗?"

477

芷兰不知赵志平为何会口出此言,忙问道:"难道不是这样吗?你师父不是还曾亲自勘验过厉无畏的尸身吗?"

"之前我也曾对此深信不疑,可这起凶案恐怕远没有我们想的那般简单!"

黑 痣

赵志平怀着复杂的心情出了长安城,来到城郊的雍州狱。这里依旧是那么阴森可怖,却有种物是人非之感!

新任掌囚中士胡大海是个年过五旬的官油子。赵志平此前曾跟他打过几次交道,此人原本只是个小吏,因会说话,会办事,由流外转入流内。虽然他谙熟人情世故,却并无多少真才实学,多年来一直在原地踏步。如若不是孙显和齐鸣双双出事,他也不会得以擢升,掌管雍州狱。

见赵志平来了,胡大海热络道:"不知赵上士到此有何赐教啊?"

赵志平拱手道:"赐教谈不上,在下有一事相求!"

胡大海谄笑道:"赵上士乃是秋官府上官,又是大冢宰钦点的上差,怎么能说求呢?有何事尽管昐咐便是!"

赵志平道:"烦劳胡中士将沈明跃、厉无畏出事当晚在狱中宿直之人全都叫来,我有话要问他们。"

胡大海面露难色道:"这起曾闹得沸沸扬扬的案子如今刚刚消停

了，如若再重提此事，势必又将激起波澜！还请赵上士三思！"

赵志平从腰间拿出"敕宜速"金牌，高声说："在下是奉旨查案！"

胡大海急忙改口说："下官绝非不遵命！只是涉及的人实在太多，况且狱中关押的皆是些亡命之徒，能否分批叫来，以免出了什么岔子不好交代！"

赵志平点头道："还是胡中士所虑周全，如此甚好！"

第一批狱卒有二十多个，赵志平看了看他们，高声问："案发那夜有没有发现什么可疑人等从狱里离开？"

众人皆说由于时隔太久，一时间想不起来了。

又换了一批狱卒，这次来了十几个。

赵志平变换了一些问法，说："你们可曾看到那夜朱向与什么可疑之人有过接触？"

众人面面相觑，交头接耳。

一个五十来岁的狱卒开口道："回赵上士的话，那夜朱向曾与一个小的从未见过的陌生人一同离开。"

赵志平注视着那个其貌不扬的狱卒，迫不及待地问："此人样貌如何？"

"那夜只有一弯残月，小的并未看清那人样貌。"那个狱卒似乎突然记起了什么，说，"对了，那人的眉间似乎有一颗黑痣！"

黑痣？黑痣！赵志平与张光洛在荆州遇袭时，那伙黑衣人的头领也有一颗黑痣，赵志平一直觉得似曾相识，却又始终记不起来，如今他终于记起来了。

他不得不佩服那个自己苦苦追寻,却又素未谋面的对手,居然能够为他们布下这样一个难解迷局。

赵志平命人录了此人口供,然后让其签字画押,急匆匆离开了雍州狱。

勘破如此迷局的赵志平再也难以抑制内心的激动之情。此时此刻,他最想与之分享喜悦之人便是芷兰!

要不是芷兰道出,或许他终其一生也难以参透那摊水迹的奥妙。

赵志平又来到芷兰住处,但未将谜底和盘托出,只因这一切还需要接受芷兰的检验。

赵志平兴奋地说:"不知独孤姑娘是否还记得沈明跃案中尚有一个重要谜团未解开,那就是那伙歹人为何要如此费尽心机地盗走厉无畏的尸身?仅仅是为了让他入土为安吗?在防守如此严密的雍州狱,他们又是如何盗走那具尸身的呢?"

"赵上士觉得他们是如何做到的呢?"

"其实他们并未盗走尸身!"

"并未盗走尸身?那具尸身又怎会凭空消失呢?难道尸身被就地掩埋了?"

"我赶到现场时,厉无畏的前胸有一处创伤,虽然鲜血染红了衣襟,那伤看似很重,但我却凭经验判断应该并不会致死,可我师父早在我赶来前就已初验过那具尸身,我自然也就对此深信不疑。

如今细细想来，或许厉无畏本就没有死！"

芷兰瞪大眼睛问道："什么？他并没有死，这未免有些太过匪夷所思了吧？"

"虽然我只粗粗瞥了一眼厉无畏的伤口，却依旧清晰记得他的伤情。砍削伤往往是自上而下，而刺穿伤，如若在胸口，要么是平行的，要么是自下而上，可厉无畏前胸的那道伤口却是自上而下。当时我并未在意这个极为重要的细节，如今想来，其中或许藏有玄机！"

"什么玄机？"

"如若要形成此种伤口，需要凶手比厉无畏高出许多，可厉无畏身高七尺，凶手要多高才能留下此种伤痕呢？此路不通的话，那就只剩下一种可能，这道伤口乃是他自戕形成的！"

"莫非他想要畏罪自杀？"

"厉无畏蓄意自戕实则是为了诈死！如此一来，他不仅能成功掩盖其杀害沈明跃的真相，还会为我们布下一个大大的迷局，而在这中间起关键作用的便是朱向。掌囚中士孙显、小刑部下士凌利中、御医侯成都有着不敢让外人知晓的过往，朱向或许就是借此对他们进行要挟，而这三人在这个迷局之中都是不可或缺之人！"

其实芷兰早就对厉无畏有所怀疑。厉无畏不过是个二命小官，怎会知晓密谋诛杀宇文护这等绝密之事？或许只有一种可能，那就是他是李弼的心腹，可如若真是如此，又岂会轻易叛主呢？沈明跃之所以会出卖自己的主子是因自己性命堪忧，如同一个溺水之人绝不会放过任何一根救命稻草，厉无畏却是主动来蹚这摊浑水，而且恰恰就在沈明跃即将道出实情的前夕。李弼位极人臣，在朝中的势力可谓盘根错节，厉无畏这个名不见经传的小人物却出人意料地选择主动与位高权重的李弼为敌，他如此做的动机可就耐人寻味了！

芷兰迫不及待地问："如若厉无畏果真没有死，那么他如今又身在何处呢？"

"我曾经跟你提及过，我与张宫伯在荆州城外曾被一伙黑衣人追杀，为首的那人虽面罩黑纱，但我却借着月光依稀发现他的眉间有一颗黑痣。我一直觉得那颗黑痣似曾相识，却怎么也想不起来。今日我又去了一趟雍州狱，一个狱卒曾记起，案发当夜，朱向曾与一个眉间有黑痣的陌生人一同离开雍州狱。此人应该就是厉无畏！"

芷兰吃惊地望着他，说："你是说厉无畏不仅没有死，还曾在荆州追杀你和张宫伯，难道世间真会有如此蹊跷之事？"

赵志平道："蹊跷之事还不止于此！于太傅遇刺时曾得一人倾力搭救才得以脱险。此人眉间居然也有一颗黑痣！我一时间竟分辨不清这究竟是一个人还是两个人，如若是一人所为，那么这个厉无畏到底是善还是恶，是忠还是奸？"

芷兰皱着眉说："厉无畏居然能够在众目睽睽之下诈死逃脱，真是令人匪夷所思！"

"这就如同幻术，虽然表面上光怪陆离，让人觉得不可思议，可如若勘破其中内情，其实也不过如此。凌利中从旁相助，厉无畏的诈死之状又颇为逼真，居然连我也被蒙骗过去。其实厉无畏并非装死,而是服了药!"

"难道这世间竟有如此奇特之药,服用之后如同死人一般?"

"有,还魂丹!这是一种可以让人深度昏迷的迷药。服用之后几乎与死人无异,如若不是经验丰富的医师细细验看,根本发现不了其中的玄机!凌利中借勘验尸身之机为厉无畏服下解药,使其渐渐苏醒过来。厉无畏脱下囚服,换上官服,再由朱向神不知鬼不觉地将其带出雍州狱!"

芷兰深深地叹了口气,道:"如若真如你所料,我们所面对的这个对手实在太可怕了!"

芷兰口中的对手并非朱向,他不过是一个小小的令史,绝不会独自布下如此之大的一个局,他的身后一定还有人,而且是个不为人知的大人物!

虽然孙显、凌利中、侯成皆沦为朱向手中的棋子,但朱向也不过是其主子手中的一枚棋子而已,甚至是弃子!

这个巨大的阴谋并未随着朱向的死而彻底终结,幕后之人或许还在暗中筹划着,或者正在实施着更大的阴谋!

既然幕后之人能布下如此险恶之局,那必定是一个极为阴险狡诈之人,如若他们再继续追查下去,稍有不慎便会死无葬身之地!

想到此处,芷兰感到胸口发闷,有一种快要窒息的感觉!

但她不知道的是,这不过只是冰山一角,让她更加难以置信的事将会接踵而至!

第三十章
云雾苍茫各一天

灭 口

还魂丹绝非寻常之物，一般人根本无法接触得到。要不是赵志平曾在秋官府任职，估计他也不会晓得世间竟会有如此神奇之物。

君威难测，那些王公贵戚转眼便成阶下囚；世事无常，那些名商巨贾转瞬就是戴罪身。那些人自然不愿受牢狱之苦，便买通狱吏，服下还魂丹，伪造死亡假象。在阴暗潮湿的监狱里，每日自杀的、病死的、殴斗而亡的，不计其数，通常情况下并没有人深究此事。那些还魂之人便可以逃之夭夭，过上另外一种生活。

赵志平觉得如若循着这条线索继续追查下去或许可以查出真相，不过难度却极大。因为还魂丹从诞生之日起就见不得光，无论是制售还是使用，皆属非法，无论是买家还是卖家，皆隐藏得极深！

赵志平忽然想到了王轨，于是狠狠地抽了几下胯下马，向着秋官府奔驰而去。

途中那处熟悉的宅子再度映入赵志平的眼帘，那里曾经是凌利中的住处。他此前曾不知多少次来过这里，如今却已是人去楼空！

他不知为何突然想到了胡主簿，胡主簿被人打晕后再放火焚烧，此时他仍有微弱的呼吸，鼻中会留下糊状的烟灰，使人误以为他真的是被火烧死的！

再细细回想凌利中种种诡异的死状，赵志平忽然悟出了什么，忙撕下门上封条，快步进到院中，来到那口大水缸前。

事发那日，他发觉水缸底下有一大片水渍，却又不似雨水，时至今日仍旧能够依稀看到水渍干涸后留下的痕迹。

凌利中是个极为细致之人，平日里从水缸中取水时绝不会洒出如此之多的水，蹊跷或许就在这里！

他的脑海中突然浮现出几幅臆想的画面，凌利中被人麻倒后抛入水缸之中，而水缸之中被人刻意放入了只产于洞庭的幽门罗兰藻。凶手再将其身子擦干，换上一套新的衣裤，摆放在书房的榻上，使得勘验之人如坠云里雾里！

如若真是如此，凶手可就实在太过歹毒了！

赵志平想到此处不禁倒吸了一口凉气，他感觉自己距离真相越来越近了，却没有多少喜悦之情，心头反而萦绕着挥之不去的压抑和不安，因为他嗅到了越来越强烈的危险气息！

来到秋官府后，他径直去了殓房。如若王轨当值，十有八九会在殓房之中，他对尸身勘验几乎到了痴迷的程度。

赵志平走进殓房时，一脸专注的王轨竟然未察觉到，仍旧盯着一具白骨入神。

赵志平道："此处没有晕痕，而骨又不损，虽然变为黯黑，却并非生前受伤所致！"

王轨皱着眉道："这个我自然看得出，可既然不是生前伤，骨色为何还会变得如此黯黑呢？"

赵志平笑笑说："必然是有人刻意染骨。南朝有一毒草，名曰贱草，一些不法之徒将其熬成药膏，涂抹在骨上，用以伪造伤痕。"

恍然大悟的王轨随即将赵志平刚才所言记在随身所带的本子上，边写便赞道："听君一席话，胜读十年书！"

"过奖了！"

"赵上士来寻在下想必是有事吧？"

"我想让你帮我办一件事！"

"何事？"

"追查还魂丹！"

王轨面露难色，道："这里面的水实在太深了！你我这等微末之人，最好不要冒险踏足其中，否则很可能会招来无妄之灾。"

赵志平拍拍他的肩膀，故作轻松道："我自然知晓其中的深浅，而我如今只想查明一事，并不会深究其中内幕。还魂丹隔夜便会失效，你只需帮我去查一查雍州狱血案那日，也就是九月二十五，何人曾买过还魂丹。我只想尽早破了那桩奇案，也好向大冢宰交差。"

"想必你也知道，这是个见不得光的行当，行里的人对这种营生皆讳莫如深，彼此之间又素无来往，我又从何查起呀？"

"若要从买者查起自然艰难，但若是从造者查起，恐怕便简单得多了！这个行当里流传着一句话，一年不开张，开张吃一年。偌大的长安城中，每日恐怕也只有一两笔生意。只要能查获九月二十五购买还魂丹之人，此人十有八九就是真凶，起码是帮凶！我之所以来找你，就因为只有你能查到造者的踪迹。"

"如若购买者是朱向呢？岂不又死无对证了吗？"

"其实我也是在赌！这个惊天局里机关重重，关节甚多，有着太多太多的事等着朱向去做，因此我在赌，购买还魂丹的可能另有其人！这或许是我目前掌握的唯一线索。哪怕最终证实是条绝路，我也要坚定地走下去，否则就看不到任何希望！"

王轨沉默不语，他知道赵志平之所以来找自己是因为自己还欠他一个人情。

去年，他的一个堂兄因私自贩卖还魂丹而被官府缉拿。他情急之下来找赵志平求助，那时赵志平的父亲赵贵还健在，赵志平借助父亲的权势摆平了此事。

他曾经不止一次地听堂兄说过还魂丹虽然一本万利，却是在刀尖上舔血。如若堂兄果真供出了幕后造者，或许会招致杀身大祸，可事到如今，他除了点头答应，已然别无选择！

次日午后，赵志平正在秋官府档库内查阅官档。

王轨走过来，低声说："那个幕后造者查到了，不过已经死了！"

"死了？如何死的？"

"前几日突发热症死的！"

"病死的？他死得可真是时候啊！此人到底是何来历？"

"造者名唤隋良，本是前朝宫中御医，后来不知为何离开宫廷，以行医为生。万年县有个富商患病后不惜重金聘请一位来自异域的医师，实则是个庸医，险些将其治死，幸亏隋良及时诊治才救了他一命。不过隋良却从那个庸医的药方中受到启发，创制了可以让人假死的还魂丹和解药。近些年，隋良几乎不再出诊，以卖还魂丹为生。隋良早年做御医时曾结交了诸多达官贵人，就是这层密密麻麻的关系网将他藏得极深……"

赵志平打断他道："这个隋良不知让多少人诈死而逃过一劫。我倒想去会一会他，看看他到底是真死，还是假死！"

隋府门前果然挂起了丧幡，长一丈四、宽七尺的白幡在寒风中飘舞着。

赵志平径直来到灵堂之中，默默地看着那些进进出出的人，有哭哭啼啼的家眷，有哀容满面的宾客，还有忙前忙后的下人。

府上老总管迎出来道："不知您是我家老爷的故交，还是远亲呢？"

赵志平并未答话，而是直接亮出"敕宜速"金牌，在他的眼前晃动了一下。

老总管赔着笑脸道："难道您是天王派来吊唁的？小老儿有失

远迎,还望恕罪!"

"天王要借你家老爷的尸身一用!"

"这可使不得!万万使不得!"

"难道你想抗旨吗?"

这时十几个小伙子迅速围拢过来,高声嚷嚷道:"如此一来,辱没了我家老爷的尸身,老爷还如何入土为安?"

赵志平被围在中间,却并不惊慌,高声喝道:"来人呐!速速将棺椁抬走!胆敢阻拦者格杀勿论!"

听到号令,几十个全副武装、手执利刃的士卒冲进灵堂。众人一看装束便知来者是北周禁军精锐虎头军,这些人是赵志平来之前特地向张光洛借来的,如今却派上了大用场!

见虎头军来了,谁也不敢再轻举妄动了。

隋良的棺椁就这样被虎头军的士卒抬到了秋官府,赵志平决意对其尸身进行勘验,倒要看看其中究竟藏着怎样的玄机。

赵志平命小厮取来勘验装,可就在他更衣之际,一个纸条却意外掉落在地上。

他忙捡起纸条打开,看后心猛地一颤。母亲的死一直是他心中难以抹去的痛,虽然他证实母亲并非病死而是死于非命,却始终不知母亲究竟因何而死,如何而死。

他看了一眼滴漏,勘验这具尸身至少需要一两个时辰,如若勘验完再去赴约恐怕便来不及了。

去还是不去?他一时间难以决断,却又必须决断!

隐 士

赵志平如约来到清风观，右手时不时地触碰一下腰间的障刀，警觉地注视着周围的一切。

只见一个五十岁上下的男子向着他走来。那人身披绛色氅衣法服，上绣梅花纹饰，足登十方鞋，颇有几分仙风道骨。

赵志平高声问道："就是阁下约在下到此一叙？"

那人捋了捋胸前的胡子，道："正是！"

"敢问阁下是何人？"

"在下韦夐是也！"

赵志平一惊，没有想到约自己相见之人竟会是大名鼎鼎的隐士韦夐。

韦夐乃是韦孝宽的兄长，少年成名，却不慕虚荣。二十岁时，他就曾被北魏朝廷拜为雍州从事，却假称有病弃职离任。从此，隐居林泉，修身养性，不问世事。他博学多才而又自视清高，以至于宇文泰曾经征召过他，南朝也慕名征召过他，但他依旧坚守不出。

宇文毓继位后曾专门派遣中使去见韦夐，韦夐也曾专程谒见宇文毓，虽然两人相谈甚欢，但他始终不愿入朝为官。

宇文毓也未强求，知其喜好饮酒，命内府每日给韦夐送去一斗河东酒，还特地赐给他"逍遥公"的雅号。

宇文毓之所以对韦夐如此渴慕，除了因他是当今名士之外，还有着其他政治考量，那就是想借韦夐入仕拉拢帝国重臣韦孝宽。

赵志平不解一直寄情于山水之间的韦夐为何会主动来见自己，问道："不知韦处士约志平到此所为何事？"

"自然是为令堂之事！否则赵上士也不会放下手中之事，匆匆赶来这里赴约！"

"既然如此，有劳韦处士细细道来！"

韦夐捻了捻有些花白的胡须，道："令堂本是前朝文皇后乙弗英娥身边的侍女，这也是她一生都难以摆脱的噩梦！"

乙弗英娥乃是西魏皇帝元宝炬的原配夫人。元宝炬虽属皇族，可他的父亲元愉却因谋逆被诛。谋逆罪原本是要牵连家人的，北魏宣武皇帝元恪念及兄弟情深赦免了尚在襁褓之中的元宝炬，不过元宝炬自从记事起便被关在宗正寺。

好在元恪只活了三十三岁，元宝炬在九岁时终于重获自由，重新编入宗室属籍。

元宝炬初任直阁将军，受封邵侯，拜太尉兼侍中，进封南阳郡王。永熙二年（公元533年），进位太保、尚书令、开府仪同三司。孝武帝元修与权臣高欢决裂，出任中军大都督，护送孝武帝西投长安，拜太宰。乙弗英娥跟随夫君元宝炬从洛阳到西安，一路颠沛流离，逐渐在关中过上了稳定的生活，后来元宝炬这位叛臣逆子居然鬼使神差地被宇文泰拥立为皇帝。

西魏立国之初，凶悍的柔然始终对其北部边境构成极大威胁。为了笼络柔然，宇文泰力劝元宝炬纳柔然头兵可汗阿那瓌长女郁久闾氏为皇后。这让元宝炬很是为难。他与结发妻子乙弗英娥一路携手走来经历了太多的风风雨雨，相互扶持，彼此恩爱，实在不忍抛弃相濡以沫多年的妻子！

可如若公然违背宇文泰的意愿，恐怕连他自己也将会凶多吉少，思虑良久，元宝炬终于在大统四年（公元538年）二月无奈地废掉皇后乙弗英娥。

乙弗英娥不明白自己一直深爱着的丈夫对待自己为何会如此冷酷无情，但她却选择默默承受这一切，黯然离开了富丽堂皇的宫殿，孤身前往冰冷的寺院，剪掉了一头乌黑亮丽的长发，似乎要与过去的自己彻底割裂开来，决意在青灯古佛旁度过余生。

元宝炬随即册立柔然公主郁久闾氏为新皇后。年幼的郁久闾氏却时常任性而为，在元宝炬面前大吵大闹，甚至指着他的鼻子质问，为什么还让乙弗英娥继续留在京城，难道对她旧情难忘？

元宝炬无可奈何，不得不逆来顺受，因为他得罪不起柔然，更得罪不起宇文泰！

元宝炬与乙弗英娥总共育有十二个子女，不过大都夭折了，存活下来的男孩只有太子元钦和武都王元戊。元宝炬任命武都王元戊为秦州[1]刺史，令乙弗英娥与其一同前往遥远的秦州居住。

虽然两人从此远隔千山万水，但元宝炬却始终对她念念不忘，密令乙弗英娥悄悄蓄养头发。

1.治所天水郡上封县（今甘肃天水市秦州区），管辖天水郡、汉阳郡、清水郡、略阳郡、河阳郡五郡。

乙弗英娥自然心领神会，虽然她貌似看破红尘，但其实一刻都未曾挣脱过俗世的纷扰。

元宝炬身边遍布宇文泰耳目，他自以为行事秘密，却依旧没能逃过宇文泰的眼睛。

宇文泰得知此事后，将手重重地拍在面前的几案之上，愤怒地说："竖子可恼啊！岂能因儿女情长而毁了国家大事！"

远在秦州的乙弗英娥日夜盼望着能够早日见到朝廷派来的中使，她朝思暮想的中使终于到了，不过却并不是召她回京，而是送她上路！

她没有恨，也没有悔，因为她知道这绝非出自夫君本心！

乙弗英娥哭着说："愿皇上万寿无疆，愿天下永保安康，如若真能如此，妾身也就死而无憾了！"

乙弗英娥缓缓地从柜中取出那床结婚时曾用过的紫色并蒂莲被褥，晶莹的泪珠滴落在光滑的被褥之上，浸湿了那朵盛开的并蒂莲。

许多美好的往事不禁涌上心头，如今已成过眼云烟。

她轻轻地躺在床上，用被子蒙住自己的头，然后右手用力地按压鼻子上方的被子，被子与鼻孔之间的缝隙越来越小，直到她渐渐地失去了知觉，仿佛又回到了美好的从前……

赵志平的母亲梁令姿曾是乙弗英娥的贴身侍女，而乙弗英娥的离去也成为她噩梦的开始。

志得意满的皇后郁久闾氏本就任性骄纵，为人苛刻，如今更是变本加厉。

她身边的侍女换了一茬又一茬，总是不能令其称心如意。就这样，素来聪明伶俐的梁令姿被选中服侍郁久闾氏，虽然事事小心，处处谨慎，却依旧时常招致主子的打骂。郁久闾氏怀有身孕后更是喜怒无常。

有一次，梁令姿只因洗脚水稍稍有些烫，就被郁久闾氏狠狠地抽了一个耳光。郁久闾氏手指上锋利的护指从她美丽的脸庞划过，留下了一道殷红的血印子。

梁令姿疼在脸上，更疼在心中，却不敢流露出一丝不满。她边捂着火辣辣的脸，边跪在地上求饶。

郁久闾氏的气渐渐消了，但梁令姿脸上的伤痕却再也难以抹去。梁令姿一向把脸看得比命都重要，如今那张俊俏的脸上却留下了一道永远也抹不掉的伤疤。

她愈加怀念自己的旧主乙弗英娥，曾经尊贵无比的乙弗皇后如今却早已化作尘埃。

就在梁令姿苦闷彷徨之际，乙弗凤突然闯进了她的生活。那时的乙弗凤刚刚二十出头，长相英俊，谈吐不凡，而他身为禁军将领，出入宫廷又颇为便利。

随着两人接触日久，梁令姿渐渐对乙弗凤暗生情愫。两人深夜的一次促膝长谈也彻底改变了梁令姿的命运。

梁令姿不再甘心逆来顺受，决意将命运紧紧攥在自己手中。

从此之后，正在瑶华殿待产的郁久闾氏便时常听到狗吠之声，叫得她心烦意乱，心神不安，更令她惶恐的是虽然总能听到狗吠，却从未见到过狗！

那一日，郁久闾氏隐隐看到殿外闪现一个熟悉的身影，急忙喊道："梁令姿，那个一闪而过之人是谁？"

梁令姿貌似一头雾水地说："皇后，没有人呀！"

"不可能，我刚刚分明看到有人一闪而过！"

"莫非……莫非是乙弗……"

梁令姿还未说完，郁久闾氏就给了她一记重重的耳光，指着她的鼻子骂道："小蹄子，居然敢口出妖言！"

这件事在宫中一度传得沸沸扬扬，甚至有人信誓旦旦地说，曾见过乙弗英娥的鬼魂在宫内游走。原本就有些阴森的皇宫之内顿时被一股可怖氛围笼罩。

很快，年仅十六岁的郁久闾氏便因难产而死，很多人认为是乙弗英娥来索命了，其实这一切都是乙弗凤在暗中策划的！郁久闾氏分娩时，他用重金买通了接生的稳婆，疼痛难忍的郁久闾氏最终因失血过多而亡。

元宝炬对远道而来的郁久闾氏原本就没有多少感情，自然也就没有深究此事，而是将其匆匆葬于少陵原。

宇文泰当时正率兵驻守沙苑，自然也就无暇顾及此事。

每年，那些未被皇帝临幸过年纪又稍长些的宫女都会被遣送出宫，梁令姿急切地盼望着这一天的到来，可即将出宫的宫女还要面临权贵们的挑选。

年轻貌美的梁令姿被大将赵贵看上了,纳其为妾,而她的梦中情人乙弗凤却从此消失得无影无踪,就如同一阵醉人的风,掠过之后便没有了一丝痕迹。

虽然赵贵并非她的心上人,但身份卑微的她也只能黯然接受命运的安排,唯一值得庆幸的是赵贵对她甚为宠爱。

梁令姿迟迟未曾生育,赵贵便将年幼的儿子赵志平交由她抚养。赵志平的生母本是赵府的一个婢女,因难产而死。梁令姿与稚气未脱的赵志平初次见面便深深地喜欢上了这个俊俏的孩子,对他视同己出,以至于赵志平时至今日才得知,其实她并非自己的生母!

梁令姿的生活平静如水,直到乙弗凤再次找到她,原本安宁的生活再生波澜!

三月三日天气新,长安水边多丽人。绣罗衣裳映衬着暮春景色,有的意态娴雅,有的体态优美,有的衣着华丽,引得无数青年才俊驻足观望。

梁令姿也在踏春的行列之中,青丝柔顺光滑,樱唇娇艳欲滴,肌肤丰润,身材匀称,翡翠花饰垂两鬓,珠压裙腰稳合身,披帛上用金丝绣的孔雀和用银丝刺的麒麟在阳光下熠熠生辉。

恰在此时,梁令姿与乙弗凤再度不期而遇了。

"多年不见,夫人一向可好?"乙弗凤躬身施礼道。

梁令姿的心猛地一颤,不知此人再次突然现身究竟意欲何为。

当年只因太过感情用事，也太过年轻气盛，她竟在不经意间被乙弗凤利用，想想都感到后怕。

如今她已为人妻，为人母，再也不愿卷入波谲云诡的政治纷争之中。

"见与不见又有何异？不知乙弗将军找奴家所为何事？"梁令姿冷冷地说。

"能否请夫人借一步说话？"

梁令姿随即屏退左右，道："请讲！"

乙弗凤低声道："听闻宇文老贼明日退朝后会去赵府赴宴，这可是千载难逢的好机会……"

梁令姿高声打断道："休想再让奴家为你做那些见不得人之事！"

"难道你忘了旧主恩情吗？"

"乙弗皇后之恩，奴家自然没齿难忘，但如若乙弗皇后真的地下有知的话，岂容你再动杀念！"

"老贼名为大丞相，实为国贼，逼死皇后，欺凌君王，罪不容诛！"

"这与奴家又有何干？如若没有别的事，奴家就先走了！"

乙弗凤却横在梁令姿身前，威胁道："你我本就在同一条船上，本应风雨同舟，如若你想独自弃船而走，恐怕没那么容易吧！"

"你这话是何意？"

"如今国贼当道，社稷蒙难，我即便豁出性命也要与老贼拼死一搏！试想如若老贼知道郁久闾氏究竟是怎么死的，他将会如何对你？"

梁令姿指着他，怒斥道："你……当年我好心助你，如今你却借此要挟于我，真是禽兽不如！"

乙弗凤却不恼怒，"扑通"一声跪倒在她的面前，苦苦哀求道："我本无意要挟！只因我实在别无选择。我有心杀贼，怎奈势单力孤，只得仰仗夫人从旁相助！"

梁令姿并不理会，夺路而去，将乙弗凤远远地甩在身后。

自从这次会面后，梁令姿的心便再无宁静，担心一旦东窗事发，不仅自己将身首异处，还会连累自己的丈夫，还有自己的孩子赵志平。

她思来想去，取出一把刺绣用的剪刀，重重地刺向自己的胸口……

梁令姿临走之前特地留给赵贵一封遗书，赵贵阅后第一时间将其焚毁，并将此事刻意隐瞒下来，可这却成为赵贵与赵志平这对父子之间难解的心结！

乙弗凤没有想到梁令姿会以死相抗，因此对宇文泰的恨又增加了一重，但直至宇文泰病逝，他都没有再敢轻举妄动。

随着西魏皇帝元廓无奈地将皇位禅让给宇文泰之子宇文觉，原本就风雨飘摇的魏室江山彻底寿终正寝。

乙弗凤感到从未有过的失落，虽然他并非皇室中人，但他的家族却世代与魏朝皇室通婚，可谓一损俱损，一荣俱荣。

宇文觉与宇文护的矛盾越来越深，乙弗凤敏锐地觉察到报仇的机会来了！

稚嫩的宇文觉错信乙弗凤之言，至死都将乙弗凤视为忠心耿耿的心腹，殊不知他正一步步坠入乙弗凤布设的陷阱之中。

乙弗凤蓄意挑起宇文觉对大权独揽的堂兄宇文护的不满，直到宇文觉的心中升腾起浓烈的杀机。

一旦宇文护被杀，诸如贺兰祥、尉迟纲等一干亲信自然不会善罢甘休，而稚嫩的宇文觉又缺乏掌控政治乱局的能力和气魄，关中势必会陷入大乱。

元氏控御中原近二百年，宇文氏承继大统才不过一年，世人自然会心系魏室。只要元赞等人振臂一呼，天下之人必然会纷纷响应。

如若乙弗凤的谋划果真实现了，草创的北周帝国定会遭遇一场灭顶之灾，宇文氏也定将陷入万劫不复的境地。

他姐姐的仇就可以报了，外甥的仇也可以报了！

谁知世事难料，张光洛的告密却使乙弗凤满盘皆输，不仅复仇的梦破碎了，就连他自己也身首异处！

听完韦夐的这番叙述，赵志平的脸色变得更加阴郁。一向不问世事的韦夐如何得知如此之多的秘闻？与自己素昧平生的韦夐为何偏偏在这个关键时刻主动将这些秘闻说给自己听？

韦夐也看出了他心中的疑虑，一摆手中的拂尘，笑笑道："山人不过是受人所托而已！"

"先生此次前来究竟受何人所托？"

韦夐却转身离去，高声道："不可说！不可说！"

他一边走，一边随口吟唱，那雄浑的声音在殿前空旷的台阶之上久久回荡着：

恨无常，恨无常，
终日为名累，
整日为利忙，
心血耗尽命不长。

恨无常，恨无常，
美色销枯骨，
佳酿浸烂肠，
逞尽逍遥年少亡。

恨无常，恨无常，
一生奔波苦，
只为财源广，
墙倒屋塌为谁忙？

恨无常，恨无常，

霓裳装满箱，

胭脂盈殿堂，

清纯本色自留芳。

第三十一章
近泪何处话凄凉

内 奸

赵志平的脸上始终阴云密布,叹了口气道:"隋良为何偏偏在这时候死了,在下一直怀疑其被歹人所害,可他的尸身上却始终验不出伤痕,你可知是何缘故吗?"

芷兰茫然地摇了摇头。

"有人对那具尸身刻意做过手脚!那人将芮草投入醋中,然后再将其涂在伤损处,伤痕便会隐而不见。这在仵作行里早就不是什么秘闻了,却不承想会有人对我使出这一招!我起初还不敢确信,只是试着用甘草汁涂抹整个尸身,待芮草的功效被解之后,伤痕才渐渐显露出来。隋良的确是死于谋杀!"

芷兰惊愕地问:"究竟是谁在你的眼皮子底下使出此等诡计?"

"熟知勘验之术而且又能悄无声息地做到这一切的人能有

几人？"

"难道是王轨？"

"他不过是被人利用罢了！"

"那你觉得他背后之人又会是谁？"

赵志平沉默许久才道："为何我们时时被动，处处受制于人，只因奸细就在我等中间！"

听到赵志平这句话，芷兰心头突然响起一声惊雷，震得她浑身颤抖。难道她最不愿意看到的竟是赤裸裸的真相？这未免太过残酷了！

前往清风观赴约前，赵志平为防意外特地留下了四个虎头军士卒严加看守隋良尸身，并再三告诫这四人，任何人都不准接近那具尸身。

从清风观回来后，赵志平始终挂念着那具还未及勘验的尸身，询问那四个士卒是否有人接近过那具尸身，起初四人皆说没有，但其中一人却凑到赵志平跟前耳语道："秋官府的人刚刚来过，说是在这间殓房里泼醋，以祛污秽之气！"

赵志平点点头，并未在意，这是秋官府例行之举，殓房内摆放着各色尸身，有的是新丧的，有的则年深日久，其中不知蕴含着多少污秽，如果不经常泼醋祛秽，或许还会感染勘验之人。

赵志平怀疑隋良被人谋害，却始终验不出伤，于是反复思索着，在自己离开的这一个多时辰里，究竟发生了什么。

天渐渐黑了下来。赵志平悻悻地回到家中，却不思茶饭，这可急坏了老仆赵忠。

"郎君,您这样下去,会熬坏身子的!"赵忠劝道。

赵志平夹了一筷子香酥鸭,放在嘴中却索然无味。他忽然想到了什么,对赵忠说:"那几个小泼皮可还宿在土地庙中?"

"还在,您怎么突然想起他们了,他们整日无所事事,游手好闲!"

"你从中挑四个聪明伶俐之人,给他们每人一陌钱,让他们即刻去办一件事,叮嘱他们千万别走漏了风声!"

赵忠披上衣服急匆匆走了,半夜时分,赵忠才回来,说:"正如您所料,有一辆马车停在了王轨住处,车上下来一个小厮,搀扶着一个六十岁上下的老妇人!"

赵志平太了解王轨了,他不为名利所动,唯一能够打动他的只有情。那伙南人正是得知了这一点,才利用妖艳的曾雪雁为其设下美人计,如今曾雪雁已不见踪迹,唯一能够打动他的恐怕只有母子之情了!

王轨的母亲原本只是府中一个普通使女,生下他后便被残酷地赶出了家门,这些年来他一直都在寻找生母下落,却始终都未曾寻到,而这也成为他心中最大的遗憾!

只有知晓王轨致命弱点之人才会迫使其乖乖就范。赵志平问道:"那个小厮你可还认得?"

赵忠缓缓道:"认得!此人乃是辅城郡公身边的长随伊娄谦!"

赵志平听后感到心头仿佛压上了一块重达千斤的巨石，压得他几乎喘不过气来！

身 亡

三日后，芷兰到赵志平的住处来寻他，可无论如何用力叩打门扉，门内始终无人应答。

奇怪！若在平日里，即便赵志平不在，老仆赵忠也应该在，今天院内却是死一般的寂静，一种不祥的预感油然而生。

芷兰急急火火到秋官府去寻，恰巧在官衙门口遇到了王轨。芷兰瞥了他一眼，并未说话，径直向里走去。

芷兰异样的眼光让王轨感到颇为不适，似乎觉察到了什么，不过并未说破，仍旧热络地问："独孤姑娘可是来寻赵上士？"

芷兰并未答话，继续向里走。

"在下已然好几日都未见过赵上士了！"王轨随即安慰道，"姑娘莫急，暂且在门房之中休息片刻，在下去问问掌固，赵上士或许是去外地公干了！"

不一会儿，王轨急匆匆跑过来，脸上写满了焦虑，道："掌固说赵上士并未被派去公干，已然连续三日未曾来官署当值了！姑娘可否去过他的住处？"

"我刚刚从他家赶过来，任凭我如何叩门，屋内始终无人应答……"芷兰竟然哽咽到说不出话来。

在如此紧要关头，赵志平居然莫名奇妙地消失不见了，定然是出事了！

赵志平曾经说过，越接近真相便越危险！难道这个论断果真应验到他身上了吗？

"他家离此并不远，不如我们再去他家看一看。"话音未落，王轨就匆匆向前走去，脚步中透着浓浓的焦虑和不安。

一言不发的芷兰紧紧跟在他的身后，虽颇为吃力，却仍旧咬着牙跟紧他。

约莫走了一炷香的工夫，他们来到那扇熟悉的院门前，王轨用力叩击着门板，里面仍旧没有任何回应。

王轨情急之下索性用肩膀硬生生地撞向门板，只听轰隆一声，王轨连同门板一起倒向院里。

王轨顾不上身上的痛，一个鲤鱼打挺站了起来，迫不及待地冲进正厅，芷兰则紧跟其后，两人却同时被眼前一幕吓呆了。

房梁之上竟然悬挂着一个人，身上穿一件白色单衣，鬼魅似的在半空之中不停晃动着。凌乱不堪的头发披散下来，遮住了大半张脸，芷兰一眼就认出那是赵志平！

虽然两人相处只有短短两个多月，但这位兄长曾时不时为她带来丝丝温暖，如今他那张俊俏的脸庞却变得有些狰狞。

一股刺骨的冷风从窗外袭来，芷兰不禁打了一个冷战，高声喊道："还愣着干什么，赶紧救人！赶紧救人呐！"

王轨却并不急于救人，反而在屋内找了一根木棍，轻轻地敲击系吊着赵志平的绳索,然后才搬了一张凳子,踩在上面将赵志平从绳索之上卸下来,将其平放在地上。

"赶紧去请个郎中,或许还有救!"

王轨紧紧盯着赵志平的眼睛,角膜已经变得一片混浊,尽是白斑,瞳孔也已难以辨认了,叹了口气道:"一切都来不及了!赵上士至少已死去两日以上!生死由命,存亡在天!人就如同浮萍,在命运的旋涡中随波逐流,不知何时便会被其吞噬,但这又何尝不是一种解脱呢?"

芷兰在屋中踱来踱去,观察着每一个角落,审视着每一个物件,渴望能够从中找寻到赵志平死亡的真相。

她忽然发现书案上摆放着一张蜀地青花笺,一看就是赵志平的笔迹,俊秀中透着浓浓的悲凉,也带着一丝绝望,上写道:

一生倥偬未解鞍,
枯灯将近方知难;
既不辱国免辱身,
自古忠孝势难全。
华夏崩裂伤国乱,
生灵涂炭悲民残;
落日旌旗西风寒,
枉与他人作笑谈。

她轻声读着，两人相处的点点滴滴透过这俊秀的字迹跃然纸上，泪水不禁夺眶而出，滴落在笺纸之上，她忙用帕子竭力擦拭着，却终究擦不去那斑驳的印记。

芷兰声音颤抖地问："你可查明赵上士的死因？"

王轨边擦拭额头上的汗珠边说："独孤姑娘虽不曾为仵作，却也知晓些勘验之术。独孤姑娘想必心中也已有答案，又何必要问我呢？"

"难道你就找不到一丝被人谋害的痕迹吗？"芷兰的话语中透着浓浓的焦虑。

"赵上士确系自缢而亡。绳索勒在喉头之下，口开露齿，两眼闭合，面色紫赤，嘴唇青黑，舌尖出齿门三分，胸前有其所吐的涎沫。他自缢的横梁之上尽是滚乱的尘土，可见他在弥留之际不由自主地挣扎过。赵上士颈上的绳索紧直，如若这自缢是凶手刻意伪造出来的，绳索大多宽松。他脖颈处的勒痕紫赤，且有血荫，如若死后才被吊于房梁之上，喉下血脉不行，勒痕虽深入皮肉，却无青紫赤色，只会留下一道白痕。"

"他一向好端端的，为何会……"芷兰还未说完，泪水便在她俊俏的脸颊之上肆意流淌开来，将那层淡妆冲得七零八落，还未及擦拭便冻成了两行冰珠，凝结在脸上，更凝结在她的心中。

见此情此景，王轨也为之动容，哽咽道："他前些日子还好端端的……"

望着痛不欲生的王轨，芷兰高声责问道："难道这不正是你们所希望看到的吗？"

她用的是"你们"，而非"你"！

恨　别

十二月十六日黄昏时分，大雪仍在下着，落满了长安的大街小巷，淹没了残枝枯叶，天地间白茫茫一片。

百无聊赖的芷兰草草地吃过晚饭，闲坐在屋内，忽然被窗外的一抹红吸引了。

她忙走到窗前，透过直棂窗上的薄绫，盛开在风雪之中的梅花，在皑皑白雪中翩翩起舞，曼妙的舞姿百媚千娇，正是这黑白之间的一抹亮色醉了这雪夜，也醉了今朝，如诗如画，又如歌如泣。

就在此时，芷兰听到了一阵急促的敲门声，忙撑了一把伞前去开门，居然是宇文邕！

宇文邕身上的灰鼠披风上早已落满了厚厚的一层雪，脸也被冻得通红。

对于他顶风冒雪前来，芷兰却无半点儿喜色，而是苦着脸将其让到屋中，始终冷若冰霜。

芷兰一边拿着掸子掸去他身上的积雪，一边问道："不知辅城郡公冒雪前来所为何事？"

宇文邕将手放在屋内火炉上烤着，低声道："我不日将要前往蒲州[1]赴任，特地来向你辞行。"

芷兰没有半分挽留之意，反而用讥讽的口吻说："恭喜辅城郡公！贺喜辅城郡公！不仅迁柱国，还荣任都督蒲州诸军事、蒲州刺史，真可谓志得意满！"

"芷兰，你这是怎么了？为何对我如此阴阳怪气的！"

芷兰冷笑了两声，说："同一个物，在我的眼里是阳，在你的眼里却是阴，只因你的心中充斥着阴暗。你我本就不是同路人，即便误打误撞碰在了一起，终究要分道扬镳！"

宇文邕原以为今夜将会是一个难舍难分的美好夜晚，谁知芷兰的话语中却带着刺，刺得他一阵阵生痛。

他并未迁怒于芷兰，而是笑笑说："芷兰此言谬矣！阳气根于阴，阴气根于阳。无阴则阳无以生，无阳则阴无以化。"

芷兰却咬着牙说："善恶自古不同道，忠邪从来不两立！天色已然不早了，如若辅城郡公没有别的事情，那就请回吧！"

宇文邕万万没有想到自己冒着严寒前来辞行，居然连碗热茶都未曾讨到就被赶出门外。

芷兰定然是知晓了什么！可她又究竟知晓了些什么呢？

宇文邕深情地凝望着芷兰道："今日一别，不知何日才能再相见，还望芷兰多多保重，在下告辞了！"

就在转身离去的一刹那，宇文邕的眼角居然挂着几滴晶莹的泪

1.治所河东郡蒲坂县（今山西永济市），管辖河东郡、汾阴郡二郡。

花，在跳动的烛光中显得那样刺眼。

芷兰依旧木然地站在原地，仿佛一尊毫无生气的塑像。

宇文邕走出屋门，穿过狭窄的小院，走到院门口，发觉芷兰并未送自己，心头不免掠过阵阵悲伤。

他停下脚步，深情地回望着闪烁着暖暖灯光的窗棂。

难道自己与她真的有缘无分吗？或许这一切都不过是一场幻梦，既然是梦便总会有醒的时候！

立 后

永定三年（公元558年）正月初一，在这个原本应洋溢着喜庆气氛的日子里，南朝却打得不可开交，陈霸先虽已即皇帝位，却一时间难以完全控制江南的局势，王琳等手握重兵的梁朝将领不肯轻易就范，江南又是一番腥风血雨。

相比动荡不安的南朝，北周帝国貌似风平浪静，实则早已是暗流涌动。

一大早，北周帝国王公大臣们就在端门外候着，时辰一到，宫庭中的大火盆便燃起熊熊大火。

在谒者的带领下，群臣依次进入大殿之内。

鼓乐声中，宇文毓端坐在御座之上，文武百官伏拜。鼓乐声结束后，文武百官按照品级高低依次献礼贺拜。

大冢宰宇文护将寿酒跪授给御正中大夫崔猷，崔猷毕恭毕敬地从他的手中接过酒，跪置在御座前，宇文毓顺势接过寿酒。

宇文护随即自酌一杯，置于面前的案几之上，跪奏道："臣护等奉觞再拜，上千万岁寿。"

崔猷高声答道："觞已上。"

文武百官伏地山呼万岁。

寿酒献完，宇文毓高声说："诸位爱卿，请用膳！"

宇文毓开始进御膳，群臣也就席进食。食毕，小黄门将案几上的残羹冷炙撤下。

十几个妙曼女子走到大殿中央，佩戴珠光宝翠，身穿白色长袖舞衣，修颈细腰，飘带萦绕，在乐曲声中高举双袖，翩翩起舞，时而低回婉转，轻移舞步，如推若引，似留且行，时而节奏明快，如行云般飘逸，似流水般轻盈。

宇文毓却无心歌舞，显得有些心不在焉。

元日宴饮之后，宇文毓特地留下宇文护，将其引至清风殿。

宇文毓笑着说："弟今日留下护兄是有要事相商。自从李太师薨后，太师之位便一直空置着，如今能居此位者非护兄不可！"

宇文护却假意推辞道："天王实在太过抬爱微臣了。如今追随太祖征战的功勋老臣之中尚有好几位健在，与其相比，愚兄资历尚浅，不敢忝列太师之位。"

宇文毓却说："护兄，此言差矣！那些老臣如今皆已垂垂老矣，操劳大半生，也该颐养天年了！还望护兄万勿推辞。"

北周不设大丞相，因此太师为百官之首，地位最为崇高；大冢宰执掌天官府，控御其他五府，权势最为显赫；都督中外诸军事则执掌戎机，操控禁卫军。如若能将这三个职务集于一身，他宇文护就是名副其实的一人之下，万人之上！

宇文护叩谢道："承蒙天王厚爱，微臣定当殚精竭虑，呕心沥血！"

宇文毓道："护兄出任太师乃是实至名归！"

说完，两人相顾一笑。

宇文毓继续说："目前尚有一位也一直空着，弟担心若是空置时间长了，难免会招惹来无端猜忌。"宇文毓的话语柔中带刚。

宇文护顿时知晓了宇文毓的真实意图，刚才不过是在投石问路罢了。

如今外界的确已有诸多传闻，说他宇文护如何专权，如何擅权，宇文毓虽为天王，却连册立王后的权力都没有。虽说宇文毓口口声声说那些都是无端猜忌，但如若宇文护再执意反对，无疑将会坐实那些流言。

宇文毓已然在不经意间将宇文护逼进了一个进退维谷的死角之中。

宇文护道："册立王后实乃天王家事，愚兄本不便多言，但既然受太祖所托辅佐天王，便不得不说。独孤夏若乃叛臣之女，如若天王执意要册立其为天后，恐将不利于社稷，还望三思而后行！"

虽然宇文护被宇文毓不露声色地将了一军，却仍旧不甘示弱。他的自称也从"微臣"悄然变为"愚兄"，是在暗示宇文毓：刚才他作为臣,自然应听命于君主;如今他作为兄,宇文邕应听从于他。宇文护辅政的权力是宇文毓的父亲宇文泰赋予的,如今的天下并非宇文毓一人之天下,而是宇文氏全族之天下,宇文护不动声色地奉劝宇文毓不可意气用事。

见宇文护不肯轻易就范,宇文毓铿锵有力地说:"贫贱之知不可忘,糟糠之妻不下堂。夏若乃寡人之结发妻子,若她不能为后,那么普天之下谁人又能为后?既然忠义不能两全,寡人索性听从大冢宰所言,舍义而取忠!"

宇文毓的自称也随即发生了变化,从"我"变为了"寡人",对宇文护的称谓也从"护兄"变为"大冢宰",其实是在暗示他,他虽然是兄,却依旧是臣,切不可以臣逼君。

宇文毓顺势将十几份奏章递给宇文护,说:"既然护兄对此仍有异议,索性暂且搁置此事,只是那些朝臣的嘴,还有赖大冢宰去堵!"

宇文毓表面上是在退让,实则是以退为进,此举无异于将宇文护推到了风口浪尖之上。

宇文护接过那些沉甸甸的奏章,顿时感受到了巨大压力。

宇文毓已然彻底摊牌了,天后要立便立独孤夏若,从正妻到天后理所当然,否则就索性不立。如若迟迟不立天后,必然会令群臣人心浮动,到那时恐将对宇文护极为不利,况且与宇文毓的关系搞得太僵,太师之位恐将平添诸多变数。

宇文护第一次在宇文毓的面前妥协了,说:"愚兄刚才所言如有冒犯，还望天王宽宥。立后之事虽是国事，但更是家事，理应由天王自行决断。愚兄刚才那番话实乃为了江山社稷考量，无论天王作出何种决断，愚兄都将欣然接受。"

宇文毓刚才冷若冰霜的脸上顿时绽放出些许笑容，拉着宇文护的衣襟，亲密地说："护兄心胸之宽广，眼界之高远，着实令毓弟佩服不已！"

宇文毓对身边的小黄门喝令道："传御正中大夫崔猷入宫，速速拟旨。"

正月十九，独孤夏若正式被册封为王后，她执意要求册后大典一律从简，只在宫中举行一场晚宴。

此刻无疑是夏若一生之中最为重要的时刻，她等这一刻已经等待了太久太久。

对着铜镜梳理如丝的秀发，梳妆打扮完毕，将香囊佩在腰间，再含一片沈麝[1]，夏若顿时顾盼生辉，香气逼人。

宴会临近开始之际，宇文护才迈着四方步缓缓而来。姗姗来迟的他首次以太师身份出现在众人面前，却面沉似水，见不到一丝笑容。

夏若深施一礼道："妾能有今日，全赖护兄所赐，妾感激不尽。"

1.沈麝：用麝香制作的一种口含物品，能够清香口气，类似于今天的口香糖。

宇文护细细咀嚼着夏若刚刚说的话，貌似感恩，却隐含着责备，不过却藏得极深。

宇文护随即回击道："天后此言，老夫可是万万承受不起。老夫不过是一介庸人，碌碌无为大半生，不似天王与王后正值英姿勃发之年。不过老夫却见惯了盛衰存亡，是非成败随风走，青史几行名姓！"

见两人在貌似客套的话语之中却几度交锋，专程从蒲州赶来的宇文邕忙打圆场道："如今大嫂被册立为天后，护兄荣膺太师，皆是拜天王所赐，二位皆应感恩天王才是！"

宇文护却并不领情，冷嘲热讽道："功名利禄到头来还不是一场空，不如闲看花开花落，云卷云舒！"

夏若也发觉刚刚有些意气用事了，急忙说："难得太师有如此心境，我等自叹不如！"

第三十二章
云烟过眼总成空

老 仆

草长莺飞，闷雷乍起，万物萌动，芸芸众生仿佛一下子便被唤醒了。每每到了惊蛰，芷兰都会生出许许多多美好的期待，期待着桃始华，期待着仓庚鸣，期待着鹰化为鸠……

上一个春天是阴郁而又灰暗的，父亲被逼自尽，亲族流放蜀地，出身名门的她不得不穿着粗布衣服做女红，日复一日，单调而又枯燥的生活让她看不到一丝希望。就在她几近绝望之际，宇文护却出人意料地向她抛来了橄榄枝，只要能将那起疑案破了，就可以特赦她的全族。阳光穿透层层乌云，洒在芷兰身上，使她的生活重新变得色彩斑斓。

在刚刚过去的那个彻骨的寒冬，芷兰病倒了，不知是为阴阳相隔的赵志平，还是为天各一方的宇文邕，抑或是为自己一波三折的命运。

春天到了,虽然身体渐渐痊愈,芷兰却依旧感觉如同冬日般阴郁而灰暗。

身体的病虽医好了,心里的病却始终未痊愈。

云鬓乱,美妆残,芷兰紧皱的眉头如峰峦攒聚,春笋般纤细润滑的手托着红腮,凭栏而立,眼里满是泪珠。

绝不能就此善罢甘休。想到此处,芷兰戴上幂篱,骑马来到了赵志平所住的那套小宅院前。这里早已物是人非,院门上贴着秋官府的封条,屋顶之上隐隐长出了几根青草。

对了,老仆赵忠如今身在何处?赵忠伺候赵志平二十余年,名为主仆,却情同父子,赵志平自缢后,赵忠居然也消失不见了。

赵忠究竟去了哪里?难道也遭遇了什么不测?

就在胡思乱想之际,芷兰一回头却发现一个熟悉的身影,竟然是久未谋面的齐鸣!

前不久齐鸣被无罪释放,但并未复职。终日无所事事的他决意为恩公们做些什么!

齐鸣开门见山道:"姑娘莫不是想寻赵上士的老仆赵忠?"

"你是如何得知的?"

"赵上士乃是古道热肠之人,如今却无端身死,想必独孤姑娘也放不下他!或许只有赵忠能够解开萦绕在姑娘心头的谜团。"

"你可寻见他的踪迹了?"

"他如今在京兆渭南[1]!"

和煦的阳光照在大地之上,赵忠正扬起手中的锄头翻地。自从返乡之后,他一刻也没闲下来。隆冬时节,田地里一片荒芜,他便在家中编草席;如今春来大地,他就迫不及待地来到田间地头,或许只有劳碌才能使他那颗无处安放的苍老之心稍稍安定下来。

齐鸣指着远处道:"姑娘心里有什么想问的尽管去问他,我在此处等你!"

芷兰走过去,施礼道:"赵老伯,别来无恙啊?"

"怎会是你?"赵忠忙停下手中的活计,呆呆地望着芷兰,脸上浮现出惊讶的神情,"姑娘是如何找到此处来的?"

"世上之事恐怕都难不住有心之人!"芷兰突然变得落寞,低声道,"老伯如今在这里逍遥快活,而你家主人却早已孤身赴黄泉!"

"什么,郎君果真殁了?"

"你似乎对此并不感到惊讶!是不是你早已猜到他定会有此一劫,才提早逃离了长安!"

"姑娘怕是误会了。小老儿并非为了避祸而避开郎君,而是郎君执意要赶小老儿走,还再三嘱托,无论发生何事都万勿再回长安,让小老儿好好在故乡颐养天年!"

1.今陕西渭南市。

"这么说你家主人早已看破红尘了？"芷兰突然提高声调，质问道，"果真如此吗？"

赵忠苦着脸说："小老儿不敢有半句谎言！自从那夜与辅城郡公会面后，我家郎君就变得精神恍惚，次日便拿出一大笔银钱让小老儿回乡。小老儿在赵府生活了四十余年，早已将那里当成自己的家，对家乡反而有些陌生了，况且郎君又是小老儿看着一天天长起来的，如今他父母双亡，又未曾娶亲，小老儿怎能轻易割舍下他？一向待我如长者的郎君居然对小老儿动怒了。既然郎君执意要赶小老儿走，小老儿还有什么脸面再留下呢？"

赵志平刚刚对宇文邕有所怀疑，就莫名其妙地自缢身亡了，宇文邕恐怕无论如何也难逃干系，可她的内心深处却一直都不愿相信，也不敢相信这一切居然会是真的！

芷兰焦急地问："那夜辅城郡公到底跟他说了些什么，让赵上士居然性情大变，甚至自寻短见？"

赵忠苦着脸说："这个小老儿怎会知晓？两人密谈时，并未让小老儿在场，还刻意关上了门窗。小老儿透过窗户上的影子，看到辅城郡公似乎交给了郎君一封信。次日，小老儿收拾房间时发现火盆之中有一小堆灰烬，想必是郎君看完后便将那封信焚毁了！"

"你可知那封信上究竟写了些什么？"

"对了，姑娘稍等，小老儿这就回家去取！"

不一会儿，赵忠捧来一个木盒，打开盒盖，从里面拿出一片烧得又黑又黄的残页，对芷兰说："姑娘，这便是小老儿在火盆之中找到的！郎君就是发现小老儿在火盆中翻找残页才动怒的。"

芷兰忙接过那片残页，可残页已被炭火烧得面目全非，上面隐约有些字迹，却又一时间辨识不清。

她久久凝视着，渴求这片毫不起眼的残页能够还原那个彻底改变赵志平命运的夜晚，进而破解赵志平离奇自缢背后的谜团。

东风姗姗来迟，春水漫漫而涌，春光融融而生，千里草木竞相生长，万物生机次第醒来，天地间焕然一新。

春日的暖雨晴风送走了冬日的寒意；桃花红，李花白，菜花黄；莺儿啼，燕儿舞，蝶儿忙；姹紫嫣红的小园里收不尽明媚的春光。诗情画意谁与共，泪融残粉愁绪重。

芷兰久久站立在自家院中，望着天空中燕双飞，慨叹落花中的独孤人。所有曾经的美好如今都化作彩云飞。

一夜无眠，香残蜡尽，夜依然，人难寐，心孤寒，珊瑚枕上千行泪。寂寞空对月，明月依然，彩云安在？

芷兰之所以心绪烦乱是因她想到了至关重要的一点，却不敢跟任何人提及。

无论是厉无畏还是朱向，此前皆被视为李弼的部属。其实两人原本一直追随杨忠，而杨忠又曾是她父亲独孤信的部将。

当年，独孤信抛弃妻子追随北魏孝武皇帝元修逃奔关中，但元修最终却被宇文泰谋害。这无疑使得独孤信与宇文泰之间心生罅隙。宇文泰表面上对独孤信颇为倚重，却从来都不曾真正地信任过他，对他既委以重任，却又时刻提防。

彪悍勇猛的杨忠一直是独孤信最为得力的部将，宇文泰却借故将杨忠留在自己身边，后来又划归李弼节制。

如此看来，厉无畏和朱向也许并非李弼的人，有可能是杨忠的人，甚至是父亲的人！

想到此处，芷兰急忙拿出赵忠交给她的那张残页，站在阳光下细细观瞧，那个"情"字影影绰绰，居然似曾相识！

她不由得打了一个冷战，难道自己苦苦追寻的罪魁祸首竟是与自己最为亲近之人？难道……

她实在不敢再想下去了！

反　目

未央宫映菡殿，灯火通明，寒意仍存。

芷兰大步流星地走进殿内，说："姐姐，妹妹有几句真心话想要对你讲！"

夏若向着殿内的宦官侍女们挥了挥手，说："你们暂且退下吧！"

空旷的大殿内顿时变得一片死寂。

芷兰将那张残页递给姐姐，厉声质问道："真想不到我们苦苦追寻的元凶竟会是你！时至今日妹妹皆不敢相信这一切居然会是真的！"

夏若的心猛地一颤，曾经温顺的妹妹此时此刻眼中却满是滚滚烈焰，目光如剑直刺过来。

她最为担心的一幕最终还是发生了，不过她竭力使自己恢复镇静，反问道："不知妹妹何出此言？"

芷兰冷笑道："姐姐难道真不明白？万万没有想到曾经温婉识大体的姐姐居然会变得如此冷酷无情！"

夏若的脸上仍旧挂着浅浅的微笑，道："妹妹怕是误会了！姐姐常年未离天王左右，又能做得了什么？"

芷兰的脸上满是失望，道："你虽一直居于这深宫之中，但宇文邕却可以为你做你想做的一切！朱向、厉无畏等人不都是你手中的一枚枚棋子吗？事到如今，姐姐难道还要执意隐瞒吗？姐姐这样做只怕会彻底冷了妹妹的心，妹妹满肚子的话便只能去与宇文护讲了。"

芷兰忽然转过身，气呼呼地向外走去。

夏若高声喝住她："四妹，等一等！"

夏若紧走几步，拉住芷兰的手，却不知该如何言说。

芷兰道："妹妹对姐姐实在是佩服之极，不愧是思虑缜密、滴水不漏之人。沈明跃知道那个曾与赵伯父和父亲密谋除掉宇文护的神秘第三人！这个人的存在使得宇文护如鲠在喉，如芒在背，欲除之而后快！就在宇文护回京的当口，你却布下了这个奇局，厉无畏在狱中杀死沈明跃，然后又诈死，这样就可以神不知鬼不觉地将所有矛头都指向李太师。你深知归附宇文护之人虽如过江之鲫，但他真正依靠的却只有李太师、于太傅、尉迟纲与贺兰祥四人而已。你这招一石二鸟之计实在是太过高明了！既保护了要保护之人，又使得宇文护自断臂膀！"

夏若辩解道："可惜李太师太过执迷不悟，只知强与弱，却不知逆与顺，更不知民心所向！不过姐姐却无心害他！"

芷兰道："姐姐是何等聪明之人，离间之计远比血腥杀戮更为稳妥！妹妹自然知晓谋害太师的真凶另有其人，他们虽然也在故弄玄虚，刻意编造贺拔索命的假象，但其所设之局与姐姐所设的死人杀人之局却相差甚远！"

夏若沉思了半晌道："天下之事远非对与错、是与非这么简单。请妹妹相信姐姐所做的这一切绝非为了一己之私利，而是为了天下大义！"

芷兰义愤填膺道："事到如今，姐姐竟还在谈什么天下大义！难道残害无辜就是姐姐所称的天下大义吗？你知道凌利中、侯成等人底细，便以此为要挟，布下这奇局，可事成之后，你却残忍地杀人灭口！妹妹实在想不通姐姐口中的天下大义究竟是什么。"

夏若皱皱眉道："虽说姐姐瞒着妹妹做了许多事，但姐姐却未曾枉杀过一人。豆卢光残害贺拔公，难道他不该死吗？潘弥卖主求荣，谋害孝武帝，难道他不该死吗？沈明跃贪生怕死，遇事变节，难道他不该死吗？"

芷兰不依不饶，道："赵上士呢？难道他也该死吗？恐怕姐姐最清楚他究竟是因何而死！"

闻听芷兰提及"赵志平"，夏若的脸上满是悲痛、愧疚和无奈，有气无力道："志平的确是因我而死，其实姐姐只希望他能暂且保守秘密，谁知他竟用如此惨烈的方式！"

芷兰呛声道："赵上士乃是天性率真之人，岂会像姐姐这般城府之深。终日面对老辣的宇文护，要想不露半点儿声色，着实难为他了，可他又实在无法拒绝姐姐的请求，因为他一直都在深爱着姐姐，是姐姐将他一步步逼上了绝路！"

其实夏若对于赵志平的死也一直颇为自责，但她别无选择。

夏若强忍着没让眼泪滴落下来，哽咽道："原本可以不至于此！"

终于，泪水在夏若俊俏的脸上如决堤般肆意横流开来，脸上的残妆如同一道道伤痕，貌似划在脸上，实则刻在心中。

夏若哭道："志平的死让姐姐很难过，但姐姐却从不后悔自己的抉择。当年谢安以七万北府兵敌苻坚百万兵，他并非不知畏惧，而是不敢退却，只因苍生与社稷均系于他一身！"

芷兰不似刚刚那般咄咄逼人，道："朱向突然现身玉璧想必也是奉姐姐之命前去密会胡主簿夫人，以期从她口中获知'血酬卫'下一步的动向。孰料他却中了胡主簿的诡计，葬身火海，成了贺拔纬金蝉脱壳的替死鬼。或许在姐姐的眼中，朱向的死也是值得的，因为姐姐已经从他口中得知了'血酬卫'企图谋害重臣的阴谋，于是将计就计，借力打力，一系列未遂的刺杀事件也使得那些功勋老臣风声鹤唳，人人自危，对宇文护怨声载道，甚至恨之入骨。只有这样,那些功勋老臣们才能在这场政治博弈之中彻底站到天王一边!但如今祸害社稷者不过宇文护一人,姐姐为何要舍本逐末,牵连众人呢?"

听到妹妹提及朱向,一向坚韧异于常人的夏若竟再也难以自持,眼角盈盈欲滴的泪水又流了下来。

夏若不禁又想起了去年年初的那个大雪天,雪已然接连下了好几日,曾经波光摇曳的南湖一片冰天雪地,天与云,山与水,全都失去了往日的色彩。

夏若踩在坚硬的被白雪覆盖的冰面上,在万籁俱寂中,嘎吱嘎吱的响声显得格外清脆。来到湖心亭,想起夏日时莲香浮动,氤起一片山水云雾,如今却被严寒夺去了往日的生机。

朱向已经到了,在亭中铺了一层厚厚的毯子,酒炉里的酒烧得滚沸。

夏若迎着凛冽的寒风道:"叔父,我等就是拼上性命也要保住他!"

朱向端起一盅酒,一饮而尽,道:"此等拼命之事恐怕还轮不到你吧!"

"叔父,此事凶险异常,只怕……"

朱向却笑笑说:"生有所忠,活有所为,心有所向,才不枉此生!我本就如同草芥,却可以借此赢得千秋身后名,岂不快哉?"

夏若斟满一杯酒，毕恭毕敬地递给朱向，道："叔父，请饮下此杯，还望保重！"

朱向接过那杯酒，久久地凝视着，意味深长地说："但愿我今后还能喝到如此甘醇的美酒！"

夏若脸上的泪滴旋即被狂风刮走，吹落到冰面之上。

朱向为她们独孤家做了那么多，夏若如今却只得无奈地装聋作哑。

如今朱向的尸骨草草葬在玉璧，无人前去装殓，也无人前去祭奠，更无人知道他曾经做过什么，又因何葬身异乡而成为孤魂野鬼！

夏若竭力平复着自己的情绪，摇摇头说："韩非子曾言，'法之为道，前苦而长利；仁之为道，偷乐而后穷。圣人权其轻重，出其大利，故用法之相忍，而弃仁人之相怜也'。如今世事维艰，若要稳定江山社稷必须摒弃妇人之仁，确立天王权威，重振朝廷法度！杀一人易，但挽狂澜于既倒却很难！想当初，后汉献帝联合王允铲除国贼董卓，处境不仅没有丝毫好转，反而变得更加举步维艰。挽救危亡绝非杀一人就可以做到！如今王权衰微，相权独大，国本动摇，人心浮动，姐姐身为天王之后，邕儿身为天王四弟，难道我们就安心坐享荣华，忍心坐视不管吗？"

芷兰似乎悟出了什么，低声说："道不同，不相为谋！还望姐姐好自为之！"

话音未落，芷兰便头也不回地向殿外走去，留给夏若一个苍凉的背影。

夏若意识到自己恐怕已经输了，无可挽回地输了！

事到如今她才彻底领略了宇文护的阴险和狡诈。或许从他将赵志平和芷兰牵涉进来的那一天起，就已植下了她如今失利的祸根。

辞　行

芷兰有些恍惚地走出大殿，走出皇宫，漫无目的地向前走着，不知要去往何处，更不知何时才会停下。

就在恍惚间，一辆耀眼夺目的油络车停在了她的近前，驾具俱是用金银打造，在阳光下熠熠生辉，车周围满是手执兵刃的侍卫。一个侍者忙跳下马，打开位于马车后侧的门。

坐在车内的宇文护问道："独孤姑娘意欲何往，老夫送你一程。"

芷兰凝视着宇文护，许久才开口道："芷兰正巧有话要对太师言讲！"

宇文护道："既然如此，此地距敝府不远，烦请独孤姑娘到府中一叙。"

不一会儿，车子稳稳地停在了太师府门前。

宇文护将芷兰迎入正厅，让到厅内的独榻之上。厅内的两个独榻是专为天王和天后准备的，除此之外，只有李弼和于谨等功勋赫赫的老臣才会有幸坐在其上，其他宾客，哪怕是柱国、国公，也只得坐到连榻之上。

芷兰如坐针毡，宇文护命下人给芷兰上了几盘点心，倒了一杯酪浆，开口道："独孤姑娘有话请讲。"

"赵上士的确是自缢而亡，这一切该尘埃落定了！"

"难道其中就没有什么隐情吗？"

"没有！"芷兰竭力克制着，不使内心真实的情感流露出来，却不知能否逃脱宇文护鹰隼一般的眼睛。

"独孤姑娘莫要心急，很多事情只能等，等到水落的那一天，石自然会显露出来！"

"芷兰恐怕没有太师这般修为和心境，该做的已然都做了，是时候该离开了！"

宇文护喝了一口酪浆，酸酸甜甜，心中却一时间五味杂陈。

他目不转睛地盯着芷兰，盯得她一阵心惊，芷兰只得微微低下了头。

宇文护终于开口说："落花虽有意，流水却无情。如若你中途离开，老夫恐怕难以兑现当初的承诺，独孤姑娘又意欲何为呢？"

芷兰却说："如若太师恩准，芷兰即刻动身返回蜀地。这或许便是芷兰的宿命！"

宇文护唏嘘道："可叹，可悲啊！"

复　燃

　　庭院锁春意，却终究锁不住思念；欲奏鸳鸯弦，却终究诉不尽离愁。

　　前些日子，当得知宇文邕一直在欺骗自己时，她曾暗下决心与其一刀两断，永世不再相见，将曾经美好的点滴都永久地封存在心底深处，可她却渐渐发觉有的人一旦镌刻进你的心中便永难忘却。

　　与姐姐夏若那一番畅谈之后，她对宇文邕和姐姐所做的一切似乎有了新的认知，或许他们对自己有所隐瞒是因为有着她所不知的难言之隐，而她竟然一时间分不清究竟谁善，谁恶，谁对，谁错！

　　提起笔，芷兰凝视着眼前洁白莹润的浅云色浣花笺，思虑良久才写道：

　　"长安寒，裂心肝，相思泪，滴窗前，闲坐明镜中，愁绪掩芳容。日薄西山花含烟，皎月如素愁不眠。卷帘望月仰天叹，所思之人在云端。微风掠过，座席分外寒；孤灯昏暗，情思任蔓延。昔时顾盼生辉横波目，如今化为水波潺潺流泪泉……"

　　她的眼前渐渐变得一片迷茫，晶莹的泪滴滴在笺上，斑驳了文字。

　　愿得一人心，粗布青衣，陋室清茶，亦欢心！

　　恰在此时，她突然听到阵阵敲门声，急忙拭去眼角的泪痕，前去开门。

居然是宇文邕！

芷兰一时间竟不知该如何面对。

"我可以进去吗？"宇文邕有些怯生生地说。许久未见的两人已然有些生分了。

芷兰并未说话，只是轻轻地挪动身子，为他闪开了一条道。

宇文邕走进院里，而她则轻轻关上门。

"听说你要走了？"

芷兰没有说话，只是微微点点头。

宇文邕痴痴地望着她，问："何时动身？"

"就这三两日吧！"

"何日才能再相见？"

"今日一别，恐难再相见！还望辅城郡公多多保重。"

"能否不走？"宇文邕话语中满是哀求。

"芷兰也是身不由己，恐难从命！"

宇文邕突然拉住了她的手，说："我要是将你娶进门呢？你就不再是独孤家的人，而是我宇文家的人，不知你可愿意？"

芷兰皱皱眉道："可芷兰已有婚约在身！"

"别说还未及完婚，即便成亲之后分道扬镳之事还不是屡见不鲜。我定然会为李昞寻一门好亲事。只要你钟意于我，我定然不会负你！"

"你若不离不弃，芷兰定当生死相依！"

宇文邕再也难以自持，将芷兰紧紧地搂在怀中，说："阿母一向事事依我，想必在娶亲这件事上必不会违拗于我，只是不知嫂嫂是否应允。明日一早我便进宫去见嫂嫂。"

芷兰紧紧依偎在他的怀中，浓浓的爱意在心中流淌，心头却突然掠过一丝莫名的不安，或许如今一切的美好很快将会随风逝去。

纷　飞

宇文邕走进来的时候，夏若仍在专心地钻研棋谱。她自幼就迷上了对弈，觉得小小的棋盘之上藏有大乾坤。

宇文邕施礼道："嫂嫂，邕儿有一事相求，还望嫂嫂设法成全。"

夏若放下手中书道："坐！不知邕儿今日为何竟如此客套？"

宇文邕并没有坐，而是依旧肃立在一旁。虽然夏若只比宇文邕年长几岁，宇文邕却对夏若有着一种莫名的母子情结，只有在单独面对她的时候才会卸下所有伪装，展露出自己不为外人所知的天性，可今日面对夏若时却不知为何多了几分拘谨。

宇文邕自幼生活在大将李贤家中。李贤之妻吴三娘对其视同己出，嘘寒问暖，悉心照料。

宇文邕回到父母身边之后反而有些不适应，特别是与生母叱奴妍之间总有一道难以逾越的心理鸿沟。叱奴妍是鲜卑人，自幼在马背上长大，并没有多少女子的温婉，反而多了几分男子的粗犷。

宇文邕也曾试着亲近母亲，但那层厚厚的坚冰，多少的温情都难以将其彻底融化。

正是因为他的生活中少有温情，才养成了他坚毅寡言的性格。

直至见到大嫂独孤夏若，宇文邕冰封已久的心才开始慢慢融化，因为她的身上居然闪动着吴三娘的影子，特别是她微微一笑露出的两个浅浅的酒窝，让她更有几分亲切感。

自从离开李贤家，他一直渴望能有一个懂他、爱他、呵护他、包容他的女子出现，却始终未曾寻到。在冷漠的皇家，一颦一笑的背后都充斥着心计，直到遇到了夏若。

宇文邕沉默半晌才开口道："如今邕儿已然十六岁，也到了该娶亲的年纪。"

夏若脸上浅浅的笑容顿时绽开，道："原来是为你自己的婚事啊！难怪你今日会如此扭捏。其实我与你大哥一直都在为你物色合适的女子。难道邕儿已然有了意中人？"

宇文邕的脸上掠过一阵绯红，羞赧道："有，就是嫂嫂的四妹！"

夏若脸上的笑容顿时凝固了，用责备的语气说："邕儿怎么如此不懂事？难道不知四妹已然许配给唐国公三子李昞吗？"

"邕儿自然知道，但芷兰并不爱李昞，与邕儿才是两情相悦！"

夏若将手重重地拍在面前的案几之上，顾不上手掌隐隐作痛，厉声呵斥道："如今国难当头，国本动摇，邕儿居然还在谈什么两情相悦！"

宇文邕在夏若面前一向顺从，但今日情急之下却高声争辩道：

"为何大哥可以娶到心爱的女子,而邕儿却不能?这是何道理?"

夏若气呼呼地说:"当初太祖为你大哥向我家求亲,绝非因你大哥与嫂嫂两情相悦,不过是为了笼络嫂嫂的父亲,那时你大哥没有选择的权利,嫂嫂也没有选择的权利。太祖对家父猜忌甚深,自然也就渐渐对你大哥心生芥蒂。太祖欲将世子之位传给当时尚还年幼的宇文觉,担忧家父会对此有所异议,于是暗中授意李远不惜拔刀相向,逼迫家父就范。要不是宇文觉因太过稚嫩而惨遭罢黜,你大哥或许终其一生也无法再问鼎天王之位!"

夏若叹了口气,意味深长地说:"但这也未必是坏事!"

宇文邕却不为所动,高声道:"大哥与嫂嫂因机缘巧合而走到了一起,邕儿与芷兰也因机缘巧合走到了一起。如今我们是真心相爱,难道嫂嫂执意要拆散我们吗?如若这样,芷兰会恨你,邕儿也会恨你!"

"大周乃宇文氏所缔造,天下是你们宇文氏的,但你们宇文氏也同样是天下的。你在享受无上荣耀的同时,理应承担常人所不能承担,忍受常人所不能忍受。嫂嫂何尝不知违了你的心意会让你不悦,甚至会被你忌恨一辈子,但忍辱负重便是你我的命!我们不是为自己而活,而是为江山社稷而活,更是为天下黎民而活!"

宇文邕静静地听着,不似之前那般意气用事了。世人皆知生于王室的荣光,却很少能体味其中的艰辛和苦涩。

父亲殚精竭虑,纵横捭阖,卧薪尝胆,南征北战,不知遭了多少罪；大哥瞻前顾后，如履薄冰，不知费了多少心；大嫂强装欢颜，虚与委蛇，借力打力，协调各方，不知吃了多少苦。

如今强敌环伺，权臣当道，人心不定，他宇文邕怎能一味沉浸在男欢女爱之中，理应奋不顾身地为江山社稷做些什么！

见宇文邕渐渐恢复了平静，夏若说："嫂嫂与哥哥已然为你选了一门好亲事。突厥木杆可汗阿史那俟斤之女阿史那夜姝与你年貌相当，而且容貌秀丽。你们可谓天造的一对地设的一双！"

宇文邕自然知道嫂嫂口中的"好"，与突厥公主结婚，其实并没有多少你情我愿，更多的是政治考量。

如若他真的迎娶了芷兰，对他仅有一利，那就是情场得意，风流半生，不过却有百害！

他会因此招致宇文护的猜忌和报复。宇文护已然将其对独孤信的恨转嫁到了独孤信的子女身上，从宇文护处心积虑地阻止夏若成为王后便可见一斑。他与芷兰一旦完婚，宇文护势必会无所不用其极地对他进行打压。尽管大哥宇文毓格外偏爱他这个弟弟，但他的仕途依旧会一片黯淡。

他也会因此招致李昞的仇恨。李昞之父李虎曾位至柱国，满门显赫，僚属众多，宇文邕公然横刀夺爱势必会使李家颜面扫地，李家情急之下或许还会有所异动，一旦如此，不知会生出多少事端，如若真的到了那时，他宇文邕便会成为千古罪人。

一旦他迎娶了阿史那夜姝，大周便可以在与伪齐的对抗中占得先机，日益强盛的突厥已经成为决定中原归属的重要筹码。当年他的父亲宇文泰曾迫使大魏皇帝元宝炬罢黜乙弗皇后,迎娶柔然头兵可汗阿那瓌长女郁久闾氏为后,为的就是稳定局势;如今无论是北周还是北齐都在绞尽脑汁地向突厥示好,为的就是争取强援!

夏若自然知道棒打鸳鸯很可能会葬送妹妹的幸福,甚至是一生,对妹妹而言未免有些太过残酷,但她们的父亲独孤信自幼就教导她们,凡生于独孤家,无论男与女,生逢乱世自当以身许国。

当年听闻孝武帝与权臣高欢剑拔弩张,决意西去关中,父亲独孤信便抛下妻子儿女只身前去护驾;当年听闻荆州百姓盼望归附,父亲独孤信欣然率军出征千里之外,却终因寡不敌众而只得投奔南梁,居梁三年却痴心未改,终归中原。

这或许就是他们独孤家的命!

第三十三章
心碎浮梦美人冢

舍 身

公元558年四月十一,一辆不起眼的马车停在了太师府门前。夏若从车上款款走下来,望着眼前这座气势恢宏的府邸,虽在夜幕之下少了几分咄咄逼人之气,却依旧在威严中透着几丝阴森。

夏若久久地矗立在大门前,高耸的门阙直插夜空,竟然压得她有些喘不过气来。

她站在原地踌躇许久,贴身侍女碧玺见状也不敢上前去叫门。

夏若摸摸高高隆起的肚子,说:"碧玺,还不快快上前通禀,该面对的终归要面对!"

此时,宇文护正在批阅文书,听闻夏若来了,忙收起笔,站起身出书阁前去迎接,将夏若让到正厅之中。

在摇摆不定的烛光下,夏若显得格外瘦削。望着她,宇文护的脸上洋溢着一丝得意,也带着一丝疑惑。

"不知天后深夜前来所为何事啊？"

"依太师之睿智，想必您早就猜到了吧？奴家自以为心思缜密，行事周密，如今方知太师才是真正的对弈高手，从您将赵志平和芷兰牵涉进来那一刻起，便占得了先机！"

"天后实在是太过恭维老夫了！天后布下的这番奇局才是真正的妙，妙就妙在用'死人'来做局，悄无声息，毫无破绽。"

"此局虽妙，却总有机关算尽的时候！"夏若俊俏的脸上难掩失落之情。

"其实你原本不用如此迫不及待地跳出来！不知是他要弃子，还是你要保帅？"

面对咄咄逼人的宇文护，独孤夏若依旧不卑不亢道："人之所以会横生诸多烦恼，要么是将复杂的事情想简单了，要么是把简单的事情想复杂了！"

"天后果然是一位谋事不凡，谈吐更为不凡的奇女子！不过本太师倒想听听，老夫究竟是把事情想简单了呢，还是想复杂了呢？"

"其实这些都已不再重要了！夏若此前一直不解父亲当初为何会拦下赵贵，后来夏若终于明白了。杨忠的部属曾截获了一封送往伪齐都城邺城的密信。送信之人被擒获后当即服毒自杀，可见这封密信之紧要。信上说，不出一月，长安将会大乱，此时乃是灭周的天赐良机。父亲阅完这封信后不禁大惊失色，因为他预感到如若不及时收手，我大周恐怕将会遭遇灭顶之灾！"

"令尊难道是在怀疑赵贵私通伪齐？"宇文护对独孤信的称谓已经在不知不觉间发生了变化。

"那封信究竟是何人寄出现已难以查证了，或许是赵贵，或许是贺拔纬的眼线，或许是'血酬卫'的人，抑或是仍旧心向魏室之人！就因父亲嗅到了危险气息，担心一旦太师您遭遇不测，别有用心之人再趁机兴风作浪，恐怕我大周危矣！他这才果断叫停了针对您的行动，却使得他自己身陷绝境之中！"

"如此说来，令尊倒是一位忧国忧民的贤良之臣了！"宇文护的语气中夹杂着一丝嘲讽和不屑。

"父亲追随太祖呕心沥血二十余年，披荆斩棘才开创如今这份基业。当年父亲为了护送孝武帝入关别父辞母，抛妻弃子，未能再见上祖父祖母最后一面，每每想到此处是痛断肝肠，却从未后悔过当初的选择，因为他深知忠义为先！"说到此处夏若眼中泛起晶莹的泪花，但却强忍住悲伤，继续道，"如今虽说天下三分，却并非三足鼎立。我大周一直都是在夹缝之中求生存，根本就没有分裂的本钱。和则江山永固，斗则两败俱伤，继续斗下去谁也成不了真正的赢家！无论是贺兰祥还是尉迟纲，不管是投靠伪齐，还是投奔南朝，仍旧可以保有荣华富贵，可一旦我大周不保，普天之大，哪里又会是宇文氏的容身之地呢？"

宇文护的内心显然已被夏若的话深深触动了，但他却还是在竭力掩饰内心的变化，反问道："你是替宇文毓充当说客的吧？"

夏若并未回答，依旧淡淡地说："奴家是否充当说客无关紧要,奴家为谁人充当说客同样无关紧要,最紧要的是太师莫要再做出让亲者痛、仇者快之事!本是同根生,相煎何太急!该说的话奴家都说了,到底该何去何从,还请太师自行决断吧!"

"等等,天后只需告诉老夫一件事,老夫定会保你安然无恙!到底谁才是曾与赵贵和独孤信密谋叛逆之人?"

虽然宇文护并不知晓此人是谁,但此人定然是可以与赵贵、独孤信比肩的德高望重的老臣。如若不是独孤夏若在暗处费尽心机地布下此局,此人已然被他铲除,可如今此人仍旧隐藏在迷雾之中。

此人一日不除,他的心便一日不安!

"妾身恐怕要令太师失望了。此人到底是谁,只有家父和赵叔父才知晓,妾身实在不敢妄言!"

"你处心积虑地想要救他,怎会不知他是谁?"

"妾身要救的是天下,绝非某一人!"说完,夏若毅然决然地向外走去,将宇文护抛在了身后。

宇文护注视着夏若渐渐消失在夜幕之中,在摇曳不定的烛光中,眼中露出了一丝慑人的凶光。

宇文护阅人无数,也毁人无数,没有料到夏若虽是一介女子,竟会如此坚韧不屈,令很多男儿汉都自叹不如。

正是因为那个神秘第三人的存在,他才不敢轻举妄动,对宇文毓始终投鼠忌器,而这正是夏若所希望看到的!

当然她最渴望的依旧是那枚关键棋子在不久的将来起到定输赢、分胜负的关键作用,才不枉她今日为其所做的这一切,不过她却永远也见不到那一天了!

在侍者的引领下,夏若在太师府中穿行,虽然侍者手中提着灯笼,府中也挂着灯笼,却终究驱不散浓重的黑暗。

夏若在太师府中穿行,夜是那样浓,路也是那样长,似乎永远都走不到头。仿佛一头是生,另一头则是死;一头是存,另一头则是亡。

谁也无法体会她刚刚究竟经历了怎样艰难的心路历程,只有她自己才知道一旦迈出那扇厚重的大门,她的人生也将走到终点。

见到府门外正在焦急等待的碧玺,夏若勉强挤出一丝微笑,但身子却猛地一沉,竟有一种虚脱之感。

碧玺快步走过去,将夏若搀扶到车上。

自 戕

映菡殿中,宇文毓正在焦急地踱着步。

宇文毓见到夏若姗姗来迟后隐隐责备道:"夏若,你究竟去何处了?你这样任着性子乱走,动了胎气可如何是好?"

"郎君莫要嗔怪,不碍事的!夏若刚刚去了太师府上。"

夏若的回答让宇文毓颇感意外,随即问道:"你去他的府上干什么?是他让你去的,还是你主动去的?"

夏若却轻描淡写道:"这有区别吗?天下至亲,莫过于兄弟。太祖曾将身后事托付于护兄,护兄对郎君既有君臣之义,更有兄弟之情。郎君只有与护兄相互包容，相得益彰，太祖才会含笑于九泉，否则群臣不安，四海不宁！"

宇文毓不解地问："夏若，到底出何事了？你今日说话为何有些怪怪的？"

夏若举重若轻地摆摆手道："天下本无事！好了，不说这些了！臣妾有些累了！"

宇文毓扶着她坐在榻上，拿出一道诏书，喜笑颜开地说："为了我们即将出生的孩子，朕特地地命人拟了一道《诞皇太子恩降诏》。为夫念给你听听！礼称负子，诗则斯男。明两作离，前星表吉。诞于甲观，生自画堂。钦兹一有，以贞万国，宜与兆人，共协嘉庆。可降死至流，降流至五岁刑，五岁刑已下悉原免。朕要用大赦天下来给我们的孩子祈福！"

"郎君怎知夏若所生一定为男孩？"夏若的眼中闪着晶莹的泪花，哽咽道，"要是女孩又该如何？"

宇文毓笑着说："如若是女孩，为夫便立她为皇太女！"

夏若自然知道宇文毓不过是说说罢了，一股暖流却仍旧在心中默默流淌，不过旋即便被一股彻骨的寒意驱赶得无影无踪！

"天色不早了，我们还是早些安歇吧！"夏若有气无力地说。

很快，灯火通明的大殿内便黯淡下来。

夏若目光呆滞地望着茫茫夜色。这注定是一个漫长的夜，长到她永远都看不到尽头！

夏若将宇文毓的手轻轻地放在自己高高隆起的肚皮之上，说：

"再摸一摸我们未出生的孩子吧!"

宇文毓透过她的肚皮感受到了那个素未谋面的小生命正在欢快地跳动着,但也隐隐感到夏若今夜似乎有些反常,刚刚那句原本应洋溢着幸福的话却不知为何居然带着一丝悲凉!

"夏若,我近来始终有一种强烈的预感,恐怕将有大变故,不知宇文护究竟跟你说了些什么?"

"并未说什么。"夏若依旧若无其事地敷衍着,旋即改用叮嘱的口吻说,"郎君,不管今后发生什么事,你都不要意气用事。你早已不单单是夏若的郎君,更是天下万民的天王,如今江山社稷皆系于你一身,还望上不负列祖列宗,下不负黎民百姓!"

"夏若,何出此言啊?你定然有事瞒着我!"

夏若没有答话,只是嫣然一笑,笑容中却夹杂着无奈、酸楚和不舍。

"真的没什么,只怕是郎君多心了!夏若不过是随口说说罢了,还请郎君不要太过在意。如今你日理万机,还是快些入睡吧!"

望着沉默不语的夏若,宇文毓心头始终被不祥之感纠缠着。他一直辗转反侧,久久才睡去。

一缕朝霞透过窗棂洒在大殿内,唤醒了沉睡的宇文毓。

宇文毓看看身旁的夏若,似乎仍在熟睡。他并未多想,只是觉得她有孕在身,身子容易疲乏。小心翼翼地穿戴整齐后上朝听政,特意叮嘱宫女们在殿外候着,切勿打扰了睡梦之中的夏若。

散朝之后,宇文毓回到映菌殿,迎面见到了仍在殿外徘徊的碧玺,问道:"天后可曾醒来?"

"天后仍在熟睡,奴婢们不敢贸然进殿,怕惊扰了天后!"碧玺小心翼翼地答道。

奇怪!夏若从未如此晚起过,联想到昨夜她所说的那些反常的话,宇文毓的心仿佛猛地被针扎了一下。他当即推开殿门,大步流星地来到御床前,小声地唤道:"夏若,夏若……"

夏若却仍旧一动不动地躺着,没有一丝反应。宇文毓轻轻摇晃着夏若,却发觉她的身子如同冰块般刺骨。

他将颤抖的手轻轻移到她的鼻畔,此时她已没有了气息。宇文毓歇斯底里地吼道:"快传太医下大夫!"

这时,碧玺从身上拿出一封信笺,递给了宇文毓,哭着说:"这是天后娘娘昨夜交给奴婢的,再三吩咐奴婢今日再转呈陛下。奴婢不识字,不知上面究竟写了些什么!"

宇文毓迫不及待地打开信,信上俊美的字迹如同夏若美丽的面庞,上面写道:

郎君:

生离死别时,始知相忆深。风一更,雨一更,一山一河总关情,梦难成,恨难平,西风烈,世情薄,怨悠悠,恨悠悠,恨到何时方始休。自古多情伤离别,寸寸柔肠,盈盈粉泪,以妾身,保君安,零落成泥亦从容。

信笺上的字迹渐渐变得斑驳不堪，如同此时他那千疮百孔的心。

夏若是想让宇文毓彻底忘却她，只有挥剑斩断过去方能化险为夷！

该记住的未必全都记住，该忘却的却务必要全都忘却，可这对于宇文毓而言又谈何容易！

碧玺道："昨日天后还让奴婢转告天王，辅城郡公虽幼，却老练深沉，识见宏远。太祖曾说，成吾志者，必此儿也！天王也曾说过，此人不言，言必有中！辅城郡公定能辅助天王威加四海，中兴社稷，但天王对其应内心亲近，外表冷淡……"

正在这时，太医下大夫急急火火地跑进大殿，刚要向宇文毓行礼，宇文毓便高声呵斥道："都什么时候了，还这么多繁文缛节！还不快去救人！"

此时殿内已经乱成了一团，宇文毓却感觉自己渐渐与这里的嘈杂隔绝开来，仿佛置身于另外一个世界，茫然地向前走去……

归　政

公元559年初春时节，在春日暖阳的沐浴之下，长安西郊清新园里早已春意盎然。篱笆上缠绕着青翠欲滴的牵牛藤，藤上各色娇艳花朵竞相绽放，宇文护不禁在此驻足，看来半掩的柴扉也掩不住园内的浓浓春意。

在侍者的引领之下，宇文护漫步在繁花簇拥的小径之上，扑面而来的香气让人心旷神怡。他踏着缤纷的落英向前缓缓走去，就连靴底上也不免留下了瓣瓣清香。各色蝴蝶在花丛之中翩翩起舞，如同一个个身着霓裳羽衣的舞者，引得树上的黄鹂不时发出清脆悦耳的叫声。

宇文护向前望去，曾经叱咤风云的于谨如今正浇灌着满园的春色。

昨夜的绵绵春雨润泽了杏花的笑靥，令它更为娇艳。几只蜜蜂在杏花间来回穿梭，如同一位在花丛中轻吟浅唱的诗人。

白发苍苍的于谨沉浸其中，或许这就是他一直想要追求的生活！

"太傅真有雅兴啊！在下实在是佩服之至！"宇文护笑着恭维道。

于谨停下来，笑笑说："如今太祖走了，我们也都老了，早该退隐山林，颐养天年了！"

"太傅何出此言？朝廷一刻也离不开像您这样的股肱之臣啊！况且如今元恶未除，山河分裂，您又怎能独善其身呢？"

于谨却摆摆手道："廉颇老矣！廉颇老矣！"

两个侍者拿来了两张胡床，轻轻放在两人身后。

于谨示意宇文护落座，但宇文护却并未坐，而是说了一声"太傅请"，见于谨坐定后，他方才缓缓坐下。

侍者递给宇文护一只鎏金茶盏，里面是刚刚煮好的上等好茶。

宇文护抿了一口茶，说："于翼到渭州也有些日子了吧！您的长子于寔此前曾在渭州任职，政绩斐然，士民信服。如今于翼又在那里推诚布信，教化四民。百姓们都将他们比作大小冯君！如今您年岁日渐大了，护想征召于翼回朝，不知您意下如何？"

于谨并没有马上表态，而是轻轻地咽下口中的茶，回味着刚才涩涩的味道，低声说："令堂至今仍流落在伪齐吧？太师至今仍不能尽人子之心。自古忠孝难以两全，一切还是以社稷为重！"

宇文护没有想到居然会碰了个软钉子，心中虽有不悦，却依旧恭维道："太傅果然高风亮节，可举贤不避亲！护想要举荐于翼入朝担任左宫伯中大夫。当年护与兄长均领兵在外，尉迟纲总领宫廷宿卫之事，太祖的三位贤婿于翼、李基和李辉分掌禁军。废帝元钦企图谋害太祖，幸赖于翼等人及时察觉，果断行事，才使得太祖转危为安！于翼担任此职再合适不过了！"

于谨却皱皱眉说："老夫听说近来长安可是不太平，于翼不回来也罢！老夫还听闻一些将领曾给太师上书，不知可有此事？"

宇文护的心猛地一颤。他原本想着先抛出橄榄枝，诱使于谨像当初那样与自己同舟共济，共渡难关，谁知于谨不仅没有接招，反而见招拆招，使他竟一时间乱了方寸。

宇文护心中暗暗诅咒着独孤夏若。虽然她离去将近一年了，但她之前布下的局，却让宇文护仍旧时常感到焦头烂额。

资历尚浅的宇文护当年全赖老帅于谨的鼎力支持才渐渐站稳脚跟，但其实很多老臣只是虚与委蛇，并非对他心悦诚服。

夏若审时度势，巧妙地借力打力，利用赵贵、独孤信和李弼的死大做文章，蓄意制造宇文护为了专权而大肆铲除功勋旧臣的假象，使得很多功勋旧臣跟他离心离德，渐渐归附于天王宇文毓。

虽说宇文护的府上如今仍旧是门庭若市，投到他门下之人也犹如过江之鲫，但他真正看重并且可以依赖者，也就是两位老将于谨和李弼，两位近亲贺兰祥和尉迟纲这四人而已。如今李弼已与他阴阳相隔，而于谨也与他貌合神离，最让他担忧的则是总领禁军的尉迟纲似乎也正在与他渐行渐远。

在与宇文毓的暗中角力中，宇文护不得不承认已渐渐落于下风，而这一切都是拜独孤夏若所赐！

每每想到此处，他都会气愤难平，自己英雄一世居然让一介女流之辈给算计了。

宇文护竭力使自己保持平静，低声道："护正是为此事而来，还望太傅不吝赐教！近日，以杨忠为首的三十六位关中将领给护上书恳请护还政，以尉迟迥为首的二十二位陇右将领、以韦孝宽为首的十八位河东将领、以宇文宪为首的二十七名蜀地官员也曾给护上书恳请护交权。或许只有您最为清楚，护掌权并非为了自己，而是为了江山社稷！"

于谨满是皱纹的脸上勉强挤出一丝笑容，说："太师受命辅政以来一直夙兴夜寐，舍身为国，心系社稷，老夫怎会不知？可老夫知晓，那些领兵在外的将领和官员们却未必知晓，那些大周子民却未必知晓。不过这也并不足虑！辅佐成王的周公也曾为流言而惶恐不安，王莽也曾因谦恭而声名鹊起，但周公却被后人所敬仰，王莽却被世人所唾骂！周公尚且被人误解，何况太师了，大可不必为此而忧心。"

宇文护听出了于谨的弦外之音，说："周公辅成王达七年之久，而护辅政才不过一年就招致诸人的无端猜忌，真是可悲可叹啊！"

于谨望着手中的茶杯，若有所思地说："周成王二十岁亲政。如果老夫没有记错，当今天子好像已然二十六了吧！"

见宇文护陷入沉默，于谨随即用戏谑的口吻道："太师莫要多心！老夫也只是随便说说！"

于谨缓缓地站起来，道："老夫听闻前些日子陇右似乎又地震了。伯阳父似乎曾说过这世间因何会有地震，但老夫却因年迈一时想不起来了！"

宇文护自然知道于谨明着是在说地震，实则在说他宇文护！

《周语》中曾这样记载伯阳父的话："夫天地之气，不失其序。若过其序，民乱之也。阳伏而不能出，阴迫而不能蒸，于是有地震。"

于谨迈着蹒跚的步子向前走去，宇文护本想去搀扶，于谨却摆摆手道："看来老夫是真的老了，不仅眼力不行了，体力也不行了！太师，老夫失陪了！"

望着于谨离去的背影，宇文护的心头一时间五味杂陈。

不久，宇文毓便收到了太师、大冢宰、都督中外诸军事宇文护要求归政的表章。宇文毓久久凝视着这份期待已久的奏章，不禁掩面而泣，泪水滴落在奏章之上，斑驳了上面的文字，也浸湿了他的内心。

第三十四章
也须高著局心筹

殊　途

闰四月二十五日，亲政的宇文毓着手对六官进行调整，太师宇文护留任大冢宰，太保侯莫陈崇任大司徒，补上李弼死后遗留下来的空缺。贺兰祥留任大司马，达奚武升任大宗伯，豆卢宁升任大司寇，宇文邕升任大司空。

宇文毓在六官之中安插了两个新面孔。一个是豆卢宁，他刚刚在讨伐稽胡时立下了大功；另一个就是自己的四弟宇文邕，前年年底他刚刚被任命为都督蒲州诸军事、蒲州刺史。

宇文毓每每想到九泉之下的夏若，也会想到身在异地的宇文邕。如今夏若不在了，唯一可以信赖之人只有这位四弟了，于是急急召他回京，委以重任。

宇文邕没有想到大哥这么快便将自己调回京城，而且还升任大司空，很快又晋封为鲁国公。再次回到长安，宇文邕觉得既熟悉又陌生，时至今日他才真正领悟到为何那么多诗人会在暮春时节对即将逝去的春天感到悲伤！

花落还能再开，春去还能再来，可是年年岁岁花虽相似，岁岁年年人却不同。

在这个繁花依旧笑东风的美好世界里，他不禁发出佳人不知何处去的感慨，而人面繁花相映红的美好景象却只能留存在他的记忆深处。

只因一人去，顿觉长安空！

与此同时，原州城李昞府上张灯结彩，喜气盈门。

在华丽的仪仗簇拥之下，李昞骑着高头大马亲迎自己的意中人芷兰过门。

在这一路之上，坐在轿中的芷兰一直都在梦想着宇文邕会从天而降，将她带走，无论是去天涯，还是去海角！

可幻梦终究是不切实际的，凡是梦总有醒的时候，总归要面对冰冷而又有些残酷的现实。

芷兰被女婢搀下轿，走进这栋如今还颇有些陌生的宅邸，这里将成为她的家，自从父亲独孤信死后，她便再也没有感受过家的气息。

李昞痴痴地望着芷兰，她身着青色花钗翟衣，显得清新而又脱俗。翟衣上所绣的翟鸟花纹精致典雅，头戴的花钗摇曳生辉。

紧接着是同牢时刻，两人携手来到餐桌前一同用餐。这个仪式寄托着两人从此之后同甘共苦的美好寓意。

"你是不是还在想着他？"

芷兰没有说话，只得低着头默默吃着饭，眼睛却微微有些潮湿了。

李昞意味深长地说："既然你已嫁为我妻，日后我李昞定不会负你！"

当天夜里，宇文邕陪哥哥宇文毓批阅奏章到了深夜，宇文毓时不时地抬起头询问宇文邕的意见，而他总能切中问题的要害。

宇文毓低头奋笔疾书时，宇文邕便默默地坐在那里，偶尔透过直棂窗看着殿外依稀的月光。

宇文邕情不自禁地想起了曾经与芷兰花前月下的点点滴滴，丽影成双，鱼水欢谐，虽然他有着千般不舍，万般愧疚，却终究是他负了芷兰！

今日的结局又何曾是他愿意看到的呢？或许他们相识，他们相知，他们相爱，原本就是一场错！

宇文毓不知何时竟放下了手中的朱笔，走到宇文邕的近前，将手搭在他的肩头，有些动情地说："众人皆见我等人前之荣耀，谁人知晓我等不过是强装欢颜，为了江山，为了黎民，不得不舍弃佳人，这或许便是你我的命！"

宇文邕站起身，走到放着古琴的几案旁，说："大哥日夜操劳，让臣弟为您弹奏一曲解解乏！"

宇文毓微微点点头。

宇文邕拨动琴弦，琴声悠扬哀婉，撩动着宇文毓的心弦。宇文邕和着琴声开口唱道：

北方有佳人，绝世而独立。

一顾倾人城，再顾倾人国。

宁不知倾城与倾国，佳人难再得。

一曲终了，两人皆已泪流满面，泣不成声。宇文毓忙拭去眼角的泪滴，对宇文邕道："太祖曾将美艳女子李娥姿赐予四弟，不知四弟为何对其颇为冷淡？如今可不知有不少人在觊觎这等天生尤物！"

西魏恭帝元年（公元554年），大将于谨攻陷南梁重镇江陵，杀死梁元帝萧绎，并将江陵十多万平民百姓掳掠到长安，李娥姿全家便在其中。宇文泰觉得此女面貌姣好，便命其服侍在儿子宇文邕身边，但宇文邕却一直将其视为一个婢女，而不是携手相伴人生路的伴侣。

宇文邕自然知晓哥哥此番话的深意，宇文护一直对独孤家恨之入骨，若是让他知晓了宇文邕始终对芷兰念念不忘，那么宇文护便会对其严加防范，心存敌意。

宇文邕长叹一声道："臣弟知晓了！"

很快，李娥姿怀孕的消息便不胫而走，并于当年为宇文邕生下了长子宇文赟，正是这个让宇文邕既爱又恨的儿子日后居然亲手葬送了北周帝国。

思 念

八月，朝堂之上，正襟危坐的宇文毓已经感到了秋的凉意，等待他的又将是一个难熬的严冬。

御正中大夫崔猷高声说："圣人沿革，因时制宜。今天子只称王，不足以威临天下，请遵秦汉旧制，称皇帝，建年号。"

宇文毓看了看面无表情的宇文护，高声说："准奏！"

在群臣的拥戴声中，宇文毓正式称皇帝，追尊父亲宇文泰为文皇帝，改换年号为武成。

当喧嚣散尽，孑然一身的宇文毓凝望着天边的那轮满月，静静地悬挂在黑色的天幕之上。如水的月光被轻纱般的薄雾缠绕着，多了几许蒙眬，也多了几许清冷。

宇文毓的内心满是孤寂，不由自主地又想起了已经离去一年零四个月的夏若，不知身在天国的她可否安好。

宇文毓对身旁的宦官方达高声说："速速召御正中大夫崔猷前来拟旨，追赠独孤夏若为明敬皇后！"

方达觉得宇文毓如此感情用事恐怕不妥，于是劝阻道："此事事关重大，陛下还是先与太师商议后再作定夺为好！"

宇文毓即位以来时时刻刻都生活在宇文护的阴影之下，如今追赠自己的正妻、曾经的天后为皇后乃是天经地义之事！如若连这等事都要事先得到宇文护的首肯，那么还有什么事情可以自己做主呢？！

宇文毓没好气地说："此乃朕的家事，太师定然无异议！还不快去召崔猷前来见驾！"

见方达依旧站在原地，宇文毓龙颜大怒，斥道："难道你们眼里只有太师吗？"

一向温文尔雅的宇文毓居然如此动怒，欲言又止的方达顿时吓得面如死灰，急匆匆领命而走。

宇文毓再也没有了赏月的心情。

回到映菡殿后，宇文毓更觉凄凉，夏若在时香满堂，夏若去后空余床。香虽久久不灭，人却永难再来。

宇文毓特地回了一趟宜州[1]，在那里的四年时光无疑是最惬意，也是最舒心的。他与夏若相敬如宾，琴瑟和鸣，如今所有的美好都被残酷的现实硬生生击碎了。

他久久凝视着曾经的府邸，那里埋藏着他的欢笑、他的甜蜜。记忆的闸门一旦打开，思念就如决堤般在他的内心翻滚起来。

他随口吟诵道：

---

1. 治所通川郡泥阳县（今陕西铜川市耀州区），管辖通川郡、宜君郡、云阳郡三郡。

玉烛调秋气，金舆历旧宫。

还如过白水，更似入新丰。

秋潭渍晚菊，寒井落疏桐。

举杯延故老，今闻歌大风。

之前，每隔三五日，宇文护、贺兰祥和尉迟纲皆会聚在一起小酌，近来尉迟纲却总是推脱有事不来赴约，只剩下宇文护和贺兰祥对饮。

贺兰祥一饮而尽，把玩着手中的琉璃盏，流光溢彩中透着高贵华丽，晶莹剔透中尽显精美绝伦。

"不知这产自异域的琉璃盏到了我们的手中是弃暗投明，还是明珠暗投？"

宇文护自然知道贺兰祥意有所指。尉迟纲以小司马上大夫的身份执掌禁军，理应受大司马贺兰祥节制，但尉迟纲宿卫宫廷多年，在禁军之中根基很深，威望甚高，禁军将士们眼中只知有尉迟纲，却没有贺兰祥这个大司马。这自然让一贯心高气傲的贺兰祥颇为不满。

宇文护此时真正关切的却是尉迟纲的动向！

尉迟纲与他们日渐疏远，这无疑是一个极为危险的信号。此前历次政变，长期手握禁军兵权的尉迟纲都发挥了至关重要的作用，在如今的政治博弈之中，他依然是一枚不可或缺的棋子，他的若即若离让宇文护越发感到不安。

望着若有所思的宇文护，贺兰祥用嘲讽的语气说："如今皇帝可是风光得很！"

宇文护抿了一口酒，细细品味着其中的味道，一时间竟分辨不出是苦涩，还是醇香。

宇文毓亲政以来展现出的明君风范早已引起了宇文护的警觉。宇文毓宽厚仁爱，胸怀宽广，英明聪敏，幼而好学，崇尚文儒，善于文辞，博览群书，见识广博，对待宗亲和睦友善，对待功臣谦逊有礼，登基之前，群臣倾慕，称帝之后，万众归心。

宇文护忽然生出大权旁落的隐忧，而权力在宇文护看来一直比生命还重要。

宇文护将杯中酒倒入喉中，咬着牙说："我们之前的确有些太过轻视他了。"

"听闻他依旧对独孤夏若旧情难忘啊！事先都不向护兄通禀一下便擅自追赠其为皇后。"

贺兰祥貌似不经意的话语却在宇文护的内心掀起波澜。宇文护虽已还政于宇文毓，但宇文毓在作出如此重大决定之前，竟然不与他商议，这是他不能忍受的。

虽然只是象征性的追赠，而且独孤夏若生前就贵为天后，死后被追赠为皇后本属理所当然，但独孤夏若的身份毕竟太过敏感了！

对独孤夏若忘不掉，也就意味着对宇文护放不过，宇文护想到这里，不禁倒吸了一口凉气，决意要有所行动了！

传 位

武成二年（公元560年）四月十九，终日忙于政事的宇文毓近来没有什么胃口。眼前五颜六色的御膳皆无法唤起他的食欲。

庄妃徐迎春端着一盘糖饼走到食案前，笑着说："膳部中大夫李安听闻圣上近来有些厌食，特地献上糖饼，请圣上品尝！"

自从独孤夏若走后，碧玺就一直寸步不离地候在宇文毓的身旁，无论御膳还是汤羹，甚至是草药，她都会先行尝试，今日她照例又要先尝，却被徐迎春拦下了。

笑靥如花的徐迎春说："不劳碧玺姑娘了，本宫先替圣上尝一尝！"

徐迎春随即夹起一个糖饼放入口中，咀嚼了几下连连称赞道："果然不错！色泽棕红，外焦里嫩，清香扑鼻，甜而不腻！"

宇文毓索性也夹起一个糖饼放入口中，觉得味道确实不错，一连吃下了三个。

由于连日来总是批阅奏章到深夜，身子很是疲乏，午饭后宇文毓便前往延寿殿休憩。徐迎春一路跟到了延寿殿，服侍着他睡下。

这一觉居然睡了一个时辰。宇文毓醒来时却发觉腹中隐隐作痛，对殿外的宫女们大声喊道："速传太医下大夫！"

徐迎春却冷冷道："陛下，那是毒而不是病，根本医不好的！"

宇文毓凝视着身旁既熟悉又陌生的徐迎春，万万没有想到她居然会对自己下此毒手，不禁失声骂道："你这个罪该千刀万剐的贱人，胆敢谋害朕！"

"别忘了，妾身也食用了糖饼，同样也为时不多了！妾身所做的这一切其实都是被宇文护逼的！只因他识破了妾身的身份，妾身是南梁派来的间者，谁知却鬼使神差般来到了陛下身边！"

"南梁？'血酬卫'？难道谋害太傅的罪魁祸首竟会是你？！"

"不错！当年父亲既已出城投降，却依旧惨遭屠戮，可见于谨乃是心如蛇蝎之辈。这种人死有余辜，可惜老天居然让他逃过了此劫！"

徐迎春真名为萧含春。父亲是梁元帝萧绎，她的母亲便是徐昭佩。难怪徐迎春也出落得风情万种。

梁朝建立后，"血酬卫"便一直掌控在徐家人的手中。为了及时侦听到各方动向，徐昭佩的父亲侍中、信武将军徐绲便将自己的两个女儿送往中原，两人摇身一变分别化身为胡夫人和倪甘儿。

其实"血酬卫"早已在北朝境内布局多年，首领便是徐昭佩的妹妹徐昭莹。她以胡主簿之妻的身份作为掩护，在玉璧一地便可探知西魏和东魏两国的动向，可由于距离长安较远，她探听到的来自长安的情报总是不能令梁武帝萧衍第七子、湘东王萧绎满意。

侯景之乱使得南梁生灵涂炭，国无宁日，一直蠢蠢欲动的萧绎决意趁乱争夺天下。

为了及时探听到来自长安的讯息，萧绎于是让两个女儿，也就是曾化名曾雪雁的萧含雪和她的妹妹萧含春夹杂在北逃的难民之中前往西魏。

她们的父亲最终如愿以偿地登基称帝，但最终却因与一代枭雄宇文泰反目成仇而惨遭诛戮。

宇文毓强忍着腹部剧痛，斥责道："心如蛇蝎之人是你，而非太傅！"

萧含春冷笑道："我？！陛下可知妾身心中的苦楚？父亲殁了，故国亡了，而郎君的心却只在独孤夏若一人身上，根本就容不下妾身！在妾身最渴望关爱的时候，你却对妾身冷若冰霜。妾身的心早已经死了！贤儿是妾身活着的唯一希望。宇文护已然允诺让贤儿承继大统，妾身死而无憾！"

正在这时，碧玺走了进来，哭着说："陛下龙体如何？"

宇文毓指着身旁的萧含春说："快！传朕口谕，即刻将这个贱人打入冷宫！"

碧玺当即领着两个宫女将萧含春从御榻上架起来，拖着她向殿外走去。不甘示弱的徐迎春奋力挣扎着，但一切反抗都是那么无力。

萧含春哀号道："我不走！我不走！我要和陛下死在一起！"

宇文毓恨道："休想！"

萧含春的呼号声渐渐远去了，碧玺很快便返回殿内，跪倒在宇文毓跟前，谢罪道："奴婢罪该万死，辜负了明敬皇后的嘱托，更辜负了圣上的期待，让歹人的奸计得逞！"

宇文毓勉强地笑了笑说:"防得了一时,又怎能防得了一世!生死由命不由人!你并没有错,更没有罪!朕还有要事差你去办!速速去取竹使符,即刻征召太傅于谨、大司空宇文邕、小宗伯上大夫杨忠、小司马上大夫尉迟纲、御正中大夫崔猷前来见朕,不得有误!"

碧玺急匆匆跑向大成殿,大成殿前有两排平房,左、右两侧分别为左、右宫伯中大夫办公之所。恰巧右宫伯中大夫假张光洛,也就是庵罗辰正与右小宫伯下大夫杨坚商议要事。

碧玺气喘吁吁地禀明来意,庵罗辰顿感事态严峻,随即对杨坚说:"你多带些人手,拿着这枚竹使符速速去召宇文邕!"

除发兵使用虎符外,其余征调均使用竹使符,右边的一半留在皇宫,左边的一半授予臣子,两半竹使符勘验无误后即可确定确为皇帝征召。

杨坚呆立在原地,陷入极度纠结之中,不知老辣的宇文护接下来将会有什么大动作,虽然他也对弑君的宇文护心怀怨恨,却并没有以身许国的魄力和勇气,一时间竟不知道该何去何从。

父亲杨忠也在征召名单之内,但庵罗辰却并未让他去征召父亲杨忠。

宇文邕和芷兰曾在蜀地对杨忠有过救命之恩,但宇文邕却说他们不过是奉天王之命行事罢了,杨忠从此便对天王宇文毓感恩戴德。

杨坚自然知道天王征召父亲定然会义无反顾地前来,既然父亲已然卷入这场政治旋涡之中,他杨坚自然也就难以独善其身了!

"卑职遵命!"杨坚领命而去,暗自祈祷在这场血腥而又惨烈的皇位争夺战中切勿再起刀兵!

庵罗辰早已暗暗下定决心,就是拼上身家性命也无妨,这或许是柔然复国的唯一机会。

这些日子,庵罗辰在禁军部属之中笼络了一大批人,他让这些心腹携带竹使符分头去征召于谨等人,告诫他们要悄无声息,切勿惊动旁人。

宦官方达换上便服偷偷出了宫,策马疾驰到太师府前。

方达飞身下马,将马拴好,急促叩打着府门。

沉重的府门缓缓打开了,他忙低声道:"在下方达,还望这位老伯向太师通禀一声,我有要事求见太师!"

见方达满脸焦急,阍者却依旧慢腾腾的,缓缓睁开有些下垂的眼皮,懒洋洋地说:"太师正在会客,任何人皆不准打扰!"

"在下有万分火急之事,一刻也耽搁不得!"

"来见太师之人哪个不是有万分火急之事,你老老实实在这儿候着!"

约莫过了半个时辰,侯莫陈崇从府内向外走,迎面碰上了在府门口焦急等待的方达。

尽管方达刻意将脸转向里侧,却依旧被侯莫陈崇认了出来,但方达并未说些什么就匆匆走进府内。

阍者这才将方达求见之事禀告总管,总管知道方达是皇帝身边的人,此时前来想必有什么紧要之事,便径直将其领进正厅之中。

"启禀太师，陛下已然征召太傅等人入宫！"

"这是几时的事？"

"半个时辰之前！"

宇文护怒道："那你为何现在才来通禀？"

"小的在府门外足足站了半个时辰！"

宇文护将手中茶杯重重地摔在地上，对老总管道："你去把那个阉者埋了！坏了我的大事！"

宇文护自以为一切尽在掌控之中，没有想到弥留之际的宇文毓居然还不忘跟他进行最后的较量，终究还是他太过大意了！

不对！侯莫陈崇为何偏偏选在这个时候来见他？还给他带来了一封母亲阎氏写给他的亲笔信。

他无时无刻不在牵挂着流落敌国并且年事已高的母亲，却始终无缘与母亲再见上一面。

阎氏在信中深情地写道：

> 禽兽草木，母子相依，吾有何罪，与汝分离？与汝分离，今复何福，还望见汝。言此悲喜，死而更苏。世间所有，求皆可得，母子异国，何处可求！假汝位极王公，富过山海，有一老母，八十之年，飘然千里，死亡旦夕，不得一朝暂见，不得一日同处，寒不得汝衣，饥不得汝食，汝虽穷荣极盛，光耀世间，汝何用为？于吾何益？

读完母亲透着心酸和埋怨的信，宇文护不禁怅然若失。

恰在此时，侯莫陈崇拿出一张地图，他在图上标识出宇文护母亲所在的位置，然后在图上反复推演出奇兵劫夺阎氏归周计划。

两人足足筹划了半个时辰，可宇文护依旧觉得这个计划实在太过冒险了，一旦救人不成，反而会害了母亲的性命，那他岂不成了人人唾骂的不孝之子。

不知是他太过多虑了，还是侯莫陈崇来的时机太过玄妙了，让他不得不起疑！

难道这也是阴魂不散的独孤夏若刻意安排好的？

随着于谨、宇文邕、杨忠、尉迟纲、崔猷等人的相继到来，延寿殿内的空气也陡然间变得紧张起来。

望着跪在御褟之下的于谨等人，弥留之际的宇文毓有气无力地说："朕征召诸位前来是要宣布皇储人选，劳烦崔大夫草拟诏书。"

崔猷深受宇文护的器重，宇文护收养崔猷第三女，视同己出，还册封为富平公主。

宇文毓之所以将崔猷征召来，既是因为起草诏书乃是御正中大夫职责所在，也是因为崔猷是宇文护的亲信，宇文毓借此举昭示自己对宇文护无意隐瞒。但这崔猷却与贺兰祥不同，对宇文护效力，却并不效忠。他出身名门望族博陵崔氏，自幼饱读诗书，恪守礼制，宇文毓相信崔猷在关键时刻能够分得清是非，拈得清轻重。

崔猷进宫之前原以为这只是例行的皇帝召见，入宫后才顿感事态严峻,忙诚惶诚恐地说:"恳请圣上口述诏书内容!"

宇文毓清了清嗓子,有气无力地说:"朕子均年幼不知世事,未堪当国。鲁国公,朕之四弟,宽仁大度,海内共闻。弘我周家者,必此人也!人贵在有始终,公等事太祖,辅朕躬,可谓有始,若能念世道之艰难,辅佐鲁国公以主天下,可谓有终矣!"

口述完遗诏,宇文毓用极度虚弱的语气说:"身后之事有赖诸公了!"

他随即扫视了一圈众人,最终将目光停留在了白发苍苍的于谨身上,说:"太傅德高望重,王佐之材,道作兵钤,言为帝则,悬运嘉谋,立倾敌国,取贵以功,镇时以德,堪称大厦之栋梁,巨川之舟楫。朕以后事累公了!"

于谨感激涕零地说:"老臣定当肝脑涂地,在所不惜!"

宇文毓勉强笑笑说:"诸位暂且退下吧!四弟稍留!"

众臣相继退下,此时跪在地上的宇文邕早已泪流满面,泣不成声。

宇文毓微微地摆摆手,示意他凑近些。

宇文邕跪着挪到哥哥的病榻前,紧紧地拉着哥哥的手,哽咽道:"天佑大哥!大哥定会好起来的!"

"事到如今,说再多宽慰的话恐怕皆已无济于事了,为兄自知命不久矣!"

宇文邕咬牙切齿道:"这个阴险狠毒的宇文护!小弟定会将他碎尸万段,千刀万剐,为大哥报此仇!"

宇文毓却平静地说："人生在天地之间，禀五常之气，天地有穷尽，五常有推移，人岂能长在？有生必有死，有死方有生，此乃恒久之理，既然如此，何恨之有？四弟切莫以哥哥为念，更不要意气用事！父亲呕心沥血创下的这份基业再也经不起内乱。四弟切记，切记！依四弟之天资，承继大业必上不负太祖，下不负朕望。莫忘了嫂嫂曾经叮嘱你的话，戒急用忍！父亲打下的这份基业如今便全靠四弟了！"

望着病入膏肓的大哥，默默跪在地上的宇文邕欲言又止。

他再度稽首，左手按住右手，拱手于地，再慢慢地将头伸到手前的地面之上，俯伏向下，额头缓缓触碰到了冰冷的忍冬纹地砖，泪水不停地滴落，沿着地砖上的忍冬纹漫成一片悲伤之海！

许久，宇文邕才站起身，转身向殿外走去，碧玺轻轻地将殿门打开。

宇文邕并未径直迈过门槛，而是回过头又看了一眼宇文毓，奄奄一息的宇文毓同样在注视着他。

面色蜡黄的宇文毓强忍着腹中剧痛，脸上勉强挤出一丝微笑，然后用尽全身的力气挥了挥手，示意他速速离去。

宇文邕强忍住泪水，也冲着大哥笑了笑，却笑得那样僵硬。

他迈着沉重的步伐走出了延寿殿，就在身后的两扇殿门即将关闭的一刹那，宇文邕却突然转过身，喝道："且慢！由本公来关吧！"

他的手紧紧地攥着红色殿门上的鎏金铺首，透过狭窄的缝隙深情地凝望着病榻之上的大哥。

这次分别将成为永诀，兄弟两人从此将永远阴阳两隔！

"鲁国公，这样风邪会侵入殿内的！"碧玺低声说。

宇文邕缓缓地将殿门关上，就在殿门彻底关闭的一刹那，他却再也无法自已，泪水如同泉涌般淌下，滴落在大理石台阶之上，使得他脚下之路变得一片斑驳。

送走宇文邕，要做的事情如今皆已做完了，如释重负的宇文毓说："夏若，我们马上就要见面了！这次我们再也不会分开了！"

话音未落，宇文毓缓缓地闭上了双眼。

右宫伯中大夫假张光洛，也就是庵罗辰统帅骁勇善战的虎头军终日戍守皇宫，如临大敌，如临深渊，他不知道宇文护接下来会有什么大动作，更不知道宇文邕能否顺利承继大统！

四月二十，一缕暖暖的阳光透过直棂窗照进延寿殿，但此时的宇文毓已变得冰冷异常。

"大事不好了！皇上驾崩了！皇上驾崩了！"碧玺慌乱而又清脆的声响在皇宫之中久久回荡着。

这一日决定着皇位的归属，也决定着北周未来的命运。

宇文护召贺兰祥和尉迟纲来府上茶叙，实则是为商议对策，尉迟纲却推说母亲突患重疾，正在近前服侍，实在走不开。

贺兰祥愤愤不平地说："国家危亡之际，他居然当起了缩头乌龟，只顾着明哲保身！"

"不说他了！路是他自己选的，由他去吧！"宇文护神情黯淡下来，道，"如今风雨同舟之人恐怕便只剩下你我二人！你觉得我们又当如何应对呢？"

"亡羊补牢，未为晚矣！如今兵权皆掌于你我之手，莫如依当初之计，拥立毕国公宇文贤即皇帝位！"

"难道要公然抗旨吗？"宇文护高声质问道。

"宇文贤乃是先皇之子，难道不比宇文邕更为亲近吗？群臣之中谁还敢有异议呢？"贺兰祥针锋相对地反驳道。

宇文护的语气顿时变得柔软了许多，低声说："你可还记得叔父曾经教导过我们的话吗？宠不树敌，强勿逾礼。当年贺拔公被刺杀后，国贼高欢曾为此而欣喜若狂，以为除掉了一个强劲的敌手，孰料却多出了一个愈加厉害的对手。高欢与叔父激战十余年，最终强者却并未取胜，而弱者也没能落败。这是为何？当年叔父之所以会在群雄并起之际脱颖而出就是因为他深知人心向背远比兵强马壮更为重要。叔父恭迎孝武帝入关，尊奉魏室，一时间天下归心，四海皆服。曾不可一世的高欢也对其无可奈何，最终只得含恨而终。虽是功高盖主，但叔父却一直行事谨慎，因为他深知尊者未必永贵，霸者也未必恒强！"

"莫非护兄这次真的要袖手旁观了吗？如若真是那样，恐怕我们的末日便不远了！"贺兰祥凝视着宇文护，不知为何，此时此刻的宇文护竟变得如此陌生，早已没有了曾经杀伐决断的魄力！

其实，此刻宇文护的内心也充满了纠结。如今兵卒调动和将领升迁的大权皆掌于都督中外诸军事宇文护和夏官府大司马贺兰祥之手,但那些表面上俯首听命的将领之中,有多少人心悦诚服,有多少人见风使舵,又有多少人伺机而动?如若真到了生死存亡之际,又不知会有多少人兴风作浪!

大周之军当初分别隶属于李虎、李弼、赵贵、于谨、独孤信和侯莫陈崇六大柱国。此前,宇文护诛杀赵贵,赐死独孤信,已招致两人旧部的恨意。李虎生前与独孤信关系密切,如今李昞又刚刚迎娶了独孤芷兰,李虎旧部内心的天平自然会倾向于皇帝。杨忠本是独孤信麾下将领,后转隶李弼,李弼死后,杨忠无疑成为李弼部将之中最有威望的将领,再加上德高望重的功勋老臣于谨,此时如若宇文护公然违抗宇文毓的诏命,强行册立宇文贤无疑也就意味着将会同时得罪上述两派人马。如此一来,宇文护也将会陷入以一敌五的不利境地,剩下的侯莫陈崇表面上虽对宇文护恭敬有加,但宇文护始终摸不准他真正的立场!

见宇文护决意妥协,贺兰祥的失落之情溢于言表。

望着神情落寞的贺兰祥,宇文护忙道:"静观其变绝非听之任之!独孤夏若说得没有错,我大周没有分裂的本钱。当年追随叔父一起征战的将领之中,很多人的内心深处效忠的仍是魏室,绝非我大周。也有很多将领是忠于叔父本人,并非我宇文家!这些心怀异志之人恨不得我大周再起内乱,也好坐收渔翁之利!况且如今强敌环伺,危机四伏。高洋之能虽与其父相去甚远,但伪齐的实力仍在我大周之上。南陈虽竭力与我大周修好,却无时无刻不在觊觎蜀地！在此危局之下，和则江山永固，斗则两败俱伤！"

贺兰祥颇为失望地说："既然护兄主意已定，小弟多说无益！不过小弟最后只说一句，宇文邕绝非等闲之辈，他掌握权柄之时，恐怕便是你我遭殃之日！"

宇文护陷入沉默之中。

宇文护对高深莫测的宇文邕何尝不心存忌惮。他此前拥立的宇文觉和宇文毓如今都被他亲手送上了黄泉路，再加上此前杀害的元廓，他的手上已经沾满了三位天子的鲜血。他实在没有勇气再冒天下之大不韪公然违抗遗命另立新君。

其实宇文毓之所以会在临终之际征召于谨、杨忠、尉迟纲等人，就是担心宇文护会逆旨而行，他是在无声地告诫宇文护，如若宇文护胆敢一意孤行，于谨等人势必不会坐视不管！

宇文护沉默许久才艰难地张开嘴，咬牙切齿道："谨遵先皇遗命，拥戴鲁国公继承大统！"

次日，宇文邕即皇帝位。他自然知道等待自己的将是一段并不平坦之路，但无论将来等待自己的是什么，他都要坚定地走下去，因为他的身上背负着哥哥和嫂嫂，还有太多太多人的嘱托和期盼。

宇文邕凝望着位列群臣之首的宇文护，慷慨激昂地说："太师、大冢宰、都督中外诸军事宇文护居功至伟，今后五府皆总于天官，事无巨细，皆请太师先断而后奏报朕知！"

宇文护的脸上露出了一丝得意的神情，可让他始料未及的是，他刚刚从独孤夏若布下的这个局中挣脱出来,便身不由己地坠入了另外一个局,这个局的布局者依旧是独孤夏若,而宇文邕此次将成为这个局中更为关键的一枚棋子,但这个局足足布了十二年之久!

(第一部完,敬请关注《大周惊天局2:阴阳诡局》。)